KB167643

사라지는 대지

DISAPPEARING EARTH

Copyright ⓒ 2019 by Julia Phillips
Published by arrangement with William Morris Endeavor Entertainment, LLC
All rights reserved.

Korean Translation Copyright ⓒ 2021 by GOLDEN TIME
Korean edition is published by arrangement with William Morris Endeavor Entertainment, LLC
through Imprima Korea Agency

이 책의 한국어판 저작권은 Imprima Korea Agency를 통해
William Morris Endeavor Entertainment, LLC.와 독점 계약한 황금시간에 있습니다.
저작권법에 의해 한국 내에서 보호를 받는 저작물이므로 무단전재와 무단복제를 금합니다.

사라지는 대지

줄리아 필립스
장편소설

Disappearing
Earth

이나경 옮김

내게 선물 같은 존재, 앨릭스에게 바칩니다.

— 주요 등장인물 —

골로숍스키 가족

마리나 알렉산드로브나 페트로파블롭스크캄차츠키시市의 저널리스트

알료나 마리나의 큰딸

소피아 마리나의 작은딸

솔로디코프 가족

알라 이노켄테브나 에소 마을 문화센터장

나탈리아(애칭 나타샤) 알라의 큰딸

데니스 알라의 외동아들

릴리아 알라의 막내딸

레브미라 알라의 육촌, 간호사

레브, 율리아(애칭 율카) 나타샤의 아이들

아두카노프 가족

크세니아(애칭 크슈샤) 대학생

세르게이(애칭 체가) 크슈샤의 오빠, 사진작가

루슬란 크슈샤의 남자 친구

나데시다(애칭 나디아) 체가의 여자 친구

루드밀라(애칭 밀라) 나디아의 딸

랴콥스키 가족

니콜라이 다닐로비치(애칭 콜랴) 형사

조야 콜랴의 아내, 국립공원 직원으로 육아휴직 중

알렉산드라(애칭 사샤) 그들의 아기

그 외

옥사나 화산 연구소의 연구원

막심(애칭 막스) 화산 연구소의 연구원

예카테리나(애칭 카탸) 페트로파블롭스크시 항구 세관원

예브게니 파블로비치 쿨리크 경찰서장

안피사 경찰 행정 직원

발렌티나 니콜라예브나 페트로파블롭스크시 초등학교 행정 직원

디아나 발렌티나 니콜라예브나의 딸

라다 호텔 안내원

올가(애칭 올랴) 학생

N
러 시 아
아차바얌
캄 차 카 반 도
오호츠크해
팔라나
티길
우스트하이로조보
베링해
아납가이
에소
우스트캄차츠크
이친스키
밀코보
소볼레보
말키
페트로파블롭스크캄차츠키
(페트로파블롭스크)
옥탸브르스키
오제르놉스키
태 평 양
0 Miles 100 200
0 Kilometers 200
캄차카반도
태 평 양
Map by Jeffrey L. Ward

.. AUGUST ..

8
월

소피아는 샌들을 벗고 물가에 서 있었다. 물이 살그머니 차오르더니 소피아의 발가락을 집어삼켰다. 하얀 피부를 회색 소금물이 뒤덮었다. "더 멀리는 가지 마." 알료나가 말했다.

물이 빠졌다. 알료나는 동생이 밟고 있는 조약돌과, 잔파도가 남겨 놓고 간 모래가 기어이 바다로 휩쓸려 가는 것을 보았다. 소피아는 허리를 굽히고 바짓단을 걷었다. 하나로 묶은 머리가 정수리 아래로 늘어졌다. 종아리의 모기 물린 데를 긁어서 핏자국이 나 있었다. 알료나는 허리를 꼿꼿이 세운 소피아의 뒷모습을 보고, 동생이 자기 말을 듣고 있지 않다는 것을 알았다.

"그러지 않는 게 좋을걸." 알료나가 말했다.

소피아는 바닷물을 바라보며 서 있었다. 바닷물은 잠잠했고, 만을 망치질한 양철 판자처럼 보이게 만드는 파도도 이곳에는 거의 닿지 않았다. 해류는 태평양으로 접어들며 더 거칠어진 채 러시아를 떠나 외해外海로 향했지만, 여기서는 길이 잘 든 모습이었다. 이 해류는 그들의 것이었다. 소피아는 양손을 좁은 골반에 얹고서, 만과 지평선을 따라 늘어선 산등성이가 맞은편 해안 군사 시설과 한데 녹아 하얀 불빛으로 화하는 광경을 지켜보았다.

자매가 밟고 선 돌은 더 큰 돌에서 잘려 나온 조각이었다. 알료나는 등산 배낭만 한 크기의 바위에 몸을 기댄 채였고, 1미터 뒤로는 성 니콜라스 언덕의 무너져가는 절벽이 있었다. 그날 오후 두 사람은 한쪽에는 바다를, 그리고 다른 쪽에는 벽바위를 끼고 해안가를 따라 걷다가 이 자리를 발견했다. 유리병이나 새 깃털 따위가 없는 이곳을. 갈매기들이 근처 땅에 내려앉으면 알료나가 팔을 흔들어 쫓아냈다. 여름 내내 시원했고 비가 자주 내렸지만, 8월의 이날 오후는 반팔을 입어야 할 만큼 따뜻했다.

소피아가 한 발을 더 내딛자, 뒤꿈치가 물속에 잠겼다.

알료나는 앉은 자리에서 몸을 일으켰다. “소프, 안 된다고 했잖아!” 동생이 뒤로 물러났다. 갈매기 한 마리가 날아갔다. “왜 그렇게 고집을 부려?”

“안 그래.”

“그래. 넌 항상 그래.”

“아냐.” 소피아가 돌아서며 말했다. 알료나는 소피아의 모든 게 짜증스러웠다. 위로 치켜 올라간 두 눈이나 얇은 입술, 날카로운 턱, 심지어 코끝마저도. 여덟 살인 소피아는 아직도 여섯 살 같았다. 세 살이 더 많은 알료나도 또래보다 키가 작은 편이었지만, 소피아는 허리부터 손목까지 온몸이 다 가녀렸고 행동은 유치원생 같았다. 침대 발치에 봉제 인형을 일렬로 늘어놓았고, 세계적으로 유명한 발레리나가 되는 놀이를 하곤 했다. 텔레비전에서 공포 영화를 한 장면이라도 본 날에는 잠을 이루지 못했다. 어머니는 소피아를 애지중지했다. 둘째로 태어난 덕분에 소피아는 평생 아기 노릇을 할 수 있는 특권을 누렸다.

알료나의 머리에서부터 한참 올라간 위쪽, 절벽의 한 지점에 소피아는 시선을 꽂은 채 한쪽 발을 물 밖으로 꺼내 젖은 발가락을 쭉 편 다음 양팔을 들어 발레의 '제5포지션' 자세를 취했다. 소피아는 균형을 잃었다가 되찾았다. 알료나는 자갈 위에서 자세를 고쳐 앉았다. 어머니는 친구 아파트에 놀러 갈 때 동생을 꼭 데려가라고 항상 말했지만, 소피아가 이렇게 자잘한 말썽을 일으키는 탓에 알료나는 그러고 싶지 않았다.

그 대신 둘이서만 여름방학을 보냈다. 알료나는 소피아에게 그들이 사는 건물 뒤편, 비에 젖은 주차장에서 백워크오버(선 자세에서 한쪽 다리를 올리고 물구나무서듯이 쉬었다가 다시 바로 서는 체조 동작—옮긴이) 하는 법을 가르쳐주었다. 7월에 그들은 버스를 40분이나 타고 시립 동물원에 가서 창살 사이로, 욕심 사나운 흑염소에게 사탕을 먹였다. 흑염소의 길쭉한 눈동자가 머리 뒤쪽으로 빙그르르 돌았다. 그날 오후 늦게 알료나는 사슬 울타리 사이로 포장을 벗기지 않은 밀크캐러멜을 스라소니에게 주었는데, 놈은 자매가 뒤로 물러날 때까지 식식거렸다. 캐러멜은 시멘트 바닥에 떨어졌다. 동물원은 그 정도면 충분했다. 알료나와 소피아의 어머니가 아침에 출근하면서 돈을 두고 가면, 자매는 영화를 보고 영화관 건물 2층에 있는 카페에서 바나나 초콜릿 크레이프를 사서 나눠 먹었다. 하지만 대개는 시내에서, 비구름이 모여들다 이윽고 햇살이 거리 곳곳에 퍼져나가는 광경을 보면서 시간을 보냈다. 얼굴이 차츰 탔다. 아이들은 산책을 하거나, 자전거를 타거나, 아니면 이곳에 왔다.

소피아가 가까스로 균형을 잡자, 알료나는 해안선을 보았다. 한 남자가 돌덩이들 사이에서 발 디딜 만한 곳을 찾아가며 한 걸음 한 걸음 힘겹게 걷고 있었다. "누가 온다." 알료나가 말했다. 동생은 한쪽 다리를 물속에 텀벙 내려놓고 다른 쪽 다리를 들어 올렸다. 소피아라면 멍청이같이 행동하면서 누가 보든 말든 상관하지 않을지 몰라도, 억지로 동생을 따라다녀야 하는 알료나 입장에서는 그렇지가 않았다. "그만 좀 해." 알료나가 말했다. 좀 더 크게, 목청을 높여서. "**그만!**"

소피아가 멈췄다.

물가를 내려다보니 그 남자는 사라지고 없었다. 어딘가 깨끗한 자리를 찾아 앉은 것이 분명했다. 알료나의 마음속에 차오르던 짜증이, 마개를 뽑은 욕조 안의 물처럼 삽시에 빠져나갔다.

"심심해." 소피아가 말했다.

알료나는 드러누웠다. 자갈에 어깨가 배기고, 땅에 닿은 머리가 차가웠다. "이리 와." 알료나가 말하자 소피아는 바닷물에서 나와 바위들을 넘어 알료나 옆으로 왔다. 아주 작은 돌들이 서로 부딪으며 달그락거리는 소리를 냈다. 바람이 불어오자 소피아의 몸이 땅바닥처럼 차가워졌다. "이야기 하나 해줄까?" 알료나가 물었다.

"응."

알료나는 휴대전화로 시간을 확인했다. 저녁 식사 시간에 맞춰 집에 돌아가야 했다. 아직 4시도 되지 않았다. "물에 휩쓸려 간 도시, 알아?"

"아니." 소피아는 남의 말을 절대 듣지 않는 사람치고는 제법 귀 기울여 이야기를 들을 줄 알았다. 턱을 쳐들고 입은 꼭 다문 채 알료나의 말에 집중했다.

알료나는 해안 아래 가장 먼 절벽을 가리켰다. 자매의 오른편에는 오늘 오후에 걸었던 도심의 풍광이 걸려 있었다. 그리고 왼편, 만의 어귀에 그 '검은 덩어리들'이 있었다. "저기 있었어."

"자보이코에?"

"자보이코 지나서." 두 사람은 성 니콜라스 언덕 봉우리 아래 앉아 있었다. 아마 아이들이 해안선을 따라 계속 걸었다면, 돌 그득한 언덕이 차츰 등을 낮추다 마침내 사각형이 죽 늘어선 모양의 주거 지역이 모습을 드러내는 걸 보았을 것이다. 조각조각 콘크리트를 이어 붙인 5층짜리 소련 아파트 건물. 붕괴된 주택의 목재 프레임. 사업장을 빌려준다는 광고 현수막이 걸린, 분홍색과 노란색의 거울 같은 고층 건물들. 자보이코는 그것들을 전부 지나고도 몇 킬로미터나 더 간 곳에 있었고, 그렇게 그들이 사는 도시인 페트로파블롭스크캄차츠키의 마지막 구역에, 바다가 나오기 전의 땅끝에 자리해 있었다. "거긴 바다랑 만이 만나는 절벽 끄트머리였어."

"큰 도시였어?"

"정착지 같은 곳이었어, 시골 마을처럼. 판잣집 쉰 채에 군인이랑 부인, 아기들이 사는 곳이었지. 옛날 일이야. 독소전쟁(제2차 세계대전 중 벌어진 나치 독일과 구소련 간의 전쟁—옮긴이)이 있은 후에."

소피아는 곰곰이 생각하더니 물었다. "거기에 학교도 있었어?"

"응. 시장도 있고 약국도 있고 전부 다 있었어. 우체국도 있었지." 알료나는 머릿속에 그 풍경을 떠올렸다. 쌓아둔 통나무, 깎아놓은 창틀, 터키석색으로 칠한 문짝. "동화 속 세계 같았어. 시내 한가운데 깃대가 서 있고, 사람들이 낡은 차를 세워두는 광장도 있었어."

"그래." 소피아가 말했다.

"그래. 그런데 어느 날 아침이었어. 사람들이 아침 식사를 준비하고, 고양이에게 먹이를 주고, 출근하려고 옷을 입을 때였어. 갑자기 절벽이 흔들리기 시작하는 거야. 지진이 난 거지. 이렇게 강한 지진은 처음이었어. 벽이 흔들리고, 컵이 떨어지고, 가구는……."

알료나는 옆쪽 자갈밭을 살폈지만 뚝 분지를 만한 적당한 나뭇가지가 보이지 않았다.

"…… 가구가 부서지고 있어. 아기들이 요람에서 우는데, 엄마들이 다가갈 수가 없어. 제대로 설 수조차 없지. 이 반도에서 일어난 가장 큰 지진이야."

"집이 무너져?" 소피아가 물었다.

알료나는 고개를 저었다. 머리를 기댄 돌이 두개골을 누르는 게 느껴졌다. "그냥 들어봐. 5분 뒤에 지진이 멈춰. 5분이지만 정말 길게 느껴졌어. 아기들은 계속 울지만 사람들은 기뻐해. 서로에게 기어가서 얼싸안아. 보도가 좀 갈라지고 전선이 끊어지기는 했어도 어쨌든 이겨냈으니까, 살아남았으니까. 그때였어. 사람들이 서로 안고 누워 있는데, 깨진 유리창 구멍으로 시커먼 그림자가 보이는 거야."

소피아는 눈도 깜빡이지 않고 듣고 있었다.

"파도야. 집채보다 두 배는 더 큰 파도."

"자보이코 위로?" 소피아가 말했다. "그럴 순 없어. 거긴 너무 높잖아."

"자보이코 지나서라고 했잖아. 지진은 그만큼 강했어. 하와이 사람들도 느꼈을 정도라니까? 저기 오스트레일리아에서도 사람들이 친구한테 물었어. '너, 방금 나한테 부딪혔니?' 뭔가 휘청했기 때문이지. 그 지진은 그 정도로 강했어."

소피아는 아무 말도 하지 않았다.

"바다 전체가 흔들렸어." 알료나가 말했다. "그래서 200미터짜리 파도가 친 거야. 그리고 그게……." 알료나는 만의 편평한 해면과 나란하게 팔을 들어 올린 다음 수평선을 가로질러서 흔들었다.

맨팔에 닿는 공기가 차가웠다. 근처 어딘가에서 새들이 지저귀고 있었다.

"그래서 어떻게 됐어?" 소피아가 한참 만에 물었다.

"아무도 모르지. 시내 사람들은 전부 지진에 정신이 팔려 있었거든. 자보이코 사람들도 하늘이 어두워진 걸 알아차리지 못했어. 청소를 하고, 이웃들이 무사한지 확인하고, 망가진 걸 수리하느라고 바빠서. 바닷물이 거리에 차올랐을 땐 고지대에서 파이프가 터진 줄 알았대. 하지만 나중에 전기가 다시 들어오고 나서 누군가 깨달은 거야. 절벽 끄트머리에 불 켜진 곳이 없다는 걸. 마을이 있던 자리가 텅 비어 있었지."

만을 때리는 파도가 알료나의 이야기에 조용한 리듬을 실어주었다. 쇄, 쇄, 쇄, 쇄.

"사람들이 가봐도 아무것도 없었어. 사람도, 건물도, 신호등도, 도로도 아무것도. 나무도 없고 풀도 없었지. 마치 달나라 같았어."

"다들 어디로 간 거야?"

"휩쓸려 간 거야. 누워 있던 그들을 파도가 그대로 쓸어 갔어. 이렇게." 알료나는 한쪽 팔꿈치로 몸을 받친 채 소피아의 어깨를 꽉 잡았다. 손바닥에 닿은 어깨뼈가 움직이는 게 느껴졌다. "그 사람들 몸을 파도가 이렇게 세게 붙잡았어. 파도 때문에 집에 갇혀버린 거야. 마을 전체가 물에 실려 태평양으로 흘러갔어. 흔적도 안 남았지."

언덕이 만든 그림자가 소피아의 얼굴에 어둠을 드리웠다. 입술이 벌어지면서 아래 앞니가 드러났다. 알료나는 동생이 공포에 질려 얼어붙는 모습을 종종 보고 싶을 때가 있었다.

"거짓말이지." 소피아가 말했다.

"아니야. 학교에서 들었어."

오후의 햇살에 반투명해진 바닷물이 제 속도를 잃지 않고 계속 흘러갔다. 바다가 은색으로 빛나고 있었다. 소피아가 밟고 서 있던 돌멩이가 시야에 나타났다 사라지기를 거푸했다.

"집에 가면 안 돼?" 소피아가 물었다.

"아직 이른데."

"그래도."

"무서워?"

"아니."

만 가운데 떠 있는 트롤선 한 대가 어딘지 모를 목적지로, 추코트카나 알래스카, 혹은 일본으로 향하고 있었다. 자매는 캄차카반도를 떠난 적이 없었다. 언젠가 어머니가 다 함께 모스크바에 가보자고 말하기는 했었다. 하지만 그곳은 대륙 전체를 가로질러 비행기로 아홉 시간이나 날아가야 하는 거리에 있었고, 캄차카를 고립시킨 산과 바다와 단층선을 건너야만 닿을 수 있었다.

아이들은 큰 지진을 겪어본 적이 없었다. 지진 이야기는 어머니가 들려준 것이었다. 어머니는 자기가 아파트에서 겪었던 1997년의 지진에 대해 이야기해주었다. 부엌 전등이 전선에 매달려 늘어진 채 마구 흔들리다 천장에 부딪혀 깨졌고, 찬장 문짝이 요동치며 잼 병이 와르르 떨어져 내렸다. 가스가 새면서 썩은 달걀 냄새를 풍겨 머리가 아팠다고도 했다. 그 후 길거리에서 서로 부딪친 차들과 아가리를 쩍 벌린 아스팔트 길을 보았다고 어머니는 말했다.

앉을 자리를 찾아 이곳까지, 언덕 기슭을 따라 오래도록 걷다 보니 어느덧 자매는 문명의 거의 모든 징후에서 벗어날 만큼 먼 곳에 이르러 있었다. 바다에는 그 배, 그리고 라벨이 떨어져 나간 2리터짜리 맥주병과 기름에 절인 청어가 들어 있던 깡통의 뚜껑, 물에 푹 젖은 케이크 받침용 판지 따위의 쓰레기만 이따금 둥둥 떠서 지나갈 뿐이었다. 당장 지진이 일어난다면, 아이들이 피할 곳은 없어 보였다. 절벽 위에서 큰 돌이 쏟아져 내릴 것이다. 그런 다음 파도가 아이들의 시체를 쓸어 갈 것이다.

알료나가 일어섰다. "알았어, 가자."

소피아는 샌들을 다시 신었다. 바짓단은 여전히 무릎까지 걷어 올린 채였다. 둘은 가장 큰 바위를 함께 기어올라 시내로 돌아갔다. 알료나가 손바닥으로 모기를 쫓았다. 집에서 점심을 먹고 나왔는데도 그새 배가 고파졌다. "무럭무럭 크고 있구나." 그 주 초의 어느 저녁 때, 알료나가 생선 패티를 두 개나 먹는 것을 보고 어머니는 한편으로는 감탄하면서도 주의를 주며 그렇게 말했다. 하지만 키는 자라지 않았다. 알료나는 여전히 어린아이의 몸을 한, 반에서 가장 작은 아이였다. 다만 식욕이 왕성할 뿐이었다.

갈매기 소리 사이사이로 사람들이 외치는 소리가, 때로는 자동차 경적 소리가 들려왔다. 자매의 발밑에서 젖은 자갈이 데굴거렸다. 무릎 높이의 바위 위로 훌쩍 뛰어오른 알료나는 앞에서 길이 구부러지는 것을 보았다. 이제 옆에 있는 벽바위가 차츰 낮아지고, 아이들은 곧 바위 해변에 들어설 것이다. 그 한쪽 끝은 음식 파는 사람들로 붐비고 다른 쪽은 선박 수리장으로 막혀 있었다. 그리고 여름 휴가객들이 그득했다. 해변에 도착해 만에서 방향을 돌리면 시내 한복판의 보행자 광장에 깔린, 밟힌 잔디를 내려다볼 수 있었다. 다시 그곳을 지나 줄지어 달리는 자동차들의 행렬을 건너면, 레닌 동상과 가스프롬(러시아의 국영 천연가스 회사—옮긴이)의 표지판, 국기를 매단 널찍한 정부 청사가 나왔다. 알료나와 소피아는 페트로파블롭스크캄차츠키의 심장부에 서서, 도시 양편으로 길게 늘어선 산등성이의 길쭉한 갈빗대를 볼 수 있었다. 그 너머 화산의 파란 꼭대기도 눈에 들어왔다.

시내에서 오는 버스를 타면 집에 갈 수 있었다. 텔레비전과 여름 수프와 어머니가 들려주는 직장 이야기가 기다리는 곳으로. 어머니는 그날 무엇을 했는지 물어볼 것이다. "내가 한 이야기, 엄마한테는 하지 마." 알료나가 말했다. "그 마을 이야기."

알료나의 등에 대고 소피아가 물었다. "왜?"

"그냥 하지 마." 알료나는 소피아가 꿀 수도, 꾸지 않을 수도 있는 악몽을 책임지지 않을 생각이었다.

"그 얘기가 진짜라면, 왜 엄마한테 묻지 말라는 거야?"

알료나는 콧김을 내뿜었다. 돌무더기 몇 개를 돌아서 아래로 내려가다 걸음을 멈추었다.

2미터 앞에, 앞서 바닷가를 걸어오던 그 남자가 있었다. 남자는 다리를 죽 뻗고 길에 앉아 있었다. 등을 구부린 채였다. 멀리서 봤을 때는 어른처럼 보였는데, 지금 자세히 보니 덩치 큰 10대 같았다. 불룩한 배, 햇볕에 탈색된 눈썹, 그리고 고슴도치 가시처럼 삐죽삐죽 튀어나온 노란 머리.

그는 알료나를 향해 턱을 치켜들었다. "안녕."

"안녕하세요." 알료나도 그에게 다가가며 말했다.

"좀 도와줄래?" 그가 물었다. "발목을 다쳤어."

알료나는 마치 자기가 옷감을 뚫고 뼈를 들여다볼 수 있는 사람이라도 된다는 양 그의 바짓가랑이를 노려보았다. 녹색 바지의 무릎 부분에 흙이 묻어 있었다. 다 큰 사람이 운동장에서 놀다 심하게 넘어진 아이처럼 주저앉아 있는 꼴이 우스웠다.

소피아가 다가오더니 알료나의 등허리에 손을 얹었다. 알료나는 그 손길을 털어냈다. "걸을 수 있어요?" 알료나가 물었다.

"응, 아마도." 남자는 자기 운동화를 내려다보았다.

"발목을 접질렸어요?" 알료나가 물었다.

"그랬나 봐. 망할 놈의 바위들 때문에."

소피아는 그 욕설에 재미있다는 듯한 소리를 냈다. "가서 누굴 데려올 수 있어요." 알료나가 제안했다. 시내까지 몇 분이면 갈 수 있었다. 노점상에서 요리하는 기름 냄새도 맡을 수 있는 거리였다.

"괜찮아. 차가 가까이에 있어." 남자가 한쪽 팔을 뻗었고, 알료나는 그의 손을 잡아당겼다. 알료나의 체중은 가벼웠지만 그를 일으켜 세우기에는 충분했다. "거기까지 갈 수 있어."

"정말요?"

남자는 조금 휘청거렸다. 아파서인지 매우 조심스럽게 발을 내디뎠다. "넘어지지 않게 너희가 도와준다면 말이야."

"자. 앞장서, 소프." 알료나가 말했다. 동생이 먼저 걷고, 그다음 남자가 조심스레 걸었다. 알료나는 뒤에서 걸으며 그가 걷는 모습을 유심히 지켜봤다. 남자의 어깨가 굽어 있었다. 낮은 파도 소리 위로, 그가 천천히 그리고 힘겹게 숨 쉬는 소리가 들려왔다.

길은 시내 쪽으로 나 있었다. 돌이 깔린 해변, 벤치에 앉은 가족들, 핫도그 빵 위로 날개를 퍼덕이며 날아가는 회색 갈매기들, 목을 길게 뽑은 채 선박과 해안을 연결하는 크레인들……. 소피아는 걸음을 멈추고 두 사람을 기다렸다. 언덕이 뒤에서 버티고 서 있었다. "괜찮아요?" 알료나가 남자에게 물었다.

그는 오른쪽을 가리켰다. "거의 다 왔어."

"주차장으로 가요?" 남자가 고개를 끄덕이고 다리를 절면서 음식을 파는 노점상 뒤로 걸어가는데, 트럭의 제너레이터에서 뿜어져 나온 매연이 그의 무릎을 감쌌다. 자매는 뒤를 따라갔다. 알료나보다 나이가 조금 많아 보이는 소년이 꼭 맞는 모자를 쓰고 가판대 앞으로 스케이트보드를 타고 지나갔다. 알료나는 부끄러워서 앞만 쳐다보았다. 여동생을 데리고, 다리를 저는 낯선 사람 뒤를 따라가는 것이 부끄러웠다. 어서 집에 가고 싶었다. 알료나는 소피아의 손을 잡고 남자 옆에 따라붙었다.

"이름이 뭐니?" 남자가 물었다.

"알료나요."

"알룐카, 내 키를 받아서 차 문을 열어주겠니?" 그는 바지 주머니에서 차 키를 꺼내 흔들었다.

"내가 할 수 있어요." 소피아가 말했다. 그들은 이미 언덕 반대편의 초승달 모양 주차장에 와 있었다.

남자는 작은 아이에게 키를 주었다. "저기 검정색 차란다, 소프."

소피아는 달려가서 운전석 문을 열었다. 남자는 차에 올라타며 한숨을 내쉬었다. 소피아가 문손잡이를 잡고 있었다. 매끈하게 도장塗裝한 사이드 패널 표면에, 자주색 면 티셔츠와 걷어 올린 카키색 바지 차림을 한 소피아의 모습이 비쳤다. "어때요?" 소피아가 물었다.

그는 한시름 놓았다는 듯 고개를 저었다. "큰 도움이 됐구나."

"운전할 수 있겠어요?" 알료나가 물었다.

"응." 남자가 말했다. "어디로 가니?"

"집이요."

"거기가 어디지?"

"고리존트요."

"데려다주마." 남자가 말했다. "타라." 소피아가 문손잡이를 놓았다. 알료나는 길 건너 버스 정류장을 보았다. 버스를 타면 30분 이상 걸릴 테지만, 차를 타고 가면 10분이면 집에 갈 수 있었다.

남자가 차에 시동을 걸고 아이들의 대답을 기다렸다. 소피아는 벌써 뒷자리를 들여다보고 있었다. 언니인 알료나는 찬찬히 생각했다. (출발하고 멈추기를 반복하고, 소음이 심한 데다가, 다른 사람들의 땀 냄새가 진동하는) 시내버스를 타는 것과 남자의 제안을 몇 초 동안 견주어보았다. 남자의 상냥한 태도, 다친 발목, 소년 같은 얼굴을 생각했다. 그리고 그러면 얼마나 편할지도. 차를 타고 가면 저녁 식사 전에 간식을 먹는 것도 가능할 것 같았다. 동물원의 동물에게 먹이를 주는 것이나 또는 무서운 이야기를 들려주는 것처럼, 이 또한 신나는 하나의 사건이 될 터였다. 알료나와 소피아 둘만의 비밀로 남을, 여름 방학 동안의 탈선으로.

“고마워요.” 알료나가 말했다. 알료나는 차 앞쪽으로 돌아가 햇볕에 따뜻하게 데워진 조수석에 앉았다. 몸에 닿는 가죽의 감촉이 폭신했다. 글러브 박스에 십자가처럼 생긴 성상聖像이 붙어 있었다. 스케이트보드를 타고 가던 아이가 지금 이 커다란 차 앞자리에 앉은 자신의 모습을 볼 수만 있다면. 소피아는 뒷자리에 앉았다. 몇 칸 떨어진 곳에 주차된 밴의 뒷문으로 어떤 여자가 흰 개를 내려주고 있었다. 산책을 가려는 모양이었다.

“어디로 갈까?” 남자가 물었다.

“아카데미카코롤레바 31번지요.”

남자는 방향등을 켜고 차를 몰아 주차장을 빠져나갔다. 대시보드 위에서 담뱃갑이 미끄러졌다. 차에서 비누 냄새와 담배 냄새, 그리고 희미한 휘발유 냄새가 났다. 아까 본 여자와 개가 음식 노점상들의 줄을 가로지르고 있었다. “다리, 아파요?” 소피아가 말했다.

“벌써 나았어, 너희들 덕분에.” 차가 도로로 접어들었다. 보도에는 형광색 옷을 입은 현지의 10대들과 사진을 찍느라고 포즈를 취하기에 바쁜, 크루즈선의 동양인 관광객들이 모여 있었다. 짧은 머리의 여자가 여행사 이름이 적힌 팻말을 들고 있었다. 이곳은 반도의 유일한 도심지로, 여름에 캄차카를 방문한 여행객들이 처음으로 찾는 장소였다. 그들은 선박이나 비행기에서 내리자마자 만을 보러 이곳으로 달려왔다. 그다음엔 도시 경계선 너머 광활한 야생 속으로, 등산을 하거나 또는 뗏목을 타거나 혹은 사냥을 하러 떠났다. 트럭 한 대가 경적을 울렸다. 사람들이 계속해서 횡단보도로 나왔다. 마침내 신호등이 바뀌자, 그들이 탄 차는 자유가 되었다.

조수석에 앉은 알료나는 남자의 얼굴 생김새를 뜯어보았다. 넓적한 코와 거기에 어울리는 입술, 짧은 갈색의 속눈썹 그리고 둥근 턱. 몸은 신선한 버터를 잘라 만든 것처럼 보였다. 지나치게 뚱뚱한 것 같기도 했다. 아마 그래서 해안에서 발을 헛디뎠을 것이다.

"여자 친구 있어요?" 소피아가 물었다.

남자는 웃으면서 기어를 바꾸고는 언덕을 오르며 액셀을 밟았다. 차가 붕붕 소리를 냈다. 등 뒤로 만이 멀어져갔다. "아니, 없어."

"결혼은 안 했죠?"

"응." 남자는 손을 들어 손가락을 펼쳐 보였다.

소피아가 말했다. "아까 봤어요."

"똑똑하구나." 남자가 말했다. "몇 살이니?"

"여덟 살이요."

남자는 백미러로 소피아를 보았다. "너도 결혼 안 했지?"

소피아가 키득거렸다. 알료나는 고개를 돌려 도로를 보았다. 남자의 차는 어머니의 세단보다 차고가 높았다. 다른 자동차의 지붕과 그 아래 운전자들의 분홍색 팔들이 내려다보였다. 단 하루 찾아온 맑은 날씨에 사람들의 피부가 분홍빛으로 익어버렸다. "창문 내려도 될까요?" 알료나가 물었다.

"에어컨이 더 낫지. 이 교차로에서 직진하니?"

"네." 보도를 따라 줄지어 서 있는 가로수는 여름에 비가 많이 온 덕분에 잎이 푸르고 무성했다. 그들은 왼쪽으로는 너덜너덜한 간판을, 오른쪽으로는 콘크리트 아파트 건물을 지나쳤다. "여기요." 알료나가 말했다. "여기요, 앗!" 알료나는 자리에서 몸을 비틀었다. "저기서 돌았어야 하는데."

"저기서 돌았어야 하는데." 뒷자리에서 소피아가 말했다.

"우리 집에 먼저 가자." 남자가 말했다. "도움이 더 필요해."

도로가 그들을 앞으로 밀어냈다. 로터리가 나오자 그는 그것을 돌아 반대편으로 나갔다. "발목 때문에요?" 알료나가 물었다. "그렇지."

알료나는 문득, 아직 남자의 이름을 모르고 있다는 사실을 깨달았다. 어깨 너머로 소피아를 보니, 온 길을 돌아보고 있었다. "엄마한테 연락해야 해요." 알료나는 이렇게 말하고 주머니에서 전화기를 꺼냈다. 남자가 기어를 잡고 있던 손을 뻗어 전화기를 낚아채 갔다. "저기요." 알료나가 말했다. "저기요!" 남자는 다른 손으로 전화기를 쥐었다. 그리고 운전석 쪽 문짝의 수납공간에 그걸 집어넣었다. 전화기가 문짝 내부 플라스틱 바닥에 떨어지며 툭 소리를 냈다. "돌려줘요." 알료나가 말했다.

"도착하면 해."

빈손이 된 알료나는 다급해졌다. "전화기 돌려줘요."

"도착하면 줄게."

안전띠가 알료나의 몸을 단단히 죄고 있었다. 폐를 꽉 감아쥔 것 같이 숨을 제대로 쉴 수가 없었다. 알료나는 아무 말도 하지 않았다.

집중하고 있었기 때문이다. 그러다 남자 쪽으로 몸을 던져 문으로 손을 뻗었다. 안전띠가 알료나의 몸을 뒤로 잡아당겼다.

"알료나!" 소피아가 외쳤다.

알료나는 안전띠를 풀려고 했지만, 이번에도 남자가 재빨리 움직여 알료나의 손을 꽉 쥐고 버클을 끄르지 못하게 압박했다. "그만해." 남자가 말했다.

알료나가 외쳤다. "돌려줘!"

"잠자코 있으면 줄 거야. 약속할게." 남자의 손아귀 안에서 아이의 손이 거의 부러질 듯 구부러졌다. 알료나는 만약 이대로 뼈가 뚝 부러지기라도 하면, 그때는 토하고 말 거라고 생각했다. 벌써 입안이 축축했다. 소피아가 앞쪽으로 넘어오려고 하자 남자가 말했다. "앉아."

소피아는 앉았다. 아이가 밭은 숨을 쉬었다.

남자는 언젠가는 알료나에게서 손을 거둬야 했다. 알료나는 평생 동안 그때의 전화기만큼 간절히 무언가를 원한 적이 없었다. 뒤판은 검정색이고 앞면에는 손때가 잔뜩 묻은, 위쪽 모서리에 하얀색 새 모양 장식이 달린 전화기. 알료나는 평생 동안 그 남자처럼 누군가를 증오한 적이 없었다. 그가 너무 미워서 구토가 나올 것 같았다. 알료나는 증오를 꿀꺽 삼켰다.

"규칙이 있다." 남자가 말했다. 그들은 이미 10킬로미터나 떨어진 지점, 페트로파블롭스크의 북쪽 경계에 있는 버스 정류장을 지나고 있었다. "내가 운전하는 동안엔 전화기를 가질 수 없어. 하지만 거기 도착할 때까지 착하게 굴면, 전화기를 돌려주고 집에 데려다줄 거야.

그러면 오늘 밤 너희 엄마와 저녁을 먹게 될 거고. 알겠어?" 그는 알료나의 손가락을 비틀었다.

"네." 알료나가 말했다.

"그럼 약속한 거다." 남자가 알료나의 손을 놓아주었다.

알료나는 쓰라린 한 손과 다른 손을 허벅지 밑에 깐 뒤 허리를 곧추세우고 앉았다. 입을 열고 숨을 들이쉬어 축축해진 혀를 말렸다. 10킬로미터. 그 전에 버스는 8킬로미터 지점의 도서관에서, 6킬로미터 지점의 극장에서, 4킬로미터 지점의 성당에서, 2킬로미터 지점의 대학교에서 정차했다. 10킬로미터 이후로는 작은 정착지, 드문드문 있는 마을, 관광객들을 위한 기지, 그리고 더는 아무것도 없었다. 아무도 모르는 곳. 어머니는 종종 출장을 다녔기 때문에 시외로 나가면 무엇이 있는지 이야기해주었다. 파이프라인, 발전소, 헬리콥터 이착륙장, 온천, 간헐온천, 산, 툰드라. 수천 킬로미터에 걸쳐 펼쳐진 툰드라. 그것 말고는 아무것도 없었다. 북부.

"어디 살아요?" 알료나가 물었다.

"곧 보게 될 거다."

뒷자리의 소피아가 강아지처럼 숨을 할딱이는 소리가 들렸다. 알료나는 남자를 빤히 보았다. 그를 기억에 새겨둘 생각이었다. 그리고 동생에게로 고개를 돌렸다. "우린 모험을 하는 거야." 알료나가 말했다.

소피아의 요정 같은 얼굴이 하얗게 쏟아지는 햇빛을 받고 있었다. 아이의 눈이 반짝이며 커졌다. "그래?"

"그래, 무서워?" 소피아는 고개를 저었다. 치아가 드러났다. "좋아."

"착하군." 남자가 말했다. 남자의 한 손이 문짝 속에 들어가 있었다. 알료나는 자기 전화기에서 나는 벨 소리가 끊어지는 것을 들었다.

백미러에 비친 남자의 눈이 아이들을 계속 주시했다. 파란 눈, 검은 속눈썹. 팔에 문신이 없는 걸 보니 범죄자는 아니었다. 알료나는 어째서 그제야 팔을 확인할 생각을 했는지 자기도 이해할 수 없었다. 집에 돌아가면 어머니에게 죽도록 혼이 날 터였다.

알료나는 몸을 돌려 가슴을 조수석 등받이에 댔다. 운전석과 조수석 사이 콘솔 박스에, 빨간색 라텍스를 손바닥에 덧댄 작업용 장갑 한 켤레가 끼워져 있었다. 장갑은 더러웠다. 알료나는 억지로 소피아를 보았다. "또 이야기해줄까?"

"아니." 동생이 말했다.

어차피 새로운 이야기도 생각나지 않았다. 알료나는 다시 돌아앉았다.

타이어가 자갈길을 달렸다. 풀이 촘촘히 자라는 들판이 옆으로 미끄러져 지나갔다. 햇빛에 그림자가 짧아져 있었다. 차는 공항을 가리키는 검은색 금속 표지판을 지나 계속 달렸다.

도로 상태가 나빠지면서 차가 흔들렸다. 알료나 쪽 문손잡이가 덜그럭거렸다. 한순간 알료나는 그 손잡이를 잡아당기고 문을 열어 밖으로 몸을 날리는 장면을 떠올려보았지만, 그건 곧 죽음을 뜻했다. 달리는 속도, 노면 바닥, 회전하는 타이어…… 그리고 소피아. 소피아를 놔두고 알료나가 무얼 할 수 있을까?

알료나는 생각했다. 여기 혼자 있었다면, 지금 혼자일 수만 있다면……. 어머니는 항상 알료나에게 소피아와 함께하라고 했다. 그런데 이제 무슨 일이 생긴다면…….

소피아는 자기 앞가림을 할 수 없었다. 며칠 전, 소피아는 알료나에게 코끼리가 정말로 존재하는지 물었다. 공룡과 함께 멸종한 줄 알았다고 했다. 정말이지 얼마나 어린애인지.

알료나는 허벅지 사이에 주먹을 꼭 끼웠다. 코끼리 생각은 하지 말자. 시트의 가죽은 여전히 뜨거웠고, 가슴이 답답했다. 마음속이 어지러웠다. 공기 중에는 깐 지 얼마 되지 않은 아스팔트의 타르 냄새가 떠돌았다. 바보처럼 동생에게 파도 이야기를 해주었다. 사라진 '땅 조각' 이야기를. 다른 이야기를 생각해냈더라면 좋았을 텐데. 하지만 이제는 돌이킬 수 없었다. 집중해야 했다. 자매는 이 차 안에 있었다. 어디론가 향하고 있었다. 곧 집에 돌아갈 것이다. 알료나는 소피아를 위해 강해져야만 했다.

"알료나?" 동생이 불렀다.

알료나는 미소를 지으며 돌아보았다. 뺨 근육이 떨리고 있었다. "으응?"

"응." 소피아가 말했다. 알료나는 소피아가 무슨 말을 했는지 기억하지 못하고 가만히 동생을 보기만 했다. "이야기해줘." 소피아가 말했다.

"그래." 알료나가 말했다. 앙상한 나무들이 늘어선 도로에는 흙먼지만 피어오를 뿐 아무것도 없었다. 앞으로 쭉 뻗은 길이 그들을 재촉하고 있었다. 지평선에는 도시에서 가장 가까운 세 화산의 봉우리가 드러나 있었다. 산들은 톱니처럼 뾰족뾰족했다. 그들 앞에 펼쳐진 땅에 건물이라고는 한 채도 없었다. 알료나는 다시 쓰나미를 떠올렸다. 그 갑작스러운 무게를.

"이야기," 알료나가 말했다. "해줄게."

. . S E P T E M B E R . .

9
월

올랴는 어머니가 떠난 뒤 늘 같은 냄새가 나는 아파트로 귀가했다. 조금은 달착지근하고, 조금은 썩는 듯한 냄새가 났다. 쓰레기통을 제대로 비우지 않아서 그런 듯싶었다. 거실 창문을 연 올랴는 교복을 갈아입는 동안 환기가 되기를 바랐다. 그러고는 매트리스 위에 드러누웠다. 그 각도에서는 창 너머로 하늘밖에 보이지 않았다.

파란 하늘이 부쩍 높아져 있었다. 뉴스 보도나, 더 엄격해진 통행금지나, 실종된 여자아이들을 찾는 포스터는 잊자. 오늘은 누군가와 바깥에서 보내기에 완벽한 날이었다. 오후에 수업이 모두 끝났음을 알리는 종이 울린 뒤 올랴는 디아나에게 페트로파블롭스크 시내에 놀러 가자고 했지만 디아나는 그럴 수 없다고, 부모님이 아직 걱정하고 있어서 일찍 귀가해야 한다고 거절했다. "안전하지 않아." 디아나가 어른인 척, 높고 차가운 목소리로 말했다. 디아나의 입에서 그 애의 어머니와 똑같은 음성이 흘러나왔다.

디아나는 친한 친구끼리는 계속 만날 필요가 없는 거라는 말도 했다. 자매가 납치된 이후 한 달 동안 그 애는 그 말을 입에 달고 살았다. 올랴는 요즘 입만 열면 어른을 흉내 내는 디아나의 말에 실린 것이 정말로 그 애의 생각인지, 아니면 그 애 어머니의 생각인지 분간할 수 없었다. 어쨌든 확실한 건 디아나는 자기가 하는 말을 믿는다는 거였다. 그 아이들이 사라진 뒤로 올랴와 디아나는 거의 만나지 못했으니까. 학기가 시작된 지금도 디아나는 뜻을 굽히지 않았다. 친한 친구라면 만나서 놀기를 중단하고, 그들 사이에 갑자기 어리석은 규칙이 생기더라도 이해해야 하며, 위험에 관해 진전 없는 논쟁을 시작하느니 차라리 입을 다물어야 한다는 것이었다.

올랴의 어머니는 걱정하지 않았다. 어머니는 올랴가 자기 일은 알아서 한다고 믿었다. 통역사인 어머니는 도쿄에서 온 단체 관광객과 함께 북부로 가서, 공식 가이드가 말하는 러시아어를 일본어로 통역하는 일을 했다. 그럼으로써 그녀는 반도를 찾아온 부유한 손님들이 갈색곰을 찾고, 여름 열매를 따고, 온천에서 목욕하는 것을 도왔다. 올랴의 어머니가 출장을 갈 때마다 집에서 음악이 줄어들었고, 향수 냄새도 줄어들었다. 머그잔에 남은 립스틱 자국 또한 없어졌다. 자매가 실종되기 전에는 이렇게 올랴 혼자서 일주일을 지낼 때면 디아나가 찾아와 함께 놀곤 했지만, 이제는 여름방학도 끝났거니와 모두가 편집증을 보이고 있었다. 어머니가 일요일에 외제 사탕을 선물로 가져오기 전까지, 올랴 곁에는 아무도 없었다.

머리카락이 올랴의 얼굴을 스치고 지나갔다. 어쨌든 여기 혼자 있는 것도 충분히 좋았다. 익숙하고, 햇볕도 따뜻했으니까. 지난봄, 7학년 역사 과목 교사가 반 아이들 앞에서 올랴의 머리를 두고 들쥐 집 같다고 했을 때는 몹시 창피했다. 올여름 관광 시즌이 지나가고 열세 살이 된 올랴는 디아나와 함께 도시를 탐험했다. 엉킨 머리칼이 목을 간질이는 것을 느꼈을 때 다시금 들쥐 집을 떠올렸지만, 이제는 그게 좋았다. 들쥐. 올랴는 한 마리의 짐승이었다. 그리고 여긴 올랴의 둥지였다.

올랴는 킁킁거리며 냄새를 맡아보았다. 이제는 냄새마저 아무렇지 않았다.

트럭 한 대가 밖에서 빵빵거렸고, 그러자 다른 트럭이 마찬가지로 응수했다. 올랴는 몸을 뒤집고 전화기를 들어 SNS에 올라온 새로운 소식을 훑어보았다. '셀카', 스케이트장, 짧은 치마를 입은 학교 친구들. 누군가의 여자 친구가 올랴의 '상태'에 '하트'를 눌렀다. 올랴는 그 여자아이의 프로필을 클릭해서 사진을 전부 훑어본 뒤, 그 애와 친구를 맺은 아이들을 찾아서 스크롤하고, 클릭하고, 넘어갔다. 올랴는 다시 자기 '피드'로 돌아와 '새로 고침'을 눌렀다. 그리고 멈췄다.

조금 전, 아는 여자아이가 디아나의 사진을 올렸다. 디아나는 발갛게 달아오른 뺨으로 미소 짓고 있었다. 실내복 차림이었다. 가슴에 영국 국기가 그려진 우스꽝스러운 붉은색 티셔츠와 무릎 아래를 잘라

낸 분홍색 레깅스. 디아나는 침대에 다리를 꼰 자세로 앉아 있었고, 같은 반 친구 하나가 그 옆에 누워 있었다. 교복 차림의 또 한 친구는 양손으로 'V' 자 모양을 한 채 디아나에게 기대앉아 있었다.

올랴는 일어나 앉았다. 디아나에게 메시지를 보냈다. **지금 뭐 해?** 답장을 기다릴 수 없어서 또 보냈다. **너희 집에 가도 돼?**

올랴는 매트리스를 밀치고 청바지를 찾아 입었다. 재킷을 들고 주머니에 지갑과 립밤, 헤드폰과 열쇠를 쑤셔 넣었다. 수업이 끝난 뒤 디아나는 집에 가야 한다고 말했는데, 올랴도 함께 가자는 뜻이었던 모양이다. 아마 둘이 서로의 말을 오해한 듯했다. 올랴는 사진을 다시 보았다. 잠깐만, '넷'이 함께? 그 사진을 올린 아이는 디아나의 집 근처에 살지도 않았다. 올랴는 다시 '새로 고침'을 했다. 새로운 내용은 없었다. 올랴는 버스 패스를 챙긴 뒤 아파트 문을 쾅 닫고 계단을 뛰어 내려갔다.

밖에 나가니 햇빛에 눈이 부셨다. 올랴는 눈을 찡그렸다. 아파트에 있었던 시간이 30분도 채 안 되었는데, 벌써 정말로 쥐처럼 변해 햇빛에 적응하지 못했다. 서둘러 걸어가면서, 올랴는 머리를 손으로 정리했다. 머리칼 몇 가닥이 뒤로 떨어져 내렸다. 오후에 시내에 가자고 디아나에게 말했었다. 디아나는 그 말을 시내'만' 가자는 말로 여겼던 걸까? 다른 데는 안 된다고? 디아나가 다른 계획을 내놓았다면, 그게 뭐든 올랴는 찬성했을 것이다. 디아나도 그건 알았다. 디아나는 올랴가 혼자 있기 싫어한다는 걸 알고 있었다. 친한 친구들은 서로를 버리지 않아야 하는데.

올랴가 사는 건물의 기다란 주차장은 바닥이 울퉁불퉁했다. 올랴는 달리는 속도를 줄이지 않으려고 가장 크게 팬 곳도 곧장 뛰어넘었다. 운동화 바닥을 통해 아스팔트의 온기가 전해져왔다. 자갈이 부서진 자리를 밟으면 발바닥이 따끔거렸다. 이렇게 햇빛이 비치는 날이면, 상태가 엉망이었던 페트로파블롭스크캄차츠키의 도로가 마치 자연 치유된 것처럼 부드러워졌다. 로터리 위의 광고판도 새것같이 보였다. 광고 모델은 싱크대의 거품 가득한 물에 손을 담근 채 웃고 있었다. 교차로 주위의 주택들은, 검은색의 콘크리트 이음새를 드러낸 사각형 아파트를 향해 색색의 빛깔을 자랑했다. 과거에는 부유했을 누군가가 가진 건물의 앞면은 분홍색과 복숭아색 페인트가 다 벗겨져 있었고, 현재 부유한 누군가의 소유일 건물에는 새로 칠한 파란색의 발코니가 달려 있었다. 건물 사이의 틈으로, 나뭇잎이 노랗게 물든 페트로파블롭스크의 산지가 보였다.

올랴의 어머니는 멀리 저 숲 북쪽 어딘가에 있었다. 툰드라 상공에 떠 있는 여행사 헬리콥터의 안에. 그녀는 햇볕 속에서 "아리가토"를 연발하고 있었다.

올랴는 자기 신발 밑창이 바닥을 타닥타닥 부딪는 소리를 들으면서 속도를 늦췄다가, 햇볕이 얼굴을 쓰다듬는 것을 느끼고 팔짝 뛰는 순간 버스가 로터리를 도는 것을 보고는 다시 내달려 차에 올라탔다.

올랴가 좌석 사이 통로를 걸어가는데 버스가 흔들렸다. 통로 양쪽에 온갖 제복을 입은 사람들이 앉아 있었다. 작업복, 수술복, 파란색 경찰복, 녹색 군복……. 벌써 근무시간이 끝나가고 있었다. 올랴가 지나친 남자들 대부분이 유괴범처럼 생겼다. 8월에 페트로파블롭스크에서 체격이 크고 이름을 알 수 없는 어떤 사람에 대해 떠돌던 이야기를 듣고, 올랴의 어머니는 다 헛소리라고 했다. 어머니는 목격자가 아무것도 보지 못했을 거라고 말했다. 목격자가 말한 인상착의는 도시에 사는 사람 모두를 악당처럼 보이게 했을 뿐 아무런 소용도 없었다. 올랴는 자리에 앉아 전화기를 확인했다.

디아나에게서 온 답장은 없었다. 올랴는 재빨리 '???'라고 적어 메시지를 보내고 화면을 잠근 뒤, 마치 그렇게 하면 메시지 전송을 취소할 수 있다는 양 전화기를 양손 사이에 끼고 있었다. 올랴는 더 이상 아무것도 하지 않으려고 창밖을 내다보았다.

어머니는 짧고 그림처럼 아름다운 이 시기를 '황금 가을'이라고 불렀다. 나무들은 전부 불이 붙은 듯했다. 공기는 여전히 따뜻했다. 사실 여름 동안보다 더 여름 같았다. 저 멀리 지평선 위로 솟은 코략스키 화산 정상에 첫눈이 쌓여 있는 게 보였다. 추운 날씨가 오고 있었지만, 아직은 아니었다.

지금쯤 디아나는 올랴가 사진을 봤다는 걸 알아차렸을 것이다. 올랴는 전화기를 꽉 쥐었다. 그 애들이 거기서 나를 비웃고 있었을까?

결국 이렇게 되고 말았다. 누군가에게 더 가까워질수록 거짓말을 더 하게 된다. 잘 모르는 사람에게는 마음대로 말할 수 있었다. 주사를 놓는 간호사에게는 "아파요"라고, 식료품점 계산원에게는 "돈이 없으니 그건 빼주세요"라고 할 수 있었다. 혼자일 때 올랴는 솔직했다. 그다지 가깝지 않은 친구들도 올랴에게 부담을 주지 못했다. 뒷자리에 앉은 아이가 그해 첫 시험에서 최고 점수를 받았다고 자랑했을 때, 올랴는 마음 내키는 대로 고개를 돌려버렸다. 자리에서 홱 돌아앉는 것만으로도 가슴이 후련했다. 하지만 올랴에게 가사를 맡겨야 하는 어머니에게나, 부탁만 하면 올랴 스스로 자기 것을 떼어주게 만드는 디아나에게는 솔직하게 말할 수가 없었다.

오늘 아침, 첫 수업의 시작을 알리는 종이 울리기 전만 해도 디아나는 올랴에게 더 상냥하고 부드럽게 말하라고 일렀다. "네가 그렇게 말하면 머리가 아파." 디아나는 책상에 엎드린 채 말했다. 올랴는 "어떻게 말이야?"라고 묻지 않았다. 그러는 대신, 선생님이 들어올 때 디아나의 어깨를 짚고 속삭여 일어나라고 알려주었다. 올랴는 하고 싶은 말이 목구멍까지 자갈처럼 차올라도 그저 착하게만 행동했다.

올랴는 점심시간에 수학 숙제를 확인할 때도, 자기가 쓴 오답을 디아나가 지적하며 고쳐 쓰는 걸 보고 가만히 고개만 끄덕였다. 그 순간 가장 친한 친구가 정말이지 꼴 보기 싫었지만 말이다. 꼭 그렇게 잘난 체를 해야 하나.

어릴 적 디아나는 눈부시게 예뻤다. 피부가 검고 거칠었던 올랴는 급우들이 일렬로 서서 다른 교실로 이동할 때 디아나의 뒤통수를 보고 놀라 감탄했었다. 이제 8학년이 된 디아나는 여전히 옅은 금발에 타원형 얼굴을 가진 데다, 입술 색은 새 차에 칠한 빨간색 래커같이 눈부신 빨강이었다. 하지만 양쪽 뺨에 길게 여드름이 나 있었고, 새하얗던 속눈썹은 투명하게 변해버렸다. 디아나는 사랑스럽다가, 다음 순간 유령이 되어버렸다.

올랴는 꽉 맞잡았던 손을 떼고 전화기를 보았다. 아무 연락도 오지 않았다.

오늘 오후 체육 시간에 둘은 평소처럼 함께 달렸다. 올랴는 신경 써서 디아나와 발을 맞췄다. 더 빨리 달릴 수 있었지만, 애정은 타협을 요구했다. 소중한 사람들과 함께할 수만 있다면 올랴는 자유롭지 않아도 되었다.

올랴가 내다보는 차창 밑으로 차들이 모여들었다. 거리에는 불이라도 붙은 듯 주황색과 진홍색으로 물든 나뭇잎과 색 바랜 자작나무의 몸통들, 그리고 수십 년 동안 벽을 칠한 적 없는 시커먼 건물들이 줄지어 서 있었다. 버스 측면에는 한국의 제조사에서 굵은 글씨체로 적어놓은 안전 경고문이 있었고, 러시아 승객들이 굵은 마커 펜으로 한 낙서도 있었다. 버스는 꾸준히 언덕 아래로 달려 내려갔다.

6킬로미터 지점, 노파들이 잡동사니와 과자류를 벌여놓고 파는 극장 옆 장터에서 버스가 속도를 늦추더니 이윽고 고리존트 쪽으로 좌회전했다. 올랴는 의자에 몸을 기댔다. 옆에서 플라스틱 창이 흔들렸다. 초대도 받지 않고 디아나네 아파트로 가 초인종을 누르는 모습을 상상하니 어쩐지 싫어졌다. 가장 친한 친구 사이라 할지라도, 서로 원한다는 말을 해야 하는 게 아닐까? 올랴는 창밖을 바라보던 눈을 감았다가 다시 뜨고 디아나에게 전화를 했다. 하지만 신호음만 울릴 따름이었다.

올랴는 다시 전화를 걸었다. 또 걸었다. 그사이 버스는 디아나의 집 근처 정류장에 가까워지고 있었다. 뺨에 전화기를 붙인 채, 올랴는 앉아 있는 사람들 무릎을 하나씩 지나 통로로 나가서 기사에게 패스를 보여준 다음 너무나 익숙한 모퉁이에 내려섰다. 그동안에도 신호음은 계속 울리고 있었다. 올랴는 전화를 끊었다.

서두른 탓인지 더웠다. 디아나네 아파트에서 세 블록 떨어진 버스 정류장 옆에 서서, 올랴는 어깨에 바람이 닿도록 재킷을 조금 뒤로 젖혔다.

이 구역은 도시의 다른 곳보다 건물이 깨끗해 보였다. 이곳은 황금빛 나무들이 자라는 배수로 위에 자리를 잡고 있기에 정말로 새벽이 밝아오는 것처럼 보여서, 지평선이라는 뜻의 '고리존트'로 불렸다. 올랴는 이곳에 오는 것을 좋아했다. 새로운 소식 피드를 '새로 고침' 해 보니 뮤직비디오가 잔뜩 올라와 있었다. 검색창에 디아나의 이름을 넣었다. 그때 전화벨이 울려서 하마터면 전화기를 떨어뜨릴 뻔했다.

"여보세요!" 올랴가 말했다.

"발렌티나 니콜라예브나다." 디아나의 어머니가 말했다.

올랴는 재킷을 제대로 추켜 입었다. "안녕하세요."

"잘 들어라, 올랴. 넌 여기 오면 안 돼." 발렌티나 니콜라예브나가 말했다. 전화기 너머에서 여자아이들 목소리는 들리지 않았다. 다른 방에서 놀고 있는 게 분명했다.

올랴는 눈을 가늘게 뜨고 하늘을 보았다. "벌써 근처에 왔는걸요. 잠깐만 들르면 안 될까요?"

발렌티나 니콜라예브나는 한숨을 쉬었다. "집으로 가. 이 근처에 오면 안 돼. 널 걱정하는 사람이 없니? 솔직히 너희 둘이 학교 밖에서 만나는 거 불편하단다."

"네?" 올랴가 말했다.

"디아나는 이제 학교 밖에서는 너랑 이야기할 수 없을 거야."

디아나 어머니 특유의 딱 잘라 말하는 말투였다. 디아나는 그 말투를 바로 그날 오후에, 뻣뻣하고 냉담하게 흉내 냈었다. 발렌티나 니콜라예브나가 하는 말은 말투와 도무지 어울리지가 않았다. 남녀 한 쌍이 올랴를 향해 걸어오고 있었다. 그들에게 자리를 내주기 위해 올랴는 포장된 보도가 풀밭과 이어지는 끄트머리로 비켜섰다. "왜요?"

발렌티나 니콜라예브나가 말했다. "넌 좋은 영향을 못 주니까."

올랴는 졸지에 좋은 영향을 주지 못하는 사람이 되었다. "어떻게요? 왜요?"

디아나와 사진을 함께 찍은 여자아이 하나는 교복 스커트 밑에 속옷을 입지 않았고, 5학년 때 남자 친구를 사귀었다. 그에 비하면 올랴는 심지어 담배 한 개비도 다 피워본 적 없었다. 올랴가 한 일이라고는 디아나를 보살피고, 새로운 음원 파일을 그 애 음악 플레이어에 복사해주고, 발렌티나 니콜라예브나가 딸에게 읽지 못하게 한 싸구려 번역본 로맨스 소설을 상자에 넣어 침대 밑에 숨겨주는 것뿐이었다. 물론 디아나의 집에서 함께 식사할 때, 장난으로 식탁 밑에서 디아나의 발목을 걷어찬 적은 몇 번 있었다. 디아나의 수학 숙제를 베낀 적도 있었다. 하지만 그 정도가, 아니 그게 다였다.

"더 할 이야기는 없다." 발렌티나 니콜라예브나가 말했다. "지난달에 네가 한 행동이 얼마나 무서웠는지 아니? 오늘 네가 시내에 가자고 했다는 디아나의 말을 듣고 도저히 믿을 수가 없더구나."

"하지만 가도 괜찮아요. 아무렇지도 않아요."

"당연히 괜찮지 않아. 너도 알잖니. 게다가 네 가족은…… 훈육이란 개념도 모르는 것 같고. 보고 있으면 불편하구나."

올랴는 한 손으로 눈을 가렸다. 언덕 위의 깨끗한 건물 뒤편에서 개가 짖었다. "가족이라면…… 우리 어머니 말씀이세요?"

"그럼 또 누가 있겠니?" 디아나의 어머니가 말했다.

올랴가 생각하기에 어머니의 '훈육'은 훌륭했다. 탁월한 어머니의 영향은 물론이고 가장 친한 친구의 요구와 스스로 날마다 기울이는 노력 덕분에 훈육이 얼마나 잘되어 있었던지, 올랴는 발렌티나 니콜라예브나에게 "잘난 체하는 나쁜 년"이라는 마땅한 말조차 도저히 뱉을 수 없었다. 그러는 대신, 이렇게 말했다. "우리 엄마에 대해 그렇게 말하지 마세요."

"너와 내 딸 이야기를 하는 거야."

"그건 옳지 않으니까요. 그런 말은 공평하지 않아요."

"앞으로 그렇게 해야 한단다. 학교에서는 선생님 감독하에 서로 만날 수 있겠지만, 그 외에는 더 이상 디아나를 성가시게 하지 마라." 올랴는 대답할 수가 없었다. "알겠니?"

"네." 그 대화를 끝낼 방법은 그것뿐이었기에, 올랴는 그렇게 대답했다.

"좋아." 디아나의 어머니가 말했다. "고맙다. 이만 됐다."

발렌티나 니콜라예브나가 전화를 끊은 뒤, 올랴는 전화기를 셔츠에 쓱 문질러 닦고 아직도 얼룩이 남아 있는 검은 앞면을 보았다. 꺼진 화면을 다시 켰다. 그리고 '연락처'에서 자기 어머니의 이름을 찾다가 멈칫했다.

어머니에게 뭐라고 한단 말인가? **발렌티나 니콜라예브나가 그러는데, 우리가 나쁜 영향을 끼친대.** 그러면 어머니는 뭐라고 대답할까? 어머니라고 해서 이미 틀어진 일을 바로잡을 수는 없었다.

발렌티나 니콜라예브나는 항상 올랴의 가족을 주시했다. 5학년 때, 올랴와 디아나가 밤마다 전화로 이야기를 하며 우정을 쌓기 시작했을 때부터 그 여자는 올랴 모녀에게 하고 싶은 말이 있었다. 초등학교 행정 직원인 그녀는 나름 작은 전략을 세우고 학생 기록부에서 정보를 빼냈다. 그리고 지난번에 올랴가 디아나네 아파트에 놀러 갔을 때였다. 발렌티나 니콜라예브나는 저녁 식사를 하다 말고 리모컨으로 텔레비전 저녁 뉴스를 켰다. 경찰 수사에 대한 반복되는 논평과 민간 수색 계획에 관한 정보들, 그리고 실종된 소녀들의 학교 사진이 나오고 있었다. "소련 시절에는 이런 일은 일어날 수 없었어." 발렌티나 니콜라예브나가 말했다. 디아나는 계속 수프를 먹었다. "너희들은 예전에 여기가 얼마나 안전했는지 상상도 못 할 거야. 외국인도 없었고, 타지인도 없었지. 반도를 개방한 건 당국이 저지른 최악의 실수야." 발렌티나 니콜라예브나는 리모컨을 내려놓았다. "이제 여긴 관광객과 이주민으로 득실거려, 원주민이랑. 저 범죄자들도 그렇고."

올랴는 입을 다물고 있었어야 했다. 하지만 이렇게 물었다. "원주민들은 늘 여기 살지 않았나요?"

딸과 똑같은 발렌티나 니콜라예브나의 달걀형 얼굴이 턱짓으로 화면을 가리켰다. 그녀는 눈에 생기를 입히려고 마스카라를 바른 채였다. "그 사람들은 자기들 마을에서만 살았잖니."

자매는 시내에서 마지막으로 목격되었다고, 기자가 재차 말했다. 그건 20만 명의 사람들이 거주하는 2,000킬로미터 길이의 반도에서는 아무 의미도 없는 소리였다. 경고는 벌써 배경의 잡음으로 전락해 있었다. 실종된 자매의 어머니가 화면에 등장하자 발렌티나 니콜라예브나가 말했다. "저 여자로구나." 그녀는 매니큐어를 바른 손으로 올랴와 디아나의 두 식탁 매트 사이를 눌러 아이들의 주의를 끌었다. "끔찍하지 않니? 슬픈 일이야. 저 불쌍한 여자는…… 남편 없이 혼자라서 종일 일을 하더구나. 둘째 아이의 학생 기록을 보니 학교로 상담 한번 오지 않았어." 그녀는 올랴를 보더니 턱을 치켜들고 말했다. "아버지는 없고, 어머니는 일하러 나가고. 그러니까 저런 상황이 생기지."

올랴는 그때 정말이지 뭐라고 쏘아붙이고 싶었다. "어떻게 감히 그런 소리를!"이라든가, "닥쳐요"라든가, "제 이야기 하는 거 알고 있어요"라고. 하지만 아무 말도 하지 않았다. 디아나가 허락하지 않을 테니까. 그저 그릇 속 수프만 휘저을 뿐이었다. 발렌티나 니콜라예브나는 매일 오후 3시에 퇴근했다. 멍청한 남편이 언덕 위에 자리한 화산연구소에 처박혀 있을 때, 그녀는 새로 단장한 부엌에 앉아 올랴의 가족 구성에 결함이 있다고 판단했다. 단지 올랴의 어머니가 출장이 빈번한 능력 있는 사람이고, 놀면서 화장을 하거나 아니면 저녁 뉴스를 보면서 사라진 두 여자아이를 놓고 이러쿵저러쿵할 시간이 없는 여자라는 이유로.

올랴의 아파트는 달랐다. 올랴의 어머니는 재미있는 사람이었다. 그녀는 집에 있을 때면 아이들이 입고 놀 수 있도록 옷장에서 가장 좋은 옷들—구소련군의 약식 군모, 교환학생 시절 교토에서 산 실크 가운, 가죽으로 된 펜슬 스커트 등—을 꺼내주었다. 새로운 친구가 올랴와 디아나를 따라 집에 오면, 그녀는 일본어를 써서 그 아이를 맞아주었다. 그럴 때면 미소가 피어나는 것을 감추려는 얼굴에서 광대뼈가 살짝 위로 들리곤 했는데, 그래서인지 올랴는 일본어와 어머니의 수줍은 행복감을 자연스레 연결시키게 되었다. 두 달 전, 디아나가 일본 애니메이션을 보고 배운 단어를 써먹으려고 올랴 어머니의 그 인사에 일본어로 대답한 적이 있었다. 그러자 어머니는 한 손을 허리에 얹고 일본어로 열심히 말했다. 디아나는 10초 정도는 이해한 척했다. 그러다 곧 속이 상했는지 입을 삐죽거렸다. 올랴 어머니는 미소를 짓고 말했다. "장난한 거야, 아가."

어리석으면서도 영리하고, 믿음직하면서 재미있었던 어머니. 올랴는 지금 전화를 걸어 그 모든 추억을 차마 망쳐버릴 수가 없었다.

올랴는 쪼그리고 앉아 두 팔에 얼굴을 파묻었다. 거리 반대편의 나무로부터 바스락거리는 소리가 들려왔다. 바람이 지나가고 있었다. 차들이 계속 달리고 있었다.

디아나는 올랴의 친구였다. 가장 친한 친구. 두 사람은 1학년 때부터 알고 지냈다. 디아나가 아무리 이상하게 굴어도, 갑자기 거리를 두었다가 들러붙기를 반복해도, 올랴는 디아나를 사랑했다. 또한 올랴가 아무리 지저분하고, 수업 시간에 가만있지를 못하고, 반 아이들에게 날카로운 말을 내뱉더라도, 디아나는 올랴를 사랑했다. 올랴의 어머니가 출장 중일 때 디아나는 올랴의 집에 와서 자곤 했다. 올랴의 머리를 빗어주고, 갈색 머리 타래의 끄트머리가 씹힌 연필처럼 가늘어지게끔 하나로 땋아주기도 했다. 디아나는 올랴의 티셔츠를 빌려 입고 학교에 간 적도 많았다. 친구가 입었던 옷이 몸에 닿을 때 느껴지는 그 친밀감 때문에, 빨래를 하지 않은 옷일수록 그 애는 더 좋아했다. 올랴는 디아나가 그러지 못하게 막지 않았다. 올랴가 노력하듯이 디아나도 노력했다. 그들 사이에 쌓인 세월 때문에, 서로 친구가 되고 싶었기 때문에, 관심을 가졌기 때문에.

올랴의 재킷 소매가 눈물에 젖어 뜨듯했다. 팔을 뻗어 보니 팔꿈치 안쪽 부분에 별 모양으로 눈물 자국이 나 있었다.

올랴는 일어서서 다시 디아나에게 메시지를 보냈다. **통화할 수 있어?** 그대로 화면에서 눈을 떼지 않았다. 대답이 없었다.

디아나가 당장 메시지를 보낼 수 있다고 하더라도, 새롭게 할 이야기는 아마 없었을 것이다. 또 다른 변명만이 있을 터였다. 실종된 아이들은 우리와는 아무런 관련도 없다고, 올랴는 적어도 일주일에 한 번은 말했다. 그 애들은 아무것도 모르는 어린애들일 뿐이고, 큰애는 아직 중학교에도 들어가지 못한 아이라고.

오늘 수업이 끝난 뒤 올랴가 시내에 가자고 말했을 때, 디아나는 또 그 아이들 이야기를 꺼냈다. 마치 그 아이들이 실종된 게 그곳 탓이라도 된다는 듯이. 올랴는 말했다. "그냥 집에 전화해서 가도 되냐고 물어보면 안 돼?" 다른 아이들이 서로를 밀치며 거리로 나갈 때, 교사들이 아이들 등 뒤에서 소리를 치고 있을 때, 디아나는 전화기에 대고 이렇게 말했다. "알았어요, 엄마. 그런 거 알아요. 그럴게요."

디아나가 전화를 끊자, 올랴가 말했다. "제대로 묻지도 않았잖아." 디아나는 고개를 저었다. "물어봤어." 올랴가 말했다. "아니야." 디아나는 고개를 숙여 금발 앞머리로 눈동자를 덮었다. 그럴 때 그 애는 꼭 알비노 같았다. "엄마가 거기 가지 말래. 나는 사람들 말을 잘 들어." 디아나가 말했다. "나는"이라고 할 때의 말투가 어쩐지 비난처럼 들렸다.

'나도 그래.' 하지만 올랴는 그렇게 말하지 않았다. 사실 '말을 잘 듣는' 사람은 올랴였다.

이를테면 올랴는 발렌티나 니콜라예브나가 하는 말 이면의 진실을 들을 줄 알았다. 실종된 자매는 우리가 알지 못하는 사람들이고, 그 아이들은 전혀 중요하지 않다는 것을. 발렌티나 니콜라예브나는 그저 아무 이유 없이 올랴가 싫고, 올랴의 어머니가 싫을 뿐임을. 그들이 둘이서 살아갈 만큼 용감하다는 이유로.

버스 한 대가 올랴 앞에 섰다. 전면 차창에 붙은 나무 팻말에 행선지가 적혀 있었다. 올랴의 집으로 돌아가는 버스가 아니라 도시의 반대편, 수리 단지가 있는 곳과 그 너머 자보이코로 향하는 것이었다. 올랴는 주머니에 든 패스를 만졌다. 저 버스에 탈 수도 있었다. 원하는 것은 무엇이든 할 수 있었다. 혼자였으니까.

그래서 그렇게 했다. 버스는 경찰서와 병원, 줄지어 늘어선 화단과

해적판 영화 디브이디를 파는 상인들, 뉴질랜드에서 수입한 사과를 파는 새 식료품점, 그리고 더 아래쪽에 있는 교육대학 캠퍼스를 지나갔다. 사방으로 어른들에게 둘러싸인 올랴는 손잡이를 꼭 붙잡았다. 사람이 너무 많아 전화기를 꺼낼 수가 없어서, 머릿속에 사진을 그려 보았다. 디아나의 모습이 잘 나오지 않은 사진이었다. 둥근 어깨와 새하얀 흰머리. 한 친구가 한쪽 다리 위로 스커트를 걷어 올린 채 프레임 안에 들어와 있었다. 사진 속 아이들 모두 플래시가 내뿜은 빛에 하얗게 녹아 있었다.

통로 아래쪽에서 노파 한 명이 올랴를 쳐다보고 있었다. 아마 올랴가 위험한 행동을 하고 있다고 생각하는 모양이었다. 올랴가 고개를 흔들자 머리카락이 흘러내려 얼굴을 가렸다.

버스가 다음 정거장에 섰을 때, 올랴는 느지막이 퇴근하는 사람들을 팔꿈치로 밀치며 차에서 내렸다. 그들 사이를 벗어나 보니 시내는 아직도 붐비고 있었다. 레닌 동상이 재킷을 바람에 날리며 서 있고, 고등학생 남자아이들이 자전거를 타고 그 발치를 지나고 있었다. 널찍한 시청 건물, 눈부시게 타오르는 언덕. 이곳에서 화산은 봉우리만 보였다. 올랴의 오른쪽으로, 자갈 깔린 해변이 경사를 이루며 만으로 이어졌다. 성 니콜라스 언덕이 한쪽에 솟아 있었다. 자동차 매연이 기름 냄새, 짠 바다 내음과 뒤섞였다. 이런 곳에서 실종되다니, 그 자매는 멍청이들이었다.

올랴는 지갑 안을 확인하고 음식을 파는 노점 가판대 쪽으로 갔다.

“86루블이 있어요.” 올랴가 상인에게 말하자, 상인은 가격표 쪽으로 고갯짓을 했다. "그래도 핫도그 하나만 주실 수 있을까요?"

"110루블이야."

"빵 없이는요?"

상인은 어이없다는 표정을 지었다. "86루블이랬니? 소다수랑 홍차가 85루블이야." 올랴는 카운터에 돈을 놓고 동전 하나를 집은 다음 설탕이 든 조그만 봉지들을 한 줌 쥐고 코카콜라 캔을 들었다. 잠시 후, 말랑한 플라스틱 컵에 든 차 한 잔을 받았다. 올랴는 찬 음료와 뜨거운 음료를 양손에 하나씩 들고, 돌이 쌓인 해변을 가로질러 벤치로 갔다.

등 뒤로 차들이 지나갔다. 작은 파도가 바위를 때렸다. 올랴는 콜라를 마시면서 파도와 엔진 소리, 그리고 레닌 동상 주위를 지나는 10대 아이들의 외침 소리를 들었다. 그런 다음 설탕 세 봉지를 넣은 차를 마신 뒤, 고개를 젖히고 컵 바닥에 남은 설탕물을 혀 위에 쏟았다. 달착지근한 가루가 목구멍을 타고 넘어갔다.

보도를 걷는 사람들이 어느새 줄어 있었다. 새들이 언덕 쪽으로 날개를 치며 날아가고, 눈앞의 바닷물이 햇살을 받아 반짝였다. 해안 저 아래 늘어선 크레인들은 움직이지 않았다. 저것들을 조작하는 사람들은 벌써 한참 전에 퇴근해서 가족 혹은 친구들과 함께 있을 것이다.

재킷 주머니에 든 전화기가 별안간 묵직하게 느껴졌다. 올랴는 새 소식 피드를 확인하고 싶지 않았다. 네 아이가 얼굴을 한데 붙이고 그 얼굴에 서로 손을 다정히 댄 모습 밑에 '절친!'이라고 코멘트를 단 게시물이 뜰지도 몰랐다. 올랴에게 그것은 어떤 타인보다도 더 큰 위협이었다.

어쩌면 아무런 포스팅도 없을지 모른다. 아까의 통화가 있은 뒤에, 발렌티나 니콜라예브나가 디아나의 전화기를 압수했을 수도 있다. 어쩌면 다른 애들도 다 쫓아냈을지 모른다. 또 어쩌면 디아나는 어머니가 하는 말을 듣고 밤새도록 울지도 모른다.

그리고 내일 아침, 첫 수업이 시작되기 전에 올랴는 이렇게 물을 것이다. "왜 너희 엄마가 나한테 그런 말을 해도 가만히 있었어?"

그러면 디아나는 이렇게 말할 것이다. "엄마를 말릴 수 없었어. 엄마가 내 전화기를 빼앗아 가서는 전화하는 동안 날 밀어냈어."

"넌 너희 엄마를 막지 않잖아. 너희 엄만 미쳤어." 올랴는 너무나 부당한 대우를 받았다. 그러므로 이렇게 솔직하게 말할 자격이 있었다. 그리고 내내 이상적인 가족을 가진 척했던 디아나는, 마침내 올랴의 말이 옳다고 시인할 것이다.

그들은 함께 계획을 세울 것이다. 디아나는 어머니에게 클럽 활동을 시작했다고 말하고 일주일에 두 번, 올랴의 아파트에서 오후 시간을 보낼 수도 있었다. 다른 사람은 그걸 알 필요가 없었다. 올랴의 어머니는 말하지 않을 것이다. 올랴는 설탕 한 봉지를 또 뜯어서 입속에 털어 넣고 씹었다. 입안에서 설탕이 녹았다. 클럽 이름은 '발렌티나 니콜라예브나 안티 그룹'이나 '엄마 괴물 탈출 모임'이라고 지을 것이다.

올랴는 설탕을 꿀꺽 삼키고 쓰레기를 땅바닥에 버린 뒤 벤치에 누웠다.

바다에서 부드러운 소리가 났다. 해변에서 1내지 2미터 떨어진 곳에 파도가 보였다. 바다 건너는 맞은편 뭍의 어두운 해안이었다. 핵잠수함이 정박한 곳에서 불빛이 보였고, 겹겹이 층을 이뤄 버티던 산들은 점차 옅어지다 기어이 하늘과 맞닿았다.

디아나가 함께하지 않으리라는 것을 올랴도 알고 있었다. 그 클럽은 '외톨이 올랴 동호회'가 될 것이다. 그렇다, 올랴는 알고 있었다. 클럽은 결성되지 않으리라는 것을. 애정을 표현하거나 선의의 거짓말을 하는 문제에 있어서, 디아나는 항상 올랴를 최후 순위에 두었다.

하늘의 노란색이 땅으로 번졌다. 만을 가로지르는 불빛이 깜빡였다. 올랴의 등 뒤로 자동차들이 끊임없이 지나갔다.

눈물에 젖은 관자놀이가 차가워졌다. 눈물을 훔치던 올랴는 누군가의 큰 손이 오른쪽 발목을 잡는 것을 느끼고 벌떡 일어나 앉았다.

뉴스에서 본 형사가 발치에 서 있었다. 큰 키와 선글라스를 쓴 제복 차림이 위압적인 분위기를 풍기는 남자였다. 형사가 올랴의 발목을 놓더니 말했다. "알료나 골로숍스카야(골로숍스키의 여성형 호칭 — 옮긴이)?"

올랴는 다리를 움츠렸다. 숨이 가빴다. "제가 그 애처럼 보이세요?"

"성, 이름, 아버지 이름."

"페트로바, 올가 이고레브나." 경찰은 이런 식으로 수색을 하는 걸까? 자매가 마지막으로 목격된 곳에 있는 벤치를 하나씩 찾아다니면서? 그렇다면 골로숍스카야 자매를 여태 못 찾은 것도 당연했다. "전 그 애들보다 나이가 많아요. 8학년이에요. 그리고 닮지도 않았어요." 올랴는 양손으로 눈물을 닦고 형사의 선글라스를 쳐다보았다. 그럼으로써 자기 말이 사실임을 알렸다. 골로숍스카야 자매는 나이가 어린데다, 체구도 작고 연약했다. 약삭빠른 10대가 아니었다. 올랴가 아니었다.

형사는 올랴를 찬찬히 살피더니 거리의 누군가를 향해 아니라는 듯 손을 흔들었다. 자동차 한 대가 시동이 켜진 채로 서 있었다. “여기 얼마나 있었지?”

“한 시간쯤.”

“수상한 사람은 못 봤니?”

“아무도 못 봤어요, 아저씨밖에.”

“접근하는 사람은 없었어? 검은색 차를 탄 남자라든가.” 올랴는 고개를 저었다. “질문하는데 그런 표정 짓지 마라.” 형사가 말했다.

“그러지 않았어요.” 낯선 사람에게 거짓말을 하니 놀라울 정도로 기분이 좋았다.

“여기 혼자 나와 있는 게 얼마나 위험한 짓인지 알았으면 좋겠구나.”

“아, 혼자 아니에요.” 올랴는 형사를 향해 미소 지었다. “엄마가 방금 퇴근했어요. 절 데리러 올 거예요. 곧 도착할 거예요.” 그때 무릎 위에 쥐고 있던 전화기가 진동해서 올랴는 깜짝 놀랐다. “엄마가 전화한 거예요.”

형사는 다른 쪽 발에 체중을 옮겨 실었다. 선글라스와 옷 때문에 권위 있는 사람처럼 느껴졌지만, 얼굴은 매끈하고 젊어 보였다. 그는 뒷주머니에서 명함을 꺼내 올랴에게 건넸다. 니콜라이 다닐로비치 랴콥스키 경위. 그 아래 전화번호가 적혀 있고 한쪽 구석에는 방패 모양의 경찰 엠블럼이 찍혀 있었다. "할 이야기가 있으면 전화하렴." 그가 말했다. "그리고 어머니께 여긴 어린 여자아이를 혼자 놔둘 곳이 아니라고 전해라."

올랴는 고개를 끄덕이고 전화기를 귀에 갖다 댔다. "응, 엄마. 그래? 금방? 알았어." 올랴는 떠나는 형사의 뒷모습을 보며 발로 자갈을 이리저리 훔쳤다. 광대뼈에 닿은 전화기가 계속 진동했다.

형사가 차에 탄 뒤, 올랴는 다시 누웠다. 반짝이는 전화기 화면을 보았다. 디아나에게서 온 전화를 놓치고 말았다. 올랴는 전화기의 잠금 화면을 푼 다음 '알림'을 지우고 문자메시지를 열어 디아나의 해명이 도착하기를 기다렸다. 그러는 동안 빈 화면에 글자를 적고 점들을 찍어보았다. 그러나 아무것도 오지 않았다. 올랴는 화면을 껐다.

솔직히 말하면, 전화를 걸고 싶지 않았다.

여기엔 올랴 혼자였다. 그건 생각보다 더 좋았다.

석양이 피어오르면서 해변의 자갈은 검정에서 회색으로, 다시 꿀색으로 변했다. 그리고 다시 호박색으로 차츰 밝아지고 있었다. 곧 돌이 빛을 발하고, 만의 바닷물은 분홍색과 주황색으로 변할 것이다. 사람들이 예쁘장한 딸들을 내보내기 두려워하는 시내, 그곳에서 바라본 바다는 장관이었다.

올랴가 벤치 위에서 고개를 돌려 보니, 시야 가장자리에서 흰색과 노란색의 줄이 번쩍였다. 올랴의 머리카락이 그 빛을 받았다. 재킷도 햇빛에 젖어 들었다. 아주 흠뻑.

금빛의 올랴. 올랴는 하늘의 그 빛에 집중했다. 디아나가 상황을 설명하러 올랴의 아파트를 찾아온다거나 학교에 발렌티나 니콜라예브나가 쓴 사과문을 들고 온다 해도, 다음 주에 돌아오는 올랴의 어머니가 보수 좋은 새 일자리를 구해 대학에서 문법을 가르치게 되고 그래서 다시는 오랫동안 출장을 떠날 일이 없게 된다 해도, 납치된 아이들이 돌아온다 해도, 경찰이 순찰을 그만둔다 해도, 페트로파블롭스크가 정상으로 되돌아간다 해도⋯⋯ 그 모든 일이 일어난다 해도, 올랴는 그들에게 이곳의 하늘빛이 어떻게 바뀌었는지 말하지 않을 생각이었다. 아무것도 나누지 않을 생각이었다. 그들은 가을의 가장 아름다운 날을 놓친 것을 절대 알지 못할 것이다. 올랴는 홀로 그 한가운데 있었지만.

그 비밀을 간직하는 느낌이 참 좋았다. 올랴는 그것을 마음속에 꽁꽁 감추었다.

. . O C T O B E R . .

10
월

"텐트를 잊었어." 막스가 카탸에게 말했다. 카탸가 든 손전등 불빛에 막스의 이목구비가 찌그러져 보였다. 낯빛이 사색이 되어 있었다. 막스가 마지막까지 미루다 짐을 싸는 바람에 페트로파블롭스크를 너무 늦은 시각에 떠난 데다 방향마저 잘못 알려줘서, 그들이 도착했을 때는 주위 숲이 이미 캄캄해진 뒤였다. 막스 탓이었다.

강한 불빛 속에서 막스는 전만큼 잘생겨 보이지 않았다. 광대뼈는 사라지고, 턱 끝의 갈라진 부분이 빛을 받아 번쩍였다. 그는 입을 헤 벌린 채 멍하니 불빛을 바라보고 있었다. 카탸와 막스는 8월부터 만나기 시작했고, 9월에는 정식으로 고백하고 연인이 된 사이였다. 그런데 텐트를 두고 오다니. 혐오감이 카탸의 온몸을 훑고 지나갔다.

"설마, 농담이지?" 카탸가 말했다. 카탸는 역겨움이 지나가기 전에 얼른 그 꼬리를 붙잡았다. 그러지 않으면 막스를 너무 빨리 용서해버릴 테니까. 카탸는 그 뱀 같은 감정을 꽉 그러쥐었다.

"여기 없어."

카탸는 막스에게 손전등을 건네고 트렁크를 뒤지기 시작했다. 길게 자라난 그림자가 트렁크 속 물건들에 드리워졌다. 먹을 것이 담긴 봉지, 슬리핑 백, 폼 매트 두 개, 텐트 바닥에 깔 방수포 접은 것, 온천에서 쓸 수건, 접이식 의자 두 개, 그리고 카탸가 쑤셔 넣을 때 주둥이가 풀어진 쓰레기봉투. 저녁에 카탸는 막스의 몸뚱이가 움직이는 것을 백미러로 지켜보는 대신 직접 짐을 쌌어야 했다. 뒤엉킨 짐 깊숙한 곳 어딘가에서 냄비들이 서로 부딪는 소리가 났다.

"막스!" 카탸가 말했다. "어떡해!"

"밖에서 잘 수 있어." 막스가 말했다. "그렇게 춥지 않아." 카탸는 동그란 불빛 위로 보이는 막스의 윤곽선을 노려보았다. "차에서도 잘 수 있고." 그가 말했다.

"멋지네." 막스는 "우리가 잊었다"고 말했다. 마치 그들이 함께 사는 집의 한 옷장에다 텐트를 함께 보관하기라도 한 양 "우리"라고. 마치 그들이 함께 이런 난감한 상황을 초래했다는 것처럼. 마치 카탸가 오늘 오후 일찍 항구를 떠나 도시를 가로질러서 20분이나 남쪽으로 운전해 자기 집으로 간 뒤 샤워를 하고 옷을 갈아입은 다음, 다시 북쪽으로 35분이나 차를 몰고 가 막스의 아파트에 제 시간에 도착한 후 주차장에서 그가 나오기를 무려 18분이나 기다릴 필요가 없었다는 듯이.

그 주 초에, 막스가 자기 텐트를 가져오겠다고 말했다. 그의 고물 닛산 차는 사륜구동이 아니어서 카탸의 차를 타고 가기로 했고, 그는 카탸의 차 트렁크에 온갖 것을 다 실었다. 자기 아파트에 한 번 더 돌아가서 짐을 한 아름 안고 나올 정도였기에, 카탸는 그가 필요한 걸 알아서 다 챙겼을 거라고 여겼다. 그래서 카탸는 확인하는 대신 라디오를 지역 뉴스 채널에 맞춰 상점 강도 사건과 태풍 예보, 실종된 두 소녀를 또다시 수색 중이라는 소식을 들었다. 카탸는 운전대를 꽉 잡았다. 막스가 마침내 조수석에 올라타자, 그녀는 이렇게 말했다. "전부 다 실었어?"

막스는 고개를 끄덕이며 카탸에게 키스했다. "가자. 날 데리고 떠나줘." 그때 그는 그렇게 말했다. 카탸는 시간(예정보다 41분 늦었다)을 확인한 뒤 후진 기어를 넣었다.

이제 두 사람은 미니 SUV에서 밤을 보내게 되었다. 아스팔트에서 자갈길로, 다시 흙길로 바뀌는 도로를 지나며 도시에서 북쪽으로 지금까지 네 시간을 달려오는 동안 카탸의 스즈키 차는 믿음직스러운 모습을 보여주었다. 그러나 잠잘 곳으로는 최악이었다. 문 두 짝에 두 줄의 좁은 시트. 다리를 뻗을 공간도 없었다. 기어 박스가 두 사람의 자리를 분리시키고 있었다. 둘 다 누울 공간은 없었다.

카탸가 한숨을 내쉬자 막스의 어깨가 축 늘어졌다. 카탸는 그 어깨를 토닥이고 싶어졌다. "괜찮아." 그녀가 말했다. 슬그머니 빠져나간 혐오감이 그의 다음번 실수를 기다렸다. "괜찮아, 곰돌이. 실수할 수도 있지. 나무 좀 모아 올래?"

손전등 불빛이 나무 사이로 흔들거리며 사라지자, 그녀는 텐트를 치려고 봐두었던 편평한 풀밭으로 차를 옮겼다. 그녀는 일이 제대로 되어가는지 더 일찍 확인하지 않은 자신을 탓했고…… 다음번에는 더 잘할 수 있을 것 같았다. 막스는 그냥 그런 사람이었다. 다른 많은 사람들처럼, 카탸의 감독이 필요한 사람.

타이어 밑에서 흙이 움직였다. 카탸는 전조등을 다시 켜지 않았다. 눈이 서서히 어둠에 적응하고 있었다. 어릴 때 이 숲에 와본 적이 있었다. 나무들은 분명 20년 동안 더 자랐을 테지만, 별빛 속 자작나무 숲은 어릴 때 본 모습과 똑같이 오래되고, 거대하고, 환상적이었다. 바깥세상은 꾸준히 비틀어지고 예측하기 어려워지고 더 위험해진 반면, 이런 곳은 잘 보호되고 있었다. 이곳에는 라디오 뉴스도, 도시의 스트레스도, 어긋날 스케줄 따위도 없었다. 실망할 일은 텐트가 마지막일 것이다. 이제는 짜증 날 이유가 없었다. 카탸는 그걸 기억해야 했다.

문을 열자 시동 장치에서 키가 땡그랑거렸다. 카탸는 키를 뽑았다. 그러자 밤의 소리가 들이쳤다. 박쥐들이 울고, 벌레들이 윙윙거렸다. 마른 나뭇잎이 나무 꼭대기에서 바스락거렸다. 저 멀리 숲속에서 막스가 모닥불 피울 나무를 분지르고 있었다. 온천에서 물 떨어지는 소리가 계속 들려왔다.

카탸는 그 소리를 들으며 마음을 진정시켰다. 막스와 함께 있으면 쉽게 자극을 받았다. 도시에서, 막스의 아파트에 있을 때, 카탸는 가끔 화장실에 간다는 핑계를 대고 피신해 변기 뚜껑에 앉아서 스스로를 진정시켜야 했다. 막스가 조수석에 앉아 방향을 일러주기만 해도, 그녀는 감당하기가 힘들었다. 그의 서투름이나 진지함, 그리고 결점 하나 없이 놀라울 정도로 대칭을 이루는 얼굴에 카탸는 화르르 타올랐다.

"허니문이라 그래." 친구들은 그렇게 말했다. 막스와 함께 화산 연구소에서 일하는 옥사나는 이렇게 말했다. "막스는 멍청이야. 그런 것도 언제 그랬냐는 듯이 다 지나갈걸." 하지만 다른 남자도 만나봤고 20대에는 한동안 남자와 동거도 해봤지만, 이런 시기를 거친 적은 없었다. 막스는 카탸에게서 새로운 감각을 일으켰다. 듣는 능력은 귀에, 맛보는 능력은 혀에, 촉감을 느끼는 능력은 손끝에 있듯이, 카탸의 막스에 대한 감수성은 지금 그녀의 배꼽 아래 모여 있었다. 그가 손을 뻗으면, 배 속이 꿈틀거렸다. 욕망이라는 이름의 여섯 번째 감각이 생겨났다.

막스가 멍청이일지는 몰라도, '허니문'은 지나가지 않았다.

막스에 대한 욕망 때문에 카탸는 다른 일에 집중하지 못했다. 카탸는 좌석 사이의 사물함에서 헤드램프를 꺼내며, 텐트 문제도 마찬가지라고 생각했다. 카탸는 헤드램프를 걸어놓고 일해야 했다. 가방을 정리하고, 식료품을 꺼내고, 앞좌석을 최대한 뒤로 밀어젖혔다. 그녀는 헤드램프의 희미한 불빛 가운데 서서 좌석을 살폈다. 그다지 뒤로 젖혀지지 않았다.

막스가 차로 돌아왔다. 냇물을 채운 냄비 속에서 껍질을 벗긴 감자가 서로의 몸을 부딪었다. 카탸는 자동차 보닛 위에 비닐봉지를 깔고 그 위에, 가지고 온 훈제 연어 뱃살 절반과 래디시, 토마토, 화이트 치즈를 차려놓았다. 저녁 식사 전에 먹을 간식이었다. 쌀쌀한 날씨 속에서 둘은 함께 모닥불을 피웠다. "저기서 넘어졌어." 불이 붙은 뒤에 막스가 털어놓았다. 그는 등을 돌려 흙이 묻은 곳을 보여주었다.

카탸는 막스의 셔츠를 손으로 쓰다듬었고, 그 밑에서 올라오는 열기를 느꼈다. 잔 근육이 만져졌다. "다친 건 아니지?"

"치명상을 입었어."

흙 자국이 길게 난 것을 보자 카탸는 웃음이 났다. "야외 활동에 잘 맞는 사람은 아니네."

"잘 맞아." 막스가 말했다, "좀 봐줘, 카튜시. 어둡잖아."

"알아." 카탸가 말했다, 그래도. 모닥불 위에서 감자가 끓고 있었다. 카탸는 막스에게서 손을 떼고 냄비를 저었다.

불빛에 두 사람의 모습이 주황색과 검정색으로 물들었다. 턱과 섬세한 골격, 코끝, 그리고 턱 끄트머리의 팬 부분…… 막스의 얼굴. 너무나 잘생긴 얼굴이었다. 카탸는 한쪽 발로 불붙은 통나무를 차서 좀 더 좋은 위치로 밀어 넣었다.

카탸와 막스가 처음으로 야외에서 주말을 보낸 것은, 그들이 처음 만난 8월이었다. 옥사나가 날리체보 공원으로 휴가를 떠날 때 카탸를 데리고 갔다. 카탸는 도저히 거절하지 못했다. 파경에 이른 옥사나는 남편의 전화기를 뒤지며 끔찍한 여름을 보낸 뒤 겨우 마음을 추스르고 일어났는데, 며칠 후 그 여자아이들이 납치되던 바로 그때 그 장소에 개를 산책시키러 나갔다. 옥사나는 잘 기억나지도 않는 유괴범의 인상착의를 설명하느라 경찰서에서 몇 시간이나 보내야 했다. "그 사람에게 눈길이 간 이유는 단 하나, 차가 너무 좋아 보여서였어." 그 주말에 공원으로 차를 타고 가면서 옥사나가 카탸에게 말했다. "'세차를 어디서 했을까?'라고 생각했거든. 내 밴은 도시를 한 바퀴만 돌고 나면 완전히 쓰레기가 되는데, 그 사람 차는 정말 반짝거렸어." 옥사나는 사이드미러를 확인하고 트럭을 추월하기 위해 왼쪽 차선으로 차를 옮겼다. "경찰관한테 그 남자 수갑 채우고 정신이 나가도록 때리기 전에 세차 비결 좀 알아봐달라고 했지."

"세상에." 카탸가 말했다. "지금 정말 공원에 가고 싶어?" 도시에서 날리체보의 오두막까지 가려면 얕은 강을 여섯 번이나 건너야 했다. 더군다나 차를 세운 뒤 마지막 30분은 늪지대를 가로질러 걸어가는 길이었다. 카탸는 옥사나가 하려는 여행에 마음이 무척 심란했다. 카탸가 운전대를 잡고 있었다면 아마 그녀는 차를 돌렸을 것이다.

아이들이 실종된 후 며칠 동안 카탸는 초조했고 매사에 짜증이 났다. 친구들이 꼭 외계인처럼 보였다. 그녀는 자신이 아는 범죄에 실종된 자매 사건을 도무지 끼워 맞출 수가 없었다. 이를테면, 뇌물 수수는 이해할 수 있었다. 직장 생활에 있어서 부패란 늘 불가피하게 맞닥뜨리는 것이었다. 오늘만 해도, 새로운 캐나다인 수입업자의 화물을 검사하던 카탸와 다른 세관원들은 살아 있는 거북이 수천 마리가 불빛에 노란 팔을 흔들고 있는 것을 보았다. ("그걸 다 어떻게 해?" 도시 경계를 벗어날 때, 막스가 물었다. "바다에 버렸어." 카탸가 말했다. "안 돼, 그래선. 압수해서 '파괴'하다니." 막스가 입을 내밀었고, 카탸는 웃었다.)

그러니 밀수업자들도, 그녀는 이해할 수 있었다. 또 밀렵꾼, 무단출입자, 방화범, 음주 운전자, 난폭한 사냥꾼, 말다툼을 하다가 서로 폭행하는 남자들, 건설 현장 비계에서 떨어진 외국인 노동자, 겨울에 동사하는 사람들……. 이들은 캄차카 뉴스에 늘 등장한다. 그러나 어린 소녀 둘을 납치하는 건 다른 문제였다. 옥사나는 범죄 현장 바로 옆을 지나치고도 그 일을 농담처럼 말할 수 있었다. 반면 카탸는 실종자 포스터를 살피다가, 언제 어떤 납치범과 마주치게 될지 모른다는 생각에 겁을 집어먹었다.

"난 이 일을 꼭 해야 해." 차를 타고 가는 길에 옥사나가 말했다. "안 좋은 때 안 좋은 장소에서 우연히 말리시를 산책시켰다고 해서 회사를 쉬지는 않을 거야." 옥사나는 느린 속도로 가던 차량 한 대를 또 추월했다. "게다가 달리 무슨 일을 하겠어? 행복한 집에서 주말 내내 편히 쉬라고?"

카탸와 옥사나는 알고 지낸 지가 10년도 더 되었다. 대학원생으로서 그들이 처음 만났을 때도, 옥사나는 냉정하고 신중했지만 동시에 흥미로웠다. 긴 여행에 어울리는 좋은 대화 상대였다. 차를 타고 가는 동안 옥사나는 자기 동료들을 설명했다. 옥사나는 그 모임의 다른 연구원들 각각에 대해 지루하고, 서툴고, 임신 중이라고 말했다. "그 사람들은 신경 쓰지 마. 우리 둘이 놀면 되니까." 그런데 옥사나를 따라 공원 오두막으로 갔더니, 영화배우처럼 생긴 남자가 있었다.

"누구? 막스?" 옥사나가 말했다. "으웩."

막스를 처음 본 날부터 카탸는 배 속이 울렁거리는 것을 느꼈다.

페트로파블롭스크는 그다지 큰 도시가 아니었고 거기에 사는 서른여섯 살의 독신자라면 당연히 그 수가 많지 않을 텐데도, 어째서인지 카탸는 그 사람을 그동안 보지 못하다가 날리체보에 와서야 만났다. 두 사람은 몰래 빠져나와 장작더미 뒤에서 서로의 옷 속을 더듬었다. 오두막 창문을 통해 사람들 목소리가 들렸다. 막스가 카탸의 귀에 대고 조심하라고 말해도, 카탸는 그의 목에 팔을 감고 자기 쪽으로 더 끌어당길 뿐이었다. 그의 미모에 두려움 따위는 전부 날아가버리기를 바라면서.

이제 막스와 카탸는 안정된 관계로 접어드는 중이었다. 처음에는 열심히 소문을 퍼뜨리던 막스의 동료들도 어느덧 두 사람에게서 관심을 거두었다. 옥사나조차도 자기 가정사에 정신이 팔려 카탸가 막스 이야기를 꺼내도 어깨만 으쓱이는 정도가 되었다. 카탸의 남자 동료들은 그녀에게 한잔하러 가자고 말하기를 그만두었고, 여자 동료들도 더 이상 그녀를 전처럼 나이 든 독신녀로 취급하지 않았다. 주말이면 막스와 카탸는 함께 자전거를 타고 도시를 돌아다녔다. 만에서 카약도 타고, 해변에서 바비큐 요리도 했다. 막스는 서너 차례 카탸를 스포츠클라이밍 연습장에 데려가기도 했다. 가을 온천 여행은 카탸가 제안한 것이었다.

막스가 일어나 연어 한 조각을 집어 카탸에게 주었다. 상의에 난 길고 검은 흙 자국이 보였다. 저 남자를 사랑해. 카탸는 그 말을 연습하듯이 속으로 되뇌었다. 여전히 이상하게 느껴졌다.

매사에 서툰 사람이라고, 차에서 옥사나는 카탸에게 경고했었다.

그때만 해도 경고가 필요할 거라는 사실을 두 사람 모두 알지 못했다. 오두막에 도착한 뒤로 막스를 자작나무 장작더미 속으로 밀어붙일 생각에 온통 사로잡혀 있던 카탸는 옥사나의 말을 떠올릴 새가 없었다. 날리체보 모임은 여느 사람들과 마찬가지로 자매 실종 관련 뉴스에 목말라 있었다. 옥사나의 이야기로는 만족하지 못했다. 그들은 수색 작업에 자원봉사자로 참여했다는 막스의 이야기를 기다렸다.

"옥사나가 너무 겸손하게 말하는 거죠. 옥사나 덕분에 우린 그 남자 인상착의와 대략적인 차 모양을 알고 있으니까요. 찾을 때까지 계속 수색 작업할 거예요." 막스가 말했다. 자기 전화기에 있는 아이들의 학교 사진을 모두에게 보여주기도 했다.

지루한 사람인 연구소 상사가 눈을 찡그리고 사진을 보았다. "어떤 사람이었어요?" 그가 옥사나에게 물었다. "러시아인 같아요? 아니면 타지크인? 지저분하게 생겼어요?"

임신한 다른 동료는 앞만 보고 있었다. 옥사나는 한 손을 들었다. "그냥 평범하게 생긴 남자였어요. 그다지 눈에 띄는 구석이 없는."

상사가 계속 물었다. "머리색은요? 눈 모양은?"

"눈 모양이라고요! 제가 걸음을 멈추고 그 사람이랑 담소라도 나눴다는 말씀인가요? 부모는 한국인이고 조부모 중 한 사람은 추크치족이냐고 묻는 거예요?" 옥사나는 짜증과 경멸이 섞인 웃음소리를 냈다. "덩치 큰 남자를 봤을 뿐이에요. 차도 컸고. 어린애 둘이랑."

"그 정도면 충분해요." 막스가 말했다.

카탸는 너무 강하게 느껴지는 부적절한 욕망에 몸을 움츠렸다. 막스가 증언과 경찰 브리핑, 그리고 슬픔에 빠진 어머니들에 대해 이야기할수록 카탸는 그를 더 간절히 원하게 되었다. 위험에 처한 이들을 위해 자원봉사를 하는 자신감 넘치는 남자. 저 흠잡을 데 없는 몸속에 그렇게나 진지한 마음이 들어 있다니……. 그런 것이 가능할 줄은 몰랐다.

사실, 가능하지는 않았다. 완전히는 말이다. 골로숍스카야 자매는 아직 발견되지 않았고, 막스는 그달 1일 이후로는 수색에 참여하지 않고 있으니까.

오늘 밤 텐트를 가져오지 않은 것처럼 약속을 지키지 않는 것도 처음이 아니었다. 막스가 아이디어를 내고 신이 나서 흥분하다가 자기가 한 말을 지키지 못하는 과정을 보고 있으면 보통은 귀엽다는 생각이 들었다. 하지만 야영지로부터 몇 시간이나 떨어진 이곳에서 해가 산을 넘어가는 광경을 보고 있자니 이번만큼은 그런 마음이 들지 않았다. 막스가 지피에스 신호를 잡으려고 전화기를 이리저리 자꾸 뒤집는 동안, 북쪽 도로에 면한 양쪽 숲은 계속 어두워져갔다. 카탸만 속이 타기 시작했다.

두 사람이 함께 시간을 보낼수록 카탸는 알게 되었다. 언젠가 페트로파블롭스크가 용암에 뒤덮이게 된다면, 그때 카탸는 곧 닥칠 화산 분출의 징후를 깡그리 무시해버린 연구원이 누구인지 어렵지 않게 알아차릴 것이다. 막스는 중요한 일들을 잘 챙기지 못했다. 이제는 그가 탁월한 사람으로 보이지 않았다.

하지만 이번 주말 동안만큼은 상관없었다. 모닥불 연기가 온천 증기와 섞여 밤공기가 텁텁했다. 불에 탄 나무, 짙은 유황, 차가운 흙. 노스탤지어의 향기였다. 카탸의 가족은 이곳을 참 좋아했다. 구소련이 붕괴한 뒤, 여행 제한도 이동 금지도 없어졌다. 반도 전체를 차지하고 있던 소련 군사 기지는 타지로 뿔뿔이 흩어졌고, 캄차카 주민들은 마침내 자기 땅을 탐색할 수 있게 되었다. 카탸의 가족은 북쪽으로는 에소까지 가서 순록 떼를 거느리는 원주민들을 만났고, 서쪽으로는 수증기를 일으키는 분화구가 있는 곳까지 갔으며, 남쪽으로는 더는 감시가 없는 호수까지 가서 캐비어를 구해 왔다. 카탸는 공산당의 규율과 푸틴의 권력 사이에 자리한 짧고 무모한 시기 동안 어린 시절을 보냈다. 어른이 되어서는 경계를 지키고 수입품을 조사하며 소환장을 발부하는 일을 하게 되었지만, 마음만은 구소련 직후 시대의 아이로 남아 있었다. 그녀는 가슴 한구석에서 야생의 자유를 추구했다.

카탸는 어둠에 젖어 들었다. "어릴 땐 부모님이 주말마다 캠핑에 데려가주셨어." 그녀가 막스에게 말했다.

"그래?"

"그런 셈이었어." 카탸가 마지막 남은 연어를 집어 들자, 막스가 부드러운 치즈 조각을 건넸다. "눈이 녹자마자 우리는 숲으로 나왔어. 부모님은 나랑 동생들한테 과제를 내주셨어. 동물 발자국을 따라가거나, 여러 가지 나무를 찾거나 하는."

막스는 카탸의 허리를 쓰다듬었다. "두 분만 있을 시간을 구하려 하신 걸지도 모르지."

"아닐걸." 카탸가 말했다.

"그래도 혹시 모르잖아?"

카타가 열 살이었을 때 부모님은……. 카타는 셈을 해야 했다. 그때 어머니는 겨우 서른둘이었다. 지금의 카타보다도 젊었다. 당시의 부모님이 서로의 긴 팔다리를 부딪는 모습을 상상하고 그녀는 몸을 부르르 떨었다. "그런 소리 하지 마." 카타가 막스의 가슴을 밀어냈다.

"농담이야." 막스가 말했다. "전적으로 교육적인 취지였을 거야. 과제는 어떻게 했어? 나무는 다 찾았어?"

"물론 다 찾았지." 카타가 말했다. "내가 큰누나였거든. 나뭇잎을 종류대로 다 모으지 않으면 가지 않겠다고 동생들한테 으름장을 놓았지."

부드러운 감자와 탄 소시지를 먹으며 두 사람은 이야기를 이어갔다. 옥사나가 남편의 전화기에서 다른 여자에게 보낸 문자메시지를 발견하게 된 경위에 대해서도. "연구실에서 모두 그 이야기뿐이야. 정말 나쁜 놈이지." 막스가 먹을 것을 입안에 한가득 물고 말했다.

"진즉에 끝냈어야 하는데."

"그런 조언은 소용없어." 막스가 말했다. "옥사나한테 이래라저래라 하지 않으려고 주의하고 있어." 카타는 접시를 내려놓고, 식사 중인 막스의 바지 위에 손을 얹었다. 손바닥 아래로 허벅지 근육이 느껴졌다.

숲 사이로, 근처 야영지의 술 취한 사람들이 부르는 노랫소리가 높낮이를 달리하며 들려왔다. 나무들이 검은 벽을 이루고 있었다. 노랫소리, 공기 중에 날리는 재, 그리고 잡담 소리에 카타는 둘이 함께 보낸 첫 주말을 떠올렸다. "수색 소식은 더 없어?" 카탸가 물었다.

막스는 고개를 저었다. "눈이 오면 자원자들은 수색 작업에 나가지 못할 거야. 랴콥스키 경위 말로는, 아이들은 아마 캄차카를 떠났을 거래."

"그럴 리가." 카탸가 말했다. "뭘 타고? 여객기로?"

"모르지. 배를 탔을 수도 있고."

"여객선을? 삿포로로?" 그랬다면 카탸의 동료들이 아이들을 찾아냈을 것이다. 세관에서 그곳을 떠나는 모든 비행기와 배를 검사하므로.

그리고 그곳을 떠나려면 비행기나 배를 타야만 했다. 캄차카는 더 이상 법적으로 폐쇄된 지역이 아니었지만, 지리적으로는 여전히 세상으로부터 격리되어 있었다. 남쪽, 동쪽, 서쪽에는 바다뿐이었다. 북쪽으로는 수백 킬로미터나 이어지는 산맥과 툰드라가 본토와의 사이를 가로막고 있었다. 절대 통과할 수 없는 땅이었다. 캄차카 내에 도로는 얼마 있지도 않거니와, 그마저도 여기저기가 끊겨 있었다. 저지대 중앙 마을로 가는 길은 한 해 거의 내내 빗물에 휩쓸려 사라지는 흙길이었다. 고지대 마을로 가는 길은 얼음이 어는 겨울에만 존재했다. 캄차카반도와 다른 대륙을 연결하는 도로는 존재하지 않았다. 아무도 육로로 오갈 수 없었다.

"화물선도 있고." 막스가 말했다.

카탸는 웃음을 참을 수 없었다. "아하." 모닥불 불빛이 막스의 얼굴 위로 깜빡였다.

"형사들이 그렇게 말하는걸. 가능하잖아? 다른 곳은 다 찾아봤으니까. 아무것도 안 나왔고."

마치 페트로파블롭스크캄차츠키의 경계가 존재의 끄트머리라는 듯이, 다른 곳은 다 찾아보았다고 그는 말하고 있었다. "그 애들은 반도를 벗어나지 않았어." 카탸가 말했다. "애들 시체를 감췄을 수도 있잖아? 차고나 공사장, 숲 같은 데."

"그런 곳도 수색했어." 막스가 말했다. "몇 주 동안 죄다 살폈는걸."

"그럼 페트로파블롭스크 바깥에." 카탸가 말했다. "애들을 데리고 차로 서쪽 해안에 간 건 아닐까? 아니면 북부나."

막스는 접시를 내려놓았다. "국립공원에 숨겨뒀을지도 모르지. 아니면 간헐온천에 버렸거나."

"그럴지도 모르지." 카탸가 말했다. 막스는 얼굴을 찡그렸다. "그놈이 어떤 짓이라도 할 수 있었을 거라는 말이야." 카탸가 다시 말했다. "여섯 시간 동안 차로 태워 가서 자기 자식들이 다니는 학교로 전학시킨 게 아니라면 말이야."

"뭐, 그렇지. 가능성에는 한계가 없으니까. 그래서 경찰도 가장 확률 높은 곳에 집중하라고 우리한테 지시했던 걸 테고." 막스가 말했다. "범인은 페트로파블롭스크 사람이었어. 옥사나가 백인이라고 했거든."

"그랬어?"

"평범하게 생겼다고 했잖아."

카탸는 반박하지 않았다. 그 대신, 이렇게 말했다. "옥사나는 그 사람을 제대로 보지도 못했어. 어쨌든 저 밖에 원주민만 사는 것도 아니고."

"차를 봤어." 막스가 말했다. "반짝이는 검은 차라고 했어. 마을에서 내려오면서 흙먼지를 뒤집어쓰지 않을 수는 없다고. 그러니 생각해봐. 도시에 사는 이 사람이 필사적인 상태로, 어쩌면 미쳐 있는 채로 어떻게 여기서 떠날 수 있었을까? 분명 배가 매일 드나드는 걸 알았을 거야. 형사는 뇌물을 주고 컨테이너 선박에 탈 수 있었을 거래."

"아니면 그 사람이 확률 낮은 일을 벌였을지도 모르지." 카탸가 말했다. "온천으로 간 거야. 생각해봐, 애들을 잡아가는 사람이야. 그런 사람이 무슨 짓을 할지 누가 알겠어?" 스스로 타블로이드지 기자처럼 말하고 있다는 걸 카탸도 알았다. 아이들 실종 사건이 그녀에게 예민함을 되찾아주었다. 경찰이 사건을 해결했다면 이런 이야기를 할 필요도 없었을 텐데. 카탸는 항구에서 자기 일을 제대로 하고 있었다. 아이들은 캄차카를 떠날 수 없었을 것이다. 다른 사람들도 제 할 일을 제대로 하고 있을까?

"카튜시." 막스가 말했다. "그만해. 애들은 사라졌어. 이제는 수색도 소용없다고."

다른 사람도 아니고 막스가 소용이 있다느니 없다느니 하다니. 카탸는 그의 다리에 얹은 손가락을 움직였고, 그는 입을 다물었다.

두 사람은 열린 트렁크 문 아래 숨어서 수영복으로 갈아입었다. 모닥불에서 멀어지니 추위가 밀어닥쳐 소름이 돋았다. 입김도 났다. 카탸가 어깨끈을 조절하는데, 막스가 그녀를 붙잡았다. 막스는 카탸의 다리가 차에 부딪힐 때까지 그녀를 뒤로 밀어붙였다. 두 사람은 제대로 설 자리도 없는 공간에서 오래도록 키스했다. 그들은 흡사 기도하는 두 손처럼 서로를 끌어안았지만, 그때 카탸는 신을 생각하지 않았다. 사라진 아이들도 잊었다. 그녀는 오로지 막스에게, 그의 팔과 손가락과 입술과 가지런한 치아에, 자신이 온몸으로 느끼는 그의 다급함에 집중했다.

결국 카탸는 몸을 떼어내야 했다. 비키니 차림에 플라스틱 샌들을 신고 있었더니 추위에 발의 감각이 없어져버렸다. 팬티만 걸친 채 낡은 운동화를 신고 있는 막스의 모습이 어둠 속에서 빛났다.

막스는 팔짱을 꼈다. "그럼 어디로 가?" 그가 물었다.

온천이 그들을 부르고 있었다. 쉭쉭거리고 부글거리면서. "가자." 카탸가 야영지로부터 그를 이끌고 나와, 나무 사이 좁은 길을 걸어서 온천탕이 있는 빈터까지 갔다.

고무와 목재로 만든 다섯 개의 구조물은 김이 나는 온천과 연결된 호스, 그리고 다시 그것과 이어진 지상의 욕조로 이루어져 있었다. 온천에서 썩은 달걀 냄새가 풍겼다. 뜨뜻한 진흙이 발밑에서 미끄러졌다. 카탸와 막스는 욕조 한 곳의 계단 밑에 신발을 벗어두고 물속으로 들어갔다. 온기가 두 사람의 몸을 감쌌다. 카탸는 김이 오르는 공기를 들이마셨다. "천국이네." 막스가 이렇게 말했고, 카탸는 그 옆에서 온천물에 턱까지 몸을 담갔다.

수증기가 흩어졌다. 머리 위로 작은 별들이 수없이 반짝였다. 진청색 하늘에 가을 별자리가 수놓여 있었다. 카탸는 깜빡이며 별들을 가로지르는 위성을 발견했다. 하늘을 바라보면 바라볼수록 열기는 몸속 더 깊은 곳까지 전해져왔다. 열기가 배 속으로 번지고, 머리가 맑아졌다.

막스 곁에 있으면 그에 대한 것 외에는 아무것도 생각할 수가 없었다. 하지만 그와 조금만 떨어지면 카탸는 제 자신으로 돌아갔고, 곧 원래의 자신이 좋아졌다. 능력…… 있는 사람. 기준을 지키고, 헌신하고, 결과를 내는 사람. 막스처럼 행동하는 남자에게 실망할 사람. 카탸는 막스에게 실망감을 느껴야 마땅했다.

막스가 물속으로 미끄러져 들어와 카탸에게로 다가왔다. 물속의 미네랄 덕분에 그의 살갗이 매끄러웠다. 카탸의 등에 닿는 목재 욕조 가장자리가 미끈거렸다. 막스는 카탸의 수영복 하의에 손가락을 밀어 넣었고, 카탸는 마지막 남은 이성을 붙들고 몸을 굳혔다.

"여기선 싫어." 카탸가 말했다.

"그럼 어디?" 막스가 귓속말로 물었다.

"텐트에서." 카탸가 속삭였다.

막스가 몸을 떼어냈다.

카탸가 의도한 것보다 말이 심술궂게 느껴졌던 모양이다. "농담이야." 그녀가 말했다. 막스는 멀찌감치 떨어졌다.

"흥." 수증기가 만든 벽이 그의 목소리를 몸으로부터 분리시켰다.

"농담이었다니까."

"참 재미있네."

"그러지……." 카탸는 입을 열려다 그만두었다. 자신이 사과해야 하는 일인가? 해명해야 하는 일인가? 막스가 실수를 저질렀다면 그는 그 결과를 받아들여야 했다. 카탸 역시 자기 앞의 진실을 받아들여야 했다. 8월의 어느 주말에 시작한 연애를 가을까지도 유지할 수 없을 거라는 사실을. 뱀이 스멀스멀 목구멍을 타고 기어오르는 느낌이었다. 막스는 책임을 감당하지 못했다. 장기적으로 봤을 때, 둘 다 다른 상대와 함께할 때 더 행복할 것이 분명했다.

두 사람 사이에 열기가 피어올랐다. 물이 피식거리며 몸을 간질였다.

둘은 차로 돌아가 마른 옷으로 갈아입고 슬리핑 백으로 들어간 다음 시트 위에 몸을 올려놓았다. 카탸는 운전석에, 막스는 조수석에. 그러느라 힘들어서 둘 다 벌써 땀을 흘리고 있었다. 불행한 밤이 될 것 같았다. 카탸는 긴팔 상의를 벗었다. "벨트를 매야 하나?" 카탸는 막스를 향해 미소 지으며 물었지만, 슬리핑 백 위로 드러난 막스의 어깨는 뻣뻣했고 표정은 여전히 기분이 상해 있는 듯했다.

로맨틱한 여행이었는데. 카탸는 기어 박스 너머 막스에게로 다가갔다. 막스는 카탸의 입술에 키스하며 말했다. "잘 자."

"잘 자." 카탸는 창문에 이마를 대고, 발을 브레이크에 댔다. 얼마나 더 이렇게 지낼 수 있을까? 막스는 상냥하고 멋있지만, 두 사람이 생각하는 것처럼 영웅은 아니었고…….

바깥세상 소리가 잦아들었다. 숲에서 나는 새소리가 조용해지고 더 조용해지더니, 기어이 들리지 않았다.

카탸는 끼익, 하는 소리에 깨어났다.

창문에 그림자가 어른거렸다. 남자가 보였다. 거구의 남자, 살인자. 누군지는 몰라도 아이들을 납치한 범인임이 분명했다. 밤새 맨팔을 슬리핑 백 밖으로 꺼내놓고 있던 카탸는 반쯤 몸을 드러낸 그대로 겁에 질려 얼어붙었다. 치명적인 위험과의 사이에 단 한 장의 유리만이 존재할 뿐이었다. 그녀의 상의가 비틀어져 있었다. 가슴이 쿵쾅거렸다. 곧 죽는다고 생각했다.

그런데 사람이 아니었다. 곰이었다.

갈색곰이 뒷발로 서 있었다. 긁는 소리는 머리 위의 지붕에서 나고 있었다. 곰이 문 옆에 털썩 엎드리자 털에서 흙먼지가 풀썩였다. 곰이 차 앞으로 가더니 다시 일어서서 차체의 청색 금속판을 앞발로 밀었다.

시트에 몸을 꼭 붙인 카탸는 창밖에서 놈이 커다랗고 노랗고 살벌하게 생긴 발톱을 보닛 위에 올려둔 것을 보았다.

"막스." 카탸는 입술을 제대로 떼지도 못하고 말했다.

막스는 옆에서 곤히 자고 있었다. 곰이 커다란 머리를 숙이더니 하얀 점이 있는 혓바닥을 내밀었다. 전날 밤 연어를 놓아두었던 보닛을, 놈이 쓱 핥았다. 카탸의 잘못이었다.

막스가 몸을 뒤척였다. 그의 슬리핑 백이 부스럭거렸지만 카탸는 그쪽으로 몸을 돌릴 생각조차 못 했다. 곰이 계속 차를 핥아댔다. 막스가 카탸의 손을 잡았다. 카탸는 숨이 멎을 것 같았다. 그녀는 막스의 손가락에서 그의 심장박동을 느꼈고, 자기 목구멍과 입에서도 맥박을 느꼈다.

모닥불은 꺼진 지 오래였다. 주위 나무들은 희미한 하늘을 검게 붓질하듯 흔들리고 있었다. 이 부연 새벽에 더러운 얼굴과 하얀 주둥이, 그리고 어둠 속에 빛나는 눈을 가진 곰의 모습은 색채를 흠뻑 빨아들인, 초현실적인 무언가였다.

거대한 앞발이 보닛을 죽 그었다. 발톱 아래서 끔찍한 소리가 났다.

막스는 카탸를 잡은 손을 놓았다. 손을 올렸다. 운전대 가운데를 만졌다. 두 사람은 일어나 앉았다.

"응?" 막스가 속삭였다.

곰은 아직 그들을 보지 못했다. 카탸는 침도 삼킬 수 없었다. 막스는 카탸 무릎 위에 손을 올려두고 그녀가 다시 말할 수 있게 될 때까지 기다렸다.

"응." 카탸가 말했다.

막스가 운전대의 경적을 눌러 소음을 폭발시켰다.

곰이 달아났다. 거대한 아기처럼 두 발로 뒤뚱거리며 달아나다가, 이내 엎드려 카탸가 상상도 못 한 속력으로 숲을 향해 내달렸다. 경적 소리가 끝나기도 전에 놈은 어둠 속으로 사라지고 없었다. 막스는 웃고 있었다.

막스는 문을 열더니 슬리핑 백을 벗어 던지며 차에서 내렸다. "깜짝이야." 서리가 하얗게 내린 땅에 주저앉아 그가 말했다. 카탸는 자리에서 꼼짝하지 못했다. 얇은 티셔츠를 입은 막스는 차 앞을 돌면서 보닛에 난 은빛 자국을 살폈다. "젠장!" 그가 차창을 통해 카탸를 보았다. 밝고 환한 얼굴이었다. "카튜시, 그놈이 안테나를 가져갔어!"

카탸가 앞으로 몸을 숙이다 경적이 또 울리자 깜짝 놀라 몸을 떼었다. "그게……." 그녀는 문을 열고 손을 뻗어 안테나가 잘려 나간 자리를 더듬었다. 만약에 텐트에서 잤다면? "세상에." 카탸가 말했다. 온몸이 후들거렸다.

막스는 웃음을 멈추지 못했다. 그는 정말이지 빠르게 움직이고 있었다. 반면에 카탸는 꼼짝도 할 수 없었다. 자기 다리를 믿을 수 없었고, 그래서 일어설 수도 없었다. 하지만 한 번에 카탸와 막스 둘 중 하나만 제대로 움직일 수 있으면 되었다. 지금은 막스 차례였다. 막스가 멋져 보였다. 그는 안테나가 있던 자리에서 카탸의 손을 떼어냈다. 그녀의 몸이 뒤늦게 찾아온 공포로 차갑게 식어 있었다. 막스의 입술은 뜨거웠다. 카탸는 그의 목을 양팔로 감고 그를 꽉 붙들었다. 계속해서 끌어안았다. 그녀는 시트에서 엉덩이를 떼었고, 막스는 카탸의 슬리핑 백을 벗겼다. 막스의 뺨에 대고, 카탸는 "사랑"이라고, "사랑"이라고 말했지만, 그가 입술로 그녀의 입을 막았다. 카탸는 그것으로 만족했다.

..NOVEMBER..

11
월

발렌티나 니콜라예브나의 가슴에는 도무지 낫지 않는 상처가 있었다. 쇄골에서 4센티미터 아래, 칼라의 깊이 팬 부분으로 드러나는 주근깨 난 피부에 그 상처가 검게 자리 잡고 있었다. 점처럼 시작해서 커지더니 어느새 터지고, 그 위에 딱지가 앉더니 계속 자랐다. 살갗 아래쪽으로 피가 단단히 굳어 있었다.

발렌티나는 저절로 낫겠지 하고 생각했다. 매번 샤워를 하고 나면 상처 위에 작은 반창고를 붙였다. 아프지는 않았지만, 전체적으로 자주색을 띤 그것의 생김새가 불편했다. 반창고를 붙이고 처음 두 주 남짓한 동안에는 몇 사람인가 무슨 일이냐고 묻기도 했다. 하지만 한 달이 지나자 아무도 묻지 않았다. 이상하게 생긴 모자를 쓰거나 휘파람을 부는 것처럼, 그 반창고는 어느새 발렌티나의 특징이 되어 있었다. 딸도 그것을 무시했다. 남편조차 집에서 그녀와 마주칠 때 그것을 신경 쓰지 않았다.

발렌티나는 그 상처를 밖에서 일하다가 얻은 것이라고 믿었다. 아마 삽에 가슴을 기대다가 살갗이 손잡이의 틈새 어딘가에 낀 탓일 거라고. 디아나가 태어난 뒤 발렌티나는 남편에게, 가능하면 다차(러시아의 시골 저택—옮긴이)에서 함께 많은 시간을 보내자고 말했다. 8월에 있었던 두 아이의 유괴 사건은 발렌티나가 10년 넘게 해온 말이 옳았음을 확인시켜주었다. 무엇보다 가족을 우선시하라는 말. 친밀하고 애정 어린 가정에서 자란 아이는 안전하고 건강하게 자랄 거라고, 그 반대 사례를 보라고, 부모가 의무를 방기한 채 아이들 멋대로 시내를 돌아다니게 해서 초등학생이 실종되었다고.

발렌티나의 주도로, 그녀의 가족은 주말마다 셋이 함께 시간을 보내게 되었다. 남편은 시골로 40분이나 차를 몰고 가야 한다고 불평했고 10대인 디아나도 부루퉁한 얼굴이었지만, 발렌티나는 양보하지 않았다. 발렌티나는 그곳에서 즐겁게 텃밭을 가꿨다. 그러고 나면 늘 몸 어딘가에서 긁히거나 멍들거나 딱지가 앉은 자리를 발견했다. 페트로파블롭스크 외곽에 별장을 두는 것은 물론 근사한 일이었지만, 다차에도 나름의 위험은 존재했던 것이다. 발렌티나는 자신만의 공간과 땅을 가지게 된 대신, 그곳에서 상처를 얻고 불편한 일을 겪었다. 채소가 눈에 파묻힌 늦가을이 되어서야, 발렌티나는 사무실의 화장실 세면대 앞에서 고개를 들었다가 거울 속 자신이 붙이고 있는 반창고를 발견했다. 그녀는 젖은 손가락을 꼽아 세어보았다. 그리고 반창고를 4월부터 매일, 1년 중 절반 넘게 붙이고 있다는 사실을 깨달았다.

마흔한 살의 발렌티나는 아직 늙었다고 할 수는 없었지만, 신체의 변화가 그녀에게 아주 낯선 것만은 아니었다. 최근 들어 손목이 약해졌다. 다리털은 더 얇아지고 숱도 적어졌다. 단것을 먹으면 배가 아팠다. 학교 행정실의 다른 여자들이 휴식 시간에 장난삼아 초콜릿을 건네곤 했지만, 발렌티나는 매번 더 크게 고개를 저었다. 신혼 시절에도 멀찍이 거리를 유지했던 남편과는 몇 년 전부터 섹스를 전혀 하지 않았고, 거기에 부응하듯 자신의 가슴이 홀쭉해진 것을 그녀는 보았다.

그럼에도 발렌티나는 자신만만했다. 직장에서는 예산을 잘 관리했고, 집에서는 디아나의 숙제를 봐주었다. 그녀는 자신의 영역인 텃밭과 부엌, 그리고 학교 사무실의 파일 캐비닛을 관리하는 데 자부심이 있었다. 자신의 피부 역시 잘 관리해왔다고 여겼다. 그런데 지금 이런 갈색과 자주색이 섞인 동그란 모양의 상처를 보고 있자니, 자신이 가진 모든 능력이 곧 사라져버릴지도 모른다는 예감이 들어 발렌티나는 몹시 두려워졌다.

몇 달이 지났는지 셈을 해볼수록 혼란은 더해갔다. 그래서 그날, 금요일 점심시간에 발렌티나는 결국 병원을 찾았다. 의사가 가슴의 상처를 들여다보았다. 툭 튀어나온 모양의, 단단하게 굳은 상처. 예전에는 반창고에 덮일 만큼 작았는데, 이제는 결코 작지 않았다. "심각하군요." 의사가 말했다.

발렌티나는 흉골 위에 손가락을 얹었다. 그보다는 좋은 대답을 듣기 위해 온 것이었는데. "얼마나 심각한가요?"

"큰 병원으로 가셔야 할 것 같습니다." 발렌티나가 잘 알지도 못하는 의사였다. 3년 전, 실수로 갈퀴를 밟은 뒤 파상풍 주사를 맞으러 와서 처음 본 그는 그때만 해도 막 학위를 받은 풋내기에 지나지 않았다. 발렌티나가 이 병원을 선택한 것은 사설 병원 특유의 신속하고 신중한, 질 좋은 서비스 때문이었다. 그때나 지금이나 대기실에서 10분 이상 기다릴 필요가 없었다. 점심시간이 끝나기 전에 돌아갈 수 있을 거라 생각했기에, 그녀는 병원에 온다는 이야기를 아무에게도 하지 않았다.

"왜죠?" 발렌티나가 말했다. "그냥 생채기잖아요. 여기서 치료해주실 수 없나요?"

의사는 뒤로 물러났다. 발렌티나가 처음 진료실에 들어왔을 때 의사가 그녀의 얼굴을 알아본 기색은 없었다. 그는 발렌티나의 진료 기록을 보았다. "여긴 장비가 없어서요. 가능한 한 빨리 가보세요. 종합병원에 전화해둘 테니 곧바로 가십시오."

발렌티나는 물건을 챙기고 의사를 따라 접수대로 가서 진료비를 냈다. 접수대 여직원이 돈을 받더니 어딘가로 전화를 걸었다. 그때 발렌티나는 반창고를 떼고 있었다. 몇 달째 갈비뼈 위에 아무런 불평 없이 자리 잡고 있던 상처가 별안간 화끈거리기 시작했다. 발렌티나는 주위의 살갗을 만져보면서도 상처에는 손을 대지 않았다. 상처가 다시 터졌을지도 몰랐다. 하지만 내려다보기가 두려웠다. 전화를 끊고 난 직원이 의사를 향해 고개를 끄덕였다. 무례하고, 해이하고, 부주의

한 얼굴이었다. "잘됐군요." 의사가 말했다. "어서 가세요. 그쪽에서 기다리고 있을 겁니다."

주차장을 가로질러 걸어가는 동안, 하얀 눈에 비치는 햇빛 때문에 눈이 시렸다. 젖은 눈송이가 차 쪽으로 날아왔다. 발렌티나는 차에 시동을 걸고 전화기를 들었지만, 남편의 번호를 지나쳐 다른 번호들을 훑었다. 그가 무슨 위로를 할 수 있을까? 권위자도 아닌데. 그 대신 발렌티나는 학교에 전화를 걸어 오늘은 일찍 퇴근하겠다고 말했다.

"무슨 일 있어요?" 동료가 물었다.

"아무것도 아니에요." 발렌티나가 말했다. 자신도 그렇게 믿고 있는 듯한 담담한 목소리였다.

"음. 랴콥스키 경위가요, 돌아오시면 전화를 달라고 부탁했어요."

발렌티나는 허리를 폈다. "내가 없을 때 또 찾아왔었나요?"

"아뇨, 전화만 했어요."

"골로숍스카야 자매의 아버지에 대해 무슨 말인가 하던가요?"

"아뇨."

차창에 눈이 쌓이고 있었다. 발렌티나는 와이퍼를 작동시켰다. "잘 기억해보세요, 그 사람이 뭐랬는지." 그녀는 최대한 사무적으로 말하려고 노력했다.

"확실히 기억하는걸요." 동료가 말했다. "별다른 말은 없었어요. 전화 달라고 전해달라더니 끊던데요."

발렌티나는 상처 쪽으로 무심코 향하던 손을 옮겨 운전대를 잡았다. 이것이 바로 그녀가 염려한 상황이었다. 단 한 가지 원칙을 어겼더니, 반창고를 떼었더니, 삶 전체가 무너졌다. 직장에서 중요한 전화를 놓치는가 하면, 나이 어린 여자에게 무례한 말대꾸를 듣고 말았다. 돌아가면 교장과 그 일에 대해 논의해야 할 터였다.

"급한 문제면 형사가 내 휴대전화 번호를 물었겠죠." 발렌티나가 말했다. "그러니 월요일에 처리할게요."

동료는 주말을 잘 보내라고 하고는 전화를 끊었다.

발렌티나는 자동차의 기어를 바꾸고 다른 차의 타이어가 낸 젖은 자국 위로 올라 그것을 밟으며 지역 종합병원을 향해 언덕을 오르기 시작했다. 이 일을 마무리 지은 뒤에 일상으로 돌아갈 생각이었다. 그녀는 걱정할 것 없다고, 그저 할 일이 남아 있는데 쌀쌀한 날씨에 병원에 들르는 것뿐이라고 스스로를 안심시켰다.

하지만 걱정이 되었다. 발렌티나는 이제껏 수술을 받아본 적이 없었다. 그녀에게 있어 그와 관련된 염려는 다만 남들의 것일 뿐이었다. 그동안 그녀 주위 사람들은 담낭과 맹장을 잃었다. 디아나는 어릴 때 양쪽 귀에 관을 삽입했다. 발렌티나의 남편은 건강한 사람이었지만, 성인이 된 후에 편도선을 제거한 적이 있었다. 수술을 받은 것은 전부 타인들이었다.

오랫동안 운이 좋았던 발렌티나에게도 이제, 죽음이 다가오고 있었다. 이상한 생각이었지만 아마도 그게 사실이 아닐까? 의사는 자기가 감당할 수 있는 게 아니라고 말했다.

암일 것이다. 아니, 정말 암일까? 만약 암이라면 의사가 말해주지 않았을까? 암일 것이다. 의사가 환자에게 병명을 알려주지 않을 때도 있으므로. 의사가 선고해야 할 병이 불치병인 경우에, 그들은 나쁜 소식을 비밀에 부쳐 환자가 아무것도 모른 채 서서히 죽어가게 만들었다. 발렌티나의 할머니도 기침을 하다가 핏덩어리를 뱉어내며 그렇게 세상을 떠났다. 그때 발렌티나의 어머니는 방문을 닫고 "독감이야"라고만 말했다. 온 가족이 사실을 알았으면서 아무 말도 하지 않았다.

암. 하지만 그때는 지금과는 시대도, 세상도 달랐다. 그 시절 발렌티나는 붉은 스카프를 목에 두른 채 당에 충성을 맹세했고, 마당에서 물구나무서기를 연습했다. 그러다 집에 돌아오면 실내에 가득한 끓는 물과 이스트 냄새가 그녀를 반겼다. 요즘은 다 알려준다. 치료법과 검사법도 있다. 그리고 그건 암이 아니었다. 암이라면 확실히 알 수 있었을 것이다. 상처 부위가 쿡쿡 쑤셨다. 발렌티나는 우회전 방향 지시등을 켜고 병원 이름이 붙어 있는 철제 아치를 지나 차들이 반쯤 찬 주차장으로 들어섰다.

병원은 콘크리트 건물이었다. 어릴 적 디아나는 예쁜 얼굴이 퉁퉁 붓도록 대기실에서 울어댔었다. 발렌티나와 남편은 딸이 수술을 받기 전에 옷을 깨끗한 파자마로 갈아입혀주었다. 발렌티나도 갈아입을 옷을 가져와야 했을까? 아니, 그럴 필요는 없었다. 디아나는 무균 수술실에 들어가야 했기 때문에 파자마가 필요했다. 하지만 발렌티나의 진찰은 금방 끝날 터였다. 디아나의 수술과는 비교도 안 되는 일이었다. 그녀 가슴의 상처는 아주 작았다.

대기실에서는 들척지근하고 퀴퀴한 술 냄새가 났다. 노인들은 배에 손을 얹고 앉아 있었다. 한 여자가 요오드와 피로 다리가 얼룩진 딸을 품에 안고 있었다. 발렌티나는 그들을 지나 접수대의 간호사에게로 갔다. "폽코프 선생님 소개로 왔는데요." 발렌티나가 말했다.

간호사는 컴퓨터 모니터를 들여다보더니 고개를 들었다. 원주민 여자였다. 발렌티나는 조금 전의 그 의사에게로, 러시아인이 제공하는 수준 높고 청결한 의료 서비스로 돌아가고 싶었다. "그렇군요." 간호사가 말했다. 간호사는 책상 위의 서류 몇 장을 손가락으로 톡톡 쳤다. "여기 서명하시고 저를 따라오세요." 발렌티나는 핸드백을 어깨 위로 당겨 멨다. 주위에서 환자들의 신음 소리가 들렸다.

두 사람은 복도를 따라 걸으며 피 흘리는 아이들, 술 취한 남자들, 플라스틱 의자들을 지나쳤다. 간호사는 발렌티나를 데리고 계단으로 두 층을 올라갔다. 3층에 이르니 바닥에 녹색 네모 타일이 깔리고 벽에는 닫힌 문들이 늘어선 넓은 복도가 나왔다. 간호사가 문 하나를 열고 들어가 줄줄이 놓여 있는 붉은색 의료 폐기물 통을 지나더니, 발렌티나에게 들어오라고 손짓했다. "폽코프 선생님이……." 발렌티나가 입을 열었다.

간호사는 고개를 저었다. 원주민이기는 하지만 책임감이 있는 사람 같았다. 회색 눈썹에, 웃고 있지는 않았지만 그렇다고 상냥하지 않은 것도 아닌 입매를 하고 있었다. "조금만 기다리세요." 간호사가 말했다.

문이 닫혔다. 발렌티나는 핸드백에 손을 넣어 전화기를 찾았다. 하지만 누구에게 전화를 걸어야 하나? 또, 전화를 한다면 뭐라고 말해야 하나? "나, 병원에 왔는데 왜 왔는지 잘 모르겠어." 남편에게 그렇게 말하면 남편은 아무 말도 하지 않거나, 아니면 질문하거나, 어쩌면 웃을지도 모른다. 발렌티나가 모르는 일도 다 있다니. 그야말로 웃을 일이었다. 그녀는 부끄러웠다. 의자가 없어서 진찰대에 올라앉았다. 비닐 쿠션의 낡아서 헤진 부분에 바지가 걸렸다.

발렌티나는 허리를 펴고 앉아야 한다고 생각했다. 하지만 몇 분 지나자 등이 굽고 배가 접혔다. 그녀는 몇 달이나 그게 흔한 상처일 뿐이라고 생각하며 지냈다. 그러나 더는 자신의 판단을 믿을 수 없었다. 의사는 "심각하군요"라고 말했다. 손이 떨렸다. 떨림을 그치게 하려고 발렌티나는 팔짱을 끼고 주위의 소리에 귀를 기울였다. 진료실은 깔끔한 상자 같았다. 문밖에서 들려오는 소리는 없었다.

진료실에 누가 들어오면 진단 결과를 설명해달라고 할 생각이었다. 만약에 모른다고 하면, "제 주치의에게 전화해보세요"라고 말할 작정이었다. 발렌티나는 전화번호를 찾기 위해 핸드백을 다시 열었다. 안에는 병원 직원이 펜으로 써준 영수증이 들어 있었다. 그리고 모서리가 닳아 반짝이는 스웨이드 지갑, 민트 캔디 한 통, 마스카라, 접혀 있는 출석 기록지. 그 서류를 가지고 온 것을 잊고 있었다. 발렌티나는 서류를 꺼내 허벅지 위에 올려놓고 구겨진 곳을 폈다. 지각과 무단결석. 줄지어 적힌 학생들의 이름이 흔들렸다.

발렌티나는 문손잡이에 집중했다. 손잡이는 돌아가지 않았다.

오늘 추위 때문에 다차 주위의 땅이 얼 것 같았다. 오늘 밤 아파트에서 발렌티나는 남편과 디아나를 위해, 얼려둔 펠메니(고기와 야채를 넣어 만든 러시아식 만두—옮긴이)를 녹일 것이다. 그다지 힘든 일은 없었다. 집에 가면 날은 어두워졌을 것이고, 그녀는 너무 피곤해서 냉동 음식을 차리는 정도밖에는 할 수 없을 것이다. 그리고 독한 술을 한 잔 마시고 푹 잘 것이다. 아침이 되면 경찰서의 형사에게 전화를 걸어 수사 관련 내용을 전달받을 것이다. 그런 다음 남편 그리고 디아나와 한 가족으로서 함께 페트로파블롭스크를 벗어날 것이다.

8월에 골로솝스카야 자매가 유괴된 후 처음 몇 주 동안, 남편은 자기가 납치 전문가라도 된 것처럼 굴었다. 유일한 목격자와 함께 화산 연구소에서 일하는 그는 사건과 관련한 소식이 시내 장터에서 날마다 쏟아지고 있는 것을 전혀 모르는 양, 아이들을 태운 차가 검정색이었다느니 시신을 결국 발견하지 못했다느니 끊임없이 떠들어댔다. 그러다 개를 데리고 산책하러 나갔던 사람이 만들어낸 뚱뚱한 유령으로부터 마침내 경찰이 관심을 거두자, 그때부터는 발렌티나가 더 나은 소식통이 되어 있었다. 랴콥스키 경위는 자매의 담임교사, 학급 친구들과 면담을 마친 뒤 발렌티나와 이야기하기 위해 한동안 학교 행정실을 드나들었다. 발렌티나는 형사에게 자매들의 학생 기록을 보여주었고, 그가 서류를 살피는 동안 용의자에 관해 의논하곤 했다. 형사는 눈이 내리기 시작한 그 주 월요일에도 찾아와 민간 수색을 전면 중단한다는 소식을 그녀에게 알려주었다.

"날씨 때문입니다." 형사가 말했다. "그리고 그간 아무것도 찾지 못했기 때문에."

발렌티나는 회전의자를 돌려 그와 마주 보았다. 형사는 소피아 골로솝스카야의 파일을 훑어보느라 넓은 어깨를 책상 쪽으로 숙이고 있었다. "여객기나 여객선 기록은 봤나요? 여름엔 시내에 사람이 많으니까요."

"살펴봤습니다." 형사가 말했다.

"외국인이라면 애들을 쉽게 데려갔을 거예요." 아버지의 직장 때문에 1971년에 캄차카로 이주해 온 발렌티나는 이 지역의 전성기를 겪으며 자랐다. 군사 자금이 몰린 덕분에 한때는 상점이 먹을 것으로 가득했다. 그때는 부랑자도 연어 밀렵꾼도 없었고, 하늘에는 소련군의 제트기 외에 다른 비행기는 없었다. 당국은 반도를 철저히 감시했다. 혹여 타지의 러시아인들이 이곳에 들어오려면 정부의 허가를 받아야 했다. 하지만 나라가 변했을 때, 캄차카는 몰락했다. 문명 전체가 사라져버렸다. 발렌티나는 조국에 대한 사랑을 모르고 자라게 될 딸에게, 아니 아이들 모두에게 미안함을 느꼈다. "남편은 범인이 타지크인이나 우즈베크인일 거라고 생각해요." 발렌티나가 말했다.

랴콥스키 경위가 서류에서 눈을 들었다. 그는 행정실의 다른 여직원들에게는 말도 걸지 않았다. 실장이자 기록 관리자인 발렌티나가 그와 대화하는 유일한 사람이었다. "용의자 인상착의, 들었습니까?" 발렌티나는 입을 꼭 다물었다. "목격자는 타지크인이라는 말은 하지 않았습니다."

"저도 남편한테 그렇게 말했죠. 하지만 러시아인이라는 말도 없었잖아요." 발렌티나가 말했다. "누구라고 특정하지 않았어요. '남자'라고만 했지."

형사는 어깨를 으쓱였다. "정보는 그것뿐입니다. 어쨌든 놈이 외국인이든 아니든, 이제 아이들을 데리고 있지 않을 수도 있습니다. 만에서 시체를 찾고 있어요." 그는 서류를 한 장 넘겼다. "제 상관들은 놈이 아이들을 반도에서 데리고 나가지는 못했을 거라고 생각합니다."

"사람들은 캄차카가 섬이라고 생각하죠." 발렌티나가 말했다. "그런데 저는 의심스럽네요. 여길 그렇게 잘 지키고 있다면, 어째서 외국인 노동자가 자꾸만 생겨나는 걸까요? 학교에서 발견되는 마약은 어디서 온 걸까요?"

"학교에 마약이 있습니까?" 형사가 물었다.

"아마도요."

형사는 다시 고개를 숙였다. "그런 증거는 본 적 없습니다."

발렌티나는 의자 다리 위로 발목을 교차시켰다. 몇 주째 형사가 찾아와 같은 파일을 들여다보고 발렌티나의 견해를 물었다. 그녀로서도 무언가 내놓을 만한 의견이 필요했다. "주유소 감시 카메라에서는 아무것도 나오지 않았나요?" 형사는 아무 말도 하지 않았다. "차량 블랙박스는요? 그날 운전 중이던 다른 차량에 찍힌 영상 같은 건 없어요?"

"시민들에게 협조를 구했습니다. 입수한 녹화분은 모두 검토했고, 아무것도 나오지 않았습니다."

"애들 엄마와 면담은 했어요?"

"여러 차례 했습니다."

"애인은 없대요? 주위에서 얼쩡거리던 사람은요?" 형사는 고개를 저었다. "그렇다면 모르는 사람이겠군요." 소피아가 학교에서 마지막으로 찍은 사진이 파일에 끼워져 있었다. 옅은 눈썹과 얇은 입술, 날카로운 턱을 가진 아이였다. 자매 중 언니는 발렌티나도 뉴스에서 본 모습밖에 알지 못했지만, 동생은 그 전해에 학교 복도에서 본 기억이 있었다. 좁은 어깨와 높은 톤의 목소리, 교실로 들어갈 때 허리에서 흔들리던 색색의 배낭. 발렌티나는 그 조그만 아이가 성범죄자의 손아귀에 들어간 모습을 도저히 상상할 수 없었다. "애들 아버지는요?" 그녀가 물었다.

"전화로 이야기했습니다. 모스크바에 살더군요."

발렌티나는 무릎 위에 올린 두 손을 꽉 쥐었다. "그럼 직접 면담은 안 한 거예요? 이야기해보니 어떻던가요?"

"예상하시다시피, 속상해했죠." 랴콥스키가 말했다.

속상해했다고, 형사가 말했다. 사람들의 예상대로 괴로워했다고. 하지만 돌아와서 딸들을 찾을 마음은 없었다고. 발렌티나는 가슴속에서 반가운 확신을 느꼈다. 무언가 잘못된 것이 있을 때면 그녀는 항상 누구보다 그것을 먼저 알아차리고 나서서 막아낼 수 있었다. "니콜라이 다닐로비치, 잠깐만요. 그거예요. 애들은 아버지와 함께 간 거예요."

랴콥스키가 발렌티나를 보았다. "아버지를 목격했다는 사람은 없었습니다. 그가 다녀간 기록도 없고요."

"기록을 조작하거나 보고를 막는 게 얼마나 쉬운 일인지 모르세요? 그 사람이 가진 힘이 얼마나 되는지 몰라요?" 랴콥스키는 잠자코 듣고만 있었다. 발렌티나는 그가 눈을 가늘게 뜨는 것을 보고 자기 말에 관심을 갖는다는 걸 알 수 있었다. "그건 알고 계시죠? 그 정도 인맥을 가진 사람의 아이들이 그냥 사라지는 법은 없어요. 하지만 그 애들 아버지가 더 높은 사람과 연락을 취한다면……."

"그 사람은 그냥 엔지니어입니다." 랴콥스키가 말했다.

"모스크바에 사는 엔지니어죠." 발렌티나가 말했다. "그러니 돈이 많을 거예요. 거기 사람들은 모두 연결돼 있어요. 게다가 그 사람은 캄차카 출신이잖아요. 여기서 누굴 매수하면 될지도 알고 있겠죠. 그날 오후에 그 애들을 차에 태워 곧장 어느 차고로 가서는 배를 구해 반도를 떠났을 수도 있어요. 아니면 개인 비행기를 구했을 수도 있고요."

형사는 목소리를 낮추고 힘주어 말했다. "'부패'로군요."

"그거 말곤 없죠." 발렌티나가 말했다. "그런 범죄가 있었는데 이렇게 조용한 건 자연스럽지가 못해요. 목격자가 있어도 제보를 안 하는 거죠. 돈으로 입을 막은 거예요."

"분명 이 도시에 무언가를 아는 사람이 있을 겁니다." 랴콥스키가 말했다. "그럴 거라고 서장에게 계속 말해왔습니다. 그리고 아이들 아버지는……."

"바로 그거라니까요." 발렌티나가 말했다. "형사님 말씀이 옳아요. 누군가는 알고 있어요. 모스크바에 사는 아버지 친구들을 찾아봐요. 이런 사건을 무마시킬 수 있는 높은 사람들부터 조사하세요. 그래야 아이들을 찾을 수 있을 거예요. 그 애들은 아버지 집에 있는 게 분명해요."

형사는 발렌티나를 뚫어져라 보았다. 지금도 그 표정을 생각하면 발렌티나는 몸이 뜨거워졌다. 남편은 그저 회사에서 주워들은 이야기만 전했다. 하지만 그녀는 조사에 실제로 영향을 끼쳤다. 바로 그 사실이 직장과 가정을 운영하는 자신의 입지를 확인시켜주는 것 같았다. 그녀에게는 힘이 있었다.

오늘 밤 발렌티나는 저녁 식사를 하고, 다차에 갈 계획을 세우고, 형사에게 전화를 걸어 그와 의논할 것이다. 자매는 발견되고, 동료들은 놀랄 터였다. 그녀는 머릿속에 그리는 미래 속에서 상처 없이 말끔한 자신의 가슴을 보았다.

발렌티나는 그것에, 일상으로 돌아가는 것에 집중했다. 다시금 흠결 없는 피부로 돌아가는 것에. 아주 작은 상처는 남을지 모르겠지만, 내년 여름이 되면 말끔히 사라질 거라고 믿었다. 손에 쥔 서류가 축축했다. 깔고 앉은 비닐 쿠션은 체중 때문에 아래로 쑥 들어가 있었다. 아무 일 없을 거라고, 그녀는 자꾸만 되뇌었다.

그때 마침내 들려온 노크 소리가, 발렌티나의 머릿속에서 정상적으로 돌아가던 세상을 산산조각 냈다. "네." 그녀가 대답하자 의사가 문을 열었다.

"안녕하세요." 의사는 이렇게 말하고 빈 책상과 잠겨 있는 캐비닛 쪽으로 갔다. "옷을 벗어주세요. 전부 다."

발렌티나는 서류를 더 꽉 쥐었다. 손에서 난 땀에 종이 가장자리가 부드러워져 있었다. 서류를 다시 백에 넣고 지퍼를 채웠다. 반창고를 떼어냈을 때 이미 절반은 벌거벗은 느낌이었던 그녀는 이제 옷을 벗기 시작했다. 부츠와 양말을 벗어 핸드백과 함께 구석에 두고 재킷과

스카프를 접어 그 위에 놓았다. 그리고 스웨터와 블라우스와 바지도. 발렌티나는 말 없는 의사를 등진 채였다. 옷을 빨리 벗을수록 진료는 빨리 끝날 것이고 그녀도 더 빨리 이곳을 벗어날 수 있을 것이다. 브래지어를 벗었다. 안감으로 덧댄 솜에 남은 온기가 손으로 전해져왔다. 그녀는 재빨리 팬티도 벗어 브래지어와 함께 돌돌 작게 만 다음 옷 더미 위에 올려놓았다.

발렌티나는 뒤로 물러나 진찰대에 앉았다. 쿠션의 비닐이 맨살에 닿는 게 느껴졌다.

발렌티나가 자리를 잡자마자 의사가 뒤로 돌아섰다. 그녀는 흰 가운을 입고 머리에는 파란색 수술용 모자를 쓰고 있었다. "함께 오신 분은 없나요?" 의사가 물었다. 발렌티나는 고개를 저었다. "깨끗한 옷은 안 가져오셨어요? 가운이라든가……. 뭐, 그건 괜찮아요." 의사가 말했다. "중요한 건 아니니까요."

의사는 그들이 서로의 냄새를 맡을 수 있는 곳까지 다가왔다. 의사에게서 소독약과 차가운 공기의 냄새 그리고 주머니에 넣어둔 립밤의 과일 향이 났고, 발렌티나에게서는 초조함의 냄새가 났다. 발렌티나는 점심을 걸렀다. 바다에 떠가는 상자처럼 그녀는 속이 텅 비어 있었다. 의사는 허리를 굽히고 발렌티나의 상처를 살폈다. 그녀는 건조한 손가락으로 그것을 건드려보았다. 그리고 조심스럽게 발렌티나의 목, 턱, 귀를 촉진하더니 가슴을 만져보고 오른쪽 겨드랑이를 한참 동안 눌러보았다.

"뭐가 문제인가요?" 발렌티나가 물었다.

"아직은 모릅니다."

발렌티나는 그 말이 거짓인지 판단하기 위해 의사의 얼굴을 살폈다. "폽코프 선생님이 심각하다고 했어요."

"누구요?"

"제 주치의, 메드라인 병원의 의사요. 그분이 저를 여기로 보냈어요."

의사가 허리를 폈다. 발렌티나는 테이블에 구부정하게 앉아 있는데도 머리가 그녀보다 조금 높이 올라가 있었다. 의사의 입술은 분홍색이었고, 단단한 손끝과는 어울리지 않는 넓은 뺨이 그녀의 얼굴을 귀여운 사과처럼 보이게 만들었다. "그분 말이 맞네요. 절제해야겠어요." 의사가 말했다. "이쪽으로 따라오세요."

발렌티나는 진찰대에서 일어났다. 그리고 옷이 있는 쪽으로 다가갔다.

의사가 말했다. "아뇨, 거긴 무균상태를 유지해야 해서요. 소지품은 여기 두고 가세요."

발렌티나는 처진 목부터 시린 발까지 온몸을 다 드러내고 있었다. 상처와 젖가슴과 엉덩이와 치모까지. 이곳은 침실도 목욕탕도 아니었다. 남편조차 그녀의 이런 모습은, 형광등 불빛 아래 벌거벗은 이런 모습은 본 적이 없었다. 소금기에 뒤덮이고, 암으로 가득 찬—온몸에 번졌을지도 모르니까—이런 모습은. 병원에서 벌거벗은 환자의, 이런 모습은.

이곳까지 오는 데 문을 몇 개나 지났을까? 기억나지 않았다. 그녀는 인정 넘치는 눈빛으로 자신을 봐준 원주민 간호사를 부르고 싶어졌다. 아래층에서 자기 차례를 기다리고 있는 남자들…… 그들도 지금쯤 진료실로 들어갔을까? 아니면 아직도 바깥에서 누런 눈을 한 채 앉아 있을까?

"다시 한번 말씀해주시겠어요?" 발렌티나가 말했다. 이가 딱딱 부딪었다.

"수술실은 무균상태로 유지돼야 하는데, 가운이 없잖아요. 1에서 2미터밖에 안 되는 거리예요." 의사가 말했다. "가시죠." 그녀는 진찰을 끝내고 다음 단계로 넘어갈 준비를 이미 마쳤다.

발렌티나는 그렇지 못했다. "제가……."

의사가 문을 열었다.

"재킷을 가져갈래요." 발렌티나가 말했다.

의사는 고개를 저었다. "부끄러워 할 때가 아니에요. 수술실로 가야 해요."

발렌티나는 벌거벗은 채 의사를 따라, 붉은 통들이 늘어선 짧은 복도로 나갔다. 그대로 곧장 걸어가면, 전에는 비어 있었고 지금은 무엇이 기다리고 있을지 모를 더 긴 복도로 접어들게 된다. 누가 있을지 모르는 복도로. 하지만 그리로 가는 대신 그들은 왼편으로 돌아서 다른 문으로 향했다. 양쪽으로 열게 돼 있는 문으로. 신분증과 돈, 열쇠, 옷 등 발렌티나가 가진 전부가 그 방에 남아 있었다. 그녀는 팔로 가슴을 감싸 가렸지만, 엉덩이와 허벅지에는 찬 바람이 스쳤다. 의사는 아무 관심도 없어 보였다.

발렌티나는 가능한 한 마음을 단단히 먹었다. 2미터만 걸어가면 되었다. 발바닥에 먼지가 밟혔다. 이 길을 지나간 더러운 몸뚱이가 몇이나 될까? 그들 모두 수술실에 이렇게, 벌거벗은 채 덜덜 떨면서 들어갔을까? 권위에 휘둘려서? 이 상황에 비하면 발렌티나의 할머니는 오히려 자존심을 지키며 돌아가셨다.

발렌티나는 자기 팔을 꽉 잡았다. 근육을 비틀며 생각을 차단했다. 돌아가셨다. 아니, 그렇다. 할머니는 돌아가셨지만 발렌티나는 살아 있었다. 그녀에게는 직업과 가족이 있었고, 그래서 그녀는 자잘한 일들을 마무리 짓고 전화도 걸어야 했다. 발렌티나는 모든 일을 올바르게 해냈다. 비극은 언제나 다른 사람들의 몫이었다.

하지만 지금, 발렌티나는 수술실로 가고 있었다. 나이가 들면서 새끼발가락이 굽었다. 발렌티나의 어머니는 딸에게 실내에서도 슬리퍼를 신으라고 일렀다. 집을 청결하게 하고, 아이들을 안전하게 지키기 위해서였다. 어머니는 여자가 맨발로 다니면 온몸이 차가워진다고 했다. 그래서 불임이 되는 거라고. 발렌티나는 디아나에게도 그렇게 이야기했고, 낯선 사람들을 조심하고 친구를 가려 사귀라고 가르쳤다. 매사에 가족이 우선이라고도 말했다. 하지만 발이 차가워지는 것을 주의하라는 가르침은 더는 상관없어질 수도 있었다.

1미터 앞에 문이 있었다. 의사는 아무 말 없이 옆에서 걸었다. 수술실로 가는 통로에 붉은 통들이 늘어서 있었다. 거기에…… 무엇이 들어 있을까? 혈액? 거즈? 잘라낸 종양? 신체의 일부가, 버려진 악몽이 그것에 들어 있을 것만 같았다. 발렌티나는 바닥을 내려다보았다. 흙냄새, 쓰레기 냄새, 그리고 죽음의 냄새 같은 어떤 동물의 냄새가 그녀의 얼굴과 맨살에 닿았다. 이 상황이 부당하게 여겨졌다. 마음의 준비를 할 새도 없이 두려움에 사로잡혀버린 발렌티나는, 뚜껑이 덮인 통을 다시금 보고 내장을 떠올렸다.

발이 기계적으로 움직였다. 어찌어찌 걸을 수는 있었다. 주치의와 근엄한 간호사와 이 의사가 바로 여기, 양쪽으로 열게 된 이 문으로 발렌티나를 안내했고, 그래서 그녀는 해야만 하는 일이라고 되뇌며 이곳까지 왔다. 통로는 이미 끝났다. 의사가 문을 잡았다. "발렌티나 니콜라예브나입니다." 그녀가 말했다. 발렌티나는 고개를 들었다. 의사의 동그란 얼굴에 조금 상냥한 빛이 떠올랐다. "걱정 마세요. 마취할 거니까."

의사가 문을 밀어서 열었다. 장갑을 끼고 수술복을 입은, 마스크를 쓴 낯선 사람들이 보였다. 발렌티나의 삶은 뒤쪽 어딘가에 남겨졌다.

"들어가세요." 의사가 말했다.

너무 추웠다. 통로에서 나던 냄새가 혀에 닿으며 흙 맛과 피 맛이 느껴졌다.

한 시간만 지나면 끝날 거야, 라고 생각했다. 모두 무사할 거야. 그래야만 해. 상처는 없어질 거야. 암도 없어질 거야. 그게 정말 암이라면 말이야. 아마 뿌리까지 뽑아버릴 거야. 곧 지나갈 거라고, 발렌티나는 속으로 되뇌었다. 끝나고 나면 무슨 일이 있었는지 아무에게도 말하지 않을 거야. 직장 사람들에게도, 형사에게도, 남편에게도, 딸에게도. 그리고 예전의 나로 돌아갈 거야.

. . D E C E M B E R . .

12

월

크슈샤는 무용수에 대해 전부터 알고 있었다. 에소에서 자라면서 소소하게 보내던 휴일마다 무용단이 공연하는 것을 보았으니까. 하지만 별다른 관심을 갖지 않았다. 마을에서 사촌이 오기 전까지는. 그녀가 오고부터 크슈샤의 소망이 바뀌기 시작했다. 사촌 알리사는 크슈샤가 4학년으로 다니는 페트로파블롭스크 대학교에 입학했다. 크슈샤의 어머니와 알리사의 어머니는 아이들이 도시에서 안전하게 지낼 수 있도록 둘이 함께 살게 하기로 결정했다. 크슈샤와 알리사는 페트로파블롭스크 언덕 자락에 방 하나짜리 아파트를 빌려 이사했다. 기숙사의 작은 방에 놓여 있던 크슈샤의 짐들은 깔끔한 반면, 알리사의 짐은 고향에서부터 열두 시간이나 버스에 실려 오느라 먼지투성이가 되어 있었다.

가방만 다른 것이 아니었다. 알리사는 검은 머리에 주황색 하이라이트를 넣은, 귀여운 얼굴의 열일곱 살 소녀였다. 알리사는 철학과에 등록했지만, 크슈샤의 전공은 회계학이었다. 입학 후 첫 일주일 동안 알리사가 만난 사람들과 그녀가 들은 소문들이, 크슈샤가 지난 3년 동안 만난 사람들이나 들은 이야기들보다 더 많았다. 그리고 가끔씩 알리사는 늦게 귀가했다. 8월에 도시 전체에 나붙은 실종자 포스터를 무시한 채 아예 외박을 한 적도 한두 번 있었다.

"마음에 안 들어." 루슬란이 말했다.

루슬란은 아직 고향인 에소에 있었다. 멀리 떨어져서 공부한 지 오래되었지만, 크슈샤는 용케도 루슬란과 헤어지지 않을 수 있었다. 두 사람은 매일 아침 그리고 매일 밤 통화했고, 루슬란은 매달 말이면 장거리 운전을 해서 크슈샤를 만나러 왔다. 그는 두 사람의 화목한 관계를 붙들고 크슈샤를 단속하기 위해 그 일정을 반드시 지켰다. 크슈샤가 페트로파블롭스크에 온 이후로 루슬란은 늘 젊은 여자가 쉽게 실종될 수 있다는 사실을 그녀에게 각인시키려고 노력했다. 골로숍스카야 자매의 소식이 수백 킬로미터 북쪽에 위치한 그들의 마을에까지 전해진 뒤로 그가 내는 경고의 목소리는 더욱 커졌다. 거기에 사촌의 사교 생활 이야기까지 듣게 되었으니, 루슬란으로서는 걱정거리가 하나 더 늘어난 셈이었다.

"알리사는 믿어도 돼. 알잖아." 크슈샤가 전화로 이야기했다. 아직 아파트 창밖으로 해가 지지 않았는데도 크슈샤는 벌써 회색 트레이

닝복 바지에 청색 민소매 상의를 입은 잠옷 차림이었다. 가을 학기가 시작되자마자 루슬란은 트집을 잡기 시작했다.

"알리사는 늘 좀 흐리멍덩했어. 도시에 나가 사니까 정신이 나갔나 보지." 루슬란이 말했다.

"아냐, 친구가 많을 뿐이야."

"아직 외출 중이야?"

크슈샤는 아무 말도 하지 않았다.

"지금 어디야?" 루슬란이 물었다.

"집." 크슈샤가 말했다. "아까 얘기했잖아." 루슬란의 숨소리가 잡음처럼 들려왔다. 크슈샤는 전자레인지로 가서 레인지를 딱 1초만 돌리고 땡, 하는 알림 소리가 나게 했다. "들었지?" 크슈샤가 말했다.

"알았어." 루슬란은 마음을 놓았다. 전자레인지, 텔레비전, 혹은 크슈샤의 기타 소리. 이런 가재도구 따위의 소리를 들어야 비로소 그는 안심했다. 크슈샤가 기숙사에 살 때는 룸메이트의 목소리를 들려주는 것으로 루슬란을 안심시킬 수 있었다. 그러나 이번 학기가 시작되기 전 아파트로 처음 이사했을 때, 크슈샤는 사촌에게 전화기를 넘겨 자신이 지금 집에 있다는 것을 루슬란에게 알리려 했지만 그는 알리사의 말을 믿지 않았다. "누가 왔어?" 루스란은 이렇게 묻곤 했다. "누가 왔어? 누구?" 크슈샤는 다른 알리바이를 찾아야 했다.

9월 중순에, 알리사는 학교 무용단에 들어가기로 했다. 무용단 연습 시간에 한 차례 참여해보더니 마음에 든다면서 함께 가입하자고 크슈샤를 구슬렸다. 캄차카 원주민의 민속무용을 선보이기 위해 청중으로 가득한 공연장을 찾아다니는 전문 무용 앙상블과는 거리가 먼, 작은 무용단이었다. 가족 무용단에 가까운 규모의, 그저 취미로 무용을 하는 단체일 뿐이었다. "우리에게 필요한 활동이야." 알리사가 크슈샤를 설득했다. 더 많은 시간을 함께 보내고, 또한 그들이 한 뿌리임을 확인시켜주는 방법이 될 거라고 했다. "그리고 오후에 아파트를 벗어나게 해줄 방법도 될 테고."

"난 춤을 못 춰." 크슈샤가 말했다. 둘은 부엌에서 수프가 끓기를 기다리고 있었다. 끓인 양배추와 수영(허브의 일종—옮긴이), 가염 버터, 닭고기 국물 냄새가 풍겼다.

"당연히 출 수 있어." 알리사가 말했다. "못 춰도 상관없고. 가운데서 있기만 해도 아름다울 거야." 알리사는 크슈샤의 뺨을 쓰다듬었다. "네 얼굴을 봐, 크세뉴샤. 우리 무용단의 스타가 될 거라고."

크슈샤는 몸을 뺐다. "놀리지 마." 크슈샤는 넓은 어깨에 튀어나온 이마, 그리고 옅은 눈썹에 들창코를 가진 순수 에벤족 혈통의 할머니를 닮았다. 스타가 되기에는 지나치게 원주민 같은 얼굴에 허리도 너무 굵다는 걸 그녀 자신도 알고 있었다.

"아냐." 크슈샤가 고개를 젓는 모습에 알리사도 계속해서 고개를 저으며, 김이 가득한 공기 속에서 크슈샤의 뺨을 만지던 손을 거두었다.

"잘 모르겠어." 크슈샤가 말했다. "난 싫은데." 그렇다 해도 미소는 지어야 했다.

"모르는 거야, 싫은 거야?" 알리사가 작은 물고기처럼 가느다란 손가락을 흔들었다.

"난 그런 데 소질 없어."

"나도 마찬가지야!" 그렇지 않았다. 알리사는 어릴 때 마을 무용단에서 춤을 췄고, 전통 무용의 스텝을 알고 있었다. 하지만 알리사는 한번 말을 꺼내면 절대 물러나지 않는 성격이었다. 절대 남의 의견을 들어주는 성격이 아니었다.

크슈샤가 할 수 있는 일이라곤 얼굴을 찡그리는 것뿐이었다. "성가시게 굴지 마." 크슈샤는 이렇게 말했지만, 사실 그녀는 알리사의 단단한 몸과 가늘고 날렵한 팔을 좋아했다.

"무용단이라고 해봤자 전부 학생들이야. 별거 아니라고. 그러지 말고 한번 해보자."

크슈샤는 국자를 든 채 사촌을 따라 고개를 끄덕였다. 대학 입학 후 3년 동안 매일 경영이나 통계 관련 강의를 듣고 오후에는 혼자 공부를 하고 학기 말에는 구두시험을 치르면서, 장학금을 계속 받으려는 노력으로 최상위 성적을 유지해왔다. 짜릿한 일이라고는 에소에서 보내는 여름방학과 에소에서 보내는 겨울 명절과 루슬란이 찾아오는 월말의 주말뿐이었기에, 크슈샤로서도 새로운 것을 시도하는 게 싫지만은 않았다. 그래도 그녀는 이렇게 말했다. "안 할 거야."

"지금도 머리 흔들고 있잖아. 봐, 이미 춤을 추고 있다고."

알리사는 그렇게 크슈샤를 변화시켰다. 함께 밖에 나가자고 하는 게 아니라, 그녀에게로 즐거운 일을 가지고 왔다. "루슬란이 안 된다고 할 거야." 크슈샤가 최후의 저항으로서 말했다. 하지만 알리사의 입술이 비틀어지자마자, 크슈샤는 자신이 한 그 말이 곧 배신임을 알아차렸다.

그는 크슈샤의 첫사랑이자 유일한 사랑이었다. 밤이면 크슈샤는 그의 면면을 기억하며 잠들었다. 그의 음성, 단단한 근육, 배꼽 아래 난 털, 눈꺼풀에 진 깊은 주름……. 크슈샤보다 일곱 살 많은 루슬란은 오빠 체가와 비디오게임을 하러 집에 종종 왔었고, 그러면 크슈샤는 뒤에 앉아서 루슬란의 등을 바라보곤 했다. 헐렁한 티셔츠 위로 드러난 햇볕에 탄 목덜미도. 예전에는 어른이 되어 루슬란과 키스하기를 꿈꿨고 이제는 어른이 되어 진짜로 그와 키스하는데, 바라는 것은 다만 그것뿐이었다.

그다음 주 금요일에 루슬란이 왔을 때, 크슈샤는 매트리스 위에서 두 팔로 그를 감싸 안았다. 밤에 돌아온 알리사는 운동화 끈을 풀고 두 사람을 지나쳐 방으로 갔다. 그녀는 방문을 완전히 닫지 않은 채 옷을 갈아입으며 물었다. "크슈샤가 댄스 이야기 했어요?"

루슬란은 크슈샤를 내려다보았다. 달갑지 않은 소식을 예상하고 있는지 그는 벌써부터 입을 꾹 다물고 있었다.

알리사가 레깅스를 입고 나왔다. "학교에 무용 앙상블이 있어요." 두 사람이 보고 있던 텔레비전 방송 소리 위로 알리사의 음성이 겹쳤다. "여학생을 더 구하고 있거든요. 크슈샤가 하면 좋겠죠?"

"춤추는 법도 모르는걸." 루슬란이 말했다.

"어머, 아네요. 잘 아는걸요." 알리사가 말했다. "어쨌든 들어가기만 하면 돼요. 특별한 재능은 필요 없어요. 아무나 가기만 하면 다 받아주니까."

루슬란은 코웃음을 쳤다. "대학에 무용 앙상블이 있다는 얘긴 처음 듣는데." 그가 말했다. 크슈샤와 만나기 전, 체가의 비디오게임 친구였던 시절의 루슬란도 시내 대학에서 2년 동안 공부를 했다. 그때 크슈샤는 아직 어린아이였다. 학위를 받기 전에 중퇴하기는 했지만 어쨌든 루슬란은 에소의 공공 기관에 좋은 일자리를 얻었고, 거기서 폐기물 파이프를 관리하고 마을의 강을 가로지르는 목재 교각을 새로 짓는 일을 했다. 크슈샤의 부모님은 어렸을 때보다 지금의 그를 더 좋아했다.

"무용단이 생긴 지는 좀 됐는데, 백인 아이들은 들어가지 못해요." 알리사가 말했다. "아마 그래서 다 받아주는 거겠죠."

"알리사." 크슈샤가 말했다.

"루슬란은 괜찮다고 하잖아."

"그러면…… 그런 무용단이겠네." 루슬란이 말했다. "몸에 가죽을 두르고 북을 치는 그런 거 말이야." 그는 크슈샤의 어깨를 꽉 잡았다가 놓더니 자리에서 일어났다. "나는 안 받아주려나?"

"태닝에 심혈을 기울여야 할걸요." 알리사가 말했다.

루슬란은 쪼그리고 앉더니 팔을 뻗었다. "내 능력을 보여줘도? 잘 봐!" 그는 어릴 때 보았던 무용수들의 동작을 흉내 내며 발을 굴렀다. 한쪽 손으로는 북을 잡은 시늉을 하고, 다른 손은 크게 휘둘러 제 얼굴을 때렸다.

알리사가 루슬란에게로 달려갔다. 그녀는 두 손을 들고, 머리를 양쪽 어깨로 기울이고, 그러다 몸 쪽으로 숙이고, 허리를 씰룩이고, 양 무릎을 흔들고, 발뒤꿈치를 들고, 그리고 발을 돌리며 몸을 비틀었다. 루슬란이 뛰어다니며 엉터리 에벤어로 노래를 부르자 알리사가 환호성을 질렀다. 그들의 기대대로 크슈샤는 웃음을 터뜨렸지만, 두 사람의 모습에 이내 웃기를 그쳤다. 턱에 구릿빛 수염이 나 있는 루슬란은 강하고 단단해 보였으며, 알리사는 그런 그에게 맞춰서 움직이고 있었다. 둘은 천생연분 같았다.

크슈샤가 손을 뻗어 사촌의 팔을 잡았다. 그녀는 아무렇지 않은 척하면서 알리사를 말렸다. "무용단에서 그렇게 해?"

"비슷해." 알리사가 옆에 놓인 매트리스에 주저앉으며 말했다. "가서 직접 봐." 그리고 그녀는 루슬란을 올려다보았다. "허락 안 하는 게 아니면?"

루슬란이 일어섰다. "무슨 말이야?"

"허락 안 해줄지도 모른다고 생각했어요." 크슈샤는 사촌을 빤히 보았다. 그러나 알리사는 루슬란에게서 고개를 돌리지 않았다.

"그런 건 아니야." 루슬란이 말했다. 그리고 크슈샤에게 물었다. "거기 들어가고 싶은 거야?"

놀라고 긴장한 크슈샤는 남자 친구의 눈에서 느껴지는 열기를 가늠해보려고 애썼다. "글쎄, 내 생각엔…… 연결점으로 좋은 것 같아. 고향을 잊지 않도록 말이야."

"고향을 생각하는 데 도움이 필요해?" 루슬란이 말했다. "젠장, 그럼 해. 내가 뭐라고, 네 아버지라도 되나? 내가 언제 이래라저래라 한 적 있어?"

매주 월요일, 수요일, 금요일에 무용단은 학교 음악실에 모였다. 크슈샤는 첫 연습을 마치고 루슬란에게 이렇게 감상을 전했다. "괜찮았어. 어색했지만." 알리사는 모든 단원에게 크슈샤와 악수를 하도록 시켰다. 멤버 중 몇 명은 크슈샤나 알리사처럼 교육대학에 다녔지만, 두어 명은 언덕 위의 기술대학에서 공부했고 남학생 하나는 고등학교 10학년이었다.

"거기 남자가 몇이야?" 루슬란이 물었다.

크슈샤는 정확히 알지 못했다. "아마 남녀 반반인 것 같아." 전부 원주민이었다. 에벤, 코랴크, 이텔멘 혹은 추크치. 검정 머리에 갈색 눈을 가진 사람들이었다.

"조심해." 루슬란이 말했다. "내 원주민 여왕한테 덤벼들지도 모르니까."

크슈샤를 그런 식으로 놀릴 수 있는 백인은 루슬란뿐이었다. 따지고 보면 크슈샤의 가족과 함께 자란 사람이었으니까. 크슈샤가 지금의 알리사와 같은 나이로 도시에 처음 왔을 때, 몇몇 학생이 그녀를 놀려댔다. "어디 출신이야?" 한 학생이 강의가 시작되기 전에 물었다. "에소." 크슈샤가 대답했다. "뭐야, 순록이야?" 누군가가 이렇게 중얼거렸다. 그러자 모두가 웃었다.

크슈샤는 창피해서 아무 말도 못하고 가만히 앉아 있다가 뺨에 손을 갖다 댔다. 붉게 단 살갗을 싸늘한 손가락으로 한동안 누르고 있어야 했다.

고등학교 졸업식에서 성적 우수 학생으로 금메달을 받고 대학교 회계학과에 장학생으로 입학한 크슈샤가 놀림을 받은 것은, 목소리 때문이었다. 톡톡 튀는 억양이 영락없는 북부 사람이었던 것이다. 그리고 피부와 머리카락이나, 눈의 기울기와 크기도. 도시 아이들은 그 특징을 곧바로 알아보았다. 그들은 크슈샤가 무슨 동물이라도 되는 것처럼 그녀를 대했다.

고향 사람들은 크슈샤와 그녀의 오빠를 장래의 은행원이나 사진작가로 보지 않고 양치기의 자녀로만 여겼다. 크슈샤의 가족은 에소에서 고기와 동물 가죽을 취급하는 숱한 집들 가운데 하나였다. 그녀의 조부모와 아버지는 1년 내내 툰드라에서 목축을 하며 지냈고, 어머니는 학기가 끝날 때까지 에소에서 크슈샤 남매와 함께 지냈다. 학기가 끝나면 그들은 다시 들판으로 나갔다. 어릴 적 크슈샤는 방학 때마다 가족과 함께 텅 빈 방목장에 나가 일했다. 마을의 백인 아이들은 거리에서 축구를 하다가 비가 오면 지붕 밑으로 몸을 피하기도 하면서 방학을 보내는 게 보통이었다.

여름의 에소는 아름다웠다. 농가는 원색으로 다시 칠해졌고, 텃밭 가득 채소가 자랐으며, 강물이 찰랑찰랑 불어났고, 마을을 에워싼 산에는 녹음이 짙게 우거졌다. 크슈샤는 열일곱 살이 되어서야 그 풍경의 가치를 알게 되었다. 하지만 그런 아름다움 대신 방목꾼 일이 그녀의 여름을 지배했다. 말을 타고 몇 킬로미터씩 달리다 보니 다리가 아프고 허리도 쑤셨다. 모기가 옷 속으로 들어와 살갗에 핏자국을 남겼다. 얼음장처럼 차가운 강물에서 급하게 목욕을 해야 했다. 체가는 동생을 놀려댔다. 어머니는 화를 냈고, 할머니의 잔소리도 끊이지 않았다. 어른들은 작년에 도축으로 벌었어야 하는 돈과 올해 도축으로 갚아야 할 빚을 놓고 언쟁을 벌였다. 크슈샤는 책이나 팝송, 텔레비전 프로그램 생각이 간절했다. 그곳의 풍경, 풀과 언덕과 관목 숲과 순록 뿔과 지평선이 주는 단조로움을 깨뜨릴 수 있는 무언가에 대한 열망이 절실했다. 며칠, 몇 주, 몇 달을 보내고 다시 집으로 돌아갈 때까지 아침, 점심, 저녁으로 먹는 순록 고기의 느끼한 맛도 지긋지긋하기는 마찬가지였다.

지저분하고, 정신을 멍하게 만드는 것들. 순록 방목지에서 피어오른 연기가, 고기와 곰팡이의 악취를 실은 그것이 여기까지 그 먼 거리를 따라온 것만 같았다.

그래도 크슈샤에게는 루슬란이 있었다. 다른 것은 상관없었다. 크슈샤는 그의 문자메시지를 기다리며 하루를 보냈고, 강의가 끝나면 다른 학생들에게서 벗어나 두 시간 동안 이어질 그와의 전화 통화를 기다렸다. 그리고 그를 생각하며 침대에 쓰러졌다. 크슈샤의 외모, 목소리, 냄새에 루슬란은 익숙했다. 다른 누구도 루슬란처럼 크슈샤를 사랑하지는 못했다.

무용단 단장 마르가리타 아나톨레브나는 머리를 뒤로 넘겨 스카프로 묶고 다니는, 자그마한 키의 코랴크인이었다. 그녀가 가르치는 춤은 전통 무용이었다. 그녀는 마치 단원 모두가 전통적인 삶을 살고 있다는 양 굴면서 그 춤을 가르쳤다. 단장은 남학생들에게 몰이꾼의 춤을 추는 데 쓸 가죽 끈을 나눠주었다. 그러고는 쪼그리고 앉아 발을 앞으로 차면서 공중에서 끈을 돌리라고, 음악 소리보다 더 큰 목소리로 외쳤다. "더 높이! 그렇게 해서 어떻게 순록을 몰겠어?" 툰드라에서 크슈샤의 아버지와 삼촌들 그리고 할아버지는 수천 마리의 순록이 빙빙 도는 한가운데로 들어가, 달리는 수컷에게 올가미를 던지고 몸을 던져 순록을 쓰러뜨리곤 했다. 하지만 남학생 중 몇 명은 평생 아무것도 몰아본 적이 없어 보였다. 그들은 가죽 끈을 그저 축 늘어뜨리고만 있었다. 크슈샤의 아버지가 봤더라면 "도시 사람"이라며 비웃었을 것이다.

모두가 그런 것은 아니었다. 알리사가 있었고, 에소 근처 정착지에서 온 여학생도 둘이나 있었으니까. 저 멀리 북쪽, 오호츠크해 옆 팔라나에서 온 찬데르라는 대학원생도 있었다. 크슈샤의 오빠는 지금의 여자 친구를 그곳에 고기를 잡으러 갔다가 만났다. 기술대학에서 공부하는 남학생 하나는 아차바얌에서 먼 길을 왔다. 납작한 얼굴에 늘 인상을 쓰고 있는 학생이었다. 말이 통 없는 친구라 크슈샤는 그의 억양을 한 번도 듣지 못했다.

무용단과 함께하는 시간은 즐겁기도 하고 끔찍하기도 했다. 도시에 온 이후 처음으로 루슬란에게 강의 외의 일을 이야기하는 것도 재미있었다. 비록 그것이 무용단의 고등학생 아이나 가짜 '순록치기'에 대한 이야기이긴 했지만. 연습 시간에 크슈샤는 알리사 뒤에서 그녀의 동작을 따라 하기 위해 집중했다. 다리를 움직이고, 발가락에 힘을 주고, 뒤꿈치를 들고, 무릎을 구부리고……. 북소리와 하모니카의 웅웅 울리는 소리를 녹음한 음악은 지나치게 시끄러운 감이 있었고, 마르가리타 아나톨레브나는 박자를 알려주느라 꽥꽥거렸다. 청바지와 니트 스웨터를 입은 크슈샤는 춤을 추며 생각으로부터 벗어나 몸에 집중했다. 자신의 호흡에, 근육에, 그리고 피의 고동에. 앞에 선 알리사의 밝은 머리카락이 박자에 맞춰 흔들렸다.

하지만 그 모임에 참석하느라, 예전에는 예측 가능했던 하루하루가 사라지는 바람에 상황이 복잡해지기도 했다. 마르가리타 아나톨레브나는 무엇보다 집중을 원칙으로 삼았기에, 크슈샤는 연습 때마다 전화기를 가방에 넣어두어야 했다. 처음 2주 동안은 크슈샤가 전화기를 확인할 때마다 새로운 메시지가 와 있었다. **뭐 하고 있어? 중요한 일이야. 대답이 없으면…….**

루슬란의 메시지를 놓친 채 답장도 보내지 않는 것이나, 북소리가 스피커에서 울리기 시작할 때 그를 잊었다가 음악이 꺼지고 나서야 다시 생각하기란 크슈샤에게는 어려운 일이었다. 동작을 숙달하기도 힘들었다. 마르가리타 아나톨레브나는 여학생들에게 무릎을 꿇는 법, 몸을 뒤로 젖히는 법, 묶은 머리가 종아리에 닿을 때까지 척추를 구부리는 법 등을 가르쳤다. 남학생들은 박자에 맞춰 북 치는 법을 연습했는데, 마르가리타 아나톨레브나는 더 열심히 하라고 다그치면서 고함을 질러댔다. 저녁때가 되면 크슈샤와 알리사는 춤을 추며 방을 돌아다녔다.

친구를 사귀는 것도 어려웠다. 알리사는 전처럼 잘해나가는 것 같았지만, 크슈샤에게는 친구를 사귀고자 시도했던 기억 자체가 별로 없었다. 이 세상에서 크슈샤가 관심을 두었던 사람은 모두 어린 시절부터 알고 지내던 이들뿐이었다.

하지만 크슈샤는 무용단 사람들이 좋았다. 그들이 가진 고향에 대한 지식에는 서로 차이가 있었지만—그중 몇은 야생 동물 근처에는 가본 적도 없고, 또 몇은 버스라는 걸 직접 보기도 전에 대학에 등록했다는 사실 같은—단원들은 페트로파블롭스크에서 그간 만난 다른 사람들보다 더 친숙하게 느껴졌다. 그들은 백인들과 달리, 그녀가 이해할 수 있는 사람들이었다. 그리고 먹을 것을 달라고 보채는 아기 새처럼 짹짹거리라며 그들을 격려하는 마르가리타 아나톨례브나도 좋았다. 만약 다른 사람이 그렇게 말했다면 터무니없는 설명처럼 느껴졌겠지만, 마르가리타 아나톨례브나는 그런 말을 해도 바보같은 소리로 들리지 않았다. 그 춤에는 과거에 붙여진, 이교도가 붙인 신들과 자연의 이름이 있었기에 마르가리타 아나톨례브나는 이교도처럼 움직이는 법을 가르쳐주었다. 이 춤은 물고기처럼 보이도록 추어야 하니까 양팔을 뒤로 밀라고 했다. 흐느적거리라고. 목구멍을 더 크게, 더 크게 넓히고 바닷물을 마시라고.

파트너 댄스에서 크슈샤는 팔라나 출신의 찬데르와 짝이 되었다. 남학생 중에서는 찬데르가 가장 나아 보였다. 그는 똑똑했고, 구舊시베리아 어족에 관한 연구 논문으로 박사 과정을 밟는 중이었으며, 단장이 지시를 내리면 귀담아들을 줄 알았다. 키가 크고 동작도 잘 구사했다. 첫 연습에서 알리사가 크슈샤에게 모두와 악수를 나누게 했을 때, 몇 명은 허튼소리를 했다. "그쪽 가족 여자들은 다 그렇게 예뻐요?" 한 명이 그렇게 말했다. 하지만 찬데르는 고향이 어딘지 묻고는 참여해주어 기쁘다고만 말할 뿐이었다.

한편, 알리사는 아차바얌 출신의 학생과 짝이 되었다. 긴장해서 말이 없는 남학생과 수다스럽다 못해 다국어로 대화하려고 독일어와 영어까지 공부하는 알리사라니, 어울리지 않는 한 쌍이었다. 가끔 알리사는 어린 시절 배운 스텝을 지금 배우는 춤에다 끼워 넣어서 그걸 알아차린 남학생과 말다툼을 벌이곤 했다. 그럴 때면 남학생의 지적에 대해 알리사는 변명을 늘어놓았다. 알리사는 그를 견딜 수 없다고 말했지만, 크슈샤는 그 말을 믿지 않았다. 누군가가 그토록 순수하면서 깊은 관심을 가져준다는 것에 알리사는 아마도 기분이 좋을 터였다.

그렇다 해도, 작은 눈으로 집중하며 못마땅하다는 입 모양을 하고 있는 알리사의 파트너 같은 사람과 춤을 추고 싶은 마음은 크슈샤로서도 그다지 들지 않았을 것이다. 찬데르는 크슈사를 리드해주었다. 어떤 춤에서 여학생들은 서 있고, 남학생들이 그 앞에 무릎을 꿇는 동작을 할 때였다. 그들은 서로를 향해 몸을 굽혔고, 여학생들은 손짓으로써 파트너를 자기 허리 가까이 끌어당겼다. 음악이 연주되는 동안, 찬데르는 그들이 처음 만났던 날에 지었던 것과 똑같은 편안한 표정을 하고 있었다. 그의 매끈한 이마부터 곧은 눈썹, 그리고 높은 턱에 이르기까지 얼굴 전체가 흔들리지 않았다. 동작을 서너 번 반복하고 나서야, 먼지로 청바지 무릎이 하얘진 채 일어난 찬데르는 이렇게 말했다. "훨씬 잘하고 있어, 크슈샤." 크슈샤는 춤을 추느라 헉헉거리고 있었다. 하지만 그녀도 찬데르와 같은 생각이었다.

"오늘 뭐 했는지 이야기해줘." 루슬란이 말했다.

크슈샤는 어둠 속에서 시트를 덮고 누워 있었다. 전화기는 뺨에 붙이고, 양손은 살짝 나온 배 위에 올려놓은 채였다. 방 건너편 사촌의 침대는 비어 있었다. "정신없었어." 크슈샤가 말했다. "마르가리타 아나톨레브나가 알리사에게 고함을 쳤는데, 순간 알리사도 맞서서 고함을 치는 줄 알았어. 그런 표정이었거든." 크슈샤 주위는 루슬란을 도발할 것들로 가득했다. 몇 주 전 해안에서 사라진 어린 여자아이 둘, 학교 게시판에 붙은 그 아이들의 초등학교 사진, 언덕을 오르는 민간 수색 팀, 크슈샤를 검은 피부를 가진 범인이라는 듯이 노려보는 거리의 경찰들……. 크슈샤는 자신이 보호받고 있다고 루슬란이 생각하기를 바랐다. 그건 부모와 오빠에 대해서도 마찬가지라서, 그들과 통화할 때면 크슈샤는 항상 부드럽게만 말했다. 염려스러운 일에 관한 것은 꺼내지 않는 편이 나았다. 그녀는 학교와 춤 이야기만 했다.

강의가 끝나고 나서부터 연습이 시작되기까지 한 시간 반 동안이 오후에 허락된 휴식 시간이었다. 알리사와 다른 단원들은 이 시간에 카페에 가서 케이크나 홍차를 즐겼지만, 크슈샤는 그럴 여유가 없었다. 게다가 루슬란과 한 약속 중에, 어디든 각자가 가는 곳을 서로에게 알리자는 다짐이 있는 것도 마음에 걸렸다. 다른 사람들과 카페에 가는 것은 그에게서 너무 많은 질문을 이끌어내고 말 것 같았다. 크슈샤는 그들과 어울리는 대신 일찍이 연습실로 향해 마르가리타 아나톨레브나가 도착해 문을 열어줄 때까지 밖에 앉아 과제를 했다.

어느 10월의 수요일, 일찍 도착한 또 한 사람이 있었다. 크슈샤가 전공 서적 너머로 운동복 바지에 싸인 두 다리를 보고 고개를 들자, 찬데르가 서 있었다. "뭐 읽어?" 그가 물었다.

"아무것도 아니야." 크슈샤가 말했다.

찬데르는 기다란 몸을 접어 크슈샤 옆에 앉았다. 둘 사이에 그의 가방이 놓였다. 찬데르가 손을 뻗어 그녀의 책을 낚아챘다. "아무것도 아닌 건 아니네." 찬데르가 책을 이리저리 돌려 보며 말했다. "경제학." 그는 책을 돌려주고 자기도 노트를 꺼내더니 공부하기 시작했다.

찬데르는 어부 집안의 아들이었다. 고향에서 그의 가족은 겨울에는 물개, 봄에는 대구, 여름에는 넙치, 가을에는 게를 잡으러 바다에 나갔다. "아나톨레브나는 아마 그걸 '전통적인 삶'이라고 할 거야." 찬데르가 말했다.

크슈샤는 게살을 먹어본 적이 없었다. 찬데르는 복도의 타일 벽에 머리를 기댔다. 잠긴 연습실 문밖에, 그들은 항상 단둘이 있었다. "다음에 집에 가면 좀 가져다줄게." 찬데르가 말했다.

크슈샤는 그런 친구가 처음이었다. 그렇게 빨리 친해지고, 그렇게 빨리 편해진 친구는. 그녀가 어릴 때부터 알아온 모든 사람들과 강의실 가득한 낯선 학생들 중에서 오직 찬데르만이 그랬다.

연습할 때 찬데르는 다른 단원들에게 무척 정중했다. 그런 그를 마르가리타 아나톨레브나는 특별히 좋아했고, 다른 사람들에게는 고함을 쳐도 찬데르가 틀리면 조용히 가르쳐주었다. 그런 찬데르였지만 무용단에서 가깝게 지내는 건 크슈샤뿐인 것 같았다. 마르가리타 아나톨레브나가 방목꾼들의 춤으로 음악을 바꾸면 찬데르는 크슈샤를 보면서 가죽 끈을 들어 올렸는데, 그러면 크슈샤가 짜증을 내며 웃음을 터뜨린다는 것을 그는 알고 있었다. 그런 순간마다 크슈샤는 생각했다. 우리는 친구라고. 그런 생각이 든다는 게 매번 놀라웠고, 위안이 되었다.

크슈샤는 게살을 맛보기를 고대했다. 찬데르에게 팔라나 이야기를 더 해달라고 졸랐다. 계속 거기서 살고 싶은지, 가족이 페트로파블롭스크에 온 적이 있는지, 자기 오빠의 여자 친구를 혹시 만난 적은 있는지. 아니, 아니, 아니라고 찬데르는 대답하고 자기 어린 시절 이야기를 더 들려주었다. 그는 에소에서 북쪽으로 400킬로미터 떨어진 곳, 인구는 페트로파블롭스크보다 훨씬 적지만 아파트는 똑같이 높다랗게 지어놓은 그곳에 대해 이야기해주었다. 겨울에는 얼음이 얼고, 바람 부는 거리는 곧장 바다로 이어지는 곳이었다. 그 도시의 코랴크어 이름은 '필리린'이라고 했다. '폭포가 있다'는 뜻이었다. 찬데르가 쓰는 언어는 크슈샤가 듣고 자란 조부모의 에벤어보다 목구멍 훨씬 더 깊은 곳에서 나오는 소리를 가진 것이었다. 크슈샤가 그 언어의 모음을 발음하면 찬데르는 미소를 지었다.

찬데르는 에소에 대해서도 이야기했다. 남쪽에서 팔라나로 가는 단 하나뿐인 육로는 1월부터 3월까지만 지날 수 있는 눈길이었지만, 찬데르가 페트로파블롭스크와 팔라나를 오갈 때 타는 비행기가 악천후 탓에 에소의 작은 공항에 착륙하곤 했기 때문에 그는 크슈샤의 마을에 수십 번은 가보았다. 찬데르는 폭풍우가 지나가기를 기다리며 그 마을에서 며칠씩 보내곤 했다. 크슈샤가 자기 오빠가 찍은 어린 시절의 집 사진을 휴대전화로 보여주자, 찬데르는 양손으로 전화기를 들고 엄지로 사진을 확대해 자세히 들여다보았다. 복도는 따뜻했다. 두 사람 모두 외투를 입고 있었다.

"이 집, 본 적 있어." 찬데르가 말했다. "고양이 키워?"

크슈샤는 찬데르를 빤히 보았다. "전에 키웠어."

"검정이랑 흰색이 섞인 고양이. 기억나."

크슈샤는 뒤로 물러나 앉았다. "설마." 그를 시험해보려고 그녀는 이렇게 말했다.

"확실해." 찬데르의 목소리는 확신에 차 있었다. 박사 과정을 밟는 학생들은 다 이런 걸까? 그는 손가락으로 화면을 두드려 사진을 원래 크기로 돌려놓았다. "파란 집 울타리에 얼룩 고양이가 앉아 있었어."

"그리고 집 안엔 내가 있었지."

"그리고 크슈샤란 아이가 안에 있었네."

찬데르가 전화기에 저장된 다른 사진들을 한 장씩 넘겨 보는 동안, 크슈샤는 설명했다. "우리 엄마, 부엌에서 저녁 준비하시는 모습…….

엄마는 이 사진을 안 좋아하셔. 대체로 사진 찍히는 걸 좋아하지 않으셔. 자기가 예쁘지 않다고 생각하시거든." 찬데르는 말없이 그렇지 않다고 고개를 저었고, 크슈샤는 그가 언제나 상황에 적절한 반응을 보이는 것에 다시 한번 고마움을 느꼈다. 그 사진은 크슈샤 어머니의 옆얼굴만을 보여주고 있었다. 그가 소리 내어 아니라고 부정했다면 분명 지나친 반응으로 여겨졌을 것이다. 그녀는 다음 사진을 보여주었다. "이것도 우리 집이야. 같은 날 밤, 엄마가 만든 저녁을 먹을 때." 찬데르는 사진 속 음식과 가구를 열심히 보더니 다음 사진으로 넘어갔다. "루슬란이야." 크슈샤가 말했다.

그 사진에서 루슬란은 하얀 내의를 입고 카메라 앞에 바짝 다가와 근엄한 표정으로 미소를 짓고 있었다. 크슈샤는 그 사진을 그의 무릎에 올라앉아 찍었다. 찬데르가 그 사실을 눈치채지 못하기를 바랐다. 그런 사진을 보면서 뺨이 뜨거워지는 건 그녀에게는 새로운 경험이었다.

"잘생겼네." 찬데르가 말했다.

이번에도 올바른 반응이었다. 크슈사의 안에서 불안감이 사라졌다. "그렇지?" 마르가리타 아나톨례브나가 연습실 열쇠를 가지고 그들에게 다가올 때까지, 두 사람은 전화기에 저장된 사진들을 보았다.

찬데르도 러시아인과 사귄 적이 있었다. 백인 여자와. 대학생 시절에 도시에서 4년간 연애를 했다고 했다. "그 사람, 사랑했어." 찬데르가 말했다. 그때 크슈샤는 찬데르의 옆모습, 턱 선과 높은 광대뼈와

뭉툭한 코를 보고 있었다. "하지만 자기주장이 강한 사람이라서 자주 싸웠어. 나보다 1년 먼저 외교학과를 졸업하고는 캄차카를 떠나 일하고 싶어 했는데, 나는……."

"니밀란." 크슈샤가 말했다. 그 역시 찬데르가 가르쳐준 코랴크어였다. '안정된'이라는 뜻이었다. 찬데르는 '노마드'라는 말도 가르쳐주었다. 크슈샤의 조부모가 순록들을 이끌고 이동하며 산다고 처음 말했을 때였다. (찬데르도 크슈샤에게 에벤어를 가르쳐달라고 했다. 그러나 그녀는 가족이 쓰는 언어를 제대로 알아듣기는 했어도 자신 있게 발음할 줄 아는 어휘는 초등학교 때 배운 몇 개가 전부였다. '아삿칸'과 '냐리칸'이라는 말. '소녀'와 '소년'이라는 뜻이었다. 그리고 '알락다'도. 그건 '감사합니다'라는 뜻이었다.)

찬데르는 크슈샤 쪽으로 고개를 돌렸다. 까만 눈이 빛나고 있었다. "바로 그거야." 찬데르가 말했다. "나는 그럴 수가 없었어." 등줄기를 쓰다듬는 손가락처럼 부드러운 목소리였다. 그는 전등 불빛을 반사하는 타일 벽을 다시 응시했다. "졸업하면 그 사람 아파트에 들어가서 살 계획이었는데, 그 사람이 자기는 계속 옮겨 다닐 거라고 말했어. 처음에는 페트로파블롭스크, 그다음엔 하바롭스크, 그리고 한국이나 다른 새로운 땅 어딘가로. 나는 생각할 시간이 필요하다고 했어. 그 사람은 얼마든지 천천히 생각하라고, 우린 끝이라고 했지. 그래서 나는 좋다고, 그러면 끝내자고 한 거야. 기말 시험을 치르고 고향으로 돌아가 아버지 일을 도왔어. 그 사람과 나는 한 달 반 동안이나 말을 하지 않고 지냈어. 여름이 끝날 무렵에 그 사람한테 전화를 했는데,

전화기는 늘 꺼져 있었지. 내 번호를 차단한 것 같았어." 찬데르의 속눈썹은 곧고, 짧고, 건조했다. "그 사람이 어디 있었는지 알아?"

"아니."

"오스트레일리아에."

"오스트레일리아!"

"오스트레일리아." 찬데르가 말했다. "오페어(외국 가정에 입주하여 아이 돌보기 등을 하면서 언어를 배우는 것, 또는 그런 일을 하는 사람—옮긴이)를 하러 갔어. 나중에 그 사람 친구들한테서 들었지. 친구 한 명이 내게 전화를 했는데…… 그때 나눈 대화를 평생 잊지 못할 거야. 그 사람은 아직도 거기 있어. 나중에 결혼했다는 소식을 들었지."

상상이 가지 않는 여자였다. 대학에 지원했을 당시 크슈샤는 루슬란과 사귀기 전이었다. 만약 그때 그와 사귀고 있었다면 아마 그녀는 에소에 계속 살면서 원격 수업에 등록했을 것이다. 사실 크슈샤는 1학년 때 수강 철회를 고려하기도 했다. 그러나 그녀의 부모님은 반드시 장학금을 받아야 한다는 입장이었고, 크슈샤 본인도 성적 우수 장학생으로 대학을 졸업하고 싶었다. 루슬란도 한눈팔지 않겠다고 단단히 약속했다. 크슈샤가 고향을 떠난 이유는 오직 그것뿐이었다. 어쨌든 이제 학위 과정도 거의 끝났다. 졸업까지 1년 반밖에 남지 않았다.

"오스트레일리아라니." 크슈샤가 말했다. "그 사람, 그리워?"

"아니." 찬데르가 말했다. "그런 거 지겨워."

"뭐가? 데이트가?"

"그런 여자들이." 찬데르는 차분한 표정이었다. 그의 윗입술은 죽 곧아 있었고, 수염이 살갗 아래 점점이 박혀 있었다. "러시아인들."

크슈샤는 고향 사람들이 그렇게 말하는 것을 들은 적이 있었다. 그녀는 머리를 타일 벽에 세게 부딪었다. "진심은 아니지?"

"진심이야."

"음, 넌 좀 더 현명해져야 되겠다."

"아니, 이젠 그 사람들 믿을 수 없다는 거 모르겠어? 자기들만 신경 쓰지 우리한텐 관심도 없잖아." 크슈샤는 찬데르의 입에서 그럼에도 예외는 있다는 말이 나오기를 기다렸다. 루슬란이 있었으므로. 하지만 그런 말은 나오지 않았다. 크슈샤가 생각하기에 루슬란은 변호할 필요가 없는 남자였다. 그녀가 루슬란을 버리기보다 그가 크슈샤를 버리는 게 훨씬 쉬운 일이었으니까. 하지만 찬데르는 사랑에 대해 말하는 게 아니었다. "북부에서 무슨 일이 벌어지고 있는지, 아무도 관심을 갖지 않아." 그가 말했다. "그런데 여기서 같은 일이 벌어지면 뉴스거리가 돼. 1998년에 연료 파동이 있었을 때 기억해? 우리는 고향에서 1년 내내 전기 없이 지냈어. 팔라나에서는 사람들이 얼어 죽었다고. 하지만 도시에 사는 사람들은 그냥 서너 달 추위를 겪은 것뿐이라고 말하지. 사람이 동사한 건 우리한테만 일어난 일이니까, 그 서너 달 외에는 자기들과는 상관없다는 듯이 말이야."

크슈샤는 처음 듣는 이야기였다. 연료 파동 당시에 크슈샤는 너무 어렸다.

"여름에 실종된 러시아인 여자애들도 그래." 찬데르가 말했다. "뉴스에서 보도를 계속하고 있어. 경찰관과 애들 엄마를 하도 보여줘서, 어릴 때 옆집에 살던 사람들보다 얼굴이 더 친숙할 정도라니까. 그런데 3년 전에 사라진 에벤족 여자애는? 그 사건은 누가 보도했지? 그 애를 기억하는 사람이 있기는 해?"

"에소 여자애?" 크슈샤가 말했다. "릴리아."

찬데르가 말을 멈췄다. "그 앨 아는구나."

"아니." 크슈샤가 말했다. "아는 사이는 아니야. 그 애 오빠가 여름에 딱 한 번 우리 방목장에서 일했을 뿐이야. 넌 그 앨 어떻게 알아?"

"알지는 못해." 찬데르는 전과 달리 관심 어린 시선으로 크슈샤를 보았다. "그해 가을에 에소를 지나가다 들었어."

그 아이가 실종된 건 크슈샤가 대학에 막 입학했을 때였다. 릴리아 솔로디코바. 릴리아는 크슈샤보다 겨우 1년 앞서 마을 고등학교를 졸업했지만, 고향에서 둘이 마주칠 일은 없었다. 어릴 때 서너 번 릴리아와 만난 적 있는 체가조차도 10대 시절을 지나면서 더 이상 그 애와 연락을 주고받지 않게 되었다. 릴리아는 성적이 좋지 않았다. 어릴 때는 조그맣고 귀여운 아이로 사람들 앞에서 수줍음을 탔지만, 언제부턴가 남자들과 마구잡이로 관계를 가진다는 소문이 돌았다. 사람들은 릴리아가 돈을 벌려고 남자들에게 몸을 내준다고도 말했다. 에소 남자아이들은 릴리아가 지나가면 소리를 질러댔다. 학기 중 밤늦게 깨어 있던 크슈샤가 창밖을 내다보면, 릴리아의 조그만 몸뚱이가 마을의 어두운 운동장으로 사라지는 모습이 눈에 띄곤 했다.

릴리아와 크슈샤에게 비슷한 점이라고는 없었지만, 릴리아가 떠난 후 몇 달 동안 크슈샤는 부모님과 오빠, 그리고 루슬란에게서 잔소리를 들어야 했다. '혼자 나다니지 마라. 정신 바짝 차려라. 유혹을 피해라. 낯선 사람과 말하지 마라.' 체가는 릴리아가 질투심에 빠진 어느 남자에게 살해를 당한 거라고 장담했다. 한편 루슬란은, 그때 크슈샤와 계속 연락을 취해야겠다고 결심했다.

"그 애가 어떻게 된 것 같아?" 찬데르가 물었다.

"도망친 거야." 크슈샤가 말했다.

"정말이야?" 찬데르가 물었다. "편지도 남기지 않았다던데. 그냥 사라졌다고."

"그 애는……." 크슈샤는 망설였다. "에소에서 그 애에 대한 이야기가 돌기 시작했을 때, 나는 벌써 여기 기숙사에서 살고 있었어. 정확히 무슨 일이 있었는지는 나도 몰라. 하지만 릴리아는 고향을 별로 좋아하지 않았어. 그 애 오빠, 우리 할아버지 할머니랑 같이 일했던 그 애 오빠는 미친 사람이었어. 그 애 언니도 그래서 고향을 떠난 거고. 그 애 아버지는 돌아가셨고, 어머니는……. 릴리아는 거기서 살 이유가 딱히 없었어." 크슈샤는 찬데르에게 미소를 지어 보였다. "어쩌면 릴리아도 오스트레일리아에서 오페어가 되었을지 모르지."

찬데르는 마주 웃지 않았다. "달아나버릴 성격 같았어?"

"누가 알겠어?" 크슈샤는 그렇게 말하고 어깨를 으쓱였다. "난 그 앨 알지도 못해, 찬데르. 아마 그 애랑 이야기해본 적도 없을 거야."

"그렇구나." 찬데르가 말했다. "뉴스를 볼 때마다 그 애 이야기가 생각나서."

"맞아, 나도 그래." 몇 블록 떨어진 곳에 살면서 온갖 사소한 뒷소문의 온상이 되었던 릴리아는, 그녀가 사라진 3년 동안 크슈샤의 삶을 완전히 바꾸어놓았다. 끊임없는 안부 확인과 규칙적인 전화 통화로.

크슈샤는 고마워해야 한다고 여겼다. 그 애가 떠나지 않았더라면, 루슬란이 그토록 크슈샤에게 매달리게 되었을까?

"마을 경찰은 곧바로 수색을 포기하지 않았어? 시에서는 실종된 자매를 찾으려고 수색 팀을 계속 파견하잖아. 여기 사람들은 할 말이 없을 때면 그 애들 이야기를 한다고." 찬데르가 말했다. "백인 남자, 검은 차, 시내에서……. 누구라도 가능했지."

찬데르 말이 옳았다. 이 도시에서 릴리아는 존재하지 않는 사람이나 마찬가지였다. 기자들은 올해 사라진 두 자매가 역사상 처음으로 실종된 사람인 양 굴었다. 하지만 그렇게 지워질 수 있기에 릴리아는 떠났다. 크슈샤는 릴리아와 달랐지만, 그것만은 이해할 수 있었다. 더 나은 일이 일어나지 않으리라는 믿음, 가족이라는 덫, 간절한 탈출을 위해 아무도 모르게 세운 계획. 크슈샤도 루슬란에게 선택받기 전에는 그런 기분에 빠지곤 했었다.

찬데르는 구부린 무릎 위에 손을 올려놓고 낮은 음성으로 말했다. "백인 남자랑 검은 차. 그런 건 사방에 있어." 찬데르가 말했다. "내 말 알지?" 크슈샤는 알았다. 찬데르는 루슬란을 모욕하는 것이 아니었다. 자신의 헤어진 연인 이야기를 하는 것도 아니었다. 그것과는 다른 문제, 사람들의 머릿속에 깊이 박힌 생각, 원주민의 고통에 대해 이야기하는 것이었다.

만약 찬데르와 루슬란이 크슈샤와는 별개로 서로 만날 기회가 있었다면, 두 사람은 잘 지냈을까? 둘은 한 살 차이였다. 루슬란은 스물일곱 살, 찬데르는 스물여섯 살. 루슬란은 성미가 급한 데다 화를 잘 냈고 찬데르는 학구적이었지만, 둘이 같은 학교에 다녔거나 같은 부대에 입대했더라면 분명 친구가 되었을 것이다. 하나는 백인, 하나는 코랴크인. 둘 다 자신이 속한 곳을 잊지 않은 채로.

크슈샤는 루슬란을 맞이하기 위해 아파트 청소를 하느라 11월의 마지막 금요일 연습을 빼먹었다. 실은 그 전달에도 그랬다. 알리사는 주말 동안 친구 집에서 지내기로 했다. ("너희들이 내는 괴상한 소리를 듣고 싶지 않아." 알리사는 이렇게 말하고 크슈샤가 당혹하는 것을 보며 웃어댔다.) 크슈샤가 무릎을 꿇고 앉아 욕조 바닥을 닦는 동안 전화기에서 음악이 울려 퍼졌다. 집 안에 합성 오렌지 향이 퍼졌다. 리놀륨 바닥에 닿은 무릎에, 달아올라 땀에 젖은 몸의 무게가 실리는 게 느껴졌다. 문득 그녀는 깨달았다, 행복하다고. 그녀는 정말로 행복했다. 그 어느 때보다도 행복했다.

가을 내내 소소한 기쁨이 손에 손을 잡고 함께 찾아왔다. 이제 크슈샤는 모든 것을 가졌다. 남자 친구, 새집, 좋은 성적, 재능 그리고 친구까지.

루슬란과의 대화는 찬데르와의 그것과는 달랐다. 두 사람이 함께 아는 이웃이나 함께 나눈 추억, 둘을 이어주는 소망이 주된 화제였다. 이따금 루슬란은 직장에서 하는 프로젝트의 진도가 늦어지거나 상관에게 잔소리를 들어 스트레스를 받을 때면 전화 통화로 크슈샤의 잘못을 추궁하곤 했다. 여태 어디 있었어? 누구랑 있었어? 확실해? 크슈샤는 청소용 스펀지의 물을 짜냈다. 오렌지 향이 코를 찔렀다. 루슬란이 자신을 지켜본다면 무엇이든 더 잘해낼 수 있을 것 같았기에 그의 지적이 싫은 것은 아니었다. 하지만 매주 사흘씩 오후 내내 오로지 공감만 해주는 사람에게 자기 생각을 이야기하며 보내는 것도 참 좋았다.

둘 다 가질 수 있으니 행운이었다. 성미 급한 루슬란과 아무런 요구가 없는 찬데르. 에소의 루슬란이면 충분하다고—'충분 이상!'이라고 크슈샤는 머릿속에서 수정했다—되뇌며 몇 년을 보내다가 페트로파블롭스크에서 새로운 사람을 발견했다. 의지할 사람이나 지낼 집을 갖지 못한 이들도 있었다. 하지만 크슈샤에게는 기댈 사람이 이제 둘이나 있었다.

11시가 다 되어 루슬란이 도착했다. 그는 에소에서 출발하기 전 오전 내내, 아스팔트를 깔 도로의 흙을 다졌다. 그들은 매트리스 위에서 섹스를 했다. 루슬란의 몸에서 전류가 일었고, 그의 가방은 바닥에 놓여 있었으며, 공기 중에는 여전히 세제 냄새가 떠돌았다. 크슈샤는 루슬란의 몸을 만지며 새로운 감흥에 젖었다.

일을 마친 뒤, 그의 거친 목소리가 크슈샤의 귓전을 울렸다. "나 기다리면서 하루 잘 보냈어?"

"완벽한 하루였어." 그녀가 말했다.

루슬란은 크슈샤를 뜯어보았다. "뭐 했어?"

크슈샤는 루슬란의 옆구리에 손을 얹고 자기 쪽으로 그를 끌어당졌다. 매끈한 흉곽이 손끝에 미끄러졌다. "아무것도 안 했어." 크슈샤가 말했다. "아무것도."

두 사람은 아무 말도 하지 않았다. "춤 좀 보여줘." 한참 뒤 루슬란이 지난번에 왔을 때와 똑같은 말을 했다. 크슈샤는 그의 가슴에 얼굴을 대고 신음 소리를 내다가 일어났다. 창문으로 흘러드는 달빛이 크슈샤의 맨몸을 비췄다. 루슬란은 그녀를 더 잘 보려고 모로 누웠다.

크슈샤는 가장 좋아하는 동작을 골랐다. 찬데르가 무릎을 꿇은 채로 둘이서 추는 춤. 크슈샤는 허리를 숙이고 손짓했다. 엉덩이를 흔들면서. 손가락이 공중을 훑었다. 그녀는 루슬란에게로 다가갔다가, 다시 떨어졌다. 그리고 빙글 돌면서 미소 지었다. 루슬란이 그런 그녀를 바라보았다. 몇 년째 그와 잠자리를 같이하면서도 크슈샤는 여전히 수줍어했지만, 지금은 하얀 빛 속에서 망설임 없이 빙빙 돌고 있었다. 그녀는 앞으로 다가갔다가, 다시 뒤로 떨어졌다. 마치 흐르는 강물처럼 몸이 그다음, 또 그다음 동작으로 이어졌다. 크슈샤는 춤을 잘 췄다. 스스로도 그것을 알고 있었다. 이 동작에 파트너는 필요 없다는 듯이, 혼자서도 잘할 수 있다는 듯이 그녀는 움직였다.

월요일에 복도에서 찬데르가 오는 것을 보고 크슈샤는 몹시 반가웠다. 찬데르의 운동화와 청바지, 싸구려 와플 조직 티셔츠 따위를 보고 있으면 크슈샤는 어쩐지 마음이 부드러워지는 것 같았다. "여기서 만날 줄 알았어." 찬데르가 말했다.

"내가 갈 데가 또 어디 있어?" 크슈샤는 그를 기다리는 동안 책을 꺼내 들고 있었지만, 그가 가까이 오자 그것을 치웠다.

"연습, 취소됐어." 찬데르가 말하자 크슈샤의 움직임이 멈췄다. "마르가리타 아나톨레브나가 금요일에 알려줬어. 알리사가 전하지 않았어?"

크슈샤는 가방의 지퍼를 쥐고 있었다. "응, 걔를 못 봤거든." 주말 내내 알리사가 보내온 것이라곤 잘 있느냐는 메시지와 키스하고 윙크하는 이모티콘뿐이었다.

취소. 그 이야기는 루슬란에게 하지 않을 생각이었다. 연습이 언제든 취소될 수 있다는 의미로 들릴 테니까. 그리고 그건, 한 발 더 나아가 크슈샤가 믿을 수 없는 사람이라는 뜻이기도 했으니까. 크슈샤는 가방 지퍼 고리를 마저 채우고 두 손을 무릎 위에 얹었다.

"다른 일은 없고?" 크슈샤가 물었다.

"아나톨레브나? 그럼. 병원에 가야 한대." 찬데르가 그녀 옆에 앉았다.

크슈샤가 고개를 갸웃했다. "그럼 여긴 왜 온 거야?"

"너 찾으러. 주말은 어땠어?" 찬데르가 물었다.

크슈샤는 루슬란이 왔다고 이야기했다. 영화를 보고, 고향 소식도 전해 들었다고. 섹스에 대해서는 말하지 않았다. 행복에 대해서도. 그래도 둘 다 드러난 모양이었다.

"그 사람이 떠날 때 서운했겠네." 찬데르가 말했다.

"응." 크슈샤는 잠시 생각했다. "그래도 예전만큼 심하지는 않아."

얼마 전에 그렇게 말했다면 아마 배신처럼 느껴졌을 것이다. 하지만 크슈샤와 찬데르는 그 말뜻을 이해했다. 예전에는 크슈샤 스스로 전자레인지의 타이머 앞에서 벗어나기를 두려워했다. 하지만 이제 루슬란은 그녀에게 더 편안한 존재가 되어 있었고, 크슈샤 역시 더 나아지고 있었다.

"다음엔 그 사람을 연습에 데리고 와." 찬데르가 말했다.

크슈샤가 웃었다. "글쎄."

찬데르는 벽에 등을 기대며 매끈한 목선을 드러냈다. 둘은 말없이 앉아 있었다. 히터가 쉭쉭 소리를 냈다.

"다들 너를 보고 싶어 했어." 찬데르가 말했다. "나도 네가 보고 싶었어."

"나도 네가 보고 싶었어." 크슈샤가 말했다.

찬데르는 크슈샤를 똑바로 보았다. "물어볼 게 있어."

"좋아." 크슈샤가 말했다. 그러자 마음속에 두려움이 생겨났다. 두려움과 호기심 두 가지가 바닷물에 떠오르는 모래알처럼 섞여 들었다.

"이 모임에 왜 들어왔어?"

"알리사가 들어오라고 했어."

"알아." 찬데르가 말했다. "하지만 알리사가 하라는 것 중에 안 하는 것도 많잖아. 알리사가 매일 카페에 가자고 하는데 안 가는 것처럼. 그런데 여긴 왜 온 거야?"

찬데르는 크슈샤에게서 구체적인 대답을 찾고 있었다. 그의 눈길이 그녀의 눈을 응시하더니, 이윽고 뺨을 타고 입으로 내려왔다. 뒤섞인 두 가지 감정이 크슈샤의 가슴을 헤집었다. "글쎄." 그녀가 말했다. "아마…… 잘 모르겠어."

"뭔가 다른 걸 원한 거지?"

"그럴지도." 크슈샤가 말했다. "응, 그래."

"변화를 말이야." 찬데르가 손을 뻗었다. "나도야. 겁내지 마." 그가 무릎에 놓여 있던 크슈샤의 손을 잡으며 말했다.

찬데르는 크슈샤의 손을 잡았다. 그것뿐이었다. 그래도 크슈샤는 벽에 닿은 등을 통해 맥박이 쿵쿵 뛰는 것을 느꼈다. 찬데르. 친구. 그가 손을 놓지 않기를 그녀는 바랐다.

크슈샤는 이번 주말에도 찬데르를 생각했다. 매트리스에서 일어나 벌거벗은 채 루슬란 앞에서 춤을 추면서, 찬데르를 생각했다. 그는 그녀가 보고 싶었다고 말했다. 거짓말이 아니었다.

찬데르는 친구였지만, 그 이상이기도 했다. 그렇지 않을까? 이 복도에 매주 세 차례나 오면서, 크슈샤는 그것으로도 모자라 다섯 번은 오고 싶었다. 두 사람이 나누는 대화, 그녀 옆의 그가 앉는 자리. 오늘도, 크슈샤는 찬데르를 이곳에서 만나고 싶었다.

둘은 이미 선을 넘었다. 찬데르는 크슈샤의 손에 손깍지를 꼈다. "겁내지 마." 마구 뛰어대는 크슈샤의 맥박을 느꼈는지, 그가 다시 말했다.

"겁내지 않아." 크슈샤가 말했다. 그녀는 그가 두렵지 않았다. 그가 그녀에게 키스했다.

어릴 적 온 가족이 식사할 때, 코팅한 테이블보 건너편의 루슬란을 보면서 크슈샤는 자신이 그의 여자 친구라고 생각했다가 이내 스스로를 꾸짖길 반복했다. 이웃집에 사는—오빠 친구인—햇볕에 그은 남자아이. 그 판타지는 어딘가 시시하고 우습다고 그녀는 생각했다. 그리고 당시에도 그렇게 느꼈다.

크슈샤가 고등학교를 졸업하고 도시로 떠나기 한 달쯤 전 여름, 루슬란은 크슈샤가 자기에게 체가의 여동생 이상의 존재라는 듯이 말하기 시작했다. 그는 밤이면 불쑥 크슈샤에게 어디에 있는지 묻고는 거기에 나타났고, 자리에 함께 있던 친구들에게 크슈샤의 귀가 시간이 다 됐다며 그녀를 데리고 집으로 갔다. 체가는 군 복무를 위해 그 전해에 입대했고, 크슈샤의 부모는 초원에서 시간을 보내기 위해 말들과 밀가루 포대, 그리고 보드카와 함께 툰드라로 떠난 뒤였다. 그래서 크슈샤는 루슬란이 돌보게 되었다. 그는 그 책임을 진지하게 받아들였다. 두 사람은 삐걱대는 나무다리를 건너고 판잣집들을 지나 흙먼지로 가득한 길을 걸었다. 버려진 캄캄한 마을을 가로질렀다. 그러다 마침내 가로등 밑에서, 루슬란이 크슈샤에게 키스했다. 그녀가 몹시 아름답다는 듯이 얼굴을 감싸 쥐고서.

둘이 사귀기 시작한 그 달, 릴리아가 떠나기 몇 주 전에, 크슈샤는 이것이 혹 착각은 아닌지 의심했다. 너무나 황홀했기 때문이다. 루슬란이 집에 찾아올 때마다 크슈샤는 놀라서 문을 열어주었다. 둘이 어디서 만나든 크슈샤는 그 완벽했던 밤에 느낀 기분을 다시금 느꼈다. 함께 자란 거리에서 단둘이, 가로등 불빛을 온몸 가득 받던 그날 밤의 기분을.

크슈샤가 에소를 떠나자, 그녀를 향한 루슬란의 마음은 더 간절해졌다. 그는 한 시간에 한 번씩 그녀의 소재를 확인하고, 규칙적으로 그녀가 사는 집에 찾아오고, 그녀로 하여금 도시에 도사리는 위험을 피하도록 종용했다. 크슈샤는 자기가 그의 여자 친구라는 게 여전히 실감나지 않았다. 크슈샤는 몇 년이나 그의 관심을 끌려고 노력하면서도, 실은 스스로 그럴 만한 존재가 못 된다고 여겼었다. 그랬던 그녀가 이제 그의 감시를 피할 방법을 찾기 시작했다. 핑계를 만들었다. 그의 말을 거역했다.

그렇게 세월을 보낸 뒤에, 크슈샤는 기어코 본성을 드러내는 중이었다. 스스로의 천박함을 깨닫는 것이기는 했지만, 좋았다. 릴리아가 떠났을 때 크슈샤는 자기는 그런 사람이 아니라고 루슬란 앞에서 몇 번이고 다짐했는데, 실은 그런 사람이었다. 그가 두려워한 사람이 바로 거기에 있었다. 크슈샤는 배신자였다.

"보고 싶었어." 찬데르가 크슈샤의 귀에 대고 속삭였다. 뺨에 닿는 그의 머리카락이 부드러웠다. 몇 주째 신경 써서 피했던 그의 몸이 그녀 가까이 다가왔다. "금요일에 네가 그 사람과 함께 있는 모습이 자꾸 떠올랐어." 찬데르는 크슈샤의 턱에, 옷깃에 키스했다. 크슈샤는 그가 계속할 수 있도록 고개를 들었다. 그녀는 한 손을 그의 뒤통수에 얹고 그를 꽉 잡았다.

무언가 변하는 것처럼 보일 리 없었다. 아무도 알 수 없었다. 크슈샤와 찬데르는 전과 똑같이, 연습이 시작되기 전에 복도에서 한 시간

반 동안 만남을 가졌다. 다만 이제는 이야기를 하면서 서로의 몸을 맞댄다는 것이 달라져 있을 뿐이었다. 둘은 비밀을 나눴다. "그때 널 만났더라면." 찬데르는 이렇게 말하기도 했다. 크슈샤의 고등학교 시절을 말하는 것이었다. 아마 그는 크슈샤가 루슬란을 만나기 전이라는 뜻으로 그렇게 말한 거겠지만, 그런 때는 존재하지 않았다.

찬데르의 입술은 달콤했다. 루슬란의 입술은 다급했고, 담배 맛이 났다. 크슈샤는 아침의 루슬란의 입술, 술을 마신 루슬란의 입술, 혹은 말다툼 끝에 뜨거운 다리미처럼 밀어붙이는 루슬란의 입술을 알고 있었다. 그동안 좋은 때나 나쁜 때나 크슈샤는 그 입술을 사랑했다. 하지만 찬데르의 입술은 항상 달콤했다. 부드러웠다. 도톰한 입술, 매끈한 치아, 자신을 찾고 발견하는 혀, 그리고 안도하는 숨결.

이따금 크슈샤는 찬데르를 향한 자신의 애정을 의심하기도 했다. 그것이 루슬란에 대한 욕구보다 훨씬 가벼웠기에. 그러나 그 가벼운 숨결을 진심으로 사랑했다. 그가 한 번 숨을 내쉬면, 크슈샤는 강해지는 기분이었다.

크슈샤는 행복했을까? 그렇기도 하고, 아니기도 했다. 예전과는 분명 달랐다. 11월에 그토록 부지런히 욕조 바닥을 닦던 자신의 내면에 무엇이 있었는지 이제는 잘 기억나지도 않았다.

그 대신 크슈샤는 다른 것들, 더 오래된 기억들을 떠올렸다. 매년 학기 마지막 날 고향에 가면 아버지가 있었다. 몇 달이나 짐승을 치며 툰드라에서 지내다 돌아온 아버지를 보면 그녀는 반가움에 흥분했지만, 동시에 아버지의 존재가 의미하는 바도 알고 있었다. 그다음 날이면 아버지가 크슈샤와 나머지 가족을 이끌고 에소를 떠나 방목지로 갈 것이었다.

초여름이면 방목꾼들은 순록 떼를 마을 가까이 몰고 왔고, 그래서 300킬로미터가 아닌 30킬로미터 떨어진 곳에서 순록들이 이끼를 뜯게 했다. 그럼에도 크슈샤의 가족은 말을 타고 몇 시간이나 평원과 산길을 지나는 여로에 올라야 했다. 더 어렸을 때는 부모님이 크슈샤의 허리를 밧줄로 감아 안장에 묶기도 했다. 암말의 넓은 등에서 꾸벅꾸벅 졸 때마다 아버지는 그녀의 이름을 외쳐 잠을 깨웠다. 그 과정을 반복하는 동안 해가 머리 위에서 흘러갔다. 열 살이 되자 크슈샤는 스스로 고삐를 잡게 되었다. 말들도 나이가 들어 걸음이 느려졌지만 툰드라는 여전히 텅 비어 있었다.

크슈샤는 그 여정이 두려웠다. 부모님은 늘 순록 떼를 찾아 평원을 헤매다가 서로 싸웠다. 아버지가 술을 마신다고, 외조부모님의 건강이 좋지 않다고, 크슈샤와 오빠의 장래가 걱정된다고, 고깃값이 떨어졌다고, 새끼가 통 태어나지 않고 털이 엉망이라고, 정치인들이 보조금을 주지 않아 방목 산업이 죽는다고, 부모님은 서로에게 고함을 치곤했다. 아버지는 매일 아침 야영지를 옮기느라 짐을 바리바리 싸 말에 실린 가족 가방에 들이뜨리고 어머니는 매일 밤 아버지를 위해 가장 좋은 고기를 남겨두면서, 남은 여름 동안 부모님의 결혼 생활은 간신히 유지되었다. 그러나 방목 시즌이 시작되어 끝날 때까지의 그 길디긴 하루하루는 매년 더 힘들어지기만 했다.

대학 입학을 앞둔 여름에, 마침내 크슈샤는 툰드라에 나가지 않겠다고 말했다. 학기가 시작되기 전에 읽어야 할 책이 너무 많다는 핑계로. 아마도 크슈샤가 이제까지 한 번도 거부한 적이 없었기 때문에, 부모는 이번에는 딸을 집에 두고 가기로 했다. 크슈샤는 그것에 감사했고, 놀랐다. 부모님 없이 보낸 첫 여름이었다. 그리고 그 여름은 루슬란의 계절이 되었다.

하지만 지금, 3년이 흐른 후에 크슈샤는 페트로파블롭스크에서, 그 마지막 해에 자신이 툰드라에서 놓친 것들을 생각하고 있었다. 그녀는 매년 그 땅에 나가 보았던 것들을 떠올렸다.

파란 빛이 감도는 캄캄한 밤과 끝없이 노랗고 건조하던 낮. 빗속에서 야영지를 세우고, 에벤어 욕설을 못 들은 체하고, 불에 탄 털 냄새에 속이 메스꺼워진 채로 보내던 여름. 크슈샤는 그것들이 정말로 싫었지만, 그럼에도 그녀의 삶 속에서 가장 생생한 기억으로 남아 있는 시절이었다. 그 장면들이 반복되던 순간들도 마찬가지였다. 아버지가 다시 마을로 돌아오고 가족과 함께 툰드라로 이동해 기어코 그곳에 도착하면, 체가는 순번에 따라 순록을 지키는 남자들의 일을 맡고 크슈샤는 할머니의 부엌일을 도와 물을 길어 왔다. 밤새 순록 떼가 땅에 자란 이끼를 말끔히 먹어치웠고, 이른 아침에 그들은 텐트와 가방을 싸서 날마다 말을 타고 야영지를 옮겨가며 순록 떼가 이동하는 데 1년은 걸리는 1,000킬로미터 거리의 길을 따라 움직였다. 매일, 매년 똑같이 반복되는 일이 마치 끝없이 벌어지는 상처같이 크슈샤의 기억에 그 여름을 새겨 넣었다.

다른 가족은 텐트에서 따로 잤지만, 크슈샤의 할머니는 여자들이 요리를 하는 유르트(가죽이나 펠트로 만든 둥근 천막—옮긴이)에 크슈샤와 체가의 잠자리를 마련해주었다. 저녁 식사가 끝나면 할머니는 말을 덮어줄 때 쓰는 담요를 난롯불 주위에 펴고, 갑자기 사위가 조용해진 곳에서 남매가 쉴 수 있게 해주었다. 자정이 다 되도록 해는 지지 않았지만 유르트 안은 연기 때문에 이미 앞이 보이지 않았다. 크슈샤와 오빠는 바닥에서 풍기는 갓 밟힌 풀냄새와 그날 흘린 자기들의 땀 냄새를 맡으며 누워 있었다.

크슈샤는 한밤중에 영문을 모른 채 잠에서 깬 적이 있었다. 유르트 천장의 연기 구멍에 달이 꽉 들어차 있을 때였다. 아직 통통한 남자아이였던 오빠는 1미터 떨어진 자리에서 곤히 자고 있었다.

난롯불에서 석탄이 탁 튀었다. 크슈샤는 모로 누워 그것을 보았다. 석탄은 까맸지만 그래도 타닥거리면서 타고 있었다. 크슈샤는 여전히 어리둥절해서 그것을 지켜보았다. 타닥거리는 소리가 더 커졌다. 1분이 지나서야 크슈샤는 그 소리가 난롯불에서 나는 게 아니라는 사실을 깨달았다. 유르트 밖에서 순록 떼가 이동하고 있었던 것이다. 무슨 이유에선지, 사람들이 순록 무리를 이끌고 야영지 바로 옆을 지나고 있었다. 크슈샤를 깨운 것은 천막 바로 옆 땅바닥을 밟고 지나는 8,000개의 발굽이 내는 소리였다.

왜 이런 어린 시절의 광경이 다시 떠오르는 걸까? 다른 생각거리도 많은데. 강의, 시험, 오빠의 여자 친구가 내년 여름에 시켜준다는 은행 인턴 일, 고향에서 자기를 기다리는 사람들에게 해야 하는 전화

등등. 그리고 견딜 수만 있다면 루슬란도. 하지만 그럴 수 없다면 지금 자기를 안고 있는 찬데르를. 찬데르는 크슈샤의 머리가 자기 어깨에 닿도록 더 바짝 끌어안았다. 그의 입술이 머리카락을 스쳤다.

어쩌면 춤 연습을 열심히 한 탓일 수도 있었다. 연습을 하고 나면, 하루 종일 땔감을 나르고 난롯불을 피우고 유르트를 세웠다가 다시 걷었을 때처럼 온몸이 아팠다. 어쩌면, 다시 원주민들과 함께하고 있기 때문일 수도 있었다. 에소에서 살던 시절 이후로 원주민들과 함께 무언가를 할 기회가 그리 많지 않았으니 말이다. 아니면 그저 무용단에서 유목민의 춤을 춘 탓인지도 몰랐다. 찬데르가 가죽 끈을 쥔 모양새는 얼간이 같았다. 그런 도구는 아버지나 할아버지에게나 어울렸다.

가족과 순록, 그리고 그 땅에서의 가르침과 집안일이 떠올랐다. 끝없이 펼쳐진 광활한 대지도. 어쩌면 이렇게 멀리서 어린 시절을 그저 단순하게만 바라보아 그런 것일 수도 있었다. 그리고 지금 자신에게 닿는 이 남자들의 입술이 좋기는 했지만, 그녀의 가슴 한구석에는 그곳에 돌아가고 싶은 마음 또한 있었다.

크슈샤가 공부를 미루고 기타를 만지작거리고 있는데, 알리사가 돌아왔다. 목요일이라 연습이 없는 날이었다. 추운 날씨 탓에 얼굴이 빨갛게 언 그녀가 말했다. "비켜줘." 크슈샤는 매트리스 위에 자리를 내주었다. 두 사람은 무릎을 맞대고 앉았다.

알리사의 다리가 차가웠다. 겨울이었다. 일주일 내내 눈이 내렸고, 아파트 창밖으로 보이는 도시 전체가 하얀 눈에 뒤덮여 있었다. 소리를 죽인 텔레비전 화면에서 골로숍스카야 자매가 다니던 학교의 사진이 나타났다가, 유가 하락 그래프로 바뀌었다.

"재들은 어디 있을까?" 알리사가 물었다.

크슈샤는 기타 줄 두 개를 뜯으며 되물었다. "누구?"

"저 애들 말이야. 살아 있을 거 같아? 어딘가에?"

알리사에게라면 굳이 위험하지 않은 척할 필요가 없었다. "아니."

"가끔 재들이 저 옆 아파트에 있을지도 모른다는 상상을 해. 저 아이들, 발견되지 않을 것 같아?"

"살아서는 아닐 것 같아. 그러지 않기를 바라지만." 실종된 아이들은 릴리아처럼 '도망칠' 수 있는 나이가 아니었다. "무슨 일을 당했든지, 빨리 끝났기를 바라. 부디 고통스럽지 않았기를."

뉴스 화면이 일기예보로 바뀌었다. 눈보라가 계속된다는 내용이었다. 오븐에서는 속을 채운 양배추가 익고 있었다. 돼지고기와 양파 냄새가 아파트에 가득했다. "너는? 아무 일도 없는 거야?" 알리사가 물었다.

"응." 크슈샤가 반사적으로 대답했다. 그러고 나니 충분하지 않은 것 같아서 그녀는 덧붙였다. "아무 일 없어."

"좀 달라 보여서."

"아닌데." 불쑥 튀어나온 그 말에 알리사가 웃었고, 크슈샤는 간질거리는 손끝을 꼼지락거렸다. "어떻게 달라 보이는데?"

"불안해 보여서. 루슬란이 뭘 잘못한 줄 알았네."

크슈샤는 기타에 가 있던 눈을 들었다. "아니야."

"알았어."

"그런 사람 아니야."

알리사의 입술이 비틀어졌다. "좋겠네." 그때 기다렸다는 듯이, 바닥에 놓인 크슈샤의 전화기가 진동했다. 알리사는 전화기를 집어 들고 화면을 보더니 크슈사에게 건넸다.

"안녕." 크슈샤가 말했다. 알리사는 일어나 옷을 갈아입으러 방으로 갔다. "아니야, 나도 보고 싶어." 크슈샤는 루슬란을 위해 지[G] 메이저 코드를 쳤다. "들려? 여기 있어. 잘 있어."

여러모로, 무용단에 들어간 이후의 크슈샤는 여자 친구로서 나아졌다. 인내심이 많아졌고, 상대를 지지해주었으며, 반응도 빨라졌다. 자기 목덜미에 찬데르가 키스하도록 만들면서 더 나쁜 여자 친구가 되어갈수록, 그녀는 루슬란에게 한층 착하게 대해주었다. 루슬란은 그동안 내내 크슈샤를 돌봐준 사람이었다. 그렇기에 그녀는 그에게 문자메시지를 더 많이 보냈고, 요구는 더 적게 했다. 전화로 루슬란이 짜증을 내면 크슈샤는 변명하려고 들지 않았다. 그저 그가 진정할 때까지 달래주기만 했다.

"놀라운 소식이 있어요." 마르가리타 아나톨레브나가 말했다. 음악실 조명 불빛에 그녀의 실크 스카프가 빛났다. "학교 측에서 이달 말에 '동방의 바람' 민속 축제에 참가하도록 우리를 블라디보스토크에 보내준답니다. 영광이에요. 대단한 영광이죠. 1,000명도 넘는 관객 앞에서 공연하게 될 거예요." 아나톨레브나의 목소리가 떨렸다. 그녀가 말을 멈추자 박수가 터져 나왔다. 열광적인 반응이었다. "2년도 안 됐는데." 이 부분은 사람들의 흥분 속에 묻혀버렸다. "찬데르, 모두에게 소식을 더 전해주겠어요?"

찬데르는 일어나기 전에 크슈샤를 보았고, 둘의 눈이 마주쳤다. "대단한 일이에요." 그가 말했다. "네, 작년에는 학교 측에서 지원해주지 않았어요. 사흘이나 나흘 일정이 될 것이고……."

"12월 23일에서 26일까지." 마르가리타 아나톨레브나가 끼어들었다.

"그리고 우리는 춤을 추고, 다른 무용 앙상블을 만나고, 진짜 도시를 구경하게 될 거예요. 호텔에서 묵으면서." 찬데르가 크슈샤를 향해 말한 것은 아니지만, 크슈샤는 자신에게 한 말임을 알 수 있었다. "재미있겠죠."

알리사가 환성을 올리자, 다시 모두가 환호했다. 마르가리타 아나톨레브나도 웃고 있었다. 크슈샤는 모두와 함께 손뼉을 치고 있었지만 그다음에 어떻게 해야 할지 알 수 없었다. 찬데르는 무용단이 대중 앞에서 공연할 거라고 말했다. 하지만 크슈샤가 상상했던 건……지역 병원의 병실이나 초등학교 강당을 찾아 공연하는 것이었다. 강의를 빼먹고 러시아의 '태평양 수도'로 날아가는 게 아니었다. 게다가 그렇게 빨리……. 루슬란이 뭐라고 할까? 이번 달에는 그가 이곳으로 오지 않고, 크슈샤가 고향에서 새해를 맞기 위해 에소로 갈 계획이었다. 그런데 타지의 호텔에서, 루슬란이 믿지도 않고 믿어서도 안 될 사람들과 그녀가 함께 지낸다면?

크슈샤는 밖으로 나가 화장실에서 루슬란에게 전화를 걸었다. "무슨 일이야?" 그가 전화를 받더니 물었다. 사람들과 기계 소리로 시끄러웠다.

크슈샤는 동방의 바람 축제 이야기를 했다.

"블라디보스토크라." 그가 말했다. "세상에."

"알아, 나도 알아."

"이름부터 웃기잖아. '동방의 바람'이라니."

"나도 알아." 크슈샤가 다시 말했다. "하지만 다른 사람들은 전부 신났어. 알리사는 단장이 발표했을 때 비명까지 질렀다니까."

"물론 그랬겠지." 루슬란이 말했다. "믿을 수가 없네. 블라디보스토크까지 공짜로 가다니. 무용단에 들어가는 거, 좋은 생각이라고 말했잖아. 거기서 얼마나 있어야 해?"

"나흘." 크슈샤가 말했다. 크슈샤 자신의 귀에도 불쌍하게 들리는 목소리였다. 루슬란이 혀를 찼다. 크슈샤는 자신이 가고 싶지 않은 것처럼 굴수록 그가 허락할 가능성이 높다는 걸 알고 있었다.

그렇기에 기분이 더 좋지 않았다. 찬데르와 처음 마주친 이후로, 크슈샤는 루슬란에게 더 잘해주려고 노력했다. 하지만 그런 노력—상냥한 질문, 애정 어린 목소리, 그와 고향을 무엇보다 사랑하겠다는 약속—은 스스로의 죄책감을 덜기 위한 전략에 불과했다. 혹시 이런 결과가 나오기를 내내 계획했던 것일까?

"북이랑 가죽이랑 동방의 바람이라." 루슬란이 말했다. "나도 공연을 볼 수 있으면 좋겠네."

크슈샤는 화장실 거울을 등지고 돌아섰다. 울고 싶었다. "나도 그러면 좋겠다." 그녀가 말했다.

루슬란에게는 비행기표를 살 돈이 없었다. 가족 중 누구에게도 그런 돈은 없었다. 그러니 그렇게 말해도, 비록 정말로 그리되면 모든 걸 망치겠지만, 모두가 함께 가면 좋겠다고 말해도 상관없을 터였다.

다음 연습이 시작되기 전에, 찬데르가 어찌나 세게 끌어안았는지 크슈샤는 숨을 쉴 수가 없었다. "다른 사람들은 모두 밤에 나갈 거야." 찬데르가 말했다. "네가 함께 갈 거라고는 생각하지 않을 거야. 너는 호텔 방에 있고, 나는 아프다거나 피곤하다거나 연구를 해야 한다고 핑계를 댈게. 그리고 네 방으로 가는 거야."

"좋아." 크슈샤가 말했다. 영영 키스에 머물러 있을 수는 없었다. 크슈샤의 손에 닿는 그의 가슴 근육이 기대감으로 잔뜩 긴장해 있었다.

복도에서 그들은 서로 끌어안고 있었지만, 연습이 시작되면 멀리 떨어져 있었다. 앞으로 일어날 일을 생각하자 크슈샤는 초조해졌다. 마르가리타 아나톨레브나는 매주 다섯 차례로 연습 횟수를 늘린다고 했다. 크슈샤는 고개를 돌려 찬데르를 볼 수 없었다. 머릿속에 무엇을 떠올리는지, 찬데르와 다른 사람들 모두가 알고 있는 것 같은 느낌이 들었다. 자기 위에 엎드린 찬데르의 모습. 음악이 시작되었다. 찬데르가 앞으로 나오자, 크슈샤는 흠칫 뒤로 물러났다.

"루슬란은 다음에 언제 만나?" 알리사가 물었다. 둘은 각자의 침대에 누워 있었다. 학교의 그 복도를 생각하고 있던 크슈샤는 알리사의 말에 눈을 떴다. 어둠 외에는 아무것도 없었다.

"연초에." 크슈샤가 말했다.

"루슬란이 없어서 슬퍼?"

"가끔." 크슈샤는 죄책감을 느꼈다. 그녀는 멍하니 천장을 응시했다.

"우리가 가기 전에 루슬란이 올 수도 있잖아."

"시간이 없어." 크슈샤가 말했다. 알리사를 돌아보니 휴대전화를 들고 있었다. 화면 불빛을 받은 알리사의 모습이 캠프파이어를 하는 어린 소녀처럼, 실제보다 더 어려 보였다. "또 자주 볼 텐데, 뭘. 걱정마."

알리사의 눈꺼풀이 깜빡였다. 그녀는 다시 휴대전화를 만지작거리고 있었다. 전화기 모서리에 달린 장식이 알리사의 손등에 검은 줄을 드리웠다. "항상 걱정하는 건 너잖아."

크슈샤는 사촌의 질문이 지겨워졌다. 다시 천장을 보고 누워 연습실 앞 복도를 떠올리려고 했지만, 더는 원하는 만큼 그곳이 생생하게 느껴지지 않았다. 오늘 찬데르의 말투와 손길이.

호텔에서 처음 보내게 될 밤은 어떨까? 찬데르가 인내심으로 억누르고 있던 욕망이 점점 더 힘을 얻었다. 오후마다 단둘이 보내는 시간을 끝낼 때, 크슈샤에게서 손을 떼기 위해 찬데르는 정말로 애를 썼다. 크슈샤만 허락한다면, 찬데르는 당장 내일이라도 그녀의 옷을 벗기고 타일 벽으로 그녀 몸을 밀어붙일 것 같았다. 그런 생각을 하니 크슈샤는 가슴이 두근거렸다.

그해 여름, 크슈샤는 어린 시절 쓰던 침대에서 루슬란에게 처녀성을 잃었다. 실수를 할까 두려워 거의 움직이지도 않았더니, 나중에 루슬란은 크슈샤를 "차가운 물고기"라고 부르면서 브래지어를 입혀주고 키스를 했다. 이제 크슈샤는 루슬란을 상대로 어떻게 해야 하는지 알고 있었으므로, 찬데르는 좀 더 멋진 그녀와의 경험을 기대할 수도 있었다. 아니면, 크슈샤의 몸에 실망할 수도 있었다. 크슈샤는 옷을 벗었을 때보다 입었을 때가 더 나았다. 그는 곧 그것을 알게 될 것이다.

아니다. 착한 찬데르는 절대 크슈샤가 부족하다고 생각할 리 없었다. 크슈샤는 어둠 속에서 입을 벌리고 그의 얼굴을 상상했다. 복도의 조명 불빛을 반사하는 검은 갈색의 눈동자. 자기를 소중히 여기는 그의 빠른 숨결.

무용단은 이제 의상을 입고 연습하는 경우가 많았다. 크슈샤는 치맛자락에서부터 무릎까지 붉은 네모 문양이 수놓인 묵직한 가죽 드레스를 청바지 위에 입고 있었다. 허리에 두른 메달에는 구슬 장식이 달려 있었다. 팔을 들면 장식 털이 목에 닿았다. 블라디보스토크로 날아가는 날까지 2주도 남지 않았다. 그곳에서 돌아온 뒤에는 마지막 시험이 끝나자마자, 북쪽으로 가는 버스를 탈 예정이었다.

그때 크슈샤의 운명이 결정될 것이다. 크슈샤는 찬데르와 자고 루슬란을 만날 것이다. 그럼으로써 크슈샤는 이 사람인지 저 사람인지, 알게 될 것이다. 두 사람 모두와 사귀던 잔인한 기간이 비로소 끝날 것이다.

크슈샤는 루슬란과 영원히 함께하고 싶었다. 하지만 둘 사이가 어떻게 될지는 알 수 없었다. 당장은 전화로 연기를 잘해서 루슬란이 눈치채지 못했지만, 크슈샤가 고향 땅에 발을 딛는 순간 그는 그녀가 배신했음을 곧바로 알아차리는 게 아닐까? 그리고 루슬란이 끝내 알지 못한다 하더라도, 크슈샤는 루슬란을 사랑했다. 지금이나 전이나 늘 사랑했다. 하지만 여태까지 그런 행동을 하고 앞으로도 그럴 텐데, 그러고도 루슬란과 계속 사귀는 것이 과연 옳은 일일까?

크슈샤는 세상 모든 사람들 가운데 찬데르에게만은 솔직했기에, 그에게 이렇게 말했다. "여행이 끝나고 어떻게 될지 모르겠어. 블라디보스토크 말고, 에소에 다녀온 후에 말이야."

둘은 복도 바닥에 다리를 꼬고 앉아 있었다. 찬데르는 크슈샤의 주먹을 들어 자기 입에 갖다 댔다.

"그럴 수도 있어. 그러니까 내 말은, 그 사람을 만나면 모든 게 예전으로 돌아갈 수도 있다는 거야." 그가 고개를 끄덕였다. "그러면 더는 무용단에 있을 수 없어." 크슈샤가 말했다.

찬데르는 입을 열었다. 그 말이, 크슈샤의 살갗에 따뜻하게 닿았다. "다른 방향으로 전개될 수도 있지."

"몰라. 모르겠어."

크슈샤는 찬데르의 얼굴을, 주근깨 난 뺨과 미간에 주름이 살짝 잡힌 이마를 찬찬히 살폈다. 그러자 그가 짧게 웃었다. "못 참겠어." 그가 팔을 당기자, 크슈샤는 그의 무릎 위에 올라앉았다. "호텔에 가면 침대에 새하얗고 빳빳한 시트가 깔려 있어." 찬데르가 말했다. "매트리스에 누우면 꿈속에 있는 것 같아. 상상이 돼? 꿈같은 시간을 보내게 될 거야."

그 뒤 크슈샤가 전화를 받는 동안 알리사가 집에 돌아왔을 때, 알리사는 현관에서 겨울 모자를 벗으며 전화기를 가리키더니 이렇게 속삭였다. "루슬란이야?" 그가 아니면 누구라는 걸까? 크슈샤가 고개를 끄덕였다. "인사 전해줘." 알리사는 이렇게 말하고 돌아서서 자기가 들어온 문을 잠갔다.

패딩 점퍼를 입은 사촌의 등을 보면서, 크슈샤는 전화기에 대고 말했다. "알리사가 인사 전해달래." 그들은 안부를 전하는 사이가 아니었다. 루슬란은 알리사를 두고 "미친 애"라고 했었다.

"알았어. 축제 갈 때 알려줘." 루슬란이 말했다. 적어도 루슬란은 변하지 않았다.

"8일 뒤야." 이번 금요일이 아니라 다음 주 금요일이었다. "그리고 그다음 주에 만나는 거야."

루슬란은 폐부 깊숙이에서 나오는 한숨을 쉬었다. "축제를 빨리 하면 좋겠네." 크슈샤는 눈을 감았다. 그는 자신이 무엇을 부추기는지, 무엇을 재촉하는지 알지 못했다.

마르가리타 아나톨레브나가 조용히 하라고 손뼉을 쳤다. "짝을 지어요." 크슈샤는 연습실 한가운데로 나섰다. 고개를 들어 확인하지 않아도 찬데르가 곁에 있다는 걸 알 수 있었다. 오늘 오후에도 그녀는 입술과 뺨에 그의 섬세한 키스를 받았고, 그래서인지 자신이 찬데르 몸의 늘어난 일부처럼 느껴졌다. 크슈샤는 기다리는 동안 입을 꼭 다물었다.

"제 파트너가 없어요." 아차바얀 남학생이 말했다.

"알리사 어디 갔죠?" 마르가리타 아나톨레브나가 외쳤다. 찬데르는 이미 크슈샤 옆에 서 있었다. 아차바얀 남학생이 팔짱을 꼈다.

"연습 전에도 못 봤어요." 여학생 하나가 말했다.

단장이 스테레오의 버튼을 두 번 눌러, 음악을 켰다가 껐다. "용납할 수 없는 일이군요." 그녀가 말했다. "축제가 일주일 뒤라는 걸 알고 있나요? 서로 책임을 지세요. 크슈샤!" 크슈샤는 깜짝 놀랐다. "알리사는 어디 있죠?"

크슈샤의 전화기는 가방 속에 들어 있었지만, 알리사가 전화를 했을지도 모른다고 말하면 상황이 더 복잡해질 것 같았다. "연습 중에 한눈팔지 말아요!"라고 마르가리타 아나톨레브나는 평소에 소리치곤 했으니까. 그래서 크슈샤는 이렇게 말했다. "오고 있을 거예요."

마르가리타 아나톨레브나가 스테레오의 버튼을 다시 눌렀다. "줄지어 서요. 연어의 춤을 춰봅시다." 남학생들이 가운데 모였다. 크슈샤는 의상을 갖춰 입은 다른 여학생들과 함께 자리를 잡으며 알리사의 자리를 남겨두었는데, 단장이 간격을 줄이라고 손짓했다.

크슈샤는 가슴 위에 손을 얹었다. 음악이 시작되었고, 남학생들이 가상의 강물을 헤치듯 다리를 들어 올리면서 춤을 추기 시작했다. 그들은 먼지 쌓인 바닥을 보며 물고기를 찾았다. 크슈샤는 발가락을 펴면서 여자 차례를 기다렸다. 머리로는 알리사를 생각하면서. 어디가 아픈가? 오늘 강의는 들었을까? 화요일 시장이 붕괴하면서, 그 주 내내 어머니들은 돈을 걱정하는 내용의 문자메시지를 주고받았다. 알리사의 집에서 학비를 대지 못하게 된 걸까? 에소로 돌아오라고 한 걸까? 크슈샤가 집을 나섰을 때, 알리사는 거기 있었다.

녹음된 북소리가 울렸다. 크슈샤는 다른 여학생들과 함께 팔을 들고 앞으로 나왔다. 남학생들이 어깨를 맞대 원을 만들었고, 여학생들은 그 주위를 헤엄쳤다. 파트너와 만날 때까지 빙빙 돌았다. 아차바얀 남학생은 허공을 향해 얼굴을 찡그렸다.

찬데르는 크슈샤의 머리 위로 손을 뻗었고, 그녀는 고개를 숙였다. 허리를 숙이고 빙글 돌아 다음 대형으로 들어갔다. 그리고 고개를 들었다. 마르가리타 아나톨레브나가 학생들로부터 고개를 돌렸다. 안도감이 들었다. 알리사가 연습실에 들어서서 모자를 벗으며 죄송하다고 하는 듯한 몸짓을 취하고 있었다.

알리사 뒤에 또 한 사람이 들어와 있었다. 알리사가 데려온 남자.

알리사가 루슬란을 데려왔다.

지느러미처럼 펼쳐져야 할 크슈샤의 손이 주먹을 쥐었다. '날 속이고 있었어.' 크슈샤의 머릿속에, 지금 저들이 하는 행동을 놓고 온갖 생각이 떠올랐다. 사촌과 남자 친구 모두 해맑게 웃고 있었다. 알리사는 루슬란을 가리키며 크슈샤에게 입 모양만으로 뭐라 이야기하더니 손을 휘휘 저었다. 그들이 주고받았던 질문들—어떻게 지내는지, 언제 떠나는지, 다음번에는 언제 만날 것인지—이 차례로 떠올랐다.

알리사가 루슬란을 크슈샤에게 데려온 것이었다. 두 사람이 함께 이것을 계획했다. 크슈샤가 초조해 보였으므로. 블라디보스토크에서 크슈샤를 볼 수 없는 루슬란이, 연인이 떠나기 전에 불시에 찾아와 놀래주려고 한 모양이었다.

스피커에서 신시사이저 음이 울려 퍼졌다. 크슈샤는 줄지어 선 여학생들과 함께 빙글 돌아 문을 등졌다. 고개를 들었다. 박자를 맞췄다.

마음속이 하얗고 매끈했다. 얼어붙은 풍경처럼. 단단한 뼈처럼.

그러니 그들을 둘 다 차지할 수 있는 것은 지금이 마지막이었다. 루슬란과 알리사가 있는 곳에서는 크슈샤의 눈이 보이지 않았지만, 크슈샤는 감히 찬데르 쪽을 볼 수 없었다. 미래가 결정되는 순간을 기다렸었다. 마침내 그 순간이 오자, 크슈샤는 깨달았다. 두 사람 모두를 가졌던 지난 몇 주가 그녀에게 최고의 시간이었음을. 그렇다, 최고의 시간이었다. 루슬란이 아침마다 전화로 깨워주고, 하루 종일 새로운 문자메시지가 전화기에 뜨고, 오후에 찬데르와 한 시간 반 동안 함께 하는……. 그 시절은 이제 끝이 났다.

녹음된 여자들의 목소리가 드럼 소리 위로 높이 솟았다. 그 아래로 남자들의 으르렁거리는 베이스 음이 깔렸다. 크슈샤는 스텝을 밟으며 파트너 곁으로 돌아갔다. 그리고 눈을 들었다. 나중에는 조심해야 하겠지만, 이번 한 번만은 어쩔 수 없었다. 크슈샤는 찬데르를 향해 시선을 들었고, 그의 상냥함이 날것 그대로 드러나는 것을 보았다. 얼굴이 욕망으로 일그러져 있었다.

크슈샤는 대형에서 벗어나 그에게서 떨어졌다.

크슈샤는 왼쪽 무릎이 비틀어질 만큼 재빨리 문 쪽으로 향했고, 자신과 남자 친구 사이를 갈라놓은 몇 미터, 가로질러야만 하는 그 거리를 내달렸다. 루슬란과 알리사가 도착한 뒤 놀라서 얼마 동안은 가만히 있을 수 있었지만, 이제 그 순간은 지났다. 루슬란은 이미 의심하고 있을지 몰랐다. 그러니 그를 향해 달려가야만 했다.

루슬란이 귀에 대고 뭐라고 말했지만 음악 소리가 너무 커서 들리지 않았다. 크슈샤는 그와 열렬히 키스하고 뺨을 맞비볐다. 루슬란이 그녀를 끌어안았다. 다음번에 내놓을 알리바이를 생각해야 했지만, 그 순간 크슈샤의 머릿속에 떠오르는 것은 추억뿐이었다. 오후의 찬데르, 주말의 루슬란, 말로만 들은 청결한 호텔 침대. 찬데르와 다시는 나누지 못할 대화. 가죽 끈을 가지고 연습하는 무용단의 남학생들, 연습 첫날에 열두 명의 타인과 나누던 악수. 차를 몰아 자신을 만나러 오는 루슬란, 어릴 적 오빠와 함께 거리에서 축구를 하던 루슬란, 서로 사랑에 빠졌던 그 여름. 부모님, 오빠, 그들의 끊임없는 염려와 마을에서의 삶. 그들이 탄 말, 걸었던 길. 지금보다 더 용감했고 혼자서도 잘 자던 시절의 어린 크슈샤가 툰드라에서 보낸 밤. 세상은 너무나 명료하고, 연기와 풀과 지나가던 수천 마리 순록의 냄새를 맡던 시절.

..NEW YEAR'S..

새해

겨우 8시였지만, 라다는 만취해 있었다. 크리스티나가 부엌으로 돌아오기 전에 또 한 병을 비웠다. 크리스티나는 비키니를 입고, 금발 앞머리를 싹둑 자르고, 한 손에 전화기를 든 채로, 휴대전화 광고판 속 모델 같은 모습으로 돌아왔다. "누가 오는지 알아?" 크리스티나가 식탁에 자리를 잡으며 음악 소리 사이로 외쳤다. 라다는 크리스티나가 밟아 납작해진 크리스마스 장식에 정신이 팔려 있었다. 식탁 밑으로 은색 반짝이 장식이 사라졌다. "마샤."

"누구?" 식탁 끄트머리에서 어떤 남자가 물었다.

"마샤!" 크리스티나가 말했다. 만족한 얼굴로, 보드카에 한층 빨개진 입술을 하고서. 라다는 그 말을 들었지만 믿지 못했다. "마샤 자코

트노바."

"누구라고?" 남자가 심술궂은 말투로 다시 물었다. 몇 명이 웃었다.

마샤. 음악 소리가 너무 요란했다. 방금 전까지 흥이 나길 바랐던 라다는 이제는 정신을 차리고 싶었다. 그녀는 눈앞에 놓인 것들에 집중했다. 케이크, 말린 고기, 가염 치즈, 오렌지 껍질을 가늘게 깎아 만든 장식, 높다랗게 쌓아 올린 주스 상자 기둥……. 사과, 사과를 먹고 싶었다. 하나 집으려고 테이블보 위로 손을 뻗었다. 그들이 연휴를 보내려고 빌린 이 집은 복도 아래의 사우나에서 나온 수증기와 열기로 가득 차 있었지만, 사과는 놀라울 만큼 차가웠다. 라다는 사과를 무릎 위에 놓았다. "그거 줘." 옆에 끼어 앉은 남자가 맨살을 그대로 드러낸 무릎에서 사과를 집어 갔다. 그는 나이프로 사과 껍질을 벗기기 시작했다.

라다는 크리스티나에게로 시선을 돌렸다. "그래서," 라다가 말했다. "오늘 밤에?"

"응, 오늘 밤에." 크리스티나가 말했다. "안 오면 좋겠어?"

"아니, 아니." 라다가 말했다. "아냐, 내가 왜?"

"다행이네. 이미 오고 있거든." 누군가 술병을 새로 땄고, 크리스티나는 술을 채워달라며 잔을 그쪽으로 보냈다. "부모님 집에서 택시를 타고 올 거래. 남는 침대가 없다고 했는데, 바닥에서 자도 된다더라."

"그 사람, 귀여워?" 크리스티나의 사촌이 물었다. "내 침대에 자리가 있을지도 모르는데."

남자가 사과를 잘라 씨까지 빼서 라다에게 주었다. 라다는 사과 한 조각을 입에 넣고 그를 향해 잔을 들었다. 그리고 이게 마지막 잔이라고 속다짐했다. "새해를 위해." 남자가 말했다. "내일 건강하고 행복하게 다시 만나기를."

"모두의 입맛을 만족시키기를." 사촌이 식탁을 향해 짐승 같은 치아를 드러냈다. 옆에 앉은 여자가 그를 밀치자 식탁 한쪽이 흔들렸다. 라다가 목으로 넘긴 술이 식도에 화끈거리는 자국을 남겼다. 사과를 한 조각 더 먹었다. 식탁 주위 사람들은 서로 이야기를 나누고 있었다. 이미 많이 취한 라다는 그들의 말을 아주 느리게 알아들었다.

마샤가 어떤 타입을 좋아하는지, 크리스티나는 알지 못했다. 마샤는……. 대학교 1학년 때 이후로 7년 동안 마샤를 보지 못했다. 사실 그 전해 여름부터 라다와 크리스티나는 마샤와 친구 사이가 아니었다. 마샤는 상트페테르부르크 국립 대학교에 장학금을 받고 입학했다. 마샤가 떠나기 전 몇 주 동안, 세 친구는 한 침대에서 텔레비전 코미디 프로그램을 보며 날마다 전화하자고 약속했다. 하지만 마샤는 그들을 떠난 이후 사라졌다. 처음에는 문자메시지를 보내면 강의 때문에 바빠 통화할 겨를이 없다는 답장을 보내왔지만, 나중에는 아예 답도 없었다.

1학년 시험을 마친 후, 마샤의 부모가 라다와 크리스티나에게 여름을 보내러 딸이 돌아오니 공항에 함께 마중을 나가자고 했다. 그들은 부쩍 살이 빠지고 경계하는 눈초리를 가진 여자아이를 공항에서 만났다. 그리고 그 애와 포옹했을 때, 옛 친구의 몸이 딱딱하게 굳어 있는 것을 알았다. 방학을 보내러 고향에 돌아왔을지는 모르겠지만,

거기서 살 생각은 없는 사람 같았다.

그리고 끝이었다. 마샤는 여름 내내 그들이 보낸 문자메시지를 무시했다. 가을 학기가 시작될 무렵, 그들은 마샤가 이미 학교로 돌아갔다고 여겨야 했다. 새해 연휴가 지나가고 또 여름방학이 되고 그렇게 5년간의 대학 시절이 지났지만, 상트페테르부르크에서는 아무 소식도 없었다. 크리스티나가 연락을 취하기도 했지만 자주 있는 일은 아니었다. 크리스티나는 온라인으로 마샤와 채팅을 하고 그 애의 소식에서 가장 재미있는 부분만 골라 라다에게 전해주었다. 이를테면 마샤가 우등생으로 학교를 졸업하고 유로로 연봉을 지급하는 유럽 회사에 취직한 뒤, 넵스키 남쪽 지역에 룸메이트와 함께 지낼 아파트를 얻어 이사했다는 소식 같은 것이었다. 그사이 크리스티나와 라다는 지역 대학에서 학위를 받고 부모와 함께 살고 있었다. 크리스티나는 10킬로미터 떨어진 곳에 있는 스포츠용품 가게에서 일했고, 라다는 아바차 호텔에서 안내원으로 일했다. 마샤가 페트로파블롭스크까지 와서 그들을 만나는 건 그다지 실용적이지 못한 일이라고, 크리스티나가 말했다. 돌아가려면 비행기를 오랫동안 타야 했으므로. 상트페테르부르크에서 마샤가 매달 내는 집세는 2만 8,000루블이었다.

라다는 이 피상적인 뉴스에 아무 할 말이 없었다. "아." 크리스티나가 이야기하면 라다는 그 정도 반응만 보였다. 혹은 "잘됐네"라고 하든가. 라다는 자신의 어떤 것도, 말 한마디라도 그곳에 전달되어 웃음거리가 되는 걸 원치 않았다. **어머, 우리 라다가 질투를 하네.** 크리스티나는 마샤에게 이렇게 말하곤 했다. 크리스티나는 뒷이야기에 쓰일 만한 것이라면 죄다 긁어모으는 타입이었다. 온갖 사람들 가운데 하필이면 쑥덕거리기 좋아하고 말 많은 크리스티나를 마샤가 연락을 취할 대상으로 선택했다니, 참으로 기이한 일이었다. 어린 시절 크리스티나와 마샤는 친한 사이가 아니었다. 마음을 나눌 정도로 가까웠던 건 라다와 마샤였다.

어쨌든 라다가 느끼기에는 그랬다. 그때 그녀는 마샤가 자신의 모든 것을 가진 것처럼 느꼈었다. 그들은 가까이 살았고, 수업 때도 나란히 앉았다. 마샤가 좋은 책을 발견하면 라다에게 처음부터 끝까지 읽어주었다. 가끔은 다 읽는 데 몇 주가 걸리기도 했다. 마샤가 침대에 누워 조심스러운 목소리로 책을 읽을 때, 라다는 그 방 카펫에 누워 있었다. 라다는 그런 식으로 셜록 홈스 시리즈를 다 '들었다'. 탐정이 하는 말을 전부 라다의 목소리로 들었다. "방해가 되는 건", "내가 할 일이 아니네", "친애하는 왓슨" 하는 식으로. 마샤는 떠나면서 라다의 사랑도 가져갔고, 그것을 돌려주러 오지 않았다.

아, 그렇구나. 라다는 사과를 한 조각 더 입에 넣었다. 마샤가 온다고. 여기로, 오늘.

이게 나을지도 몰랐다. 과거에 그 애와 함께 걷던 길로 마샤가 걸어오는 것을 언젠가 보고 놀라느니, 차라리 오늘 밤 가까이서 그 애를 한번 보는 편이 나을지도 모른다. 그러면 라다는 마샤에게 인사를 건네고, 이 연말에 그 애를 잊고 오랜 상처 없이 새해를 맞이할 수 있을 것이다.

더 빠른 곡이 흘러나왔다. 라다 옆의 남자가 술을 한 잔 더 따랐다.

"아니, 필요 없어." 라다가 말했다.

"괜찮아." 남자가 잔을 밀어 주며 말했다.

남자 뒤로 잔뜩 김이 서린 창문이 별을 죄다 지워버려서 그 너머 밤이 새카맣게 보였다. 자동차 불빛도 지나가지 않았다. 라다는 한숨을 쉬었다. 이곳에 오자마자 사우나에 다녀온 덕에 피부가 부드러워져 있었다. 남자 허벅지의 둥근 근육이 라다에게 닿았고, 그들 사이의 경계가 불분명해졌다. 라다가 그의 귀에 대고 말했다. 또렷하게. "고마워."

"아무것도 아닌데, 뭐."

새로 흘린 땀과 오래된 담배 냄새가 났다. "이름이 뭐였지?" 라다가 물었다. "누구 친구야?"

남자는 미소를 지었다. 드러낸 가슴팍은 넓었고, 오래전에 생긴 여드름 자국이 자주색으로 나 있었다. "예고르라고 해. 톨리크 친구야." 라다가 모르겠다는 듯이 고개를 젓자 남자는 식탁 맞은편의 검은 머리 남자를 가리켰다. "톨리크는 우리 숙부의 대자代子야." 예고르가 말했다. "사실은 숙부가 날 불렀어. 나더러 늘 좀 나다니라고 하시거든."

"재미있네. 우리 가족은 나더러 집에 좀 있으라고 하는데." 라다가 말했다. 그녀는 잔을 들고 미소를 지었다. "숙부님이랑 살아?"

"따로 살아."

"페트로파블롭스크에?"

"북부에."

"아, 기억난다." 라다가 그것을 잊은 건 예고르가 북부 사람 같지 않아서였다. 하지만 그의 차가 처음 이곳에 도착했을 때, 누군가 마을 이야기를 했다. 아마 톨리크였을 것이다.

"넌 누구 친구야?" 예고르가 물었다.

"크리스티나." 마샤의 친구. 이제는 아니다. 하지만 어쩌면 다시…….

마샤가 오고 있었다. 이상했다. 라다는 이 집에 모인 사람들을 거의 알지 못했다. 아는 사람은 크리스티나와 그녀의 남자 친구, 그리고 사촌 정도였다. 라다와 크리스티나가 대학 졸업반 때 같이 강의를 들었던 여학생 둘도 있었는데, 그중 하나는 형사 남편을 데리고 왔다. 라다는 저녁 뉴스에서 본 그 형사의 얼굴을 기억했다. 식탁 건너편 끝에서 그는 음식을 씹으며 사람들과 지역 정치에 대해 토론하고 있었다. 이제 라다는 예고르도 알게 되었다. 그들은 친구의 친구의 친구로 연결되었다. 이 식탁에 앉아 있는 아홉 명 외에 다른 다섯 명은 사우나를 하는 중이었다.

어릴 때 마샤는 파티 같은 것에 별로 관심이 없었다. 열두 살 생일 때, 마샤와 마샤의 어머니, 그리고 라다는 아바친스키 화산으로 등산을 갔다. 오래전의 일이었다. 그래도 라다는 그날을 완벽하게 기억했다. 화산 자락의 샛노란 나뭇잎, 봉우리에 드러난 붉은 흙, 물병에서 나는 미네랄의 맛, 산을 오르는 꾸준한 걸음……. 지난여름 골로솝스카야 자매가 실종된 이후 매스컴에 그 아이들이 다니던 학교 사진이 나올 때마다, 라다는 자신의 어린 시절을 떠올렸다. 마샤와 둘이서 캄차카를 돌아다니던 그 시간들. 눈을 감으면 어린 몸을 가졌던 그 시절이 아직도 생생하게 느껴졌다. 납작한 가슴에 가벼운 몸을 가졌던 시절, 그때 앞장서서 걷던 마샤는 참 작았다.

그 시절 마샤는 라다와 둘만의 시간을 갖기를 원했다. 하지만 상트페테르부르크에서 그녀는 변했다. 많이 변했다.

택시가 도착했을 때, 사람들은 영화 이야기로 시끌벅적 떠드는 중이었다. 부엌 창문으로 전조등 불빛이 비쳤다. 크리스티나가 벌떡 일어나 현관으로 갔다. 혼자 남은 라다는 불안하고 초조했다. 그녀는 문득 자신이 거의 벌거벗고 있다는 사실을 깨달았다. 평상복으로 갈아입을 생각을 하지 못했다. 그렇게 오랜만에 마샤를 만나는데 수영복 차림이라니, 제정신이 아니었다. 게다가 젖었다 말라서 부스스해진 앞머리로. 라다는 이마를 만졌다. 하지만 이제 이런 건 어쩔 수 없었다. 사실 아무도 신경 쓰지 않는 것 같았다. 옆에 앉은 예고르는 붙임성 있는 사람이었다. 라다는 양손을 다리 밑에 깔고 복도 쪽을 돌아보았다.

"여러분, 여긴 마샤." 크리스티나가 돌아와서 외쳤다. "마셴카야. 여기는 조야, 콜랴, 톨리크, 볼로댜, 이라, 안드류카 그리고 예고르. 걱정 마. 나중에 다시 알려줄게. 여긴 우리 라다." 라다는 일어나려고 했지만 테이블과 다른 사람들 사이에 몸이 껴서 꼼짝할 수 없었다. 차라리 몸을 구부리는 게 나을 듯싶었다. 하지만 이 순간 몸이 자유로워진다 해도 무슨 행동을 해야 할까? 자신을 잊어버린 친구와 포옹이라도 해야 할까? 그건…… 아닌 것 같았다. 라다는 다시 앉았다. 마샤는 한쪽 벽에 배낭을 내려놓고 크리스티나를 따라 식탁으로 가 앉았다.

마샤는 전보다 아름다웠다. 어깨 길이의 머리카락에 샴페인처럼 창백한 피부를 가졌고, 브래지어를 하지 않았다. 어릴 적 라다의 어머니가 "꼬마 아주머니 같다"고 했던 가느다란 눈과 엄숙한 입매는 여전했지만, 새침한 어린애 같던 모습이 이제는 더 자연스러워졌다. 그녀의 온몸이 새로워 보였다.

마샤는 식탁 위로 손을 뻗어 라다의 손을 잡았다. "안녕." 바깥 공기를 쐰 손가락이 아직 차가웠다.

"안녕." 라다가 말했다. 마음속에서 따스함이 피어올랐다.

"어디서 왔어?" 누군가 물었다.

마샤가 뒤로 물러났다. "페트로파블롭스크." 그녀의 대답과 거의 동시에 크리스티나도 이렇게 말했다. "상트페테르부르크."

"지난달에 상트페테르부르크에 갔었는데." 식탁 건너편에 앉은 여자가 말했다.

"아, 그래요?" 마샤가 말했다. 진주 목걸이처럼 가지런한 치아 뒤에서 나오는 특이하고 낮은 음성도 여전했다. 그리고 그 치아 또한 어릴 때와 똑같이 작고 귀엽고 또렷했다.

"거기서 무슨 일을 해요?" 형사가 물었다.

"프로그래머예요."

"거기 정말 좋았어." 그 여자가 말했다. "그런데 살 수는 없겠더라. 너무 정신없어서."

"손님한테 한 잔 따라줘야지." 크리스티나가 말했다. 집 안쪽에서 무슨 소리가 들렸다. 사우나 문이 열린 모양이었다. 누군가가 한 음한 음 길게 뽑으며 노래를 하고 있었다. 예고르는 복도를 걸어오는 친구들을 위해 잔을 더 가져다 놓았다.

그들은 함께 술을 마셨다. 라다는 계속해서 식탁 맞은편을 보았다. 마샤와 마지막으로 함께 새해를 맞이한 것이 열일곱 살 때였다. 클럽에서였다. 크리스티나는 댄스 플로어에서 어떤 남자애에게 키스했고, 라다는 화장실에서 토했다. 밤이 지나자 여자애들은 함께 택시를 타고 집으로 갔다. 마샤가 가운데 앉았다. 라다는 지끈거리는 관자놀이 아래 닿은 마샤의 어깨가 시원하고 좋았다. 도시의 보도는 새벽 3시에도 사람들로 가득했고, 택시 위 하늘에선 계속해서 새로운 불빛이 터졌다.

라다와 마샤의 눈이 마주쳤다. "수영복, 가져왔어?"

"가방에 있어." 마샤가 말했다.

"사우나나 하자." 예고르가 말했다. 사우나에서 방금 나와 온몸을 반짝이는 사람들이 갈증에 취해 옆으로 지나가자, 예고르가 식탁에서 일어났다. 라다도 뒤따랐다. 바닥이 젖어 있었다. 라다는 마샤가 주황색 비키니를 배낭에서 꺼낼 때까지, 다른 사람들이 지나갈 수 있게 부엌 문 앞으로 비켜서서 기다렸다. 그리고 집 안쪽의 사우나로 향했다.

안으로 들어가보니, 닫힌 유리문에 김이 잔뜩 서려 있었다. 예고르와 크리스티나, 크리스티나의 남자 친구, 크리스티나의 사촌이 유리문 안으로 들어갔다. 라다 뒤를 모르는 여자가 따라왔다. 공기에서 목재 맛이 났다. 숨이 막혔다. 라다는 숨을 쉬려고 침을 삼켰다. 목구멍 깊숙한 곳으로 나뭇조각이 내려가는 느낌이었다.

그들은 뜨거운 벤치에 나란히 앉았다. 크리스티나의 남자 친구가 물을 떠서 히터에 부었다. 증기가 솟아나 그들의 팔다리와 폐를 감쌌다. 그때 마샤가 안개 속으로 들어왔다. 라다는 눈을 가늘게 떴다.

"매년 연말에 이런 곳을 빌려?" 마샤가 자리를 잡더니 물었다.

"내 친구는 그렇게 해." 크리스티나의 남자 친구가 말했다. "코스타라는 앤데, 바짝 마른 친구. 그런데 우린 이번이 처음이야, 좋지?"

"좋네." 마샤가 말했다. 마샤는 몸을 움직여 널빤지에서 다리를 뗐다.

예고르에게, 크리스티나가 말했다. "너도 처음이야?"

예고르가 말했다. "여기 최대한 자주 오려고 하긴 하는데, 새해를 여기서 맞는 건 처음이야."

크리스티나의 사촌이 웃었다. "그렇구나, 우리 북부 친구. 그 동네엔 파티가 없어?" 예고르는 몸을 앞으로 숙이고 팔꿈치를 무릎에 올렸다. 등에 붉은 발진이 있었다. "고향엔 친구가 없어?" 사촌이 다시 물었다.

"못되게 굴지 마." 크리스티나가 경고했다.

"운전하는 건 상관없어." 예고르가 말했다. "여기 와서 즐겁게 지낼 수만 있으면."

증기 속에서 마샤가 고개를 숙였다. 라다가 물었다. "돌아온 지 얼마나 됐어?"

마샤가 얼굴을 들었다. "어제 아침에 왔어."

라다가 모르는 여자가 "안 되겠다"라고 하더니 바닥에 발을 디뎠다. 그녀는 온몸이 울긋불긋해져 있었다. 문을 열어 안으로 시원한 바람을 들여보내며, 여자가 밖으로 나갔다.

크리스티나의 사촌이 벤치에 앉은 채 마샤 쪽으로 다가갔다. 누군가의 손끝이 라다의 허벅지에 닿았다. 크리스티나가 라다를 쿡 찔러 그 사실을 알린 것이다. 그 사촌은 라다들보다 나이가 몇 살 많았다. 아마 그는 어릴 때 마샤와 만난 적이 있을 테지만, 책 읽기만 좋아하던 그 아이를 기억하지는 못할 것이다. 주황색 비키니를 걸친 마샤의 피부는 상앗빛을 띠고 있었다. 그녀의 짧은 머리가 흔들렸다. 마샤는 어린 시절 따위는 없었던 사람처럼 무척 세련돼 보였다.

예고르가 라다에게 다가왔다. "물을 더 부을까?" 두툼한 팔이 땀으로 번들거렸다.

"네가 원하면." 라다가 중얼거렸다.

예고르는 벤치에서 내려가 물통에서 물을 길었다. 그가 라다 쪽을 돌아보지는 않았지만, 그녀를 위해서 하는 행동 같았다.

그가 움직이는 것만 봐도 라다에게는 위안이 되었다. 매력적인 남자는 아니었다. 하지만 넓은 어깨와 부드러운 허리를 보면서 라다는 그를 좋아하기로 결심했다. 그는 라다의 아버지와 숙부들, 학창 시절 주위에서 숱하게 본 남자아이들처럼 생긴 사람이었다. 라다는 처음에는 좀 어색하더라도 여하튼 친숙하게 느껴지는 그와 함께하고 싶은 마음이 들었다.

상트페테르부르크 남자들은 다를 수도 있었다. 이를테면 좀 더 예술적이라든가. 하지만 예고르처럼 북부 출신에, 외롭고, 술을 너무 빨리 마시는 데다, 여자들에게 도움을 주려 하고, 파티에 오기 위해 여덟 시간이나 차를 모는 남자는 이곳 캄차카에만 어울렸다. 그는 이곳에서도 가장 초라한 지역 출신이었다. 그가 물을 쏟자 실내가 새로운 열기로 가득해졌다.

예고르는 돌아와서 라다 옆에, 더 가까이 앉았다. 땀으로 미끈거리는 무릎이 라다의 몸에 닿았다. 그녀는 크리스티나가 또다시 허벅지를 쿡 찌르는 걸 느꼈다. 이제 그들은 둘씩 짝을 짓고 있었던 것이다. 사촌은 마샤에게 나직한 소리로 무언가 이야기하고 있었는데, 그래서 그녀는 그의 이야기를 들으려고 몸을 구부린 채였다. 마샤의 어깨뼈와 등줄기 사이로 땀이 흘렀다.

예고르의 무릎이 자꾸 라다에게 닿았다. 부엌에서 다 같이 다닥다닥 붙어 있을 때와는 달랐다. 그는 라다에게 마음이 있음을 표현하고 있었다. 라다가 그와 자고 싶으면 그럴 수 있었다.

어쩌면 잘 수도 있었다. 조금 우울해 보이고 조금 어색한 느낌의 예고르였지만, 하여간 사과를 깎아줬으니까. 오늘 밤 상대로 괜찮은 선택이 될 것 같았다. 라다도 자기 무릎으로 그의 무릎을 눌렀다.

좋았다. 마샤가 돌아왔고, 그 귀환은 라다가 생각했던 것보다 기분 좋았다. 라다는 돌아온 여자를 두려워하는 자신을 상상했었는데, 그러는 대신 여전히 알아볼 수 있는 사람이 왔다. 변하기는 했지만 전혀 낯선 사람은 아니었다. 마샤의 음성, 입매 그리고 우스운 습관이 모두 그대로였다. 라다는 자기 아래 깊숙이 묻혀 있는 맑은 정신으로 상황을 보려 애썼고…… 실제로 그랬다. 모든 것이 괜찮다고, 그녀는 믿었다.

어쨌든 지금, 마샤는 라다가 자기 욕망을 한껏 드러내는 남자와 함께 있는 모습을 지켜볼 기회를 얻었다. 라다와 마샤는 자라면서 남자 애들과 키스한 적이 없었다. 시도조차 하지 않았다. 이제 그들은 성인이 되었고, 선을 지키면서 원하는 것은 무엇이든 할 수 있었다.

"마셴카, 가족들은?" 크리스티나가 물었다.

마샤는 고개를 들었다. 온도 탓인지 눈이 부은 듯했다. "잘 계셔." 그녀가 말했다. "별일 없어."

마샤의 다리에서 예고르의 무릎이 닿은 부분이 더 뜨거워졌다. "바냐는 어때?" 라다가 마샤에게 물었다.

"네 남자 친구야?" 사촌이 물었다.

"남동생." 마샤가 말했다. "잘 있어." 마샤는 수증기 속에서 새하얀 이를 드러내며 웃었다. "올해 고등학교 졸업해."

"벌써!" 라다가 말했다.

"블라디보스토크 대학에 지원했어. 사업가가 되고 싶대." 누나를 따라 나와서 그들이 노는 모습을 지켜보던 꼬맹이였는데. 한번은 마샤의 부모님이 밤에 외출했을 때 그 애가 오줌을 쌀 때까지 귀신 이야기를 해준 적도 있었다. 그런데 그 아이가 회사를 경영하는 법을 배운다니.

"잘됐네." 크리스티나가 말했다. 그녀는 앞머리를 뒤로 넘긴 채였다. 맨얼굴에서 광대뼈와 입술만이 보였다. "둘 다 온 세상을 돌아다니네."

"그럼 넌 세계주의자구나, 그렇지?" 사촌이 물었다.

"글쎄." 마샤가 말했다. "아니, 그렇진 않아."

"캄차카 생활이 그립지는 않아?" 그가 다시 물었다. 마샤는 고개를 저었다. "캄차카 남자들은?"

"아니."

"상대를 못 만나서 그렇겠지."

크리스티나의 손가락이 라다의 다리를 훑었다. 증기 때문에 라다의 피가 전부 머리로 쏠려 있었다. 마샤가 불편해하는 것이 그녀의 등에, 그 아름다운 등에, 땀에 젖은 채 긴장을 드러내는 근육에 다 나타나 있었다. 라다는 '마샤, 새해잖아, 긴장 풀어, 그 사람이 만지게 둬'라고 말하고 싶었다. 라다 자신도 오늘 밤에는 예고르의 침대로 그를 따라갈 테니까. 그녀는 이렇게 말하고 싶었다. '마샤, 그냥 해버려. 다시 우리랑 함께 지내자고.'

벽에서 쉭쉭 소리가 났다. 크리스티나가 벤치에서 내려갔다. 어깨가 땀에 젖어 반짝였다. "나갈래."

마샤가 벌떡 일어났다. 라다 역시 일어났는데, 순간 시야 가장자리가 까매졌다. 남자들도 따라 나올 것이다. 크리스티나는 그들을 이끌고 사우나에서 나가 시끄러운 복도로 들어섰다.

현관문을 연 크리스티나는 춥다며 비명을 질렀다. 아직 자정이 안 되었는데도 하늘은 정말이지 새카맣게 보였다. 수백만 개의 별들이 반짝이고 있었다. 크리스티나의 남자 친구가 크리스티나를 얼음이 언 시멘트 계단으로 밀었고, 그들 모두 밖으로 밀려 나왔다. 부엌에 있던 사람들이 소리를 지르고 있었다. 형사의 음성이 제일 컸다. 문이 닫히자 소음이 잦아들었다.

라다는 잔뜩 각오를 하고 나왔지만, 바깥 공기는 아무렇지도 않았다. 아직 사우나에서 입은 열기가 남아 있어서 추위를 느낄 수 없었다. 맑은 공기와 땅에 내린 얼음 결정을 보면 밤 기온이 분명 영하임을 알 수 있는데도, 열기에 신경이 마비된 듯싶었다. 척추 아래로 누군가의 흔들림 없는 손이 닿았다. 라다가 자기 팔을 내려다보니 김이 나고 있다.

뒤에 있던 예고르가 다가와 그녀의 귀에 입술을 댔다. "참 자그마하네."

라다는 그 말을 칭찬으로 받아들였다. "다 컸는걸." 라다는 이렇게 말하고 그의 손바닥에 자기 체중을 실었다.

"정말? 키가 얼마지?"

"155센티미터." 실은 154센티미터였다.

예고르의 손이 그녀의 등에 닿았다. "에소에 가본 적 있어?" 그가 물었다. "내가 데려가줄 수 있는데."

누군가 그들을 밀쳤다. 계단 반대편에서 마샤가 말했다. "그만해."

"왜 그래?" 크리스티나의 사촌이 말했다. "뭐가 문제야?" 마샤가 그들에게서 벗어났다. 사촌이 양손을 들어 보였다.

"관심 없어." 마샤가 특유의 높낮이 없는 어조로 말했다. '친애하는 홈스 씨.'

사촌이 팔을 내렸다. 그는 크리스티나처럼 키가 컸고, 입술을 쭉 내밀고 있었다. 그 얼굴에 그 입술의 조합이 어쩐지 질척해 보였다. "재

수 없는 레즈비언."

그는 진담처럼 말했다. 사람들은 그보다 사소한 일로도 죽었다. 라다는 그 순간 추위를 느꼈고, 얼어붙었다.

"그런 소리 하지 마." 크리스티나가 말했다.

"레즈비언이면 어때서?" 마샤가 말했다. "최소한 나는 빌어먹을 변태는 아니야." 마샤는 계단을 내려가 눈과 자갈 속을 걸어 다른 사람들에게로 갔다. 모두 조용했다. 크리스티나의 긴 목이 앞으로 구부러졌다.

사촌은 구역질이 난다고 말했다. 그리고 그는 다시 안으로 들어갔다.

다른 남자 둘도 들어갔다. 예고르도 마지막으로 들어갔다. 그러자 셋만 남게 되었다. 라다, 마샤, 크리스티나. 예전처럼.

마샤는 계단 끝에 앉았다. 비키니 하의가 뒤에서 구겨졌다. "앉기에는 너무 추워." 크리스티나가 말했다. "불임이 될지도 몰라."

마샤는 대답하지 않았다.

차 한 대가 입구를 지나갔다. 전조등 불빛이 나무들을 훑었다. 누군가 다른 파티에 늦은 모양이었다. "관두자." 크리스티나가 말하고 돌아섰다.

문이 닫혔다. 마침내 둘만 남았다. 라다도 계단에 앉았다. 허벅지 아래쪽에 시멘트가 닿았다.

"아무 뜻도 없이 한 소리야." 라다가 마샤에게 말했다. "괜찮아?"

마샤는 무릎 위로 팔짱을 낀 채 앞만 보고 있었다. 사람들이 타고 온 차가 앞에 늘어서 있었다. "여기 다시는 안 와." 그녀가 말했다.

"크리스티나의 사촌은 멍청이야. 날 밝을 때까지만 있다가 가."

마샤는 얼음이 언 마당을 향해 고갯짓을 했다. "아니, 여기 말이야. 고향. 캄차카."

밤공기가 라다의 폐를 얼음으로 채우고 있었다. "이제 막 돌아왔잖아." 그녀가 말했다.

"응, 그렇지." 마샤가 말했다. 어깨가 올라와 있었다. 앉는 자세가 예전과 똑같았다. "부모님이 이번 겨울에는 오라고 했거든. 이제 올 필요 없대."

"진심이 아니시겠지."

"오늘 밤에 그렇게 말했어."

사우나의 온기는 사라진 지 오래였다. 마샤의 하얀 피부에 소름이 돋아 있었다. 라다의 마음속에 그 피부를 만지고 싶은 충동이 일었다. 예전에는 마샤에게 손을 뻗기가 너무나 쉬웠다. 그녀는 라다가 잘 아는 친구였는데, 갑자기 모르는 사람이 되었다.

"하지만 상트페테르부르크에서 행복하게 지내잖아." 라다가 말했다. "그렇지? 크리스티나가 그렇다고 하던데, 늘 그랬고."

"그러게." 마샤가 말했다. 마샤는 맞잡은 손 위로 턱을 괴고 라다를 보았다. "돌아가면 새 아파트를 구해야 할 것 같아. 얼마 전에 여자 친구랑 헤어졌거든."

"아." 라다가 말했다. 룸메이트. 마샤에게 룸메이트가 있다고 크리스티나가 말했었다.

여자 친구. 마샤는 정말이지 어리석었다. '여자 친구'라는 말을 문 앞에서 하다니. 바로 안에 덩치 크고 서로 친한 남자들이 모여 있는데. 심지어 그들 가운데는 형사도 있었다. 서리와 증기와 술기운 아래서 라다의 분노가 차올랐고, 이제 그녀는 마샤를 만지고 싶었다. 부드러운 손길이 아니라, 섬세한 털이 자라는 팔을 손끝으로 건드리는 것이 아니라, 손목을 잡아 흔들고 싶었다. 장학금을 받고, 기술대학 학위까지 받은 잘난 마샤. 글로벌 기업에 일자리를 얻은 완벽한 마샤. 다른 여자와 살려고 월세로 2만 8,000루블을 내는 멋진 마샤. 마샤는 평생 '예외적인 존재' 취급을 받았다. 만약 그래서 지금 이런 식으로 행동해도 된다고 믿는 거라면…….

어떤 사람은 네가 특별해도 신경 쓰지 않아. 어쨌든 널 처벌할 거야. 예를 들어 이웃들은, 여자 친구가 있는 여자라면 그녀가 아무리 똑똑하다고 해도 신고할 거야. 경찰은 기회만 있으면 널 해치려고 들겠지. 겨우 2년 전에 오호츠크해 연안에서 어떤 사람을 같은 이유로 불태워 죽인 일도 있었어.

마샤는 열일곱 살 때 고향을 떠났다. 캄차카를 돌이켜 생각할 때 마샤는 아마 화산의 모습과 캐비어의 맛을 떠올리고, 구름을 향해 올라가는 돌길을 기억할 것이다. 마샤는 요즘 자신과 라다같이 순진한 여자들에게 무슨 일이 생기는지 알지 못했다. 그들은 그래서 파국을 맞았다. 어떤 여자라도 마찬가지다. 골로숍스카야 자매는 단둘이 다니면서 스스로를 취약하게 만들었다. 단 한 번의 실수로 목숨을 잃고 만 것이다.

조심하지 않으면, 경계를 늦추면, 그들이 잡으러 올 것이다. 기회를 준다면……. 라다는 마샤가 여자 친구를 사귈 만큼 순진하게 행동했다는 게 믿기지가 않았다. 그들이 널 해칠 거라고, 라다는 말해야 했다. 그러다 죽을 수도 있다고.

정적 속에서 부엌 창문을 통해 팝송 한 곡이 흘러나왔다. 공부를 그렇게 열심히 한 사람이 어떻게 저토록 어리석을 수 있을까?

라다가 말했다. "여기선 그런 말 하면 안 돼."

마샤는 아무 말도 하지 않았다.

"죽을 수도 있어. 이런 식으로 굴 거면 왜 돌아온 거야?"

"어떤 식?" 마샤가 말했다. "난 똑같아. 내가 어떤지는 네가 누구보다 잘 알잖아."

라다는 무릎을 끌어안고 그 위에 뺨을 얹은 채 마샤를 보았다. 라다는 화를 내지 않으려고 애쓰는 중이었다. "마센카." 그녀가 말했다. "내 말 잘 들어. 그러지 않을 수는 없는 거니?"

"없어." 마샤는 그렇게 말하고 미소 지었다.

저 치아. 갸웃하는 사랑스러운 얼굴. 그걸 보고 있으니 라다의 빼앗긴 심장이 아파왔다.

하늘에서 별들이 흩어졌다. 라다의 뼛속까지 냉기가 스며들어 골수마저 파랗게 얼려버리는 것 같았다. 잠시 후 그녀가 말했다. "적어도 조심할 거라고는 약속해줄래?"

"널 위해서?" 마샤가 말했다. "그럼 뭐라도 할 수 있어."

집에서 사람들의 목소리가 뒤섞여 들려왔다. 유리병 부딪치는 소리와 웃음소리. 그렇게 오랫동안 밖에 앉아 있으면 위험했다. 크리스티나의 사촌이 부엌에 자리를 잡고 앉아 라다와 마샤가 어둠 속에서 무슨 짓을 하고 있는지 온갖 헛소리를 늘어놓고 있을 것이다. 그래서 라다는 안으로 들어갈 수가 없었다. 그녀는 몇 년을 기다렸다. 그동안 그들 우정의 많은 부분이 영영 사라져버렸지만, 마샤는 다시 한번 솔직하게 라다에게 말했다. 서로가 서로의 삶 속에서 가장 소중한 존재라는 듯이.

내 소중하고, 또 소중한. 내 사랑.

"약속해." 라다가 말했다.

"약속해." 마샤가 이전에 약속을 어겼는지는 신만이 아실 터였다.

라다는 마샤의 어깨에 머리를 기댔다. 라다의 관자놀이에 닿은 마샤는 시원하고, 매끄럽고, 우아했다. "나도 널 위해서라면 뭐든지 할 거야." 라다가 말했다. "내가 할 수 있는 일이라면 뭐든지."

"알아." 마샤가 말했다. "할 수 있다면 하겠지. 나도 알고 있었어."

그들 얼굴 앞에서 입김이 하얗게 피어올랐다. 그리고 사라졌다.

"들어가야겠다." 라다가 말했다.

마샤가 말했다. "자정에 나랑 같이 있어줄래?" 라다는 머리를 그녀에게 기댄 채 끄덕였다. "지금처럼 말이야. 나, 바보 같지? 이런 말이나 하고."

"아니, 설마."

"여기서 보내는 마지막 밤이니까."

예고르 같은 남자는 전에도 왔고 언제든 다시 올 것이다. "같이 앉아 있으면 되지." 라다가 말했다. "그게 뭐 어려운 일이라고."

밤은 창문도 없는 거대한 방 같았다. 별들은 너무도 멀리 떠 있었다. 쌀쌀한 어둠 속에서 라다는 혈관 속의 알코올과 싸웠다. 전력을 다해 새로운 추억을 만들었다. 성공시키지 못한 에소 여행과 달리, 이 순간은 중요했다. 이 순간을 단 1초도 잊지 않을 생각이었다.

마샤는 어디를 가든 늘 라다의 사랑을 품고 있었을지 모르지만, 누구도 그것을 지켜낼 수는 없었다. 등산과 책 읽기, 마당에서 한 게임과 침대에서 본 영화와 함께, 라다는 이 순간을 놓치지 않을 생각이었다. 어깨를 드러내고 고집을 부리는 친구. 솔직하게 말할 만큼 어리석은 친구. 자갈에 닿은 발이 하얗게 질리는 추운 날씨에도 자정이 다 되도록 깨어 있는 친구. 미소를 지으면서……. 다 자랐지만 아직 어린아이 같은 아름다운 마샤. 어떤 해를 당할지 두려워하지 않는 마샤.

..JANUARY..

1
월

1947년의 로즈웰 사건. 몇 년 전에 있었던 퉁구스카 사건. 트래비스 월턴 납치 사건과 사소보 폭발. 그리고 페트로자보츠크 현상. 태평양 연안에서 목격된 거대한 붉은 공이 추락했다는, '고도 611'이라는 이름의 언덕. 1989년의 보로네시 사건.

나타샤는 아직 학생이던 시절에 남동생으로부터 이런 이야기들을 듣기 시작했다. 이후 에소 도서관에 설비된 위성 인터넷 시스템의 도움을 받아 데니스는 레퍼토리를 넓혀나갔다. 일본항공 1628호기, 칠레 엘보스케 공군기지, 터키 에니켄트 지구, 런던 올림픽 개막식, 국제우주정거장에서 본 창밖, 2011년과 2012년의 예루살렘 상공, 2013년 첼랴빈스크를 가로질러 타오른 불덩이, 그리고 캄차카에서 인구가 가장 적은 지역의 상공을 떠다닌 자주색 불빛.

만약 외계인이 정말로 지구에 착륙한다면, 나타샤는 그들에게 동생의 기억을 지우고 세계 정복을 시작해달라고 부탁할 생각이었다. 15년간의 공부를 통해 데니스는 백과사전 전질 분량의 유에프오 목격담을 흡수했고, 그 내용을 꾸준히 업데이트했다. 새해가 시작된 지 나흘째, 데니스는 이미 틀린 것으로 판명된 사실을 모두 참조하여 자신의 연구를 처음부터 다시 시작했다. 나타샤는 아침 식사로 라즈베리 잼을 바른 팬케이크를 만들었다. 어머니는 오렌지 껍질을 벗기고 있었다.

"엘보스케 공군기지 말이야." 데니스가 말했다.

나타샤는 들고 있던 나이프와 포크를 바꿔 쥐었다. 동생 쪽은 보지도 않았다. 동생과 어머니는 12월 31일 오후에 나타샤의 페트로파블롭스크 아파트로 왔고, 여기서 한 주를 더 지낼 예정이었다. 그들과 함께 새해 첫 주를 보내는 동안 나타샤는 짜증을 폭발시키지 않기 위해 노력해야 했다. 힘든 일이었다. 파티가 끝나자 달리 신경 쓸 일도 없어져서, 데니스의 멱살을 잡고 마구 흔들고 싶은 충동만 더해갔다. 팬케이크에 집중하는 것은 나타샤가 원하는 스트레스 해소법은 아니었다.

"일곱 가지 각도에서 찍은 게 있다고."

"우리도 알아." 나타샤가 접시를 내려다보며 말했다.

"국방부 장관이 대낮에 그걸 봤다니까. 어떤 물체가……."

"어떤 물체가 제트기를 따라가는 걸 말이지." 나타샤가 말했다. "우리도 안다니까."

어머니는 차가운 손으로 나타샤의 손을 잡았다. 감귤 향이 두 사람 사이에 피어올랐다. "그러지 마라." 그러고 나서 어머니는 나타샤의 아이들에게 말했다. "너희는 안 그러지? 남이 말할 때 방해하는 거."

나타샤는 얼굴을 붉혔다. "엄마."

어머니가 손을 거두었다. 그리고 나타샤의 딸에게 말했다. "율카, 그런 무례한 행동은 안 할 거지?" 식탁에 앉아 있던 어린 여자아이가 허리를 쭉 폈다. "그러니까, 어른들이 나쁜 행동을 해도 따라 하지 마려무나. 책은 재미있게 읽고 있니? 작년에 읽은 책 중에는 뭐가 제일 좋았어?"

"율카는 책을 정말 많이 읽어요. 아마 다 기억도 못 할 거예요." 나타샤의 아들이 말했다. 나타샤는 포크로 팬케이크 한 조각을 찔렀다. 박사 과정을 밟는 중인 서른한 살의 나타샤는 아직도 어머니에게 꾸중을 들었다. 가족이 찾아올 때마다 나타샤는 10대로 돌아간 기분이었다. 지난 며칠 동안 파티에 쓰고 남은 초콜릿을 어찌나 먹어댔던지 이마에 여드름까지 나서, 아침에 그걸 가리려고 머리 모양을 바꿨더니 머리 전체가 어수선해졌다.

"〈야성의 부름〉이요." 율카가 말했다. "바불랴(러시아어로 '할머니'라는 뜻—옮긴이), 그거 읽어보셨어요?"

나타샤의 어머니는 한 손에 턱을 괴고 굉장히 흥미롭다는 표정을 지어 보였다. "잭 런던이 쓴 거지? 물론 읽어봤지."

"레브는 안 읽었어요."

"시끄러." 소년이 말했고, 나타샤는 포크와 나이프를 식탁에 쾅 내려놓았으며, 나타샤의 어머니가 조용히 하라고 했고, 아침 시간은 그렇게 정상적으로 돌아갔다.

적어도 아이들은 데니스의 이상한 면에 동요하지 않았다. 방학 때 삼촌과 함께 지낸 적이 많은 레브와 율카는 할머니의 방법을 본보기로 삼았다. 아무렇지도 않게 화제를 바꾸고, 말을 섞지 않는 것으로. 파티의 폭죽을 다 터뜨리고, 영화를 보고, 선물을 열고 나서도 아이들은 식탁 끄트머리에서 음식을 깨작이는 데니스에게 관심을 가질 정도로 지루해하지 않았다. 물론 데니스는 첼랴빈스크 운석 이야기를 꺼내기에 최적의 순간을 기다리고 있었지만.

나타샤는 자기 관심사를 계속 떠들어댔는가? 빨간대구 개체 수 연구에 대해서? 아니다. 그런데 왜 남동생은 계속 이야기하도록 놔두어야 하는 걸까? 따지고 싶었다.

아이들에게 어린 시절의 데니스를 소개하고 싶었다. 그때도 여전히 수줍어했고 외계인에 집착했지만, 그래도 하늘보다는 땅에서 일어나는 일에 더 관심을 가졌었다. 세 남매는 함께 자라며 즐거운 여름을 보내곤 했다. 나타샤와 데니스는 마을 수영장의 따뜻한 초록색 물에 서로를 밀어 넣었고, 여동생은 수영장 가장자리에 앉아 그 모습을 보고 즐거워하며 소리를 질러댔다.

이제 데니스는 외계인 말고는 관심이 없었고, 릴리아는 떠났다. 나타샤는 남동생과 함께 아침 식사를 하는 것조차도 견디기가 어려웠다.

나타샤는 목청을 가다듬었다. "말을 막아서 미안해."

"그 영상, 인터넷에 있어." 데니스가 말했다. "원하면 볼 수도 있어."

나타샤는 찻잔을 들어 올리고 그 가장자리 너머로, 어머니를 향해 눈을 크게 떠 보였다. 어머니가 말했다. "명절 동안 컴퓨터는 하지 않을 거야. 레브, 네 차례다. 뭘 읽었니?"

데니스가 9학년일 때 외계인에 대한 관심이 시작되었다. 고등학교 시절 데니스는 밤마다 외계에서 온 침입자를 다룬 영화를 봤다. 숙제가 없으면 나타샤도 소파 옆에 앉아 릴리아를 무릎에 안은 채, 철사에 매단 판지 우주선을 보며 키득거리곤 했다. 데니스도 우스꽝스러운 장면에서는 웃곤 했다. 외계인에 막 관심을 가지던 시절에는 일상생활도 잘해나갔다.

하지만 이제는 그렇지 않았다. 레브와 율카가 아는 데니스, 그 아이들이 아는 가족과 세상은 나타샤가 자랄 때 가졌던 그 희망찬 가족과 세상이 아니었다. 그래도 나타샤는 아이들이 이 기간을 좀 더 편하게 보낼 수 있게끔 해줄 수는 있었다. 아이들에게는 미친 삼촌이나 사흘 연속으로 샴페인에 취해 숙취에 시달리는 자의식 강한 할머니보다는 더 나은 가족이 있어야 했다. "오늘 너희 둘은 뭐 하고 싶니?"

"말 타기요." 율카가 말했다.

레브는 한숨을 쉬었다. "겨울에는 말을 못 타." 그러자 율카가 말했다. "아냐, 탈 수 있어." 레브가 다시 말했다. "아니, 못 타." 나타샤는 "쉬잇" 하며 둘의 말을 막았다. 그들은 소리를 죽여서 말다툼을 계속했다. 나타샤는 어머니를 보았고, 어머니는 기대에 찬 표정으로 그녀를 응시했다. 가족이 자신의 집에 와 있을 때면, 나타샤는 자기 가정에서 지녔던 권위를 늘 잊어버렸다.

참 터무니없는 상황이었다. 누나나 딸로서의 의무도 다하지 못하는 나타샤가, 이제는 학교와 직장과 두 아이를 책임져야 한다니. "스케이트는 어떠니?" 어머니가 모두에게 물었다.

나타샤가 체육관 앞에 차를 세우자, 데니스가 다시 말을 꺼냈다. "2008년에 예니켄트에서……."

"잠깐만." 나타샤가 어깨 너머로 말했다. "집중해야 해서." 그들은 나타샤의 남편 차를 타고 있었다. 유리는 다시 바다에 나갔다. 유리는 날짜변경선 너머 태평양 어딘가의 항구에서, 새해를 축하하는 사진을 꼬박 하루 늦게 보내왔다. 한 손에 맥주를 들고, 전화기 카메라를 향해 윙크하는 모습을 찍은 사진이었다. 나타샤는 답장으로 가운뎃손가락을 들고 찍은 셀카를 보냈다. 그리고 곧바로, 침대 머리맡의 테이블 스탠드를 켜고 촬영한 사진을 보냈다. 상의를 내리고 찍은, 입술과 뺨이 희미한 불빛에 진한 금색으로 물든 사진이었다. 두 사람의 결혼 생활은 그랬다. 약간의 애정과 약간의 분노, 그리고 가득한 바닷물.

점점 커지는 엔진 소음에 귀를 기울이면서 나타샤는 기어를 바꾸고, 차를 세웠다. 어머니가 차에서 내려 앞쪽 범퍼를 살펴보았다. 뒤에서 데니스가 말했다. "예니켄트."

"잠깐만." 나타샤가 안전띠를 풀고 말했다. 계속 말해보라고 할 생각은 전혀 없었다.

하지만 차에서 내린 뒤로, 어째서인지 침묵이 예전만큼 편하게 느

꺼지지가 않았다. 아이들은 몇 걸음 앞서서 달렸다. 남동생은 기가 죽어 있었다. 그는 나타샤와 어머니 옆에서 등을 구부리고 걸었다. 나타샤는 동생에게 그 터키 지역에 대해 물었어야 했다. 아마도 데니스는 자기가 하고 싶은 이야기—"지금껏 외계인을 촬영한 것들 중에 가장 중요한 영상"이라고 말하리라는 것을 그녀는 알고 있었다—를 하고 나면 편안해질 테지만, 나타샤는 그러고 싶지 않았다.

보도 위로 뻗어 있는 나뭇가지에 하얗게 서리가 앉아 있었다. 아이스링크를 에워싼 쇠 울타리에도 눈이 쌓여 있었다. 아이스링크는 가족들, 서로 손을 잡고 빙빙 도는 젊은 연인들로 가득했다. "사람이 어찌나 많은지. 대체 도시에서 어떻게 사는지 모르겠구나." 어머니가 말했다. 아이들이 듣지 못하게 에벤어로.

나타샤는 지갑을 찾느라 바빴다. 그녀 역시 에벤어로 말했다. "그 소리 하는 것도 언제쯤 지겨워지실는지 모르겠네요." 그 말에 어머니가 콧방귀를 뀌었다.

가격표는 매표소 직원의 머리 위쪽 간판에 테이프로 붙어 있었다. 나타샤는 테이프 아래 가려졌을 원래 가격이 궁금했다. 입장료는 아마, 지난달 통화가치 절하 이후 예전 가격의 두 배가 되었을 것이다. 어머니의 스케이트 대여료를 내고 율카의 스케이트 끈을 묶어주었다. 커다란 검정색 스케이트를 신은 레브가 삼촌에게 다가가 물었다. "삼촌은 안 타요?" 데니스는 고개를 저었다. "그럼 왜 왔어요?"

"버릇없이 굴지 마." 나타샤가 말했다. "데니스, 정말 스케이트 안 탈 거야?" 데니스는 다시 고개를 저었다. 아이들은 이미 얼음 위를 미끄러져 나아가고 있었다. 나타샤는 동생에게 코코아를 마시고 싶은지 물어볼까 했지만, 데니스는 어른이었다. 자기 간식거리는 스스로 찾을 수 있을 것이다. 나타샤는 스케이트 끈을 묶고 얼음판으로 나갔다.

1628호기. 고도 611. 끝이 없었다.

스케이트가 발목에 꼭 맞았다. 한 발로 사람들 사이를 지나자 생겨난 공간을 통해 나타샤는 링크 안을 훑어보았다. 레브는 우연히 만난 친구들과 함께 있었고, 율카는 나타샤의 어머니와 손을 잡고 있었다. 링크 가장자리에 있는 데니스와 눈이 마주치자 그녀는 손을 흔들었다. 그리고 스케이트장에서 언제나 그랬듯이 릴리아를 찾았다. 혹시나 하는 마음에. 나타샤의 아파트에서 몇 킬로미터밖에 떨어지지 않은 곳, 창백한 도시 사람들 가운데서 릴리아의 얼굴을 발견한다고 상상해보라. 3년도 더 지나서 말이다. 하지만 릴리아는 거기 없었다.

나타샤의 팔다리에서 힘이 쭉 빠졌다. 왼쪽으로 몸을 기울여 다시 사람들을 지나쳐 갔다.

그러니 이제는 둘뿐이었다. 나타샤와 데니스. 그걸 알고 있으면서도 자꾸만 잊어버리고 사람들 무리에 들어설 때마다 여동생을 찾았다. 이제는 둘뿐인데…….

또 한 바퀴를 돌면서 나타샤는 웅크린 데니스의 몸뚱이를 다시 찾았다. 그는 링크 벽에 팔꿈치를 대고 있었다.

피부에 닿는 오후 공기가 차가웠다. 하얀 하늘에 난 구멍처럼 태양은 차갑고 또렷한 원을 그리고 있었다. 100바퀴쯤 돈 듯한 느낌이 들었을 때, 남편에게서 전화가 왔다. 그의 음성이 조금 늦게 들려왔다.

나타샤는 연결이 잘되기를 기다렸다.

"사진 멋진데." 유리가 말했다.

나타샤는 씩 웃었다. "고마워."

"여기 사람들한테 보여줬어."

"처음 거, 두 번째 거?"

"두 번째 거. 농담이야." 나타샤가 화를 내기 전에 유리가 얼른 말했다. "애들은 잘 있어?"

나타샤는 곧바로 아이들을 찾았다. 율카의 털모자와, 레브의 빨간색과 회색이 섞인 외투를. "잘 있어. 다투긴 하지만 잘 있어."

"장모님은 도움이 돼?"

"그럼, 엄마는 완벽하지."

"당신이야말로 완벽해." 유리가 말했다. 나타샤는 여드름이 난 이마를 손으로 가볍게 쓸었다. 그가 계속 말했다. "보고 싶었어."

"그럼 잠수함을 돌려. 지금 스파르타크에 있어. 당신이랑 스케이트 타고 싶어."

"나는 당신이랑 따뜻한 곳에 처박혀 있고 싶은데." 유리의 말에 나타샤가 웃었다. 12년이나 이렇게 지내다 보니 두 사람은 이런 통화에 익숙했다. 사실, 좁은 아파트에 같이 살던 때보다 지금이 더 나았다. 집에 있으면 유리는 지루해했고, 성가신 존재가 되었다. 바다에 나가 있으면 다른 모습을 보여줄 겨를이 없으니, 그는 그녀에게 그저 최고일 뿐이었다.

거리를 두면 모두가 더 나아 보였다. 오랫동안 말을 들어주지 않으면 모두가 듣기 좋은 말을 했다. 남편과 통화를 끝낸 뒤, 나타샤는 벽 앞에 서 있는 남동생과 그 옆에서 안경을 닦는 어머니 앞을 지나갔다. 가까이에서 누군가를 사랑하는 것, 그건 어려운 일이었다.

릴리아는 그것을 알고 있었다. 바로 그래서 그 애가 떠난 것이라는 것도 나타샤는 알고 있었다. 따지고 보면 나타샤와 유리도 고등학교를 졸업한 뒤 친지들과 거리를 두려고 마을을 떠난 것이었으니까. 유리의 알코올중독자 부모, 나타샤의 엄격한 어머니, 데니스의 헛소리에서 벗어나려고. 릴리아도 같았다. 다만 더 멀리로, 캄차카를 벗어난 것일 뿐이었다. 미리 알리지 않은 채.

나타샤와 유리는 그때 이미 도시에서 살고 있었다. 릴리아는 소도시에 퍼진 이런저런 소문과 남의 연애 문제, 그리고 데니스가 한 말들 가운데 가장 우스운 것들만 골라 문자메시지로 보내오곤 했다. '그들의 모선이 대기권 밖에서 지구를 감시했어'나 '레이더가 핀 모양의 우주선을 추적하고 있었어' 같은. 나타샤는 동생에게 조카들을 보러 오라는 메시지를 보냈고, 릴리아는 나중에, 나중에 그러겠다고, 조카들이 보고 싶다고, 곧 가겠다고 대답했다.

릴리아는 오지 않았다. 열아홉 살이 되기 전 가을, 릴리아는 사라졌다. 어머니는 10대 아이가 에소에서 달아나려는 이유를 이해하지 못하고 경찰에 신고했다. 경찰은 하루 이틀 동안 릴리아를 추적했다. 마을 경찰관들이 지역 버스 기사들에게 릴리아의 사진을 보여주었고, 이웃집 두어 곳을 찾아가 탐문하기도 했다. 에소의 작은 경찰서는 모스크바의 지시를 이따금 받는 페트로파블롭스크 경찰에 속한 작은 지구대에 불과했다. 그들은 실종 사건을 수사할 능력이 없었다. 나타샤가 에소를 돌아다니며 동생의 자취를 더듬어보고, 페트로파블롭스크 공항 보안 담당자에게 그 애의 인상착의를 알려주고, 몇 달째 동생에게 메시지—**어디 있니, 제발 답 좀 해**—를 보내는 쪽이 차라리 더 유망하게 느껴졌다. 하지만 그 역시도 아무런 결과를 가져오지 못했다.

"릴리아는 열여덟 살이고 고등학교를 졸업했습니다. 그 나이의 다른 여자애들처럼 가만있지를 못했던 거죠." 에소의 경찰서장이 나타샤의 어머니에게 말했다. "세상 구경을 하려고 떠난 겁니다."

물론 이제는 나타샤도 그 서장 말이 옳다는 것을 알았지만, 그때는 그 말에 분개했었다. 릴리아가 세상 구경을 하려는 거라면 페트로파블롭스크를 통해 반도를 떠나야만 가능했다. 그런데 그 애가 기껏 도시로 와서는 작별 인사도 없이 떠나버렸다고? 아닐 것이다. 고향에서 무슨 일이 있었기 때문에 릴리아가 나타샤로부터 등을 돌렸을 테다. 누군가—데니스였을까?—릴리아를 쫓아낸 것이다.

그리고 3년이 흘렀다. 앞으로 3년이 더 지나도, 아니 5년, 10년, 70년이 지나도, 나타샤는 동생이 사라졌을 당시 며칠간의 기억을 한순간도 잊지 못할 것 같았다. 어머니가 소식을 알려온 다음 날 아침 남편과 아이들을 데리고 페트로파블롭스크에서 에소로 가는 길에, 흙길에 차를 세우고 구역질을 했다. 릴리아가 사라지다니. 나타샤는 화로 속이 메스꺼웠다. 도착해 보니 어머니는 너무 울어서 얼굴이 도마뱀처럼 부어 있었다. 데니스는 릴리아가 떠난 것이 아니라 납치된 거라고 말했다. 그러면서 지붕 쪽, 별들을 가리켰을 때 나타샤는 그의 뺨을 때렸다.

눈을 뜨고 꾸는 악몽이었다. 릴리아의 물건, 책, 구겨진 옷가지가 그때까지도 온 집에 흩어져 있었다. 당시 겨우 다섯 살과 일곱 살이었던 나타샤의 아이들은 거실에서 잠들었다. 부엌에 있던 어머니는 부은 눈이 떠지지 않아 힘들어했다. 안경알 뒤 퉁퉁 부은 눈에서 속눈썹만이 튀어나와 있었다. 유리의 손이 나타샤의 등허리에 닿았다. 릴리아가 사라졌다는 전화를 받은 이후로 유리는 아내의 몸에서 손을 떼지 않았다. 그러다 데니스가 그렇게 말했을 때, 나타샤는 자리에서 일어나 동생을 있는 힘껏 때렸다. 따귀 소리가 충격적일 정도로 컸다. 그 아이의 뺨은 생각보다 단단했다. 나타샤의 손에 동생의 턱뼈와 꽉 다문 치아가 느껴졌다.

지금까지도 나타샤는 그 생각을 하면 속이 상했다. 데니스는 다르게 행동할 줄을 몰랐다. 여동생이 다른 별로 끌려갔다고 진심으로 믿었다. 그렇다. 릴리아가 졸업한 뒤 몇 달, 그 기간 동안 그 애가 무슨 일을 하고 누구와 시간을 보냈는지가 어쩌면 사라진 그 애를 찾는 데 결정적인 단서가 될 수도 있었을 텐데, 데니스가 그것에 관심을 가지지 않은 것이 아쉽기는 했다. 하지만 나타샤 자신도 마찬가지로 후회스러웠다. 좀 더 자주 고향에 돌아가 가족을 만났더라면, 혹은 릴리아에게 도시로 오라고 말했더라면……. 하지만 이제는 그럴 수도 없었고, 과거로 돌아가 그런 일이 생기지 않도록 그 애에게 말을 건넬 수도 없었다.

어쨌든, 나타샤는 더는 화가 나지 않았다.

그것을 스스로에게 증명하려고 그녀는 어머니와 동생에게로 다가갔다. "데니스에게 옷 좀 더 껴입으라고 말하던 중이다." 어머니가 말했다. "바닷바람이 차가워서. 레브랑 율카가 겨우내 아플지도 모르겠구나."

"아뇨, 걔들은 익숙해요." 나타샤가 말했다. 나타샤는 지나가는 아이들을 볼 수 있도록 어머니에게서 얼굴을 반쯤 돌렸다. 아이스링크 너머의 만이 꼭 은쟁반 같았다. "어쨌든 오늘은 바람도 잠잠한 편이고요."

어머니는 한 손으로 코트 깃 위에 목도리를 둘렀다. "여긴 칼바람이 부니까. 기온은 그리 낮지 않은데도 바람이 살을 에는 것 같구나." 나타샤의 어머니는 나타샤와 유리가 이곳에 이주한 뒤로 몇 년이나 도시의 범죄율을 놓고 잔소리를 했었다. 하지만 마을 경찰관을 상대한 이후로는 날씨 같은 것을 주제로 이야기하기 시작했다.

나타샤의 어머니가 마음속에 묻어둔 것은 남동생이 떠들어대는 음모론보다 더 지독했다. 어머니는 나름대로 쓰라린 이론을 세우고 있었다. 골로숍스카야 자매가 납치된 후, 나타샤가 에소로 전화를 걸었다가 실종된 자매 이야기를 꺼내자 어머니가 말했다. "이제야 관심이 생기니?"

"무슨 말이에요?" 나타샤가 물었다. 하지만 그녀는 어머니의 의도가 무엇인지 알았다. 어머니는 아무 말도 하지 않았다. 불편한 침묵이 흐른 뒤에 나타샤가 말했다. "그럼 엄마도 뉴스를 들었군요. 무서운 일이죠?"

"이제야 무섭다고 하는구나." 어머니가 말했다. "그래, 끔찍하다. 그 애들 사진이 우체국에 붙어 있어. 이런 일이 일어나고 있다는 걸 이제야 깨닫다니."

"어떤 일 말이에요, 엄마?" 어머니는 릴리아가 자기 집에서 도망쳤다는 걸 인정하느니 차라리 경찰을 무시하고 이웃을 의심하면서, 막내딸이 누군가에게 납치되어 살해되었으리라고 상상하는 쪽을 택했다. "애들은 애들이에요. 큰애가 레브보다 한 학년 위라고요. 그 애들은 납치됐어요." 나타샤가 말했다. "걔들은 릴리아가 아니에요."

어머니는 한숨을 쉬었다. 전화기에서 그 소리가 찢어지는 소음으로 들려왔다. "율카랑 레브가 학기 전에 뭘 준비해야 하는지 말해주렴." 어머니가 말했다. 그리고 이렇게 말했다. "걔들은 죽었어, 확실해. 여기 붙은 포스터에는 납치란 말이 없어. 하지만 타샤, 그런 소리는 안 하는 게 낫겠지. 우리가 뭘 할 수 있겠니? 아무것도 못 해."

그 뒤로 나타샤는 그 사건을 입에 올리지 않았다. 여러 해가 지난 지금까지도 마을 경찰서장이 어머니에게 어떤 식으로 말하는지, 식료품점에서 줄을 서 있는 그들 가족에 대해 이웃들이 뭐라고 쑥덕거리는지 묻지 않았다. 레브와 율카가 나타샤를 지나쳐 링크를 또 한 바퀴 돌았다. 어머니가 이렇게 말했다. "저 장갑……."

그때 나타샤가 그녀 쪽으로 다가오는 사람에게 인사하느라 손을 들었다. "죄송해요, 엄마." 나타샤는 재빨리 에벤어로 말하고는 러시아어로 자기 어머니를 소개했다. "새해 복 많이 받아요! 정말 반갑네요. 제 어머니, 알라 이노켄테브나랑 동생 데니스예요. 집에 놀러 오셨어요."

"북부, 에소에서요." 나타샤의 어머니가 말했다.

"그리고 여긴 안피사예요. 아들이랑 레브가 같은 반 친구예요." 나타샤는 고양이 같은 얼굴의 이 금발 이웃과는 버스 정류장에서 잠깐 잡담을 하거나 학예회에서 만난 게 전부였다. 다행히 데니스가 당혹스러운 행동을 하지 않았다. 그는 눈을 맞추고, 인사를 하고, 가만히 있었다.

"여기서 만나니 반갑네요." 안피사가 말했다. 겨울 모자 아래 눈썹이 완벽한 모양을 그리고 있었다. "지난 며칠 동안 아파트에서 꼼짝도 못 했거든요. 봐요, 애들이 만났네요." 그녀가 링크 쪽으로 고갯짓을 했다.

나타샤는 남자아이들이 6학년 동급생들과 모여 스케이트 타는 것을 지켜보았다. 힘이 드는지 얼굴이 빨개진 율카도 뒤를 따랐다. 나타샤는 딸 이름을 불렀지만, 율카는 듣지 못했거나 못들은 척했다.

"유리는 왔어요?" 안피사가 물었다.

"3월에나 와요."

"그럼 가족이 와서 참 잘됐네요." 안피사는 나타샤의 어머니를 향해 미소 지었다. "나타샤는 참 강하지만요. 모든 걸 알아서 하잖아요. 그래도 함께 계시면 좋을 거예요. 자주 찾아오시나요?"

"겨울 연휴 때만 와요. 여름에는 아이들이 우리 쪽으로 오고." 나타샤의 어머니가 말했다. "하지만 여긴 1년에 한 번이면 족해요. 일도 바쁘고……. 고향에서 문화센터를 운영하거든요. 그리고 페트로파블롭스크는 정신이 없어요."

"네, 알죠." 안피사가 말했다. "저도 북부에서 자랐거든요."

나타샤는 놀라서 이웃을 보았다. 하얀 피부와 높낮이 없는 억양을 가진 안피사가 북부 출신이라니. "그건 몰랐네요."

"팔라나 출신이에요. 미샤를 가진 뒤에 여기로 왔죠."

"대도시에 살지 않는 게 사실 더 나아요." 데니스가 말했다. "소도시가 가장 안전해요. 런던 올림픽 때 우주선이 모든 사람을 감시했거든요. 증거 사진도 있어요. 하늘에 불빛 세 개가 줄지어 떠 있는 거요."

나타샤는 눈을 감았다. 그녀는 발목을 꽉 죄는 스케이트 끈과 허벅지를 감싼 보온 레깅스에 집중했다. 약간 짜증이 일며 가슴이 답답해졌다. 하지만 분노는 아니었다.

다시 눈을 뜨니 안피사가 보였다. 안피사는 손을 내밀어 나타샤의 팔꿈치를 잡았다. "이번 주에 놀러 와요." 안피사가 말했다. "애들끼리 놀게 하고 한두 시간 숨 좀 돌리게." 고양이 같은 그 미소 속에서, 비밀스럽지만 알아볼 수는 있는 작은 무언가가 나타샤에게 이렇게 말했다. '당신만 그런 건 아니에요.'

안피사의 아파트는 나타샤의 아파트와 같은 줄을 이루고 있는 건물이었고, 입구만 달랐다. 스케이트를 타러 간 날로부터 이틀 뒤에, 레브는 그 건물의 현관문을 향해 주차장을 달려가고 있었다. "천천히 가!" 나타샤가 아들에게 소리쳤다. 그녀는 율카의 손을 잡고 딸이 눈더미 위로 올라가도록 이끌었다. 나타샤는 다크와 밀크, 화이트의 세

가지 초콜릿을 섞어 각기 다른 조개껍데기 모양으로 만든 초콜릿 한 상자를 팔에 끼고 있었다.

현관문을 향해 내달리던 레브가 나타샤의 외침에 한 발 물러났다. 일요일에 전화번호를 교환한 이후 나타샤와 안피사는 문자메시지를 주고받았다. 처음에는 사소한 것들, 잘 지내냐는 둥 잘 견디고 있냐는 둥의 인사를 건네다가, 그다음엔 농담과 유행하는 이야기들을 나누더니, 이제는 소련제 샴페인 병 옆에서 얼굴을 찡그리고 있는 안피사의 셀카 사진 등을 주고받았다. **미샤에게 놀이 친구가 필요하고, 나도 그래요**. 15분 뒤, 나타샤가 미안하다는 문자를 보내자—**나가려는데 딸아이가**—안피사는 율카도 어서 데리고 오라는 답장을 보내왔다.

버저가 울리고 문이 열렸다. 레브는 계단을 뛰어올랐다. 뒤따라 오르던 나타샤는 목소리가 메아리치는 것을 들었다. 나타샤와 율카가 올라가니, 안피사가 크림색 스웨터와 빙빙 도는 은하수 무늬가 있는 레깅스를 입고 혼자 서 있었다. "애들은 미샤 방으로 갔어." 안피사가 율카에게 말했다. "복도에서 두 번째 방이야." 율카는 부츠를 벗고 재킷을 내던지더니 안쪽으로 달려갔다. 나타샤와 둘만 남자, 안피사가 말했다. "드디어."

찻물이 끓는 동안 두 사람은 식탁에 앉아 있었다. 선물 상자가 둘 사이에 놓여 있었다. 안피사는 하얀 초콜릿 조개를 들었다. 한쪽 다리를 의자에 올린 모습이 10대 소녀 같았다. 눈 가장자리에는 진회색 파우더를 바른 채였다. "가족은 언제까지 계세요?" 안피사가 말했다.

"11일까지요. 그렇게 오래 있진 않아요."

"그만하면 오래죠."

"영영 그날이 올 것 같지 않아요." 나타샤가 말했다. "초대를 받고 레브한테 외투를 얼마나 급하게 입혔는지 몰라요. 소매가 찢어졌을 거예요."

주전자의 물이 끓었다. 복도 안쪽에서 남자아이들이 군대에서 쓰는 명령어 같은 소리를 질러댔다. 안피나는 초콜릿을 입에 넣고 일어나 머그잔 두 개를 꺼냈다. "나도 알죠. 작년에 처음으로 부모님 댁에 안 가고 새해를 맞았으니까요."

"무슨 핑계를 댔어요?"

"미샤의 음악 학교요. 학교 이름 알려줄게요." 안피사는 조리대에서 차를 저었다. 스푼이 머그잔에 닿는 소리가 났다. 스웨터 자락 밑으로 보이는 안피사의 검은 다리가 무척 가늘었다. "하지만 별로 도움은 안 되겠네요. 가족이 이곳에 오는 걸로 벌써 정해졌다니."

나타샤는 식탁 매트 위에 올린 팔에 머리를 묻었다. 안피사가 차를 내려놓을 때에야 그녀는 고개를 들었다. "위스키도 조금 넣었어요." 안피사가 말했다.

찻잔 속에서 찻잎과 함께 레몬 조각이 떠다녔다. "고마워요. 있잖아요, 내가 무슨 배은망덕한 나쁜 년 같은 소리를 하려는 게 아니에요." 나타샤가 말했다. "아무것도 못 하고 일주일을 보내야 한다는 게 화가 날 뿐이라고요." 그러고 나서 그녀는 잠시 생각해보았다. "지난 몇 년 동안 계속 그랬어요."

"내 생각은 신경 쓰지 말아요. 나는 태어나서부터 지금까지 그런

년이니까." 안피사는 머그잔에서 피어오르는 김을 들이마셨다. "점심은 먹었어요? 뭐 좀 줄까요?"

안피사가 밥과 생선 커틀릿 두 접시를 전자레인지에 데우는 동안, 그리고 냉장고에 넣어둔 그릇에서 샐러드를 덜어내는 동안, 나타샤는 가족 이야기를 했다. 놀라울 정도로 술술 나왔다. 이를테면 그날 아침에 있었던 일 같은. 레브는 외삼촌이 늘어놓는 이야기를 중간에 막고 이렇게 물었다. "삼촌은 왜 그래?" 데니스가 우울한 표정으로 입을 닫자, 레브가 말했다. "봤지? 방금."

안피사는 냉장고 문을 닫았다. "동생이 무슨 이야기를 하려고 그러는 건데요?"

"들었잖아요."

"잠깐이라서."

나타샤는 어깨를 돌리고 눈을 크게 떴다. "런던에서 찍힌 사진에 미확인비행물체 세 개가 있대요. 불빛 세 점이 하늘에서 줄지어 날아다니고 있다나요?" 죄책감이 슬며시 찾아왔다. 하지만 기분이 너무 좋아 멈출 수가 없었다.

"와, 대단하네요." 이웃이 말했다. "계속 해봐요. 그래서 데니스가 뭐라고 대답하던가요?"

"아무 일도 없었던 척했던 것 같아요."

안피사가 접시를 내려놓았다. 그녀는 종이 냅킨과 포크, 나이프도 가져왔다. "아쉽네요. 좋은 질문 같은데."

"삼촌한테 무례한 소리죠. 레브한테 사과하라고 했어요." 나타샤가 말했다. 딜(허브의 일종—옮긴이)과 버터, 데운 연어 냄새가 났다. "하지만…… 그래요, 맞아요. 실은 나도 그걸 묻고 싶긴 했어요."

"11일이 되기 전에 날 불러요. 내가 대신 물어봐줄게요." 안피사가 의자를 당겨 앉더니 고개를 들고 데니스에게 말하는 것처럼 연기를 했다. "도대체 왜 그러는 거예요? 왜 그만두지를 못해요?" 나타샤는 그런 그녀의 얼굴을 보고 놀라 웃었다. 안피사는 아주 젊고 귀여워 보였다. 순간 그녀가 릴리아와 매우 흡사하게 느껴졌다.

그 전까지 나타샤는 둘이 닮았다는 걸 알지 못했다. 피부색이 완전히 다르고 키도 안피사가 훨씬 컸지만, 눈의 기울기나 목의 모양이 비슷했다. 릴리아도 그녀처럼 깡말랐고, 광대뼈가 튀어나왔고, 그리고 재미있었다. "몇 살이에요?" 나타샤가 물었다.

"무례하다고 했으면서. 스물여섯이요." 안피사가 말했다. 그녀가 고개를 들자, 릴리아와 닮은 모습은 사라졌다. 안피사는 머그잔을 들었고, 나타샤도 자기 잔을 들며 그녀의 대답을 기억해두었다. "모든 좋은 질문에 모든 좋은 답을 얻을 수 있기를." 안피사가 말했다.

나타샤도 건배했다.

술을 섞은 차가 온몸에 퍼졌다. 소나무와 꿀의 맛이 났다. 캄캄한 저녁에 주차장을 걸어가는데 발밑에선 눈 결정이 뽀드득거리고 건물 반대편에서 조용히 자동차가 지나갈 때, 나타샤는 긴장이 풀리면서 자신이 사랑받았다고 느꼈다. 율카와 레브는 옆에서 계속 재잘거렸다. 태평양에 나가 있는 유리는 비번인데도 여전히 정비 작업 중이었고, 나타샤는 연휴를 그렇게 보내야 하는 그가 부럽지 않았다. 사람에게는 함께할 상대가 필요했다. 나타샤는 술기운에, 또다시 누군가, 자신의 고향을 알아주는 사람이 있다는 느낌을 받았다.

저녁 식사를 하면서 아이들은 할머니에게 미샤의 비디오게임기 이야기를 했다. 레브는 〈콜 오브 듀티〉 속 무기를 정말로 쥔 것처럼 두 팔을 들어가며 게임에 대해 설명했다. 나타샤는 여전히 뱃속이 뜨듯한 채로 모두의 접시에 매시트포테이토를 퍼주었다. 고개를 드니 데니스가 그녀를 빤히 보고 있었다. 어쩐지 그에게 미운 마음이 들지 않았다. 안피사에게 모든 걸 털어놓은 덕분이었다. 나타샤는 데니스와 눈을 맞추고 미소를 지었다.

이튿날 아침, 나타샤는 어머니와 남동생을 태우고 스키장으로 갔다. 수십 년 전 페트로파블롭스크로 이주해 온 친척이 크로스컨트리 스키장 주변을 구경시켜주겠다고 한 것이다. 차를 세우자 나타샤의 어머니가 조수석에서 몸을 돌려 뒷좌석에 앉은 아이들을 보았다. 나일론과 플리스 옷을 입어서 움직일 때마다 부스럭거리는 소리가 났다. "정말 같이 안 갈래?"

"애들은 친구 집에 갈 거예요." 나타샤가 말했다.

"또 게임을 하려고? 하루 종일 티브이 화면만 보는 건 좋지 않아. 신선한 공기가 필요하지."

"여기 공기는 애들한테 안 좋다고 늘 말씀하시지 않았어요?" 나타샤가 어머니의 무릎 위로 몸을 숙이고 팔을 뻗어 문을 열어주었다. "안녕, 엄마."

"항구 공기가 안 좋다는 거지. 여긴 산이잖니." 어머니가 말했다. 하지만 그녀는 이미 차에서 내리고 있었다. 뒷좌석의 데니스도 부츠를 신고 차에서 내렸다.

"4시에 데리러 올게요." 나타샤가 말했다.

안피사의 부엌으로 돌아가 위스키를 꺼내놓고, 둘은 남자 이야기를 했다. 유리처럼 미샤의 아버지도 군인이었다고, 안피사가 말했다. 그녀는 방에서 사진첩을 가져왔다. 사진 속 남자는 짧은 머리에 커다란 귀를 가진 진짜 10대 소년이었다. 교복 위로 앙상한 목덜미가 드러나 있었다. 안피사는 사진첩을 부드럽게 넘겼다. 모두 필름 사진이라 색감이 노랗고, 희미했다. "이게 안피사인가요?" 무릎까지 오는 길이의 스커트를 입고 머리는 하나로 모아 묶은 여자아이를 가리키며 나타샤가 물었다. 안피사가 대답했다. "열다섯 살 때 임신을 했어요." 그리고 나타샤가 잘 볼 수 있도록 앨범을 그녀 쪽으로 돌려주었다.

두 사람은 혼자서 아이를 키우며 사는 것에 관해 이야기했다. 안피사의 부모님은 두 분이 함께 살았지만, 나타샤의 어머니는 혼자서 아이들을 키웠다. "내 처지는 거기에 비하면……. 사실 난 혼자는 아니니까요. 유리가 1년 중 절반은 여기서 지내거든요." 나타샤가 말했다.

안피사는 고개를 저었다. "타샤, 농담하는 거죠? 모든 걸 혼자서 처리하잖아요. 유리가 좋은 사람이라는 건 알지만, 여기서 계속 지내지 않으면 타샤만큼 육아를 하지 못하게 될 거예요." 나타샤는 안피사의 말과 말투 모두 마음에 들었다. 따뜻하고 확신 있는 말과 말투. 그녀와 이야기하고 있으면 자매 같은 느낌이 들었다. 안피사가 힘주어 말했다. "진심이에요."

일에 대해서도 이야기했다. 나타샤는 해양학 연구소에서 박사 과정을 밟는 중인 몇 안 되는 학생이었다. 나타샤와 연구원들은 실험실에서, 다가오는 시즌의 어획 제한을 연구하며 논문에 대해 불평했다.

"정말 똑똑한 사람이군요." 안피사가 말했다. 오늘은 메이크업을 진하게 하지 않은 뺨이 알코올 때문에 벌써 붉어져 있었다.

안피사는 페트로파블롭스크 경찰서에서 행정 직원으로 일했다. "그럼 골로솝스카야 자매 유괴 사건에 대해 잘 알겠네요." 나타샤가 말했다.

안피사는 어깨를 으쓱였다. "남들만큼은 알죠. 그러니까, 실은 잘 몰라요."

"아니, 어째서요?" 안피사가 어이없다는 표정을 짓자 나타샤가 다시 말했다. "지금쯤이면 무슨 말이라도 할 수 있어야 하는 거 아니에요?"

"어디 봅시다." 안피사가 차를 한 모금 마셨다. "시내 주유소의 감시 카메라를 전부 확인했어요. 큰아이 전화기를 추적하려고 했는데, 아무것도 나오지 않았어요. 쓰레기장에 버려진 차도 전부 수색했죠. 그 얘기 들었어요? 시체를 찾으려고 경찰견도 데리고 갔다니까요?"

"저런."

"결국 늙은 술꾼 몇 명만 찾아서 부인한테 데려다줬대요. 또…… 형사들이 한동안 그 애들 아버지를 추적한 거 알아요? 애들 아버지가 모스크바에 사는데, 거기 형사들한테 그 사람을 조사하라고 했대요.

이게 다 아이들 아버지가 꾸민 장난이라는 것처럼 말이에요."

"아버지는 아니었죠?"

"부끄러운 일이에요. 그 사람은 몇 년째 자기 딸들을 보지도 않았어요. 개인 비행기를 써서 애들을 데려오려고 당국에 뇌물을 주기는커녕, 글쎄 아이 엄마한테 양육비 한번 주지 않았다는 거예요. 어쨌든 아무도 모르게 그 애들을 데리고 페트로파블롭스크를 떠날 수는 없었을 거예요."

"글쎄요……." 도시 주위에 텅 빈, 흙길이 있었다. 끝없는 툰드라가 펼쳐져 있는 곳. 나타샤의 동생은 아무에게도 목격되지 않고 그곳을 지나갔다.

"생각해봐요. 자매 실종 경보가 네 시간 만에 발효됐어요. 그사이에 어디까지 이동할 수 있었을까요? 모르는 아이를 둘이나 이끌고 마을에 들어갈 수는 없어요. 그 애들을 데리고 부두나 공항 같은 데 갔다면 사람들이 알아봤을 거고요."

릴리아는 떠나던 날 밤에, 친구 집에서 잔다고 어머니에게 말함으로써 이틀을 벌었다. 그 애는 핸드백만 가지고 조용히 떠났다. 나중에 가족들은 그날 밤 릴리아와 함께 지낸 친구가 없다는 사실을 알게 되었다. 릴리아는 몇 년 동안 여러 가지 구실을 내세워 외박을 했었다. "봐요, 당신이 더 똑똑하잖아요." 나타샤가 말했다. "그 말이 옳아요."

안피사는 미소를 지었다. "타당한 결론이라면, 아이들이 그날 여기서 죽었을 거라는 것밖에 없어요. 어머니가 신고하기 전에 말이죠. 시장은 애들이 만에서 헤엄치다가 익사했을 수도 있다고 생각해요."

나타샤는 식탁에 더 바짝 붙어 앉았다. "경찰은 누군가 그 애들을 데려갔다고 생각하는 거 아니었어요? 목격자가 있지 않아요?"

"소문에서 정보를 취하다 보면 그런 일이 생기죠." 안피사가 말했다. "소위 목격자라는 사람 얘기를 들어보면…… 어떤 남자를 봤는데 애들을 데리고 있었던 것 같다고 하면서, 그가 좋은 차를 타고 있었다고 하면서도 겨우 3초 정도 본 게 다였다고 말하죠. 그 여자가 산책시키던 개가 차라리 더 좋은 목격자일 거예요."

"사실은 아무것도 못 본 거예요?"

"그렇다고 자기가 시인했어요. 하지만 아이들 어머니가 유나이티드러시아 신문사와 관련이 있는 데다가 당에서 일하고 있어서, 우리 상관들도 처음에는 주지사의 개입에 겁을 먹었죠. 책임질 사람을 찾아내라는 압력이 심했거든요. 결국 덩치 크고 무시무시한 유괴범이 필요해서 그런 사람을 만들어낸 거죠."

나타샤는 혀를 찼다. 만들어낸 유괴범이라니. 어머니가 이 이야기를 들었어야 하는데. "보도를 믿을 수가 없네요. 이제부터 뉴스는 다 안피사를 통해서 들어야겠어요."

"내 말이 권위적으로 들리거나 그렇지는 않죠?" 안피사가 말했다. "사실 서에 있을 때는 아무것도 모르는 척해요. 경찰관들이 성가시게 굴지도 모르니까요." 안피사는 허리를 꼿꼿이 펴고 앉아 식탁 위에 두 손을 깍지 낀 뒤, 평온한 표정을 지어 보였다. 발그레한 뺨 위로 이어지는 이마가 매끈했다. 청렴해 보이는 얼굴이었다.

"멋진 모습을 유지하면서 골치 아픈 일을 피하는 게 뭐 어때서요?

정말이지, 당신 같은 사람이 시장이 되어야 하는데." 나타샤가 말했다. 안피사는 손을 펴서 두 사람의 잔에 술을 따랐다.

"엄마." 갑자기 율카가 불러서 나타샤는 깜짝 놀랐다. 그 모습에 안피사가 웃었다. 아이는 거실의 카펫과 부엌의 타일이 만나는 지점에서 불안한 표정으로 서 있었다.

"왜 그러니, 아가?"

"집에 가도 돼요?"

"왜 그래?" 율카는 애써 용감한 표정을 지었다. 눈은 젖어 있었지만, 입은 꼭 다물고 있었다. 아이를 키운 지가 그토록 오래되었건만, 유리와 함께 이렇게 특별한 두 아이를 만들었다는 사실이 나타샤는 여전히 놀라웠다. 아홉 살이나 어린 동생인 릴리아를 돌보며 부모 연습을 하던 시절에도 나타샤는 똑같이 황홀해했다. 날반죽 같던 갓난아기가 의지를 가진 아이로 변해가는 모습을 보면서.

요즘 나타샤는 자신의 그런 자질, 어린 시절에 보인 영리함이라든가 스스로를 지키려는 고집 같은 것을 좋게 받아들이려고 노력하는 중이었다. 아버지가 돌아가셨을 때 릴리아는 겨우 다섯 살이었다. 시신을 집에 안치한 며칠 동안, 릴리아는 나타샤의 무릎에 앉아 이것저것 물었다. "아빠 불편해?" "우리 말을 들을 수 있어?" "아빠 눈을 열면 뭐가 보여?" 그러면 나타샤는 "아빠는 돌아가셨어"라고 말했지만 물론 만족스러운 대답은 아니었다. 몇 시간 동안이나 나타샤는 릴리아의 등에, 아이의 척추와 연약한 견갑골 사이의 공간에 머리를 묻고 있었다. 나타샤는 릴리아의 허리에 팔을 감았다. 어린 동생의 피부에서 온기가 느껴졌다. 그 아이의 안에 생명이 가득했다.

"오빠들이 싸워요." 율카가 말했다.

"남자애들은 싸우면서 지내는 법이야." 안피사가 말했다. "괜찮아, 아가."

율카는 제 엄마의 대답을 기다렸다. 나타샤는 한숨을 쉬고 일어나 딸을 자기 옆으로 끌어당겼다. "레브에게 갈 준비 하라고 해." 율카는 그 소식을 가지고 달려갔고, 안피사는 차를 마셨다. 나타샤는 감동이 가시지 않은 채로 허리를 숙여 친구의 뺨에 키스했다. 분홍빛의 매끄러운 뺨이 그녀에게 위안이 되었다. 안피사는 나타샤의 손을 잡고 고개를 들어 미소 짓더니, 손을 놓았다.

집에 도착한 레브가 말했다. "미샤 싫어."

나타샤는 싱크대의 수도꼭지에서 물을 받고 있었다. 스키장에 어머니와 동생을 데리러 갈 때까지 남은 한 시간 동안 술에서 깨야 했다. "그렇게 말하지 마."

"싫어. 자기가 진다고 게임기를 꺼버리더니 실수였다고 하잖아."

"진짜 실수였을지도 모르지." 나타샤가 말했다.

"아니었어." 레브가 말했다. "일부러 그랬어, 확실해."

목요일이 되자 아들은 안피사의 집에 가기 싫다고 했다. "우릴 기다리고 있는걸." 나타샤가 말했다.

"상관없어." 레브가 말했다. "미샤 싫어. 게임할 때 속인단 말이야."

그들은 텔레비전 앞 소파에 앉아 있었다. 화면을 보는 사람은 율카뿐이었다. 안락의자에 앉은 나타샤의 어머니는 손에 책을 들고 있었지만, 모자의 대화를 엿듣고 있는 게 분명했다. "미샤가 속상해할 거야." 나타샤가 아들을 향해 중얼거렸다. 이제 레브는 너무 커서 안고 다닐 수 없었다. 아이가 원하지 않으면 데리고 갈 수 없었다.

"레브, 오늘 오후는 나랑 같이 있을까?" 나타샤의 어머니가 물었다. 나타샤는 이맛살을 찡그렸다.

마치 유리의 미니어처 버전 같은, 동그란 아랫입술과 검은 눈썹을 가진 레브가 쿠션에 몸을 기댔다. "아뇨."

"타샤, 그런 표정 짓지 마라." 어머니가 말했다. "우리와 함께 있어야 하는 거 아니니? 우리가 자주 오는 것도 아니잖아." 그녀는 아이들도 들을 수 있게 러시아어로 말하고 있었다.

"맞아요." 나타샤가 말했다. "맞아요, 맞아." 안피사에게로 도피하지 못하게 된 그녀는 심술궂게 굴기 시작했다. 바닥에 쿠션을 베고 누워 있던 딸이 텔레비전의 볼륨을 높였다. 화면에 붉은 머리의 배우가 떠올라 있었다.

"그럼 뭘 할까?" 나타샤의 어머니가 모두에게 물었다. "휴가가 절반이나 지났구나. 크로스컨트리 대신에 산으로 스키나 타러 갈까?"

데니스가 말했다. "어디로 가요?"

"창밖을 보긴 했어?" 나타샤가 쏘아붙였다. "페트로파블롭스크에 산이 어디 있어?"

데니스는 턱을 내밀고 어머니에게 말했다. "엄마 혼자 애들 데리고 가요."

어머니는 들고 있던 책의 펼친 페이지를 꽉 잡았다. 이마에 주름살이 생겼다. "데니스, 그렇게 예민하게 굴지 마. 네 누나가 상처를 주려고 일부러 그러는 건 아니야."

나타샤는 가족과 함께 이 아파트에 갇혀버렸다. 그 사실이 그녀에게는 충격적이었다. 보고 싶은 사람들은 모두 멀리 있었다. 언젠가 어머니가 돌아가시더라도, 그때도 나타샤는 그곳에서 꼼짝하지 못할 것이다. 비밀을 털어놓을 상대 하나 없이. 남편은 절반만 존재했다. 그녀는 데니스를 돌보며 그 애가 하는 똑같은 소리를 매번 듣고, 아이들이 엄마 품을 떠날 때까지 남매의 뒤치다꺼리를 해야 했다.

레브가 몸을 앞으로 숙였다. "데니스 삼촌, 오늘 집에 있을 거면 나랑 같이 있어요."

데니스가 레브 쪽을 돌아보았다. "트래비스 월턴 얘기, 했던가?" 레브는 어깨를 으쓱였다. "미국인이야. 1975년에 납치됐지. 그 사람 친구들이 목격자였고. 숲에 있다가 금색 원반을 봤다고 해. 그리고 닷새간 실종됐다가 주유소에서 발견됐는데, 돌아와서 자기가 만난 외계인 이야기를 했어. 키가 작고 머리는 아주 컸다고 증언했지." 데니스는 아래 눈꺼풀을 손으로 눌러 내리며 말했다. "흰자위가 없는 커다란 갈색 눈을 가졌대. 지구인보다 다섯 배는 컸다는 거야. 트래비스 월턴은 수사관들한테 그들이 마음을 읽을 수 있다고 말했어."

나타샤는 텔레비전 화면을 응시했다.

"거짓말." 아들이 말했다.

"레브." 나타샤의 어머니가 경고했다.

"사실이야. 트래비스 월턴은 거짓말 탐지기 테스트도 통과했어." 데니스가 말했다. "그들은 도시에는 착륙하지 않아. 하지만 네가 그들에게 위협이 되지 않고, 주위에 사람이 많지 않은 곳이라면……. 나도 그들을 한 번 봤어. 자연 속에서. 방목장에서 일할 때였지. 릴리아 일이 있기 한 해 전에."

"그만해." 나타샤가 말했다. 목소리가 너무 컸다. "레브, 내가 말했지? 그 집 식구들이 우릴 기다리고 있어. 가기 싫으면 가지 마. 하지만 네가 친구한테 얼마나 못되게 굴고 있는지는 알고 있어라." 아들이 얼굴을 찡그렸다. 나타샤도 미샤가 그 아이의 친구가 아니라는 사실을 알고 있었다. 그래도 그녀는 자리에서 일어났다. "율카?"

딸아이는 팔꿈치에 턱을 괴고 누워 있었다. "나도 여기 있을게요, 엄마."

"좋아." 나타샤가 말했다. "좋다고." 나타샤는 코트를 가지러 갔다. 벽 너머 텔레비전에서 꽥꽥거리는 소리가 났다.

"가지 마라." 어머니가 에벤어로 말했다. 나타샤는 어린 시절의 그 언어가 지겨웠다.

만약 외계인이 정말로 찾아왔다면, 릴리아가 아니라 데니스를 데려갔을 것이다. 나타샤가 그걸 마다했을까? '행성 간 교환'으로 저 골칫거리를 치워버릴 수도 있을지 모르는 절호의 기회를? "금방 올게요." 나타샤는 러시아어로 거실을 향해 외쳤다. 그들은 더 이상 따뜻한 물에서 함께 헤엄치며 즐거워하던 어린아이가 아니었다. 나타샤와 데니스에게 더 이상의 유대라고는 없었다.

데니스는 우주선 이야기를 하고 싶어 했다. 아이들에게나 실컷 해 보라지. 어떻게 되는지 보자고.

"데니스는 외계에서 누군가가 찾아왔다고 주장해요." 나타샤가 안피사에게 말했다. 이웃이 눈썹을 치켜세웠다. 나타샤가 레브 없이 나타났을 때, 안피사는 놀라는 기색이 없었다. 나타샤는 그녀에게 찾아가겠다고 말하지 않았고, 유리가 받지도 못할 전화를 하느라 잠시 밖에 나왔다고만 말했을 뿐이었다. 유리는 캐나다의 해안 어딘가에 있었다. 잠수함이 예정대로 움직인다면, 나타샤는 일요일에 남편에게 전화를 할 것이다. 당장은 통신사가 내보내는 녹음 메시지의 내용을 받아들일 수밖에 없었다. "전화를 연결할 수 없습니다. 잠시 후 다시 시도해주세요……."

안피사는 주먹 위에 고개를 올렸다. 머그잔에 위스키를 너무 많이 부은 탓에 차가 벌써 식어 있었다. 나타샤가 말했다. "그 애가 순록 떼를 몰며 지내던 시절이 있었어요." 그녀는 설명했다. 데니스가 20대 때 일자리를 계속해서 잃었던 것을. 데니스는 보육사로, 조리사로, 그리고 매장 출납원으로 잠시 일했었다. 모두 지금의 마을 학교 야간 경비원 일자리를 얻기 전이었다. 그들의 어머니가, 근처에 사는 에벤족 가족의 순록 방목을 돕는 일을 아들에게 구해주려 했다. 데니스는 별말 없이 받아들였다. 그해 6월에 방목꾼들이 에소 가까이 왔을 때 데니스는 그들과 함께 떠났고, 9월이 되자 별에 그은 채로 돌아왔다.

레브는 그해 가을 유치원에 들어갔다. 릴리아는 고등학교 졸업반이었다. 데니스가 돌아온 그 주에, 릴리아는 나타샤에게 전화로 데니스가 외계인을 만났다고 알려왔다. 재미있다는 목소리였다. 어느 날 밤 순록 떼와 함께 툰드라 벌판에 나가 있던 데니스가 하늘에서 자주색 불빛을 보았다고, 릴리아가 전했다. 그 빛을 보기만 했는데도 데니스는 그 자리에 얼어붙었다. 그동안 순록은 계속 풀을 뜯었다. 빛이 점점 커져 데니스의 시야를 꽉 채우더니, 외계 생명체가 그의 옆에 내려왔다. 그들은 데니스의 팔을 쓰다듬었다. 텔레파시를 이용해 메시지도 보내왔다. 데니스가 순록을 잃어버릴까 걱정이 된다고 하자 외계인들은 걱정하지 말라고, 마비는 일시적인 것이고 순록들과 다른 사람들은 이미 야영지로 보내 잠을 재워두었다고 했다.

밤바람에 풀이 바스락거렸다. 어깨까지 높이가 1미터쯤 되는 순록들이 한데 모여 웅크려 있는 탓에 검은 털만 수북이 보였다. 세상이 너무나 고요해서, 데니스는 자신의 숨소리를 들을 수 있었다. 하늘에서 별들과 위성이 움직이는 소리마저 들렸다.

"외계인이 참 배려심도 많구나." 나타샤가 말했다.

릴리아는 웃었다. 그때 나타샤는 좀 더 꼬치꼬치 캐묻고 릴리아의 탈출 계획도 알아차렸어야 했다. 하지만 그 시절에는 집안에 별다른 걱정거리가 없다고 여겼다. 그래서 그들은 릴리아의 학교생활로 화제를 돌렸을 뿐이다. 어떤 아이들이 고등학교를 졸업한 후에도 공부를 계속하기 위해 에소를 떠나는지와 같은. 릴리아는 자기도 그럴 생각이지만 당장은 떠나지 않을 거라고 했다. 페트로파블롭스크에 방문하겠다는 말도 했다. 그리고 11개월 뒤, 릴리아는 사라졌다.

동생이 사라진 뒤 고향에 돌아갔을 때 나타샤는 딱 한 번, 데니스에게서 직접 그 이야기를 들었다. 릴리아에게 들은 것과 같은 내용이었다. 자주색 불빛이 보이고, 순록들은 잠들었고, 외계인이 입을 다물고 있는데도 그들의 말이 머릿속에 울렸다고. 고향에 돌아간 그 첫날 밤에 데니스는 부엌에서, 나타샤와 어머니에게 그 이야기를 했다. 데니스는 불안해했다. 숨을 몰아쉬었다. 그리고 새로운 결론을 내놓았다. "날 데리러 온다고 했는데, 나 대신 릴리아를 데려갔어." 그가 말했다. "릴리아를 데려간 거야." 데니스는 손가락으로 하늘을 가리켰다. "릴리아는 안전해." 그는 자신의 생생한 꿈을 근거로 그렇게 장담했다. 그도, 이 반도의 누구도 증명할 수 없는 말이었다.

"휴." 안피사는 몸을 떨었다. "그럼 동생은 어떻게 된 건가요?"

"도망친 거죠." 나타샤가 말했다. 안피사는 잠자코 기다렸다. "그 애가 버스를 탄 것도 아니고, 그렇다고 차가 있는 것도 아니고, 영영 떠난다는 말도 한 적이 없었으니 우리로선 알기 어려울 수밖에요. 하지만 시간이 흐를수록, 그럴 거라고 짐작하게 되었어요."

두 사람은 말없이 앉아 있었다. 수증기에 젖은 소나무 향이 짙게 풍겼다. "동생에겐 비밀이 있었어요." 나타샤가 말했다. "내가 잘 모르는 사람과 사귀었죠. 그 애가 떠난 뒤에야 이웃들이 말해줬어요. 고향 사람들은 전부 다 이렇게 될 줄 알았다고 하더군요." 심지어 유리마저도, 나타샤의 등에 위로하듯 손을 얹고 그렇게 말했다.

"이제 와서 전문가인 척하기는." 안피사가 말했다. "그런 말은 듣지 말아요."

"그래도 그 말이 맞지 않을까요? 놀랄 일도 아니었어요." 나타샤는 머그잔을 감싸 쥐었다. "어머니는 그 말을 믿지 않아요. 골로숍스카야 자매들처럼 릴리아가 살해되었다고 생각하시죠."

"그 애들한테 무슨 일이 일어났는지는 몰라도, 전혀 다르죠."

"어머니와 남동생은 그걸 이해하지 못해요." 나타샤가 말했다. "릴리아는 누가 데려갈 필요가 없었어요. 혼자서 떠난 거죠. 누가 데니스랑 같이 살 수 있겠어요? 있지도 않은 것에 대해 끝도 없이 떠드는데. 그걸 듣고 있으면, 그러니까 그런 소리만 듣고 있으면 누군들 비밀이 생기지 않겠어요? 누군들 떠나지 않겠어요?"

잠시 후 안피사가 말했다. "한 모금 마셔요." 그녀는 나타샤의 잔에 차를 더 따라주었다.

나타샤는 고개를 들고 친구를 보았다. "이해하는군요." 그녀는 안피사가 너무도 고마웠다.

안피사가 손을 내밀어 나타샤의 손목을 잡았다. 팔목에 닿는 그녀의 피부가 따뜻하고 부드러웠다. 두 사람 사이에 놓인 찻주전자가 은색으로 빛났다. 안피사의 손길에 나타샤의 분노가 전부 가라앉는 듯했다.

"가족 중에 장애인이 있으면 참 힘들 거예요." 안피사가 말했다. "데니스는 몇 급이에요? 2급?"

나타샤가 입을 열었다가, 고개를 저었다. "아뇨, 데니스는…… 아니에요." 그녀는 놀라서 말문이 막혔다. 안피사는 데니스가 정부에서 정한 장애 등급에 속해 장애 수당을 받는 장애인이라고 믿는 것 같았다. 데니스가 환자라고 말이다. "아니에요."

"아." 안피사가 말했다. "착각했네요……. 일을 할 수 없다고 해서."

"일은 할 수 있어요. 지금도 직장이 있고요."

"하지만 그렇게 말한 거 아니었어요? 잘못된 데가 있다고요."

"그렇게 말하지 말아요." 나타샤가 말했다. "잘못된 데는 없어요. 데니스는 이상한 거죠. 단지 그것뿐이에요."

"이상한 정도가 아니죠." 안피사는 나타샤의 손목을 계속 잡고 있었다. "그렇게 말했잖아요? 같이 살기 힘들다고. 여동생과 같은 입장이라면 모두 떠나고 말 거라고."

안피사의 손은 여전히, 여전히, 여전히 그 자리에 있었다. 나타샤가 그렇게 말한 것은 사실이었다. 하지만 안피사의 입을 통해서 들으니 어딘가 지독하게 느껴졌다. 동생들이 우스꽝스럽게 느껴졌다. 안피사는 알지 못할 것이다. 기억들이 나타샤의 속에서 구토처럼 솟구쳤다. 릴리아 자체에 대한 것이 아닌, 그 애의 재치와 생생한 모습들이. 릴리아가 떠나버린 뒤 마을 여자들이 찾아와 사라진 10대 아이를 놓고 이러쿵저러쿵 떠들어댔다. 그들은 나타샤와 아이들을 끌어안고 뺨의 눈물을 닦아줬다. 그러고는 그녀의 집안을 평가했다. 비판했다.

나타샤는 팔을 뺐다. 더 이상 차를 마시고 싶지 않았다. "가봐야겠어요."

"그러지 마요."

"이미 너무 오래 있었어요. 집에서 기다리고 있을 거예요."

안피사는 믿지 않는 눈치였다. 그녀는 "으흠" 하는 소리를 냈다. 나타샤는 상황이 이렇게 된 것은 모두 자기 탓임을 알았다. 자기 아파트에서 빠져나와 이웃에게 불평을 해서, 그녀에게 자신의 가족을 비판할 구실을 제공한 것이다. 그러나 나타샤는 안피사의 얼굴을 볼 수 없었다. 그녀는 릴리아와 닮지 않았고, 나이도 너무 많았다. 턱과 뺨과 이마에는 반짝이는 파우더를 발랐다. 그녀는 올가미 같은 여자였다. 그저 같이 술 마실 상대를 구하려고 나타샤를 꾀어 친해진 것뿐이었다.

안피사는 나타샤를 따라 현관문까지 나왔다. "기분 나빴다면 미안해요."

나타샤는 부츠를 신으며 말했다. "아뇨, 어머니랑 동생이 사흘 뒤면 돌아가요. 기회가 있을 때 조금이라도 더 함께 시간을 보내야죠." 나타샤는 외투를 입고 이웃을 마주 보았다. "당신과 달리, 사실 난 가족과 함께 있는 걸 좋아하거든요." 나타샤가 말했다. 안피사는 여전히 고양이처럼 교활한 표정을 짓고 있었고, 나타샤는 더 강한 치명타를 가하지 못한 것이 아쉬울 따름이었다. 아니, 실은 자기가 한 말을 벌써 주워 담고 싶어졌다. 그런 말을 한 것이 후회스러웠다. 그런 말을 하고 나면 언제나 후회스러웠다. 화가 나서 뱉은 말이 또 다른 폭력처럼 느껴졌다.

건물 계단이 어두워져 있었다. 해는 이미 산을 넘어갔다.

나타샤는 데니스의 어린 시절을 안피사에게 말하지 않았다. 마을 수영장에서 함께 논 것과, 그 애가 아기 릴리아에게 시리얼을 떠먹여 준 것과, 셋이 함께 풀을 모아다 이웃 마당의 말들에게 먹인 일을. 몇 년 전 데니스의 이야기도 하지 않았다. 그해 여름에 방목장 사람들은, 앞으로 데니스의 도움이 더 필요하지는 않겠지만 그 애가 들판에서 일을 곧잘 해냈다고 말했다. 나타샤는 주차장을 걸어가며 죄책감에 어쩔 줄을 몰랐다. 외투도 여미지 않은 채였다. 그녀는 유리에게 다시 전화를 걸었다. 녹음된 음성이 나왔다. "연결할 수 없습니다." 항상 듣는 말. '연결할 수 없습니다.' 릴리아에게 수천 번 전화를 걸던 때와 똑같이. 그녀는 눈 더미에 전화기를 내팽개쳤다. 전화기가 하얀 눈 속으로 떨어졌다. 나타샤는 황급히 주저앉아 눈 속에서 전화기를 꺼내 버튼을 눌러보았다. 전화기는 여전히 작동했다. 그녀는 맨손으로 전화기 겉을 훔치고 또 훔쳤다. 며칠 동안, 아니 몇 년 동안, 아주 멍청한 선택만 하는 것 같았다.

안피사는 릴리아가 아니었다. 릴리아는 살갑고, 영리하고, 자기 생각을 절대 입 밖에 내지 않는 지혜로운 아이였다. 아마 그 애는 모스크바나 상트페테르부르크, 아니면 룩셈부르크에 살고 있을 것이다. 나타샤는 유럽에 사는 릴리아를 머릿속에 곧잘 그려보았다. 릴리아가 지금쯤 우아한 젊은 여성이 되어 있을 거라고 생각했다. 어쩌면 그 애는 자기 바람대로 대학에 다니고 있을 것이다. 어쩌면 결혼도 했을 것이다. 어쩌면 아이도 한둘 낳았을 것이다.

릴리아는 온 세상을 돌아다니고 있을 거라고, 나타샤는 자신의 언 두 손을 꼭 쥐며 확신했다. 그리고 그 애는 언젠가 돌아올 거라고도. 당분간 그녀는 속마음을 털어놓을 여동생도 없이 남동생을 감당해야 했다.

데니스는 괜찮았다. 그저 정상에서 조금 벗어난, 특이한 범주에 속하는 사람일 뿐이었다. 이제 데니스는 나타샤가 가진 전부였다. 그녀는 데니스를 좀 더 친절하게 대해주고, 무시하지 말고, 그 애가 곁에 있는 것을 소중히 여겨야 했다.

나타샤가 아파트 문 앞에서 열쇠를 꺼내는데, 안에서 대화 소리가 들려왔다. 그녀는 현관문을 열고 들어갔다. 안을 들여다보니 데니스와 레브가 소파에 앉아 있었다. 율카도 함께였다. 나타샤가 책임져야 할 세 명이 그곳에 나란히 앉아 있었다.

나타샤는 돌아서서 젖은 코트를 옷걸이에 걸었다. 추위에 언 손가락이 아팠다. "할머니는 어디 계셔?" 그녀가 아이들에게 물었다.

"또 친척을 만나러 가셨어." 율카가 말했다.

"잘됐네." 나타샤는 애정을 담아 말하려고 애썼다.

"우린 그냥 여기 있고 싶었어."

나타샤는 물을 마시러 부엌으로 갔다. 물이 든 컵을 가지고 나와 안락의자에 앉았다. 얼굴이 빨개진 게 느껴졌다. "무슨 이야기 하고 있었니?"

율카는 삼촌을 흘긋 보았다. 레브가 말했다. "아무 얘기도 안 했어."

나타샤는 물을 마셨다. 컵을 발치에 내려놓고, 몸을 숙여 데니스의 어깨를 꼭 잡았다. 데니스는 놀라서 나타샤를 보았다. 데니스가 누나의 손길에 기뻐하기를 그녀는 바랐다. "이제 여기서 이틀만 더 지내면 돌아가잖니." 나타샤가 말했다. "뭐 하고 싶어?"

"밖에 자주 나가는 건 안전하지 않아." 데니스가 말했다. "런던을 잊지 마. 페트로자보츠크도."

"그럴게." 나타샤가 말했다.

율카가 말했다. "엄마, 데니스 삼촌이 외계인 만났대."

나타샤는 동생에게서 손을 거둬 자기 이마를 짚었다. "그래."

"외계인이 진짜 있어?"

나타샤는 아주 잠깐 망설였다. "아니, 아가." 그리고 남동생에게 말했다. "너도 알잖니, 데니스."

데니스는 무표정해졌다. 그가 눈을 반쯤 감았다. 그때 나타샤는 느꼈다. 회복되지 않을 사람을 바라보는, 익숙한 슬픔을.

"봐, 내가 그랬잖아." 레브가 동생에게 말했다. 나타샤는 남동생을 보았다. 듣고 있었다.

로즈웰. 퉁구스카. 첼랴빈스크. 예루살렘. 나타샤는 데니스가 변하기를 기다리고 있었다. 그러면 자신도 달라질 거라고. 훌륭한 누나가 될 거라고. 이 분노에서 벗어날 거라고. 그녀는 화가 난 게 아니었다. 그저, 데니스에게서 다른 이야기를 듣고 싶을 뿐이었다.

..FEBRUARY..

2월

레브미라는 일어나자마자, 그날이 2월 27일이라는 걸 기억했다. 그 날짜가 그녀를 무겁게 짓눌렀다. 천천히, 우울하게 옷을 입고 부엌으로 나가니 남편이 커피를 끓이고 있었다. "잘 잤어?" 레브미라가 말했다.

"안녕." 아르톰이 그녀에게 인사했다. 스토브 위로 축 늘어진 어깨를 보니 그도 그날이 며칠인지 알고 있었다.

레브미라는 아침으로 먹을 치즈와 햄을 꺼냈다. 그녀가 조리대에서 음식을 차리는 동안, 남편은 커피를 따랐다. 그가 레브미라의 잔에 설탕을 섞느라 티스푼 부딪는 소리가 났다. 두 사람은 26년이라는, 레브미라의 인생에서 절반에 가까운 세월을 함께 살았지만, 그녀는 지금까지도 남편의 친절함에 놀라곤 했다. 아르톰은 레브미라가 아는 남자들 가운데 가장 편안한 느낌을 주는 이였다. 아는 남자가 둘뿐이기는 했지만.

"잘 잤어?" 남편이 물었다.

레브미라는 어깨를 으쓱한 다음 식탁에 샌드위치를 내려놓고 자리에 앉았다. "오늘 당번이야?"

"12시부터 12시까지." 얼마 안 있어 그는 구조 팀원들과 합류해 장비를 챙기고 산이나 얼음 동굴이나 바다로 긴급 출동할 준비를 하고 있을 터였다. 하지만 지금은 구겨진 티셔츠 차림이었다. 아직 면도도 하기 전이었다. 그의 등 뒤, 부엌 창밖으로 맑은 하늘이 보였다.

전날 밤 레브미라는 깊은 잠을 잤다. 글레브 꿈도 꾸지 않았다. 그 사고 뒤로 그녀는 몇 년 동안 꿈을 꾸었다. 어린 시절 글레브가 집에 찾아오는 꿈, 레브미라의 생일에 선물을 주는 꿈, 도시 경계 너머 울퉁불퉁한 길로 차를 몰아 검은 모래 바닷가로 가는 꿈. "이건 불가능해." 레브미라가 꿈속에서 말했다. "알아." 글레브가 말하고 기어를 바꿨다. 레브미라는 꿈속에서 글레브의 손을 만지고 싶었지만 운전에 방해가 될까 봐 그러지 못했다.

"따뜻해지겠어." 아르톰이 말했다.

레브미라가 접시에서 고개를 들었다. "그래?"

"거의 0도야."

"놀랍지도 않네." 레브미라가 말했다. "당신은 항상 좋을 때 당번이 되잖아. 하루 종일 피크닉을 할지도 모르겠어."

"눈 속에서 아이스크림이라도 먹을까 봐. 12시 정각에 어떤 초보가

활강 코스를 벗어나 볕에 화상을 입었다는 신고가 들어올 가능성이 당연히 더 높지만."

"조심해." 레브미라가 말했다. 아르툠은 그녀를 계속 보고 있었다.

"이러다 겨울이 짧아질 수도 있겠어." 그가 말했다. "랴콥스키 경위가 오늘 아침에 메시지를 보냈어. 얼음이 녹으면 우리 배로 만에서 자매를 수색하고 싶다네."

레브미라는 딱딱한 빵을 씹었다. "나한텐 연락을 안 하던데."

"그 문제에 대해 다시 물어봤는데, 대답이 없었어."

"나쁜 자식." 레브미라가 말했다.

아르툠이 식탁 맞은편에서 레브미라를 향해 미소 지었다. 그 미소가 얼굴의 주름살에 깊이를 더했다.

"알라의 딸 이야기를 했어?"

"전부 다 이야기했지." 아르툠이 말했다. "아주 사무적이더라고. 서장은 바다 수색을 한 차례 더 하려고 장관 허가를 기다리고 있대."

레브미라는 빵을 내려놓았다. 페트로파블롭스크 구조대가 경찰을 돕기 위해 골로숍스카야 자매 수색 팀을 조직한 지 몇 달째였다. 아르툠의 구조 작업은 보통, 별안간 일어났다. 화산에 올라갔다가 내려오지 못하는 등산객이나, 얇은 얼음이 깨지며 호수에 빠진 스노모빌, 해상에서 조난당한 어부 등. 그러나 이런 사건들에는 끝이 없었다. 가을에 아르툠은 민간인들을 인솔해 시내에서 실종된 아이들을 수색했다. 그러다 날씨가 바뀌고부터는 경찰관들에게서 이따금 소식만 듣고 올 따름이었다.

조그만 백인 시체 두 구를 찾기 위해 다른 모든 일을 내팽개치다니, 경찰이란 어찌 그리도 깔끔한지. 그 일은 시의 부패나 다른 부당한 일들, 또 음주 운전자나 시시한 방화범들을 무시할 좋은 핑곗거리가 되었다. 그러니 랴콥스키로서는 북부의 10대 아이에 대해 묻는 아르튬의 문자메시지에 답을 할 이유가 없었다. 그 경위는 얼어붙은 바다에서 수색 작업을 할 배를 준비하는 데 소중한 시간을 모조리 할애할 것이다.

겨울 연휴 동안 레브미라를 방문한 에소의 육촌 알라는 자신의 둘째 딸이 아직도 행방불명이라고 말했다. 눈 위를 달리며 즐거운 오전 시간을 함께 보낸 뒤, 크로스컨트리 스키장에 있는 카페에 갔을 때 알라가 그 이야기를 꺼냈다. 레브미라는 그녀의 이야기를 들으며 코티지치즈 페이스트리를 셋으로 나눴고, 알라는 관자놀이를 문지르면서 계속 이야기했고, 성인이 된 알라의 아들은 스키장에 들어오는 사람들이 신발의 눈을 터는 모습을 바라보았다.

레브미라는 실종되었다는 그녀의 딸을 본 적이 없었다. 알라는 1년에 한 번 손주들을 보러 도시를 찾았는데, 그때마다 슬퍼하며 레브미라에게 연락을 해왔다. 두 사람 모두 의무감으로 서로를 만났다. 부모님이 돌아가신 뒤로 레브미라는 마을에 가지 않았다. 그곳엔 아무것도 없었으므로. 해마다 육촌이 전해오는 우울한 소식만으로도 그런 결정을 내리기에는 충분했다.

"당국에서는 딸에 대해 아무 말도 없어요?" 레브미라가 물었다. 육촌은 고개만 저을 뿐이었다. "여기선 외무부와 비상사태관리부에서 그 러시아인 자매를 계속 찾고 있는데."

"우리한테는 그러지 않았어."

"그랬겠죠."

"나타샤가 가을에, 그 자매가 납치되었다고 내게 말해줬어." 알라가 말했다. "릴리아가 없어졌을 때, 나는 당국에 담당 수사관을 배정해달라고 애원했어. 하지만 에소 경찰이 한 일이라곤 릴리아의 남자친구 소문을 퍼뜨린 것뿐이었지. 그 애는……. 그 앨 좋아한 남자애들이 있긴 했지만, 그것 때문에……." 알라는 눈을 내리깔았다. 그녀의 콧구멍이 벌름거렸다.

레브미라는 잠시 말없이 앉아 있었다. 그사이 알라는 자기 몫의 빵을 집어 들었다. "아르툠이 시경市警에 말해볼 수 있어요." 한참 뒤 레브미라가 말했다. "인맥이 있거든요. 적어도 수사를 시작하게 할 수는 있을 거예요. 인상착의를 정리해놔요." 하지만 그녀의 육촌은 별로 기대하지 않는 표정이었다.

그래도 레브미라는 몇 가지 자료를 모아서 제출했다. 골로솝스카야 자매만큼 어리지는 않았지만, 릴리아도 작고 어렸다. 아르툠은 레브미라에게 경위의 전화번호를 주었다. 그리고 그도 직접 경위에게 그 아이의 졸업 사진과 함께 메시지를 보내봤지만 아무 소식도 돌아오지 않았다. 크게 놀랄 일은 아니었다. 릴리아가 사라진 지 벌써 3년이나 되었으니까. 게다가 보잘것없는 집 아이였으니까.

레브미라는 알라에게 수사 이야기를 꺼내지 않는 편이 나을 뻔했다. 결국 그 때문에 슬픔이 끝나지 않았으므로. 사라진 아이로 인해 육촌의 빰이 눈에 띄게 쑥 들어간 게 보였다. 레브미라는 그 표정을 너무나 잘 알고 있었다.

"랴콥스키가 대답을 주지 않는 건 전혀 놀랍지 않아." 레브미라가 아침 식사를 하는 자리에서 말했다. "늙은 원주민 여자를 돕느니 차라리 우리 경찰은……." 레브미라는 말을 멈추고 아르툠에게서 고개를 돌렸다.

'차라리 죽기를 택할 거야.' 그녀는 하마터면 그렇게 말할 뻔했다. 그날이 무슨 날인지 잊을 뻔했다.

"뭐, 시도는 해봐야지." 아르툠이 말했다. 레브미라는 고개를 저었다. 아르툠이 계속 말했다. "요즘은 민간인한테 제보를 받는 것에도 경위가 너무 까다롭게 굴어. 가을에 그 문제로 서장에게 질책을 받았거든. 하지만 그게 자기들 일이잖아. 경찰관들이 너무 젊어서 그런지 자기 의무가 뭔지를 몰라."

레브미라는 커피를 홀짝였다. 맛이 좋았다. 달콤했다. 그녀에겐 그런 것을 마실 자격이 없었다. 딴 데 신경을 쓰고, 아무렇지도 않게 말할 자격이. 그토록 긴 세월이 흘렀건만, 자신은 잠에서 깨어나 수다를 떨고 갓 뽑은 커피를 마시는데도 글레브는 아직까지도 그럴 수 없다는 것을 그녀는 납득할 수 없었다.

레브미라는 식탁에서 일어났다. "늦었네, 그치?" 아르툠이 스토브의 시계를 보았다.

레브미라는 양치를 하러 갔다. 그녀는 출근복 차림의 자신이 거울 속에 있는 것을 보았다.

글레브를 만났을 때처럼, 그때처럼 그녀가 젊었던 적이 또 있었던가? 그 시절은 온통 환하게만 느껴졌다. 그녀가 열일곱 살의 나이로 페트로파블롭스크에 왔을 때는 도시 전체가 비계와 군인, 그리고 반짝이는 기념비들로 그득했다. 레브미라는 대학교 입학 첫날에 글레브를 보았다. 그때 그녀는 지금보다 날씬하고 가무잡잡했으며, 에소의 청년 공산당 연맹 특사였다. 글레브는 선전 포스터 속 인물처럼 희고 당당했다. 뒤를 돌아보던 그가 강의실 조명 불빛에 눈썹을 찡그렸다.

그 시절 레브미라는 참 운 좋고 어리석은 아이였다. 그녀가 기억하는 당시의 가장 힘들었던 시기조차 지금에 비하면 아무것도 아니었다. 첫 학기가 시작되고 한 달이 지났을 무렵, 레브미라는 기숙사에서 소포 하나를 받았다. 상자가 너무 가벼워서 처음엔 빈 상자라고 생각했다. 열어보니 말린 솔방울 수십 개가 들어 있었다. 아버지가 손수 모아 남쪽으로 300킬로미터나 떨어진 곳에 있는 레브미라에게 보낸 것이었다. 상자에서 고향 냄새가 났다. 숲과 흙, 그리고 부모님의 낡은 옷 냄새가. 레브미라는 솔방울의 씨앗을 떨어내 입에 넣고 씹다가 울음을 터뜨렸다. 열일곱 살 그녀에게는 그때가 가장 쓸쓸한 순간이었다. 소포를 보내주는 사람들을 그리워하던 그 순간이.

같은 날 오후, 레브미라는 강의 시간에 솔방울 하나를 가져가 통로 건너편 자리에 앉은 글레브의 손에 쥐여주었다. 그들은 졸업 전에 결혼했다. 레브미라는 그때 온 세상을 가진 것 같은 기분이었지만, 여전히 멋모르는 아이일 뿐이었다.

레브미라는 아이라이너를 눈 주위에 발랐다. 매년 이날이면 그녀는 글레브의 자질을 곱씹었다. 그의 인내심와 그의 매력을. 강의가 끝나면 글레브는 레브미라의 책상 옆에서 그녀를 기다렸고, 레브미라는 그를 거기에 두고 싶어서 일부러 천천히 책을 정리했다. 한번은 친구들과 공원에 갔을 때 그가 무릎을 꿇고 레브미라의 신발 끈을 묶어준 적도 있었다. 그는 그렇게 상냥했다. 그렇게 놀라웠다. 글레브의 손가락은 레브미라보다 조금 더 길고 가늘었다. 마침내 그녀가 글레브의 아내가 되어 남편과 시어머니가 함께 사는 집으로 들어간 주말, 글레브는 2리터들이 통에 든 붉은 캐비어를 가지고 와서는 파티를 하자고 했다. 그들은 숟가락으로 통에 든 캐비어를 떠먹었다. 짭조름한 알이 터지던 그 느낌을 그녀는 결코 잊지 못할 것이다.

부엌에서 아르톰이 접시를 치우고 있었다. 접시가 싱크대에 닿는 소리가 났다. 레브미라의 글레브에 대한 기억—신발 끈을 묶어준 것, 캐비어를 통째로 사온 것—은 매년 그대로였지만 다른 모든 것은 그녀의 의지와 달리 깊어지고, 강해지고, 커졌다. 글레브의 편지와 그에 관한 각종 기록들은 장롱 바닥에 놓인 가방 안에 들어 있었다. 레브미라는 하얀 제복을 입었고, 글레브가 결코 보지 못할 집안을 정리했다. 재혼한 지가 너무 오래된 탓에 사람들은 그녀의 두 남편을 구별하지 않고 "네 남편"이라고 칭했다.

레브미라는 부엌으로 가서 아르톰에게 키스했다. "갈게."

아르톰은 손의 물기를 닦으며 복도까지 따라 나왔다. 레브미라가 하이힐을 신는 동안 그는 슬리퍼를 신은 채로 옆에 서 있었다. 드디어 외출할 준비가 끝나자 아르톰이 두툼한 울 코트를 내밀었다. "오후에 같이 점심 먹을까?"

"당신만 안 바쁘면." 레브미라가 말했다. "일 생기면 알려줄래?"

"물론이지." 아르톰이 말했다. 아르톰은 항상 그렇게 했다. 레브미라는 다시 그에게 키스했다. 그녀의 입술에 닿는 남편의 입술은 부드럽고, 따뜻하고, 살아 있었다. 레브미라가 남편에게 관심을 기울이지 못하는 오늘, 그가 자기에게 그토록 친절한 것이 어쩐지 공평하지 못한 것으로 느껴졌다. 이 모든 것이 공평하지 못했다.

밖으로 나가면서, 레브미라는 아르톰의 눈길을 알아차렸다. 그와 레브미라가 처음 만났을 때의 그녀 모습을, 망가져 있던 그녀를 아직 기억하는 눈빛이었다.

레브미라는 핸드백을 어깨에 걸쳤다. "괜찮아?" 아르톰이 물었다.

"물론이지." 레브미라가 대답했다. 그래야 했다.

그렇다 하더라도, 자기가 버스 정류장까지 네 블록을 어떻게 걸어갔는지 그녀는 도무지 알 수 없었다. 하늘이 파랬다. 구두 밑에서 얼음이 녹아 부서졌다. 주변 건물마다 입구 옆에 눈이 높다랗게 쌓여 있었다. 사고가 난 그 아침에, 글레브의 어머니는 가운을 입은 채 아들 내외의 방으로 왔다. 커튼 사이로 햇살이 비쳤다. 글레브는 한 시간쯤 전에 출근했다. 레브미라가 일어나 앉자 침대가 흔들렸다. 매트리스 아래 프레임이 마치 뼈처럼 단단했다. "무슨 일이에요, 어머니?" 레브미라가 말했다. 이후로 그녀의 머릿속에는 늘 자신이 던졌던 그 질문이 떠돌아다녔다. 그것 역시 끊임없이 반복되는 기억이었다. 사실 물을 필요도 없었다. 글레브의 어머니, 베라 바실리예브나의 표정이 이미 말해주고 있었으니까.

레브미라는 사실을 알고 나서 비명을 질렀다. 글레브가 자는 자리에서는 여전히 그의 냄새가 났지만, 그것은 점차 옅어질 것이었다. 그의 옷이 옷장에 걸려 있었다. 서랍장 위에는 그가 어린 시절에 받은 상, 그리고 전 연방 개척자 모임에서 받은 메달과 졸업장이 놓여 있었다.

장례식장에는 그의 사진이 놓여 있었다. 관은 닫혀 있어서, 그 안에 들어 있거나 들어 있지 않은 것 때문에 레브미라는 괴로워했다. 할아버지가 돌아가셨을 때 레브미라는 열 살이었다. 어린 시절 살던 집에 할아버지의 시신을 사흘간 안치했다. 판지처럼 단단해진 할아버지의 피부를 만지면 무섭기도 하면서 동시에 위로가 되었다. 하지만 안전띠를 매지 않았던 글레브는 장례식 날까지 국립 영안실에 있어야 했다. 시신의 일부를 수습하지 못했을 수도 있었다. 레브미라는 사실을 알지 못했다. 영영 알지 못했다. 그런 그의 모습을 떠올리면, 그녀는 미쳐버릴 것 같았다.

베라 바실리예브나는 에소에서 레브미라의 가족이 그랬던 것처럼 아파트의 거울을 모두 가렸다. 하지만 글레브는 노인이 아니라 스물두 살이었고, 몸에 흠 하나 없던 건강한 청년이었다. "이젠 네가 내 자식이란다." 베라 바실리예브나가 말했다. "내겐 너뿐이야." 하지만 글레브가 레브미라를 처음 집에 데려왔을 때, 그의 어머니는 아들이 원주민 여자와 만난다며 울었었다. 그들은 그의 묘지에 흙을 던졌다. 견딜 수가 없었다. 그의 어머니는 몸을 떨고 있었고, 레브미라는 그녀의 어깨를 안아주어야 한다는 것을 알았지만 그럴 수가 없었다. 그녀는 그저 흙 묻은 두 손을 꼭 쥐고 서 있을 뿐이었다. 주위의 모든 것이 글레브 생전의 모습을 흉내 낸 것에 불과했다.

레브미라는 친구의 아파트로 거처를 옮겼다. 미치지 않으려면 계속 살아야 했다. 그래서 그녀는 결혼 예물과, 그와 함께 사용했던 식기와, 자신이 입고 있는 모습을 그가 보았던 옷가지를 모두 처분했다. 둘이 함께했던 삶의 단 몇 조각만이 단 한 개의 가방 속에 남아 있었다. 레브미라는 학교를 졸업하고, 일자리를 구하고, 생활비를 벌고, 저녁 식사를 준비했다. 고르바초프가 '열린 자세와 변화'에 대해 연설하는 것을 텔레비전으로 보았다. 그리고 그녀는, 내내 비명을 지르고 있었다. 한시도 멈춘 적이 없었다. 마음속에서 그녀는 여전히 스물한 살 그리고 10개월 2일째의 삶을 맞는 그날에 머물러 있었고, 지금은 오전 7시가 조금 지난 시각, 한 시간 전까지만 해도 글레브가 곁에 누워 있었던 바로 그 순간이었다.

버스가 8시까지, 병원의 환자 중증도 분류 접수대가 있는 곳으로 그녀를 데려다주었다. 당직이 끝난 간호사가 브리핑을 해주었다. 병상은 몇 개가 남아 있고, 환자는 몇 명이 올 것이며, 밤새 이런저런 말이 오갔다는 등의 이야기였다. 레브미라는 책상 의자에 코트를 걸쳐 놓고 고개를 끄덕였다. 사실, 녹색으로 칠한 좁은 복도에 불과한 그곳의 벽을 따라 앉아 있는 환자라고는 남자 둘이 전부였다. 지불 능력이 있는 환자는 사설 클리닉을 찾았다. 다른 간호사가 퇴근한 뒤, 레브미라는 한 남자를 접수대로 불러 증상을 물었다. 그가 입을 열자 구역질이 날 정도로 역한 술 냄새가 풍겼다. "앉으세요." 레브미라가 말했다.

그녀는 다른 남자를 불러 서류를 확인한 뒤 진료실이 있는 위층으로 안내했다.

아침 내내 환자들이 띄엄띄엄 왔다. 퉁명스러운 발렌티나 니콜라예브나는 방사선치료를 받으러 왔고, 어느 10대 아이는 맹장이 터지기 일보 직전에 이곳을 찾았으며, 스노보드를 타다가 다리가 부러진 한 환자는 재킷 소맷부리에 눈을 묻힌 그대로 엘리베이터에 실려 옮겨졌다. 레브미라는 그들 모두를 살폈다. 그녀는 엑스레이실, 초음파실, 수술실로 그들을 안내했다. 의사들은 그녀에게 처방을 전달했다. 레브미라는 환자의 이동 상황을 알렸다. 한 남자가 오른쪽 어깨에 쇠뇌 화살이 박힌 채 접수대로 왔고, 레브미라는 그에게 왼손으로 서류를 작성하게 한 뒤 치료를 받을 수 있도록 처리해주었다.

복도에 다시 한두 명만 남게 되자, 레브미라는 기다란 노트 옆에 스테이플러를 가지런히 놓아두는 등 책상을 정리할 여유를 가졌다. 레브미라는 머릿속을 깔끔하게 비워두었다. 아르툠이 산악 구조 작업을 하러 가야 한다고 문자메시지를 보내왔다. 레브미라는 행운을 빈다고 답장했다. 문밖의 거리에 햇살이 가득했다. 공기는 봄처럼 따뜻했다. 점심시간이 되자 수습생이 그녀 대신 자리를 봐주러 왔다.

휴게실에서 레브미라는 잡지를 들었다. 하지만 내용을 읽지는 않고 수프 위로 그냥 들고만 있었다. 그녀는 글레브와 결혼하던 순간을, 대학 마지막 학년이 되기 바로 전해의 그 여름날을 떠올렸다. 그때 글레브는 정장을 입고 있었다. 그녀는 작은 하이힐을 신고, 머리는 땋아 어깨 너머로 넘긴 채였다. 혼인 서약이 끝나자 글레브가 레브미라를 안았다. 그 순간 그녀는 그의 아이들을 낳고 싶어졌다.

그러나 어쩌면, 임신을 하지 않은 게 다행이었을지도 모른다. 그의 장례식에서 아기를 안고 있었다면…… 그리고 어디로 갔을까? 무슨 일을 했을까?

여러 해가 지나고 아르툠이 아이를 가질 수 없다는 사실을 알았을 때, 레브미라는 그런 소식에 놀라기에는 이미 너무나 많은 일을 겪은 뒤였다. 그저 다른 숱한 상실에 하나가 더해졌을 뿐이다. 캄차카는 가정을 꾸릴 만한 땅이 아니었다. 한때 딸이 있었던 육촌의 삶만 보아도 그랬다. 레브미라가 자란 사회는 무너져서, 잊히기 쉽고 사라지기 쉬운 곳이 되었다. 레브미라의 부모는 튼튼한 가정, 이상적인 시골 마을, 원칙을 가진 사람들, 살아 있는 에벤 문화, 원대한 사회주의 국가에서 딸을 키웠다. 그러나 그 나라는 붕괴했다. 그것이 자리 잡고 있던 곳에 이제는 아무것도 남지 않았다.

레브미라는 식어가는 수프를 저었다. 현대의 삶은 그녀와 글레브 같은 연인을 묻어버렸다. 그녀는 10년 뒤에 다시 혼인신고를 하러 갔다. 그녀는 10년 전의 그 건물에서 아르툠과 정식으로 부부가 되었지만, 그러나 다른 방에서, 다른 관리 앞에서, 다른 나라의 법에 따라 혼인신고를 마쳐야 했다. 신혼 때 글레브와 갔던 곳, 그와 키스했던 베링 기념비와 도심 그리고 성 니콜라스 언덕 꼭대기는 낙서와 쓰레기로 뒤덮여 있었다. 학교마저 변했다. 레브미라는 매년 가을에 학생 의료 기록을 가지러 학교에 들렀다. 그녀는 글레브와 처음 만난 강의실에 가장 먼저 갔는데, 그곳은 모르는 얼굴들로 가득했다.

글레브가 죽고, 소련 전체가 사라졌다. 레브미라의 조국과 앳된 얼굴, 그리고 그녀의 일생이 변했다. 병원 일을 시작한 이후로 레브미라는 100명도 넘는 환자의 임종을 지켜보았다. 그녀는 죽음이라는 것에 대해 잘 알게 되었다. 마지막 숨을 내쉬고, 경련이 지나가고, 이윽고 고요해지는 그 과정을. 그녀의 부모도 똑같이, 차례로 그렇게 떠났다. 레브미라는 그들이 그리웠다. 하지만 떠난 사람들을 향한 그리움은 그만 거두기로 했다. 베라 바실리예브나에 대해서도 마찬가지였다. 모든 떠나간 이들 가운데 완벽한 건 글레브 하나뿐이라고 생각하면서. 해가 지나도 여전히 죽음이 충격으로 다가오는 것은 오로지 그뿐이었다.

그와 함께 죽었더라면 더 편했을 것이다. 반드시 더 나은 건 아닐지라도…… 더 편했을 것이다. 그녀는 그 장면을 여러 차례 상상했었다.

책상으로 돌아온 레브미라는 머릿속에 그려보았다. 글레브의 차, 도로, 그날 해 뜨기 전의 꽁꽁 언 어둠, 그가 자신을 안아주던 결혼식, 그들이 가질 수 있었던 아들과 딸, 2월 27일……. 레브미라는 깨어서도 꿈을 꾸고 있었다.

휴대전화가 진동했다. 화면에 아르툠 팀원의 아내 이름이 떴다. 레브미라는 고개를 숙이고 목소리를 낮춰 전화를 받았다. "여보세요, 이나?"

한동안 전화기에서 아무 소리도 들리지 않았다. 이나가 말했다. "일이 생겼어요."

레브미라 주위에서 사람들이 중얼거리고, 한숨을 쉬고, 신음했다.

이마 아래 닿는 책상의 감촉이 매끈하고, 차가웠다. 레브미라는 계속 고개를 숙이고 있었다. 그대로 기다렸다.

"무전으로 알려왔어요. 우리한테 연락을 취하고 있었대요. 당신한테요. 아르툼이 다쳤어요." 이나가 말했다. "유감이에요, 레바. 죄송해요. 정말 안됐어요." 그녀의 목소리가 이어졌다.

이나는 "바위"라고 말했다. "아르툼의 머리"라고 말했다. "쓰러졌"다고 말했다. "고통은 느끼지 않았"다고 말했다. 구조대의 의사가 그를 소생시키려고 했다. 하지만 그는 이미 떠난 뒤였다. 순식간에 벌어진 일이었다고, 이나가 말했다.

레브미라는 의자에 앉은 채 자기가 입고 있는 간호사복을 내려다보았다. 면직물에 덮인 자신의 무릎을 보았다. "그게 무슨 말인지……." 그녀가 말했다.

이나가 말했다. 바위라고. 스키를 타다 실종된 사람을 찾으러 출동했다고. 그 사람을 찾았다고. 그런데 바위가 떨어졌다고. 그녀는 말했다. 머리라고. 고통은 느끼지 않았다고. 사고라고. 두개골이라고. 레브미라는 생각했다. 하얗고 희미하게 빛나는 창문을 배경으로 자신을 바라보던 그의 목덜미, 턱, 얼굴…….

"알겠어요, 알겠어요." 레브미라가 말했다.

전화를 끊었다. 누군가 접수대로 다가오자 그녀는 손을 흔들어 돌려보냈다. 지금 아르툼이 어디 있는지 묻는 걸 잊었다. 다시 전화를 해야 할까? 전화기의 통화 기록을 열어 이나의 이름을 보았다. 이럴 수는 없었다. 레브미라는 남편과 주고받은 문자메시지를 열었다. 화면에 떠오른 글자를 손끝으로 천천히 쓰다듬었다. 아르툠에게 이 여자가 한 말을 전해야 했다.

아르툠이 다쳤다. 이나는 그렇게 말했다. 하지만 레브미라는 그가 장애인이 되었다는 의미로 받아들였다. 약해지고, 다시는 예전으로 돌아갈 수 없다고. 하지만 상관없었다. 살아 있기만 하다면.

레브미라가 고개를 드니 이나가 접수대 앞에 서 있었다. 컴퓨터 화면 속 시계를 확인했다. 시간이 꽤 흘러 있었다.

"집에 데려다주려고 왔어요." 이나가 말했다. 그녀의 눈이 붉었다. "아직 다들 산에 있어요."

"그래요." 레브미라가 말했다. "알겠어요."

이나는 걸어갔다. 누군가 레브미라의 어깨를 만졌다. 수습생이 자기가 자리를 맡겠다고 했다. 이나가 다시 왔다. 레브미라는 코트를 챙겼다. 그들은 밖으로 나갔다. 아르툠이 죽었다.

레브미라는 이나의 차에 탄 뒤 안전띠를 매는 데 집중했다. 자기 손이 낯설었다. 손가락에, 손등에 그녀는 초점을 맞추었다. 안전띠에 닿은 양피지색의 손톱에.

글레브의 사고 이후 레브미라는 차가 싫어졌다. 이제 그녀는 바위도 싫어해야 했다. 눈, 휴대전화 울리는 소리, 커피에 섞는 설탕, 그리고 부엌을 채우는 아침 식사 냄새도. 레브미라는 스스로 강하다고 생각했지만 그렇지 않았다. 결코 그렇지 않았다. 그가 없이는, 이제 그녀는 강하지 않았다.

이나는 운전석에 앉아 시동을 걸고 젖은 뺨을 훔쳤다. 그리고 창밖을 내다보았다. 그녀가 움직일 때마다 재킷에서 바스락거리는 소리가 났다. "날씨가 이래서," 이나가 말했다. "얼음이 녹고 산사태가 일어나는 날씨예요."

레브미라는 무릎 위에서 양손을 맞잡았다. 손이 마음대로 움직이지 않았다. 환기구에서 찬바람이 불어왔다. 2월 27일이었다.

"이건 운명이야." 레브미라가 소리 내어 말했다.

이나는 핸들 앞에 앉아 훌쩍이고 있었다. "네?"

레브미라는 창밖 너머 주차장 가장자리에 검게 쌓인 눈 더미를 보았다. 눈 녹은 물이 아스팔트로 흘러나왔다. 태양이 높이 떠 있었다. 바위가 생각났다. 그의 머리도. 고통을 느끼지 못했다는 말도. 지난 주말 오후 소파에서 그의 다리 사이에 자기 다리를 끼운 채 얼굴을 마주하고 낮잠을 잤던 것도. 뺨에 닿던 그의 숨결도. 잠에서 깬 그는 그녀에게 편안한지 물었다. 그는 뉴스 헤드라인에 대해, 통화 가치 하락과 의회의 결정에 대해, 골로숍스카야 자매에 대해 이야기했다. "내가 유괴범이라면, 북부로 데려갔을 거야." 레브미라가 말했다. "마을 따위는 아무도 감시하지 않으니까. 대낮에 앞마당에다 시체를 묻어도 들키지 않을걸."

아르툠은 그녀의 눈 아래 주름살에 키스했다. "똑똑하고 무서운 여자 같으니."

레브미라는 둘의 결혼에 죽음을 끌어들였고, 오늘날까지 죽음을 가져왔다. 그녀는 나직한 목소리로, 눈은 차창을 향한 채로 말했다. "우리 고통은 운명이에요." 애초에 이렇게 되리라고 예상했어야 했다.

그녀는 그 훌륭한 남자, 아르툠을 만나서 그에게 저주를 내렸다.

주차장이 물러나고, 다른 차들이 몰려들고, 시내버스가 다가오고, 신호등이 녹색으로 바뀌었다. 이나는 극장을 지나 먼 길로 돌아갔지만, 레브미라는 그것을 알려주거나 고쳐주지 않았다. 눈 더미가 파도처럼 옆에서 오르락내리락했다.

레브미라는 아르툠과 자신이 사는 아파트 건물 앞에서 열쇠를 꺼냈다. 이나가 그녀의 손에서 열쇠를 가져다가 문을 열었다. '나도 할 수 있어요.' 레브미라는 말하고 싶었다. '나도 다 할 줄 안다고요. 전에도 했고.' 그녀는 그러는 대신 잠자코 이나를 따라 자기 아파트로 들어갔다.

이나는 곧장 주전자에 물을 끓였다. 그녀는 레브미라에게 도움이 되어주기로 마음을 정한 것 같았다. 그건 쉬운 일이었다. 그녀가 사랑하는 남자는 살아 있었으니까.

"실례할게요." 레브미라가 말했다. 참 예의 바른 목소리였다. 그녀는 전화기를 가지고 욕실로 가 아르툠의 여동생에게 전화를 걸었다.

"세상에." 여동생은 그렇게 말하고 울기 시작했다. 그 소리는 리드미컬하고, 처절하고, 아팠다. 레브미라는 전화기를 귀에 더 바짝 댔다. 그녀는 아직 울지 않았다. 들어야 했다. "오빠를 봤어요?" 여동생이 말했다.

"아뇨." 레브미라가 말했다. 그녀는 구조 작업이 어떻게 진행되는지 알고 있었다. "아뇨, 이제 산에서 내려올 거예요. 상당히…… 어려운 일이에요. 구조된 사람을 우선으로 데리고 와요. 몇 시간은 걸릴 거예요."

"사실이 아닐 거예요. 잘못 안 걸 거예요."

욕실 세면대에 아르툠의 털이 떨어져 있었다. 오늘 아침 레브미라가 출근한 뒤 면도를 한 것이다. 세상은 사람들을 괴롭히려고 만들어졌다. "사실이에요." 레브미라가 말했고, 아르툠의 여동생은 더 크게 울었다.

이나가 부엌에서 기다리고 있어서, 레브미라는 전화를 끊은 뒤 침실로 가서 문을 닫았다. 잘 정리된 담요 위에 아르툠의 베개가 놓여 있었다. 그 위에 손을 얹었다. 부드러웠다. 침대 옆 테이블에는 그가 읽던 책이 있었다. 그가 마시던 물도. 그녀는 컵을 들어 그걸 마셨다.

레브미라는 빈 컵을 그가 눕던 자리에 올려두고, 책도 놓았다. 양모 담요에 조그맣게 자국이 났다. 그녀는 침대 옆 서랍장을 열어 주머니칼과 안경, 비타민디가 든 병을 찾았다. 그것들도 침대 위에 올려놓았다. 그의 물건을 꺼내놓으니 보기가 좋았다. 그것이 그녀가 할 수 있는 일이었다. 그것 외에는 할 수 있는 게 없었다. 레브미라는 옷장으로 가서 그의 스웨터와 바지, 하얀 러닝셔츠와 낡은 팬티를 꺼냈다. 그녀가 마지막으로 봤을 때 아르툠은 실내복을 입고 있었다. 진청색 운동복 바지에 오래된 티셔츠. 그걸 세탁 바구니에서 가져왔다. 오늘 그가 출근할 때 무엇을 입었는지 그녀는 몰랐지만, 곧 알게 될 터였다.

그의 시신을 보고 싶었다.

침대 위 물건 더미가 작아 보였다. 레브미라는 거기에 보탤 것을 가지러 장롱으로 갔다.

그의 물건을 모아야 했다. 추억을 쌓아야 했다. 그녀가 스물아홉 살 때, 동창들은 이미 엄마가 되었건만 여전히 젊은 레브미라에게는 일과 묻어둔 기억 외에는 아무것도 없었을 때, 아르톰을 만났다. 사람들은 레브미라를 두려워했지만 아르톰은 그녀를 아무렇지도 않게 대했다. 그는 그녀 친구의 친구였다. 그들은 파티에서 소개를 받았다. 그는 모스크바 외곽에서 바이애슬론 선수 훈련을 받았고, 오랫동안 아무런 결실 없이 대회에 출전한 끝에 여위고 공정하며 강인한 사람이 되어 캄차카로 돌아왔다.

두 사람은 만난 지 한 달도 되지 않아 같이 잤다. 아르톰의 캄캄한 방에서, 그의 부모님은 외출 중이고 누이는 옆방에 있을 때, 레브미라는 그의 옷을 벗겼다. 그녀는 탄탄한 그의 무릎과 어깨 근육을 쓰다듬었다. 아르톰의 가슴을 더듬자 그의 심장이, 운동선수의 단단한 근육이 쿵쾅거렸다. 그의 숨이 가빠졌다. 몸이 그의 마음을 드러냈다.

장롱에 걸린 옷걸이를 꼭 쥐고, 레브미라는 울기 시작했다. 그들은 수요일에 마지막으로 섹스를 했다. 오늘은 일요일이었다.

어떻게 아르톰은 지금까지도 레브미라를 원한 걸까? 어떻게 그렇게 오랫동안 버텨낸 걸까? 결혼하고 몇 달 동안 레브미라는 그의 긴 다리와 그의 친절함을 그저 고맙게만 여기다가, 갑자기 사랑에 빠졌다. 두 사람이 함께 버스에 탔을 때였다. 그렇게 눈이 많이 내린 건 오랜만이었다. 시야를 가득 메우는 눈 때문에, 운전기사는 길을 보고 가는 것이 아니라 습관에 의지해 차를 몰고 있었다. 내릴 곳에서 세 정류장 전에, 아르툠은 레브미라를 보고 그녀의 옷깃을 세우더니 지퍼를 턱까지 채워주었다. 이마에 모자를 눌러 씌워주고, 장갑의 목 부분이 잘 조여져 있는지 손목을 만져보았다. 그리고 레브미라의 손을 잡은 채 앞을 보았다.

그렇게 옷을 단단히 여미고 나니 레브미라는 자신이 건강하다는, 살아 있다는 느낌을 받았다. 마침내 살아 있다는 느낌이 들었다. 온몸의 피가 끓었다. 따스함과 전율과 공포를 느끼며, 그녀는 그곳에 앉아 있었다. 새로운 놀라운 일들이 일어날 거라고 믿었다. 그녀는 눈 주위만을 드러낸 채였고, 그렇게 내다본 바깥세상은 너무나 신선하고 깨끗해 보였다. 그리고 너무나 유망해 보였다. 글레브가 세상을 뜬 뒤로 레브미라는 혼자, 늘 혼자였다. 그런 그녀가 문득, 붐비는 버스 안 플라스틱 의자에서, 누군가 자신과 함께 있다는 사실을 깨달은 것이다. 기쁨에 그녀는 외투 깃 속으로 숨을 내쉬었다. 아르툠.

그녀의 남편. 그녀를 구해준 사람. 그는 의무를 다했다. 이제 레브미라는 그 없이 살아가야 했다. 레브미라는 눈물을 닦고 부엌으로 나갔다. 이나가 전화기를 들고 일어서서 말했다. "오고 있어요."

"알겠어요." 레브미라가 말했다. 그리고 식기 건조대에서 아르툠의 머그잔과 접시를 집어 들었다.

욕실에서 그의 칫솔, 면도기, 향수를 챙겼다. 그가 쓰던 로션도 소지품 더미에 얹었다.

지난 26년 동안 거의 내내 레브미라는 아르툠의 친절에, 두 사람의 경력에, 식사 시간에 이루어지는 대화에, 서로를 향한 도움에 정신이 팔려 지냈다. 그녀 또한 나라가 붕괴되는 과정을 지켜보았지만, 자신과 아르툠은 버틸 수 있다고 믿었다. 하지만 그 생각은 틀렸다. 아르툠의 열두 시간 근무, 레브미라의 병원 일, 그리고 어디까지나 젊은 시절에나 허용될 일인 당국에의 호소. 그런 것들은 쓸모가 없었다. 결국 그들은 아무도 지켜내지 못했다.

레브미라는 장롱으로 돌아가 글레브의 짐을 넣어둔 가방을 꺼내 담요 위에 올려놓았다. 가방의 무게가 밑에 깔린 아르툠의 소지품을 내리눌렀다. 그녀는 손끝에 힘을 주어 가방을 열었고, 잊어버린 물건과 끝내 잊을 수 없었던 물건들을 보았다. 남편의 이 물건들과 함께해야 했다. 레브미라에게 남은 것은 이것뿐이었다. 글레브가 쓴 편지, 빛바랜 레코드판 재킷, 겨울 모자, 신분증. 그녀는 낡은 가방을 비워 담요 위에 올려두고 침대 위로 올라갔다.

부츠, 버클, 서류, 목도리. 글레브의 사고가 있은 후 레브미라는 자신이 죽을 거라고 생각했다. 죽었다고 생각했다. 바로 이날, 그가 떠난 뒤로 레브미라는 중력처럼 강한 슬픔에 짓눌려 일어날 수가 없었다. 하지만 이제는 살 생각이었다. 그래야 했다. 레브미라가 한 일이 그것이었다. 타인이 살 수 없을 때 살아내는 것. 거기에 기쁨은 없었다.

..MARCH..

3 월

부엌이 침수되고 나서 말없이 사흘을 보낸 후, 나디아와 밀라는 에소 공항에서 비행기를 타고 팔라나로 향했다. 그들 좌석 열에 다른 사람은 없었다. 다섯 살 밀라는 비행하는 동안, 자른 오이를 먹고 가슴이 점점 커지는 사람들을 그렸다. 밀라는 공책에 커다란 동그라미 두 개를 그리고 웃은 다음 더 큰 동그라미 두 개를 그 주위에다 그린 뒤에 다시 웃더니 입을 꼭 다물고 집중한 채로 더 큰 동그라미 두 개를 또 그렸다. 딸의 머리 위에서 그림을 내려다보던 나디아가 물었다.

"남자는 없어?"

밀라는 재빨리 또 한 사람을, 더 큰 사람을 그렸다. 가슴에 조그만 점으로 젖꼭지를 그려 넣었다.

"꼭 그리란 말은 아니었어." 나디아가 말했다.

밀라는 펜을 종이에 대고 그 점 주위로 동그란 가슴을 그렸다. "멋지다." 나디아는 이렇게 말하고 창밖의 하얀 땅을 내려다보았다.

벌써 에소를 에워싼 중앙 산맥을 지나고 있었다. 나디아는 지난 며칠간 비행사와 물물교환으로 비행깃값을 흥정했다. 그 결과 페트로파블롭스크를 출발한 뒤 눈보라 탓에 에소 공항에 발이 묶여 있던 이 쌍발 터보프롭엔진기로, 그가 나디아와 밀라를 북부 여행의 마지막 구간인 팔라나까지 태워다 주기로 한 것이었다. 그들이 떠나온 마을에 체가가 있었다. 나디아와 밀라는 체가가 빌린 쓰레기 궁전 같은 곳에서 지난 사흘을 보냈다. 얼마 전 부서진 라디에이터 파이프나 발목까지 물이 차오르는 누런색 타일바닥과 함께. 나디아가 그에게 마지막으로 한 말은, 화요일에 했던 "집주인에게 전화를 해"였다. 그리고 오늘 식탁 위 얼어붙은 꿀단지 아래 끼워놓은 쪽지.

나디아와 밀라는 새 출발을 했다. 나디아는 밀라를 한 팔로 감싸 안았다. "아가." 나디아가 말했다. "할아버지랑 할머니께 이번 주에 있었던 일은 말하지 말자, 응?"

밀라는 또 동그라미를 그렸다. "좋아."

"내가 할아버지라고 해볼까? 안녕, 밀라. 무슨 일 있었니?"

"아무 일도 없었어요!" 밀라가 말했다. "엊그제 파이프가 터져서 집에 얼음판이 생겼지만요."

나디아는 입을 다물었다. "그건 이야기 안 하는 거야."

"엄마랑 아빠가 화낸 거 말하지 말라는 건지 알았어."

"그것도." 나디아가 말했다. "전부 다." 나디아는 밀라의 어깨를 꼭 안아주었다가, 팔을 거두고 좌석에 기대앉았다. 앞좌석 포켓에 무릎을 댔다.

밀라가 뭐라고 하든지 상관없었다. 한두 달 뒤 그들은 다시 잘 지내게 될 것이고, 나디아도 부모에게 감출 것이 없어질 것이다. 그러므로 그녀는 자기들이 두고 온 것, 그 얼어붙은 쓰레기통 때문에 말을 낭비하느니 차라리 전화기에서 리애나의 앨범을 찾아 틀고 귀에 이어폰을 꽂기를 택했다. "자, 아가." 나디아가 밀라에게 말하자 아이가 고개를 들었다. 나디아는 다른 쪽 이어폰을 딸의 보드라운 귀에 꽂아주고 함께 음악을 들었다.

그들은 동부에서 팔라나로 왔다. 팔라나는 그 지구의 행정 중심지였지만, 위에서 보니 보잘것없었다. 거리는 흐릿한 회색이었고, 아파트는 무너져갔으며, 점점이 뿌려진 판잣집이 바다까지 이어져 있었다. 나디아는 밀라와 함께 남부의 에소로 이주한 뒤로 이곳에 오는 게 처음이었다. 하늘에서 보니, 새로 지은 건물은 보이지 않았다.

부모님이 공항에 마중 나와 있었다. 무슨 일이 있는 거냐고 아무도 묻지 않았다. 나디아의 어머니가 말했다. "체가가 왜 안 왔는지는 묻지 않겠다."

"일 때문에 바빠요." 나디아가 말했다. "이젠 신문 일만 하는 게 아니라 결혼식이랑 행사까지 가거든요." 물론 그건 이유가 되지 못했지만, 어쨌든 듣기 좋은 사실이었다.

"걔도 쉬어야지. 너랑 같이 살기가 쉽지는 않을 거야."

"날 그렇게 키운 게 누군데요?" 나디아가 중얼거렸다. 청력이 좋지 않아 듣지 못한 어머니는 비행기에서 내리는 승객 중에 혹시 아는 사람이 있는지 눈을 가늘게 뜨고 살폈다. 아버지는 허리를 숙이고 밀라의 뺨을 꼬집었다.

밀라는 나디아가 새해에 사 입힌 보라색 새 코트를 입고 있었다. 나디아는 스베르방크(러시아의 국영 은행이자 최대 은행—옮긴이)에 감사했다. 그들이 거기 올 수 있었던 건 나디아의 직장 덕분이었다. 7주간의 유급휴가를 준 덕분에. 나디아와 체가는 그 기간 동안 소치에서 여름을 보내자고 이야기했었다. 그런데 그사이 파이프가 터지고, 그 일로 그와 마지막 말다툼을 한 후, 그녀에 대해 "가정사"라는 말을 입에 올린 상사와 다투면서 계획은 영영 바뀌었다.

그들에게는 이제 7주간의 시간이 주어졌고, 그 기간이 지나면 5월이 될 것이었다. 살기 좋은 곳을 고르기에 충분한 시간이었다. 팔라나라든가 체가의 여동생이 대학에 다니느라 거주 중인 페트로파블롭스크 같은 곳이 아니라, 당연히 본토에. 카잔은 어떨까? 혹은 유럽은? 이스탄불? 런던? 체가가 발목을 잡지만 않는다면 나디아와 밀라는 온 세상을 돌아다닐 수도 있었다. 스베르방크는 전 세계에 지점을 갖고 있었다.

모두 차에 탔다. 나디아는 조수석에 앉고, 아버지와 밀라는 뒤에 앉았다. 나디아의 어머니는 핸들에 바짝 붙어 앉아 다시 눈을 가늘게 떴다. 앞에 있는 건 얼음이 엉긴 채로 주차돼 있는 자동차뿐인데도.

"엄마, 보여요?" 나디아가 물었다. 대답이 없었다. 나디아는 뒤를 돌아보았다. "엄마가 앞을 볼 수 있어요?"

"물론이지." 아버지가 말했다. "여기까지 운전해서 온걸."

나디아는 아버지의 털실 모자와 흐려지는 눈을 보고 뒤로 몸을 틀어 밀라에게 안전띠를 매주었다. 어머니는 차를 몰아 공항 주차장을 나와서 도로로 접어들었다. "아빠, 저 1월에 승진했어요." 나디아가 말했다. "이제 과장이에요. 시급이 60루블 높아졌어요."

"루블 가치가 이렇게나 떨어졌으니 그 정도는 아무것도 아니지." 아버지가 말했다. "네 엄마 연금으로는 빵도 살 수가 없구나."

"도움이 필요해요?" 나디아가 물었다. 아버지는 이맛살을 찡그렸다. 나디아는 부모님과 너무 오래 떨어져 있었다. 아버지의 습관과 돈 걱정, 그리고 정치와 관료들이나 범죄자들로 가득한 의회에 대한 잦은 염려를 잊고 있었다. 변화를 바라지 않는 것 또한. 나디아는 숨을 들이쉬었다. "죄송해요. 요즘 어획은 어때요?"

"뭐 할 말이 있겠냐? 겨울이고. 그……."

"우리 체가는 잘 있니?" 어머니가 물었다.

"잘 있어요." 어머니는 반응하지 않았다. "**잘 있어요.**" 나디아가 말했다. "**예전이랑 같아요.**" 그 말에 어머니는 고개를 흔들었다. 어깨는 핸들 뒤에 고정되어 있었지만 올린 머리가 양옆으로 흔들렸다.

나디아가 이곳에서 보낸 마지막 계절은 체가와 함께한 첫 계절이기도 했다. 체가는 군 복무를 마치고 팔라나의 어업장에서 한 달 동안 일했는데, 나디아를 만난 뒤 그곳에 더 머물기로 했다. 나디아의 부모는 체가에게 반했다. 착하고, 그들처럼 원주민이면서, 그들 고향 사람은 아니지만 비슷한 곳, 즉 백인 지역도 외국도 아닌 곳에 사는 남자였으니까. 체가는 책임감 있고, 재주도 좋았다. 밀라가 매일 밤 입을 벌린 채 잠이 들면, 그와 나디아는 갓 세탁한 시트 위에서 소리 없이 사랑을 나눴다. 그들 곁에서 밀라는 뒤척이지도 않았다.

나디아보다 한 달 늦게 태어난 체가는 나디아가 꾸는 것만치나 큰 꿈을 꾸었다. 그는 아버지가 되고 싶어 했다. 나디아에게 딸이, 이제 막 말을 하기 시작하고 아빠라고 부를 만한 사람을 찾고 있던 밀라가 있는 것이 체가는 좋았다. 체가는 나디아와 함께할 미래를 이야기했다. 그가 묘사한 에소는 통나무집과 사과처럼 신선한 산 공기가 있는, 캄차카에서 가장 아름다운 마을이었다. 체가는 고향으로 돌아간 뒤 매일 밤 전화를 했다. 그는 당분간 함께 살 곳을 찾았다고 말했다. 거리로 내려가 가정을 꾸릴 자리를 찾는 동안 따뜻하게 지낼 수 있는 방 두 개짜리 집이라고. 밀라와 함께 남쪽으로 가는 데 필요한 경비를 체가와 더불어 모으는 동안, 나디아는 더 나은 삶이 오고 있다는 생각에 들뜬 채로 팔라나를 돌아다녔다. 그 터전엔 온통 무너져가는 건물과 칠이 다 벗겨진 소련 벽화, 더러운 굴뚝, 꿰맨 그물과 묶어놓은 보트, 나디아를 본 체도 안 하는 예전 애인들, 그리고 밀라가 떼를 쓸 때 옆을 지나가면서 웃어대는 동창들뿐이었다. 하지만 여기서 비행기만 한 번 타고 가면, 그곳에 체가가 있었다.

그러나 마침내 에소에 이른 나디아와 밀라의 눈앞에 있었던 건, 다 쓰러져가는 판잣집이었다. "당분간이야." 그들이 물속에 서 있던 화요일 아침, 체가는 또다시 그렇게 큰소리쳤다. 셋집이 조각조각 떨어져 나가던 3년 동안, 그는 같은 말만 거듭하고 있었다. 지난가을, 나디아는 직장에 주택 대출을 알아보았다. 그녀와 체가는 한 달 동안 은행 일로 다퉜다. 체가는 대출은 안 된다고, 빚은 안 된다고 주장했다. "우린 미국인이 아니야. 신용 대출로 살지 않을 거야." 집어치우라고, 나디아가 말했다. 대출을 받지 않으면 우린 여기서 벗어나지 못할 거라고. 그래도 그는 고집을 부렸다. 나디아는 다른 방법을 시도했다. 체가의 부모는 오랜 세월 순록을 키우며 번 돈을 저축해왔다. 그의 여동생이 장학생으로 대학에 가자, 부모가 모은 돈은 은행에 고스란히 남았다. 올겨울, 라디에이터에서 물이 새기 시작하자 나디아는 몰래 체가의 어머니를 찾아가 그 저금을 어떻게 쓸 것인지 물었다. "너희 세대는 항상 더 원하지." 그의 어머니가 말했다. "욕심 사납게. 그거면 충분하겠니? 빌리고 구걸해서 살 집이 생기면? 그걸로 만족하겠어?"

나디아는 구걸하지 않았다. 하지만 이제는 그의 어머니 말이 옳았는지도 모르겠다는 생각이 들었다. 에소에서는 그 무엇도 만족스럽지 않았을 것이다.

체가가 모녀를 불러들인 마을은 그들이 떠나온 소도시와 별반 다를 게 없었다. 1월 연휴 동안, 체가는 나디아와 밀라에게 에소의 마을 온천에서 여동생과 그 애의 남자 친구와 함께 시간을 보내게 했다. 나디아가 어떤 제안을 해도—더 깨끗한 사설 수영장에 보내줄 수는 없어? 밀라가 좋아하는 크슈샤만 데려가면 안 될까? 루슬란은 빼고. 가족끼리, 우리 셋만 가면 안 될까?—체가는 거절했다. 그 대신 그들은 마을 온천에서 땀을 흘리고, 유황 냄새를 맡으면서, 시멘트 바닥에 깔린 미끈거리는 조류를 발밑으로 느꼈다.

체가와 그의 여동생이 데려온 느끼한 남자 친구 루슬란은 온천에 온 마을 사람들을 낱낱이 분석하고 평가했다. 이 사람은 정신적으로 결함이 있고, 저 사람은 과체중이고, 또 저 사람은 배우자가 바람을 피운다고. 체가의 여동생 크슈사는 수영장 가장자리에 턱을 괸 채로 눈을 감고 있기만 했다. 한번은 맞은편의 남자가 그들을 향해 손을 흔들었다. 밀라는 물속으로 들어갔고, 나디아는 혀를 찼다. "얘야, 머리 적시지 마. 감기 걸려." 나디아는 딸의 머리를 말려줄 수건을 잡으려고 손을 뻗었다. 그러면서 어깨 너머로 체가에게 말했다. "누가 인사를 하네." 체가는 남자 쪽을 보았지만 모른 체했다. 루슬란도 그를 보더니 웃기만 했다.

"인사 안 할 거야?" 나디아가 말했다.

"예고르 구사코프네." 루슬란이 말했다. "체가 동창이야."

"정상이 아니야." 체가가 말했다. "괴짜 같은 놈."

나디아도 물속에 얼굴을 담그고 싶어졌다. 맞은편 남자는 대단한 사람은 아니었지만—물렁한 몸에, 혼자였다—그렇다고 괴물도 아니었다. 그러는 동안 체가는, 자기 의붓딸인 아이가 머리를 감쌌던 수건을 풀어 머리카락이 이마에서 얼어붙고 있는데도 신경 쓰지 않았다. 그리고 루슬란은 하얀 들개만큼이나 쾌활했다.

"안됐다고 생각해야지." 크슈샤가 말했다. 뺨에서 땀이 반짝였다.

"그렇지 않아." 체가가 말했다. "어릴 때 쟤가 고양이를 괴롭혔어."

"개구리였어." 크슈샤가 말했다. "딱 한 번이었고." 이 대학생 여자

애는 항상 조심스러웠다. 오빠는 늘 멋대로 굴었지만, 동생은 언제나 자제심을 발휘했다.

"우리가 보고 있을 땐 개구리였고, 혼자 있을 때는 고양이를 괴롭혔어. 릴리아 솔로디코바가 그랬어. 6학년 때 예고르가 매주 자기 집 앞에다 고양이 시체를 버렸다고. 그 애 엄마는 누가 쥐약을 너무 많이 놓는다고 생각하고 이웃들한테 불평했대."

"맞아, 릴리아가 그랬지." 루슬란이 말했다. 그는 크슈샤 쪽으로 코를 대고 킁킁거렸다. 그녀가 몸을 피하자, 루슬란은 뒤돌아서 체가를 보았다. "지금은 녀석을 어떻게 생각하는지 릴리아한테 물어볼까?"

"걘 아마 죽었을걸?" 체가가 말했다. "나쁜 놈 같으니."

루슬란이 좁은 가슴을 내밀었다. "나쁜 놈은 너지."

"모두 다 나쁜 놈이야." 크슈샤가 말했다. "다른 이야기 하자."

나디아는 모든 게 지겨웠다. 가족끼리 다투고, 잘난 척이나 하면서 떠들고, 오래전 그 땅을 떠난 여자들을 두고 비아냥거리는 소리를 들어야 한다면, 차라리 고향에서 그러고 싶었다. 고향 집은 적어도 난방은 되고, 벽에 벽지도 붙어 있었으니까. 나디아의 어머니는 줄지어 선 5층짜리 아파트 건물을 따라 차를 몰았다. 50년이나 된 그런 지역은 밖에서 볼 때는 에소의 오두막집만치나 매력적이지 않을지 몰라도, 거기 사는 사람들은 최소한 얼음덩이를 헤치지 않고도 함께 모여 식사는 할 수 있었다.

체가는 아름다운 에소에는 아파트가 들어설 자리가 없다고 말했다. 그러면서 '캄차카의 스위스'라는 표현도 썼다. 뭘 알고나 한 소리였을까? 그들 중 누구도 모스크바 거리조차 걸어본 적이 없는데.

나디아의 어머니가 생선 수프를 끓여 내왔다. 국물이 줄자마자 어머니는 또 떠주겠다며 국자를 들었다. 밀라가 그릇을 치우면 나디아의 어머니는 다시 아이 앞으로 그걸 밀어놓았다. "더 먹기 싫어요." 밀라가 말했다.

"뭐라고?" 나디아의 어머니가 말했다.

"더 먹기 싫대요." 나디아가 말했다.

어머니는 혀를 차면서 밀라의 그릇에 남은 것을 냄비에 쏟아부었다. 익은 감자가 툭툭 소리를 내며 냄비 바닥으로 떨어졌다. 조리대 위에 놓인 오래된 마요네즈 병에서 양파가 싹을 틔우고 있었다. "네가 안 먹어서 그래. 네가 좋은 본보기가 돼야지."

나디아는 얼굴을 붉혔다. "오다가 뭘 먹어서 그래요."

"뭐?"

"오는 길에 먹었어요."

"그래서가 아니야." 어머니가 말했다.

나디아는 고개를 숙여 흘러내린 머리카락으로 벽을 때렸다. "아빠, 엄마는 보청기 안 써요?"

"네 엄마는 훌륭한 여자다." 아버지가 말했다. 아버지는 수저를 들고 있었다.

그 말에 코가 시큰해진 나디아가 놀라 고개를 들었다. 그녀는 울지 않을 생각이었다. 바보처럼 울지 않을 것이다. 하지만 아버지가 그렇게 말하는 걸 듣고 있으니, 좋았을 때의 체가가 떠올랐다. 체가가 "네 엄마 재미있지? 우린 참 운이 좋지 않니?"라며 밀라를 통해 나디아를 칭찬하던 것이나, 체가가 잘해보려고 노력하며 애정을 드러내던 때가 떠올랐다.

나디아는 단지, 그와 아무 말 없이 며칠을 지낸 끝에 지쳐서 감상에 젖어 있을 뿐이었다. 밀라는 유치원에서, 자신은 통화 계산기에서 벗어나기 위해 일정을 조정하느라 녹초가 되었다.

집에 부족한 것을 메우는 데도 지쳐버렸다. 에소 사람들이 그들의 상황에 대해 뭐라고 할지, 나디아는 그저 상상만 할 따름이었다. 쓰레기장에서 사는 체가 아두카노프는 빌린 집의 파이프를 고칠 돈도 없다고 떠들어댈까? 그들은 아마 "돈도 없다"고조차 말하지 않을 것이다. 어쩌면 그가 그런 것에 개의치 않는다고 여길지도 모른다. 원주민 중에는 술을 너무 많이 마시는 데다 일할 땐 예의가 바르지만 집에서는 고약하게 구는 남자가 있을지도 모른다고 생각할 수도 있다. 여자와 같이 살면서 결혼 생활은 제대로 하지 않는 남자. 남의 아이는 받아들이면서 그 애가 얼어 죽게 놔두는 남자. 술을 마신다는 것만 빼면 모두 사실이었다. 그리고 나디아는 더 이상 남들 입에 오르내리는 것을 견딜 수 없었다.

이 한 달 반의 기간 동안 나디아는 애초에 그를 만나게 된 까닭에 대해 곰곰이 생각하고 따져볼 요량이었다. 만약 고등학교를 졸업하자마자 접근해온 첫 남자를 만나 그의 아이를 갖는 대신 이 집에서 며칠 더 머물 생각을 했더라면, 그래도 나중에 자기 고향보다 더 작은 마을에 사는 연인과 만나게 되었을까? 여자와 아이를 데리고 마을의 늪으로 데이트를 하러 가자고 하는 연인과?

접시를 치운 뒤, 나디아는 거실에서 짐을 풀었다. 밀라의 물건은 모두 작고, 얼마 되지 않았다. "넌 아주 용감한 아이야." 나디아는 딸에게 말했다. 밀라가 나디아의 목을 감싸 안으며 그녀의 무릎으로 올라왔다. 아이에게서 딜과 후추, 레몬주스를 넣은 수프 냄새가 났다. 나디아는 딸을 더 꼭 껴안았다.

그래선 안 되었지만, 나디아는 참을 수가 없었다. 그녀는 밀라의 뺨에 대고 물었다. "아빠 안 보고 싶지, 그렇지?"

처음에 밀라는 아무 말도 하지 않았다. 그러다 나디아의 어깨에 얼굴을 묻었다. 훌쩍. 또 훌쩍. 나디아가 딸을 울리고 말았다.

"이런, 아가." 나디아가 말했다. "미안해, 미안." 그녀는 딸을 꼭 끌어안고, 아이가 진짜 울음을 터뜨리기 전에 눈물을 멈추게 하려고 애썼다.

"아빠는 안 와?" 밀라가 물었다. 목멘 소리였다. 나디아는 팔에서 힘을 조금 뺐다.

"아빠는 집에 있어. 알지? 우린 할아버지 할머니랑 당분간 지낼 거야." 그러자 밀라가 큰 소리로 "싫어어어어!" 하고 소리 질렀다. 나디아는 그것보다 더 큰 소리로 말해서 딸의 목소리를 묻으려 했다. "아빠가 부엌을 부순 거 기억하지? 아빠는 그거 고쳐야 해!" 나디아가 밀라를 이런 입장에 빠뜨린 데다가 먼저 체가 이야기를 꺼내기는 했지만, 그래도 그녀는 딸에게 화가 났다. "화요일 일, 기억 안 나니?"라고 묻고 싶었다. 추위에 떨고 흐느끼면서 집을 떠났던 거 기억 안 나? 벽은 온통 얼어붙고, 학교 직원이 우릴 동정하고, 체가는 나중에 변명만 늘어놓으면서 혼자 힘들어 죽겠다는 듯이 말했던 걸? 단 한 번이라도 밀라는 자기가 누구 편인지 떠올리지 못하는 걸까?

나디아는 딸의 동그란 뺨에 코를 묻었다. "티브이 볼래?" 역시. 작은 콧구멍으로 콧물이 쏙 들어갔다. 〈체브라시카〉 만화영화만 있으면 어떤 비극도 해결할 수 있었다.

얼굴이 퉁퉁 부은 밀라가 소파에서 나디아에게 안겼다. 어릴 적 나디아는 여기서 자고, 숙제를 하고, 자유를 꿈꿨다. 이제 그녀는 어머니이자 전문직 종사자가 되어 여기로 돌아왔다. 나디아와 밀라는 노트북으로 동물이 춤추는 것을 보았다. 천장의 불빛이 희미해졌다.

전화기가 울리자 그녀는 살그머니 자리를 옮겼다. 조용한 복도에서, 전화기 화면에 떠오른 체가의 사진을 보았다. 나디아는 무음 처리 버튼을 눌렀다. 그렇게 진동은 멈췄지만, 작년 여름 남부의 햇빛을 받는 중인 그의 얼굴은 그대로 남았다. 미소 또한.

그는 나디아 속에 죄책감을 남겼다. 그녀는 그것이 마음에 걸렸다.

전화기 화면이 꺼지더니 다시 밝아졌다. 또 전화가 오고 있었다. 나디아는 어떤 통화를 하게 될지 정확히 알고 있었다. 어째서 너는, 언제, 왜 등등. 나디아는 다시 무음 버튼을 누르고 문자메시지 앱을 켰다. **팔라나야.** 나디아가 메시지를 보냈다. **준비가 되면 전화할게.**

전화기가 조용해졌다. 나디아는 화면을 보고 있다가 눈을 감았다. 기차에 관한 노랫소리가 거실에서 작게 흘러들었다.

에소의 그 돼지우리를 상상해봐. 딸이 옷을 입을 때면 아이 입에서 입김이 나왔다. 반바지를 입고 얼음물에 발을 담근 체가의 몸통은 몹시 우스꽝스러웠다. 뭐든 떠올려봐. 밤이면 거칠어지던 그의 음성과 아침마다 그가 밀라에게 만들어주던 잼 바른 토스트와 그가 최근 작업한 작품을 컴퓨터로 보여줄 때 어깨에 닿던 숨결과 오늘 집으로 돌아와 가족이 없는 것을 보고 놀라서 입을 딱 벌리는 표정만 빼고 뭐든지.

전화기가 다시 진동했다. 나디아의 죄책감이 더 심해졌다. 전화를 받아야 할 것 같았다. 그런데 모르는 번호였다. 체가가 새 심 카드를 산 모양이었다……. 대단하네, 체가. 나디아는 한숨을 쉬고 전화를 받았다. "왜?"

아무 말도 들리지 않았다. "나디아?" 모르는 남자였다.

나디아는 손으로 이마를 짚었다. "네? 죄송해요. 여보세요?"

"슬라바 비치코프야."

"아아." 나디아가 말했다.

"아직도 내 번호 모르는구나."

"아직도 내 번호 아는 게 놀랍네."

"나데치카. 당연하지, 그럼. 이렇게 오랜만에 고향이 오니 어때?" 나디아는 눈을 가늘게 떴다. 어머니가 이웃에게 딸이 온다고 말했을까? 바로 그때 그가 말했다. "고모가 널 공항에서 봤대. 이 동네에선 비밀이 없잖아."

"내가 잊은 것 같네."

"걱정 마. 내가 기억하게 해줄게."

"그래." 나디아가 말했다. "잘 지내고 있어, 딸이랑 나랑." 필요 이상으로 딸을 힘주어 말한 것 같다는 생각이 들었지만, 그녀는 그의 편안한 목소리가 듣기 싫었다. 나디아는 임신했을 당시에 슬라바와 만나고 있었다. 배가 불러오기 시작할 때쯤 그는 그녀를 떠났다.

"딸한테 내 얘기 했어?"

나디아는 웃었다. "아니, 설마."

"너무 어려서 동화를 이해하지 못하겠지." 나디아는 대답하지 않았다. "걔, 코코아 좋아해?"

"그래, 동화 속 왕자님. 좋아해."

"혹시 걔랑 걔 엄마가 팔라나에서 제일 좋은 카페에 가고 싶을까?"

팔라나의 유일한 카페. "안됐지만, 못 가. 할아버지 할머니랑 계획이 있거든."

"그럼 엄마는?"

아직 체가에게서 답장이 오지 않았다. "걔 엄마는," 나디아가 말했다. "시간 있지."

이튿날 아침, 나디아는 아버지가 외출하는 소리에 잠에서 깨어났다. 그녀는 침대를 정리하고, 소파 쿠션을 제자리에 놓고, 아침을 먹은 접시를 설거지한 다음, 스베르방크 극동 지부에 전화를 걸어 국제 송금에 대해 문의했다. 담당자는 모스크바의 본점 전화번호를 알려줬는데, 그곳은 시차 때문에 아홉 시간 뒤에야 문을 열었다. 밀라가 나디아의 무릎 위에 앉아서 그림을 그리고 있었다. 나디아는 딸의 손을 톡톡 쳐서 펜을 건네받은 뒤 공책에 그들의 장래를 바꿔놓을 전화번호를 적었다.

전화를 끊은 뒤, 나디아는 밀라에게 펜을 돌려주었다. 밀라는 나디아가 적은 '8' 아래에다 낙서를 했다. "그러지 마." 나디아가 말하고 빈 페이지를 펼쳐주었다. 그러고 나서 그녀는 어머니에게 물었다. "오늘 내가 차 써도 돼요?"

어머니가 망설이자, 나디아는 밀라의 등에 몸을 기대고 다시 물었다. "차 써도 되냐고 물었어요!"

"어디 가니?" 어머니가 물었다.

"밖에요."

어머니의 입술이 비틀어졌다. "알았어요." 나디아는 어머니의 거절을 받아들였다. 그녀는 일어나 스탈린 초상화 옆 못걸이에서 열쇠를 집어 들었다.

"엄마, 나도 같이 갈래." 밀라가 코트를 입는 나디아의 허벅지에 매달리며 말했다.

"할머니가 너랑 놀고 싶어서 보내지 않으실 거야, 밀루샤. 금방 올게." 나디아가 말했다. "할머니 말씀 잘 들어." 그녀는 밖으로 나갔다.

추위가 폐를 잡아 뜯는 것 같았다. 오호츠크해에서 불어오는 바람이 이곳 거리를 꽁꽁 얼려놓았다. 겨우 몇 년 만에 나디아는 에소에 익숙해졌다. 깨끗하게 떨어지는 눈송이, 오점 하나 없이 새하얀 산, 그리고 겉보기에 그럴듯한 그 고요함에. 그곳 사람들의 집 뒷마당엔 나무 울타리로 둘러싸인 텃밭이 있었다. 나디아가 밀라를 데리고 산책을 나가면, 말들이 밀라의 손바닥에 코를 대고 킁킁거렸다. 바다와 접한 팔라나는 그 땅에 비하면 잔인하게 느껴졌다.

나디아는 이제 그 잔인함을 좋아하게 될지도 몰랐다. 다시 어디론가 옮기기 전에 선택지를 살펴보고, 몇 달치의 봉급을 받고, 유럽 어딘가의 집주인들과 통화를 해야 했다. 차에 시동을 걸고 기다리는 동안, 그녀는 이곳 팔라나에 잠시 들르는 것도 생각해보았다. 안 될 것도 없지 않을까? 고향 사람들에게 자신의 성공을 알리는 것이. 가끔은 바닷가에서 지내는 것도 괜찮을 터였다.

카페에 들어가자 슬라바가 앉아서 기다리고 있었다. 5년이나 지났지만, 그는 괜찮아 보였다. 괜찮은 정도라고, 나디아는 생각하며 그것을 다행으로 여겼다. 세월이 그의 입가와 이마에 주름을 새겨놓았다. 눈두덩 위 피부가 검게 그을어 있었다. 스노모빌을 타고 눈밭을 나다닌 모양이었다. 그리고 뒷머리가 너무 길었다. 매달 그녀가 욕실에서 잘라주는 체가의 머리와 비교가 되었다.

체가 생각은 이제 그만하자. 나디아는 과거를 잊고 있었다. 오늘 아침 욕실의 거울을 보면서 그녀는 자신이 매력적이라고, 적어도 예전처럼 매력이 없지는 않다고 판단했다. 밀라를 가진 이후로 자세가 조금 바뀌긴 했지만—골반이 튀어나온 방향이 달라졌다—그렇게 눈에 띄는 변화는 아니었다. 그리고 옷차림도 전보다 나아졌다.

나디아는 빈자리에 앉았다. 너무 늦게 일어나는 바람에 의자를 빼주는 데 실패한 슬라바가 그녀의 뺨에 키스를 했다. "이게 얼마 만이야. 안녕, 미인." 그가 말했다.

"안녕. 차 마실래?" 슬라바는 웨이터에게 손짓했다. "오늘 일 안 해?" 나디아가 물었다.

"밤에 일해. 원래 지금 자고 있을 시간이야. 홍차 두 잔이요." 슬라바가 소년에게 말했다.

"전 레몬 넣어주세요." 나디아가 말하자 소년이 끄덕였다.

"어떻게 지냈어?" 슬라바가 물었다.

나디아는 테이블 밑에서 손을 벌렸다. 그와 마지막으로 만난 뒤 나디아는 열여덟 살이 되었고, 아이를 낳았고, 체가에게 반해 에소로 갔고, 은행 일을 시작했고, 그리고 가정을 꾸렸다. 약혼을 했고…… 아니, 적어도 결혼 이야기를 그와 많이 하기는 했다. "너 먼저 얘기해봐." 나디아가 말했다.

슬라바는 웃었다. "다 들었잖아. 밤에 일해. 그거 말곤 별거 없어. 잠깐 결혼 생활도 했었는데…… 혹시 어머니가 말씀하셨어? 지금은 별거 중이야. 네가 모르는 여자야. 네가 떠난 뒤에 여기 온 사람."

슬라바와 헤어진 후 나디아는 평생 처음이자 마지막으로, 토할 정도로 심하게 울었다. 10대 시절의 나디아에게는 지금의 밀라보다 더 어린애처럼 굴던 기간이 있었다. 물론 임신 영향도 있었다. 나디아는 심장이 약했는데, 그녀의 심방은 흡사 화산 지역의 땅처럼 위험하게 움직였다. 슬라바는 나디아의 심장이 미처 굳기 전에 그곳에 자리를 잡았던 셈이다.

결혼했다는 이야기를 들으니 살짝 마음이 아렸다. 그의 긴 머리에도 불구하고. 그 시절 나디아는 누군가가 자신을 온전히, 아무런 여지도 남기지 않고 사랑해주기를 바랐다.

"에소에서 살아. 내 남자랑." 나디아가 말했다. "아주 행복해. 사진작가야." 웨이터가 잔을 들고 왔고, 나디아는 몇 초 동안 차를 젓는 데 집중했다.

나디아가 고개를 들어보니 슬라바가 자신을 보고 있었다. "너무 행복해서 여기 와서 나를 만나는 거야?"

"음." 나디아는 할 말이 없었다.

슬라바는 김이 모락거리는 차를 한 모금 마셨다. "어머니는 잘 계셔?"

나디아는 눈을 가늘게 뜨고 몸을 앞으로 당겼다. "뭐?"

"너희 어머니…… 아." 슬라바는 이렇게 말하고 웃었다. 단지 그것뿐이었는데, 그 저음의 소리가 나디아의 마음을 다시 열었다. 그녀는 고개를 돌렸다.

"엄마는 옛날이랑 똑같아." 나디아가 말했다. "좀 더해진 것뿐이지."

"우리 다 그렇지 않아?"

"난 아냐." 나디아가 말했다. "난 변했어."

슬라바는 찻잔 위로 미소를 지었다.

카페에서 만나자고 한 건 분명 애정의 표현이었다. 예전에는 싸구려 맥주와 그보다 더 싼 독주만 찾았다. 누군가 과거의 슬라바에게 차를 마시러 가자고 말했다면, 그는 아마 주먹으로 그 사람을 흠씬 두들겨 패줬을 것이다. 나디아는 그의 가식을 좋아했었다. 체가가 악명 높은 릴리아 솔로디코바에게 집착하듯이 나디아도 어린 시절에 집착하던 것이 있었고, 지금이라면 부끄러워할 것들을 당시에는 소중히 여겼었다.

하지만 나디아는 철이 들었다. 그녀보다 어린 여자들도 이미 대학을 졸업했을 정도니까. 그들은 성인이 되었다. 나디아 자신도 거의 다 컸다고 할 만한 아이를 키우고 있을 만큼 어른이 되어 있었다.

"딸은 잘 있어?" 슬라바의 말에 나디아는 흠칫 놀랐다. 만약 그가 그녀의 마음을 읽을 줄 안다면, 나디아는 그의 뒷머리에 대한 생각을 멈춰야 했다.

"예쁘지. 벌써 다섯 살이야. 넌 애 있어?"

"모르지." 슬라바는 씩 웃으며 말했다. "그 애 만나고 싶네."

"흠." 나디아는 그의 부모와 형제로 화제를 바꿨다. 요즘 그가 잡는 동물에 대해서도. 슬라바는 미소를 지으면서 익숙한 치아를 드러냈다. 윗니 두 개가 구부러져 비뚤어진 틈이 나 있었다. 나디아는 차를 다 마실 때까지, 지나간 시절의 그 귀여운 모습을 실컷 보았다.

그럼에도 차로 돌아온 나디아는 다시 혼자가 된 것이 기뻤다. 슬라바 옆에 앉아 있으니 자신의 가장 보잘것없던 시절이 떠올랐던 것이다. 에소에서 가족과 옛 친구들에 에워싸인 체가는 학창 시절을 추억하길 좋아했지만, 나디아는 과거의 기억에 젖어 들고 싶지 않았다.

지역의 수치. 다른 사람들, 남자들에게서 기쁨을 찾는 여자. 나디아는 밀라의 아버지가 자신을 떠나자 그 충격으로 마음이 어지러운 상태에서 슬라바의 침대로 들어간 후에야 자신의 실수를 깨달았다. 하지만 거기서 벗어나고 싶지 않았다. 그와의 관계가 끝난 뒤, 그녀는 진심으로 죽고 싶었다.

열일곱 살을 맞았을 때 나디아는 벌써 임신 4개월이었으며, 두 차례의 연애에서 얻은 것은 아무것도 없었다. 부모님이 방에서 텔레비전을 보는 동안 베개에 얼굴을 파묻고 흐느끼던 나디아는 이렇게 스스로에게 묻곤 했다. '어떻게 살아가야 하지?'

그러다가 깨달았다. 살아갈 수 있음을. 그녀는 체가를, 그의 대범한 마음씨를, 그가 한 약속을 사랑했지만, 이제 삶에서 그녀에게 진정한 즐거움을 주는 것은 높아지는 연봉과 부른 배, 그리고 튼튼하게 연결된 라디에이터 파이프였다.

이웃집 개들이 고개를 쳐들고 나디아의 차가 오는 것을 보았다. 녀석들은 울타리 기둥 아래 얼음이 녹은 곳에 앉아 있었다. 부모님 집 앞에 차를 세우고 시동을 끄자, 아이 우는 소리가 들렸다. 그녀는 두툼한 코트 소매 밑으로 핸드백을 끼고 차에서 내렸다. 그렇다, 밀라였다. "내 딸 어디 있니?" 나디아는 안으로 들어가며 딸을 불렀다.

"마모치카(러시아어로 '엄마'라는 뜻—옮긴이)!" 밀라가 젖은 얼굴로 벽 모서리에서 달려 나왔다.

"안녕, 아가." 나디아가 말했다. "안녕, 귀염둥이. 할머니 할아버지를 괴롭히고 있었어?" 딸은 고개를 저었다. 머리를 풀어서 자기가 다시 묶은 모양이었다. 아침 식사 전에 나디아가 깔끔하게 땋아주었는데, 지금은 두 가닥으로 비뚤비뚤 묶여 있었다. 검은 머리가 한 움큼 정도 위로 솟아올라 있었다. 나디아는 아이의 손을 잡았다. "그럴 줄 알았어."

"여기다." 나디아의 아버지가 불렀다.

밀라는 나디아를 데리고 복도를 지나 방으로 갔다. 텔레비전 소리를 따라갔다. 부모님이 침대 위에 앉아 있었다. 어머니는 이미 꿰맨 양말 더미에서 양말을 또 꺼내 꿰매고 있었다. 텔레비전 뉴스가 최고 음량으로 틀어져 있었다. 유로 축구 대회 예선전 결과, 우크라이나 동부 전선에서 있었던 하루 동안의 휴전, 도네츠크와 루한스크 인민 공화국 사이에 재개된 열차 운행. "행복해요, 행복해"라고 우크라이나의 시민 한 사람이 기자에게 말했다. 화면에서 흘러나온 불빛이 부모님 발치에 깔린 양털 담요를 물들였다.

지금부터 5년 후, 혹은 50년 후에도, 이 방에 들어오면 부모님이 똑같은 모습으로 있을 것 같았다. 나디아는 딸에게 말했다. "엄마 가방 앞주머니에 네 공책이 있어. 그거 가져올래?" 밀라가 나가고 나디아는 전화기를 확인했다. 받지 못한 전화는 없었다. 체가는 저녁이 되어야 다시 전화할 듯싶었다.

밀라가 젖가슴으로 가득한 공책을 가지고 왔다. "식탁 서랍에서 펜 하나 가져와." 나디아가 말했다. 어머니가 고개를 들고 묻는 듯한 표정을 지었지만, 나디아는 다시 말하지 않았다. 그녀는 러그에 앉아서 딸이 돌아오기만을 기다렸다.

곧 나디아도 텔레비전을 살 생각이었다. 밀라에게 창이 큰 방을 구해줄 것이다. 유럽에서 기계로 짠 고급 양말을 사서, 상자에 넣어 이 집으로 보낼 것이다. 밀라가 웃는 얼굴을 그리고 그 얼굴의 눈과 뺨과 입을 꽃으로 장식하는 사이, 나디아는 손으로 딸의 머리를 빗어주었다. 나디아의 아버지가 침대에서 코를 골았다. 마음을 위로하는 작은 소리였다.

오후는 고요한 동시에 떠들썩하게 흘러갔다. 5시 몇 분 전에, 나디아는 전화기를 충전기에 연결하고 저녁 식사 준비를 도우러 부엌으로 갔다. 메뉴는 버터로 조리한 마카로니와 생선 요리였다. 실내에 증기가 차오르는 동안 나디아의 아버지가 밀라와 놀아주었다. 식사 시간이 되자, 나디아가 어렸을 때처럼 어머니가 각자의 몫을 나누어 주었다. 밀라는 나디아가 손을 때릴 때까지 마카로니를 손으로 집어 먹었다.

나디아는 체가가 그립지 않았다. 밀라와 함께 잘 지내고 있었다. 그래서 전화기를 보고 체가가 두 번이나 전화한 것을 알았을 때, 그녀는 그 사실을 그에게 알려야겠다고 판단했다.

신호가 가자마자 체가가 전화를 받았다. "무슨 생각이야?"

나디아는 한쪽 팔을 다른 팔 밑에 넣었다. "인사가 먼저 아니야?" 서로의 음성을 들은 지 일주일이 다 되었다. 그는 나디아의 목소리를 반가워하는 말투가 아니었다.

"정말 부모님 댁에 갔어?"

"아니면 어디로 가겠어?"

"푯값으로 얼마나 쓴 거야?"

"세상에, 체가." 나디아가 말했다. "2만 5,000이야." 나디아가 가진 현금의 거의 전부였다. 그 말에 체가는 목구멍 깊은 곳에서 쯧쯧, 하고 거위 소리를 냈다. "밀라는 반액이었어. 그리고 휴가를 전부 썼어. 어차피 우리가 같이 휴가를 보낼 건 아니잖아, 그렇지? 내 말 맞지?"

"어떻게 그렇게 자기밖에 모르지." 체가가 말했다. "함께 보낼 생각이었어. 당연하잖아?"

"글쎄." 나디아가 말했다. 생선 요리로 배가 부르고, 부모님 서랍장 위에 놓인 졸업 사진 액자를 눈앞에 둔 그녀는 그 새벽에 일어났던 침수 사고 때문에 얼마나 춥고 힘겨웠는지 똑똑히 기억했다. 그녀는 그를, 맨발의 그를, 고무장화를 신고 뒤따르면서 더러운 물을 헤치고 다녔다. 체가는 마치 그가 구세주라도 된다는 듯이 어깨에 매달리는 밀라를 안은 채였다. 뒤에 선 나디아는 그의 등을 응시했다. 자기가 깔끔하게 잘라준 머리 아래쪽을. 그리고 그의 앞에 네모나게 열린 문을. 지나가던 사람이 무슨 일이냐고 물었다. "크로스컨트리 여행은 우리한테 안 맞는 것 같아. 당신은 우리 머리 위에 제대로 된 지붕 하나 마련하지 못했잖아."

"지붕은 아무 문제도 없었어." 체가가 말했다. 짜증이 난 나디아가 소리를 질렀다. "그러지 좀 말라고!" 그러자 체가가 말했다. "널 위해 모든 걸 다 했어."

"날 위해 모든 걸 다 했다고?"

"내가 없었으면 넌 아직도 고향에서 어머니랑 싸우며 밀라를 키우느라 엉터리 같은 일을 했겠지. 팔라나의 온수 공급장에서 석탄이나

퍼 나르고 있었을걸."

"빌어먹을 자식." 나디아는 그가 놀라며 내는 소리를 들으려고 이렇게 말했다. 여자가 욕을 하면 아무도 좋아하지 않았다. "날 에소에 데려간 걸 내가 고마워해야 한다고? 왜? 너 대신 네 엄마랑 싸우게 돼서?"

"엄마 이야기는 하지 마."

"우리 엄마 이야기도 하지 마."

"그러지……." 체가가 조용해졌다. 다시 입을 열었을 때, 그는 좀 더 천천히 그리고 조심스럽게 말했다. "내가 무슨 생각을 했는지 알아? 네 쪽지를 보기 전에 말이야. 두 사람한테 사고라고 난 줄 알았어. 사고를 당해서 다친 줄 알았다고."

"제정신이 아니네." 나디아가 말했다.

"마을 사람들한테 밀라의 사진을 보여줘야 하나 싶었어. 그게 네가 2만 5,000루블의 대가로 남긴 선물인 셈이네. 릴리아 기억 안 나?"

그가 가진 최악의 면면이 죄다 기억났다. 인색함, 고집, 그리고 남의 인생에 끼어들기. 그의 여동생마저도 나디아에게 그 점을 경고했었다. 그 1월의 어느 날 온천욕을 마친 뒤에, 나디아는 목재 탈의실에서 밀라의 수영복 끈을 내려주며 물었다. "저이가 그 릴리아란 여자를 좋아하기라도 했어요?" 크슈샤는 고개를 저었다. "그럼 그 여자 얘길 왜 자꾸 꺼내는 거죠?"

크슈샤는 눈을 내리깐 채 청바지를 입었다. 그녀는 무용단 활동으로 다리에 근육이 붙은 채, 그리고 아마도 학업에 너무 힘을 쏟느라 긴장한 얼굴을 한 채로 대학교에서 돌아왔다. 크슈샤처럼 똑똑한 사람으로 살기란 얼마나 피곤할까. 모든 가능성을 루슬란에게 맡기고 저렇게……. 크슈샤가 말했다. "체가는 극적인 상황을 좋아하는 것뿐이에요. 실종이라든가 하는 거 말예요. 릴리아가 달아났다는 사실을 인정하는 대신에 이런저런 가설을 지어내는 걸 좋아하는 거죠." 그녀는 수영복을 가방에 집어넣었다. "사실을 말해도 될까요?"

나디아는 고개를 끄덕였다.

크슈샤는 손을 뻗어 밀라의 귀를 막았다. "릴리아는 창녀였어요." 그녀가 말했다. 나디아가 그때까지 그녀에게서 본 것 중에 가장 단호한 표정이었다. "원래 상냥한 성격이긴 했지만, 모두와 잤어요. 체가는 릴리아를 사랑하지 않았어요. 그냥 사람들 이야기하는 걸 좋아하는데, 릴리아가 여기 없으니까 이야깃거리로 삼기에 쉬울 뿐인 거죠."

'창녀'였다고, 크슈샤가 말했다. 그리고 나디아는 근처에서 헤엄치던, 고양이를 죽였다는 체가의 동창에게서 자신의 모습을 보았을 때도 충분히 모욕감을 느꼈다고 여겼다. 체가는 나디아에게 너무 빨리, 너무나 완전히 마음을 다했다. 그것은 그가 나디아의 극적인 상황을 사랑했기 때문일까? 그와 처음 만났을 때, 나디아는 고등학교를 졸업하고 혼자서 아이를 키우고 있었다. 그리고 체가는 나디아와 밀라를 꾀어 고향을 떠나게 만들었다. 두 사람을 돌보겠다고 그는 맹세했다. 행복을 약속했다. 그런데 그 모든 것이, 그가 나디아의 예전 모습을 보았기 때문이라는 것인가? 그저 누군가가 남긴 빈자리를 채우기 위해, 그녀를 에소로 데려갔다는 것인가?

"기억해." 나디아가 말했다. 날카로운 말이었다. 갑자기 삐 하는 소리가 났고, 나디아는 얼굴에서 전화기를 떼고 화면을 보았다. "당신 말이 옳아, 체가. 밀라와 나는 릴리아랑 똑같아. 당신 근처에서 사느니 차라리 죽는 게 낫겠어." 또 삐 소리가 났다. 체가가 고함을 칠 것 같았다. "끊어야겠어." 나디아가 말했다. "다른 전화가 와."

"슬라바?" 회선을 바꾼 뒤 나디아가 말했다. 음성이 조금 컸다.

"아, 뭐 하고 있어?"

나디아는 잠시 숨을 골랐다. 그리고 말했다. "아무것도 안 해."

"놀러 갈까 하고." 그가 말했다.

5년 전이었다면, 이 제안은 불꽃놀이 같았을 것이다. 하지만 이제 그것은 터지지도, 타오르지도 않았다. "아니." 나디아가 말했다. "너무 늦었어. 밀라는 이제 자야 해."

"괜찮아. 말했잖아. 그 앨 보고 싶다고."

나디아는 혼자였지만 누가 보고 있는 양 고개를 저었다.

슬라바가 말했다. "생각해봤는데…… 있잖아, 우린 너무 어렸어." 나디아는 대답하지 않았다. 서랍장 위 고등학생 시절의 그녀가 히죽거리고 있었다. "내가…… 그 애 아빠가 아닌가 싶어서."

"아니야." 나디아가 말했다.

"아니야?"

"응."

"왜?"

"네가 아니었으니까. 넌 아냐. 우리가 처음 잤을 때, 벌써 생리가 3주째 늦어지고 있었어." 밀라의 아버지는 나이 많은 유부남이었다. 그는 해안가에 차를 세운 채 나디아와 사랑을 나누고는, 그녀가 생리를 하지 않는다고 말하자 그 뒤로 전화를 받지 않은 남자였다. 나디아는 그때, 이미 저질러진 일을 해결해줄지도 모른다는 희망을 안고 슬라바와 만났다.

슬라바는 아무 말도 하지 않았다. "알았어." 그가 말했다. "그렇다고 바뀌는 건 없어. 그때 나도 있었으니까. 그리고 지금도……. 내내 함께 있어줄 수도 있었어."

"뭐, 하지만 그러지 않았잖아." 나디아가 말했다.

"들어봐. 그때 난 어린애였어." 슬라바가 말했다. "얼간이처럼 굴었다고. 하지만 이제 어른이 됐어. 가족을 갖고 싶어. 내가 그때 저지른 실수 때문에 어린 딸을 벌주지는 마."

나디아는 슬라바가 그 대사를 연습했다는 걸 알 수 있었다. "세상에." 나디아가 말했다. "오늘밤은 때가 아니야, 알겠어? 포기해." 슬라바에게 할 말이 더 남았다는 것을 알았지만, 나디아는 전화를 끊었다.

그 모든 상황에 웃음이 났다. 아니, 비명을 지르고 싶었다. 임신 테스트에서 양성이 나왔을 때도 똑같은 기분이었다. 사실이 아닐 거야, 사실이 아닐 거야. 그 느낌이 목까지 차올랐다. 슬라바가 다시 전화를 걸어왔고, 나디아는 전화기의 진동을 무음으로 바꿨다. 그의 음성, 그의 말, 그의 (우린 어렸다는) 암시가 그녀의 속을 메슥거리게 만들었다.

이 분노를 터뜨릴 곳이 없다는 게 아쉬웠다. 체가에게 다시 전화를 할 수는 없었고, 밀라에게는 말하지 않을 생각이었던 데다가, 지금까지 친구 사이가 유효한 동창도 없었다. 어떤 여자들은 어머니와 그런 이야기를 나눈다지만, 나디아는 아니었다……. 어머니의 귀에다 대고 방금 한 통화 내용을 고함쳐 알리는 모습을 상상해보라.

나디아는 크게, 씁쓸하게 웃었다. 어머니가 얼마나 알고 있는지(이반 보리소비치와의 연애, 슬라바와 함께한 몇 달, 늦은 밤의 불안, 점점 불러오던 배), 얼마나 많은 것들이 배경의 소음 속으로 사라져버렸는지 그녀는 알 수 없었다. 그들은 태어날 아기에 대해 진지한 대화조차 나눠본 적이 없었다. 임신 4개월에 접어들어서야 부모님은 뭐라고 한마디씩 던질 뿐이었다. 자본주의 사회에서 아이를 키우는 게 얼마나 삭막한 일인지, 그리고 가족에게는 공동생활이 더 좋았다거나 임신 중에는 머리 위로 손을 올려서는 안 된다거나 하는.

나디아가 나쁜 짓을 한 것은 모두가 알고 있었지만, 그 일 자체는 아무도 입에 담지 않았다. 그녀가 시내 병원의 산부인과에 입원했을 때, 어머니는 딸의 커다란 배를 똑바로 보지도 않았다. 출산 후에도 나디아에게 좋은 부모가 될 거라는 말 한번 건넨 적이 없었다. 한 세대가 다음 세대에게 기술이나 지식을 전수할 수 있다는 말 같은 것도. 그러는 대신 어머니는 간호사들과 이웃들에 대해, 그리고 나디아의 식생활과 허영과 게으름에 대해 불평하기만 했다.

아무것도 변하지 않았다. 나디아가 거실로 나가자 어머니는 거기서 인상을 쓰고 있었다. "어디 갔었니? 내가 혼자서 다 했잖니." 어머니는 아픈 허리를 구부리며 소파 쿠션 위에 마지막 시트의 모서리를 폈다. 나디아는 밀라를 안아 들고, 딸의 다리에서 전해지는 온기를 허리에 느꼈다.

"엄마, 내가 할게요." 나디아가 말했다. 그녀는 밀라를 안고서, 어머니가 비켜서야 할 만큼 쿠션에 바짝 다가섰다. "10분만 기다리지." 나디아는 이렇게 말했지만 혼잣말이나 다름없음을 알고 있었다.

어머니는 몇 분 더 거기서 미적거렸다. 나디아는 밀라의 목에 입을 맞추고 아이를 웃게 하는 데 집중했다. 사랑스러운 딸. 모두가 한마디씩 이러쿵저러쿵 쑥덕거렸지만, 그녀는 그들 모두가 딸의 지금 모습을 보았으면 싶었다. 긴 다리와 배를 내민 자세, 조그만 손톱, 머리카락. 뺨이 통통해서 옆에서 보면 입가가 보이지 않을 정도였다. 나디아가 밀라를 어떻게 키웠는지, 앞으로 어떻게 키울 것인지 그들이 똑똑히 보았으면 싶었다.

아침에 스베르방크 본점에 전화를 걸었다. 은행은 아직 문을 열지 않았지만, 녹음된 안내 대사와 모스크바 억양을 들으니 희망이 느껴졌다. 그다음 나디아는 극동 지부에 전화를 걸어 이메일 주소를 확인했다. 노트북으로 은행에 이메일을 보내기 위해서였다. 그날을 함께 보내기 위해, 나디아의 부모는 딸과 손녀를 데리고 문화센터에 동화 인형극을 보러 갔다. 네 사람은 나무 벤치에 나란히 앉았다. 공연장의 불이 꺼졌다. 이윽고 막이 오르면서 종이로 만든 머리와 구겨진 의상이 등장했고, 손들이 개구리와 여우와 수탉을 움직였다.

"영화 보자." 인형극이 끝난 뒤 나디아가 딸에게 말했다. 부모님에게는 이렇게 설명했다. "에소에는 극장이 없어요."

어머니가 이마를 찡그렸다. "집에도 볼 영화가 있다."

"우리 기다리지 말아요." 나디아가 말했다. "끝나면 걸어서 갈게요."

영화관은 인형 극장 위층에 있었다. 나디아와 밀라가 올라가보니 캄캄했다. 밀라가 울먹이기 시작했다. "극장은 아침에 열지 않아." 나디아가 말했다. "정말 미안하다. 내가 그만 잊었네." 다시 아래로 내려가니 나무딸기 파이를 파는 곳이 있었다. 나디아는 지폐를 꺼내 파이 두 개를 샀다.

딸기즙이 묻어 끈적이는 손으로, 나디아와 밀라는 복도를 걸어가며 벽화를 살펴보았다. 나디아의 휴대전화가 진동하더니 화면에 슬라바의 번호가 떴다. 그녀는 전화기를 무음으로 바꾸고 밀라의 손을 잡았다.

벽화 속에 늑대 가죽을 입은 남자들이 있었다. 나디아도 어릴 때 부모님을 따라 이곳에 왔었다. "밀루샤, 내일 할아버지랑 낚시 갈래?" 그녀가 물었다. "내가 너만 할 때는 낚시하러 자주 갔는데."

밀라가 나디아의 손을 꼭 잡았다. "어떻게 하는데?"

간조에 풍기는 썩은 냄새…… 끝없이 편평한 바다. 낚싯바늘에 미끼를 꿰는 아버지의 팔을 타고 가느다랗게 흐르는 피. "좋아." 나디아가 말했다.

"돌고래를 잡을 거야. 하지만 먹지는 않을 거야." 밀라는 고개를 저으며 말했다. "돌고래랑 같이 살 거야."

"그러자." 나디아도 밀라의 손을 꼭 잡았다. "그거 아니? 우리 집을 곧 구할 거란다."

"우리랑 아빠랑 살게?"

"우리랑 돌고래랑." 나디아가 말했다. "바닷가에 집을 구하면 돌고래가 원할 때 친구들을 찾아갈 수 있겠다. 그리고 멋진 욕실도 있을 거야. 돌고래가 살 만큼 큰 욕조를 놓자."

건물 로비에서 나디아는 밀라의 외투 지퍼를 채워준 뒤 자기 코트의 허리띠를 묶었다. 그들은 함께 추위 속으로 나갔다. 바람이 불자 눈 결정이, 미세한 입자의 사포처럼 피부를 스쳤다.

보도 앞에 낯익은 흰색 해치백이 서 있었다. 나디아는 조심스레 차 쪽으로 다가갔다. 아버지가 조수석에서 졸고 있었다. 나디아가 다가서자, 어머니는 그들 쪽으로 고개를 젖히더니 핸들을 잡고 있던 한 손을 들어 흔들었다.

나디아는 밀라를 뒷자리에 태우고 자기도 올라탔다. "걸어간다고 했잖아요." 나디아가 말했다. 차 안에서 소금에 절인 생선 냄새가 났다. 아버지가 깨어나 눈을 껌벅였다.

"이렇게 추운데, 밀라 감기 든다." 어머니가 말했다. "그걸 알아야지."

"괜찮아요. 옷을 단단히 입혀서."

아버지가 자리에서 돌아앉아 밀라의 자주색 외투 소매로 손을 뻗었다. "이 새 코트 말이다." 아버지가 말했다. "중국제지. 싸구려야."

나디아의 코가 다시 시큰거렸다. "아뇨. 이거 고급이에요, 아빠. 잘 만든 거라고요." 아버지는 고개를 저었다.

나디아는 밀라의 소매를, 그 세련된 옷감을 만져보았다. 손을 내려 아이의 젖은 손을 잡았다. 그녀는 등받이에 머리를 기대고 눈물을 흘리지 않으려고 눈을 크게 떴다.

더, 더, 더. 체가의 어머니는 나디아가 끝도 없이 원한다고 비난했다. 자기들 세대는 연금, 결혼, 우정, 역사, 쓸데없이 아이들에게 주입하던 가치관, 우월한 도덕적 입지 등 원하는 것은 다 누렸으면서.

"무슨 영화를 봤니?" 어머니가 어깨 너머로 물었다.

"〈외계에서 온 공산당 살인마들〉이요." 나디아가 말했다. 어차피 부모님은 듣지도 않았다.

나디아는 그날 밤 체가의 전화도, 슬라바의 전화도 받지 않았다. 대화를 할 기운이 없었다. 소파에서 나디아는 밀라에게 아기 곰 이야기를 읽어주고, 아이가 잠드는 것을 보고 품에 끌어안은 채 잠이 오기를 기다렸다. 내일은 도서관에 가볼 생각이었다. 다음에 어디로 향할지 정할 때까지는 바쁘게 지낼 것이다. 그리고 재미있게 지낼 것이다. 그들에게는 서로가 있었고, 중요한 건 오직 그것뿐이었다. 나디아와 밀라, 영원히.

나디아는 쿵쾅거리는 소리에 잠에서 깼다. 누군가 현관문을 두드리고 있었다. 은빛으로 물든 실내가 빛과 어둠의 조각들로 나뉘어 있었다. 밀라는 쿠션과 소파 등받이 사이의 틈에 엎드려 있었다. 밖에서 남자 목소리가 들렸다. 아버지가 복도로 나와 현관문 쪽으로 걸어가는 소리가 났다.

거실 문을 연 나디아는 부모님과 슬라바를 보고 깜짝 놀랐다. 부모님은 파자마 차림이었다. 복도에서 풍기는 냄새로 미루어 슬라바는 술에 취한 듯싶었다. 전등이 켜져 있었다. 슬라바의 얼굴이 붉었다. 그 피부색과 혀 꼬부라진 소리에, 나디아는 곧장 고등학생 시절로 되돌아갔다.

나디아는 복도로 나와 거실 문을 닫았다. "여기서 뭐 하는 거야?" 그러고 나서 낮게 외쳤다. "돌아가!"

"나디아, 이건……." 아버지가 말했다.

"죄송해요, 아빠." 나디아가 말했다.

"뭐 좀 물어보려고." 슬라바가 말했다.

나디아는 양손을 들었다. 새벽 2시였을 것이다. "'문자메시지'라는 건 못 들어봤어?"

낡은 가운 차림의 어머니가 상황을 자세히 살피려고 나디아에게 바짝 다가섰다. "뱌체슬라프 비치코프니? 이 밤중에 여기서 뭐 하는 거야?"

"깨워서 정말 죄송합니다." 슬라바가 말했다. 지나치게 또똑한 발음으로. "할 말이 있어서……."

"네 동생을 안다." 나디아의 어머니가 슬라바를 향해 말했다.

슬라바가 눈을 껌뻑였다. 나디아가 손사래를 쳤다. "됐어! 가!"

"나데치카, 넌 내 말을 안 들어. 안 듣는다고." 슬라바가 말했다.

"난…… 알았어, 생각해봤는데. 나랑 같이 살자. 내 아내…… 아니, 그건 내 집이야. 이제 나뿐이라고. 너랑 네 딸은 거기서 나랑 살면 돼. 네가 원하는 만큼. 넌 옛날이랑 똑같아." 슬라바가 말했다. 지나치게 큰 목소리로. "거기 와서 살아도 돼. 우리 딸이랑."

"누구, 밀라?" 어머니가 묻자 나디아가 돌아섰다.

"밀라는……." 나디아는 말을 멈췄다. "나가, 나가, 나가라고." 나디아는 부모 곁을 지나, 슬라바의 냄새 나는 가슴을 밀쳐냈다. 레몬과 보드카 냄새였다. 나디아는 슬라바에게 충격을 주고 싶었다. 슬라바의 외투와 그 냄새, 밖에서 들어온 냉기에 가까이 다가간 그녀가 말했다. "밀라는 네 딸이 아니야." 그래도 그는 나가지 않았다.

나디아는 계속 말했다. 모두가, 아무것도 듣지 못하는 것처럼. "널 만났을 때 이미 임신 중이었다고 했잖아. 기억 안 나? 아니면 술에 취해서 기억이 안 나는 거야?" 슬라바의 얼굴에 며칠 전의 미소가 떠올랐다. "넌 잠깐 만난 상대였어." 나디아가 말했다. "별로 좋은 상대도 아니었지. 내가 너라면 이 집에 찾아오는 게 부끄러울 거야."

슬라바는 비웃었다. 예전에 나디아는 그에게 상처를 주고, 그가 질투하게 하고, 그가 후회하도록 만들고 싶었다. 하지만 이제는 그런 표정을 봐도 아무런 만족감이 들지 않았다. "내가 너라면, 이 동네에 찾아오는 게 부끄러울 거다." 슬라바가 말했다.

아버지는 현관문을 꼭 잡고 있다가 잠갔다. 바닥에 눈 녹은 물이 흥건했다. 술 냄새가 허공에 떠돌았다. 슬라바는 돌아갔다.

"정말 죄송해요." 나디아가 다시 말했다. 아버지는 나디아를 보지 않았다. 파자마에 검은색 운동복 바지 차림이었다. 그는 입을 굳게 다문 채 못마땅한 표정을 짓고 있었다.

나디아는 침묵 속에서 떨고 있었다. 부모님이 자신을 한 번이라도 제대로 봐주었으면……. 나디아는 이제 말을 듣지 않는 어린아이가 아니었다. 은행에서 일하고, 시골 마을에서 날마다 아이를 유치원에 데려다주었다. 그녀는 창녀가 아니었다. 슬라바의 소유도, 다른 누구의 소유도 아니었다. 추문거리가 아닌 사람, 수칫거리가 아닌 사람이 되려고 그동안 열심히 노력했다.

"가서 자라." 아버지가 말했다. 한 손으로 벽을 짚고 서 있던 어머니도 침실로 돌아갔다.

돌아온 건 실수였다. 실수. 팔라나에 있을 때의 나디아는 최악이었다. 그 시절 그녀는 가장 취약한 상태에 있었다. 사람들은 그것을 보았고, 그리고 이용했다. 체가도 5년 전에 똑같은 것을 보았다. 그런데도 나디아는 그동안 모은 돈을 여기로 돌아오는 데 전부 써버렸다.

나디아가 할 수 있는 일이라곤 거실로 돌아가는 것뿐이었다. 스스로에 대한 혐오로 이를 어찌나 앙다물었는지 턱이 아팠다. 그녀는 문을 꼭 닫았다. 그 소란 통에 계속 잘 수 없었을 게 분명한 밀라에게 불빛이 닿았지만, 아이는 눈을 감고 있었다. 자고 있든 그렇지 않든, 아이는 더 이상 방해받고 싶지 않을 것이다.

나디아는 밀라의 등에 손을 얹었고, 달빛에 그 등이 오르락내리락하는 것을 보았다. "미안하다." 나디아가 속삭였다. 머리가 아팠다. 그녀는 손을 들어 올리고, 딸 옆에 누운 채로 전화기를 꺼내 모스크바에 전화를 걸었다.

"집에 가고 싶어." 밀라가 말했다.

"나도 그러고 싶어, 아가." 나디아가 말했다. "우리 집을 찾는 중이야."

"아니." 밀라가 말했다. "집에. 아빠한테."

'그놈은 네 아빠가 아니야.' 나디아는 하마터면 이렇게 말할 뻔했다. 하지만 그러는 대신 딸의 완벽한, 고집스러운 얼굴을 보고만 있었다.

나디아도 어릴 때 이 소파에서 잠들었다. 가끔 어떤 밤에 어머니가 세탁한 옷을 옷장에 넣으러 들어왔다가, 개킨 옷가지를 한 아름 품에 안은 채 거기 서 있곤 했다. 늘 무언가 말할 것 같았지만 어머니는 끝내 입을 열지 않았다. 매번 잔소리만 하는 어머니가 달리 무슨 말을 할 수 있을까 싶었던 나디아는 자는 척 연기를 해야 했다. 그때 그녀는 아마 지금의 밀라처럼 심각한 얼굴이었을 것이다. 앳되어 통통한 뺨, 긴장한 눈썹, 딱 붙은 턱. 순수한 고집을 가진 그 모습으로.

몇 년 전 임신했을 때, 나디아는 더 나은 사람이 되기로 다짐했다. 그 전까지는 좋은 사람이 못 되었는데, 어떻게 새 출발을 해야 할지 알지 못했다. 이제 이 집에, 이 도시에, 이 오래 묵은 감정 속에 밀라를 데려오고 보니, 떠나야 함은 확실했지만 어디로 가야 할지는 알 수 없었다. 외국의 도시로 가야 할까? 그렇다면 어디로? 이사 비용은 어떻게 댈 것인가? 한두 달치 봉급을 더 받는대도, 나디아에게 진정한 생활비는 없다는 사실은 감추어지지 않았다. 반도 바깥에는 아는 사람이 없었다. 나디아는 아직도 이 방에서 환상을 품고 잠드는 외로운 아이, 필사적인 10대였다.

어디로 가든, 변하는 것은 없을 것 같았다. 하지만 밀라는 자라서 누구라도 될 수 있었다. 밀라는 두 부모의 격려를 받고, 대학교에 가고, 과학자가 되고, 남편을 만나고, 집을 사고, 심지어 런던에서 살 수도 있었다. 아니면 진짜 스위스나. 캄차카의 스위스에서 자라 진짜 스위스로 떠날 수도 있었다. 그리고 밀라가 세상 어디서 살게 되든지, 누군가는—어머니는—자신을 가장 사랑한다는 확신을 가지고 살아갈 것이다.

밀라가 눈을 하도 꼭 감아서 속눈썹이 짧아 보였다. 나디아는 전화기의 연락처를 훑었다. 그녀가 다시 입을 열었을 때는, 더 높고 힘없는 목소리가 흘러나왔다. "그럼 집에 가자."

에소로. 나디아 삶의 기쁨은 전부 딸에게서 나왔으니까. 이 아이의 장래에서 나왔으니까. 나디아의 굳은 마음속에 밀라를 향한 자리는 언제나 열려 있었다. 물이 쏟아져 나올 때까지 압력에 점점 얇아지는 파이프처럼. 닳아 부서져 물에 휩쓸려 가는 검은 돌덩이처럼.

..APRIL..

4
월

남자들은 이미 출근해 있었다. 조야는 부엌 발코니에서 담배를 피우며 그들을 보았다. 그들은 길 건너 미완성 콘크리트 빌딩의 창문 구멍으로 나타났다가 사라졌다. 조야보다 네 층 아래에 있는 그들은 손가락처럼 작아 보였다. 그래도 누군지 알아볼 수 있었다. 흙 묻은 부츠, 작업복 깃 위로 번쩍이는 검은 머리, 낯선 근육질의 체구로 걷는 모양새.

남편이 발코니 문 유리창을 두드리자 조야는 깜짝 놀랐다. "거기서 뭐 해?" 그가 물었다.

조야는 얼른 담배를 비벼 껐다. "아무것도 아니야."

콜랴는 타이를 매고 있었다. 경찰 제복을 입은 그는 늘 아주 진지해 보였다. 방금 달걀 프라이를 먹던 모습과는 딴판이었다. 조야는 부엌으로 들어가 등 뒤로 문을 닫고 남편의 깨끗한 옷을 만져보았다. 어깨 장식을 손으로 쓸면서 이렇게 말했다. "멋진 남자네."

"그렇지." 남편은 기분이 좋아져서 대답했다.

그의 치약 냄새가 두 사람 사이에서 반짝이는 것 같았다. 조야가 발꿈치를 들고 서서 키스하려 하자 콜랴가 얼굴을 돌렸다. "냄새 나." 그가 말했다. 조야는 비켜섰다. 아기가 태어난 뒤로 콜랴는 아내가 담배 피우는 것을 싫어했다. 그래도 근처에 담배가 있으면 조야는 남편의 비난에 그다지 신경 쓰지 않게 되었다.

페트로파블롭스크의 하늘은 회색이 섞인 분홍빛이었다. 콜랴는 30분 뒤, 6시에 교대 근무를 설 예정이었다. 조야는 몇 달 전부터 출산휴가 중이었지만, 남편과 같은 시각에 일어나 아침 식사를 준비하고 그를 배웅하는 습관을 유지했다. 마치 두 사람 모두 출근을 준비하는 것 같았다. 조야 역시 곧 시내로 걸어 나갈 것만 같았다.

콜랴는 옷을 입고 집을 나섰다. "오늘도 행운을 빌어." 조야가 말했다. 아파트 현관문이 닫히자, 그녀의 머리는 맑아지고 가슴은 비었다. 젖을 먹인 사샤는 앞으로 두 시간은 더 잘 것이다. 이제 조야의 시간이었다.

그들의 시간이었다.

조야는 아직 발코니로 향하지 않았다. 그 정도 인내심은 발휘할 수 있었다. 그 대신 남편이 아침을 먹고 난 그릇을 설거지했다. 그리고 전기 주전자를 켜 찻잔을 채운 뒤 전화기를 들고 앉아, SNS에 올라온 다른 사람들의 반려동물과 결혼식과 휴가 사진을 훑어보았다. 직장 동료 하나가, 얼어붙은 캄차카 중부 지역을 가로지르는 생태 관광객의 경로를 포스팅했다.

조야는 전화기를 내려놓았다. 사샤가 태어난 후, 그녀는 사는 동네를 벗어나지 않았다. 식탁 맞은편, 부엌의 벽지에는 겹겹의 야자나무 잎이 그려져 있었다.

조야는 담배를 한 개비 더 꺼내고 문을 열었다.

아래의 남자들은 현장 검토를 마쳤다. 그들은 우즈베키스탄, 키르기스스탄, 타지키스탄에서 찾아와 길 건너 문틀에 모였다. 그들의 건물은 장갑 낀 손으로 한 층 한 층 쌓아 올린 콘크리트 덩어리였다. 그들은 건물 주위의 보도를 걷어내고 비계를 세웠다. 부지 가장자리에는 판자와 양철 지붕으로 판잣집을 지어놓았다. 조야는 그 안이 보고 싶었다. 인부 다섯 명은 몇 시간마다 그 안에 들어갔다. 그들이 현장에 도착했을 때, 차를 마실 때, 점심을 먹을 때, 쉴 때, 그리고 하루 일과를 마쳤을 때. 남편이 늦게까지 일하는 저녁이면 조야는 그들이 그 판잣집 문을 열고 평상복 차림으로 나오는 장면도 볼 수 있었다. 마지막 사람이 문을 닫았다. 그 판잣집, 건물 그리고 조야만이 남아서, 내일 그들이 돌아오기를 기다렸다.

조야는 담배를 한 모금 더 빨았다. 남자들은 서로에게서 떨어졌다. 발전기가 쿨럭거리다 윙윙 소리를 내며 돌아갔다.

팔에 닿는 공기가 신선하고 차가웠다. 아래쪽 거리는 눈이 녹아, 바닥에 얼룩말 같은 줄무늬가 나 있었다. 길을 따라 4킬로미터 내려가면 도심이 펼쳐지고, 검은 건물과 빈 주차장과 꼼짝도 않는 선박 수리 단지가 나왔다. 지난가을 초 휴가가 시작되기 전에, 조야는 이 자리에 서서 응급 구조 차량의 파란 불빛을 보고 있었다. 콜랴가 저 멀리 절벽에서 골로솝스카야 자매를 찾아낼 거라고 상상했다. 그가 텔레비전에서 축하를 받고 서장으로 승진할 거라고 생각했다. 직장에서 동료들은 조야 주위에 모여 사건에 관한 소식을 들었다. 그러다 파란 불빛이 꺼지고 눈이 내리더니, 수색은 중단되었고 사샤가 태어났다.

요즘 조야는 보다 가까이 있는 것에 대한 공상에 빠져 있었다. 아래의 남자들은 혼합한 콘크리트가 담긴 양동이를 옮겼다. 지난달에는 크레인을 이용해서 바닥과 벽, 천장에 쓸 슬래브를 쌓았다. 지금은 세부적인 것들을 손보는 중이었다. 계단을 만들고, 지지대를 떼어냈다. 그들은 집중하느라 목을 구부린 채 움직였다. 그들을 내려다보는 조야도 똑같이 목을 구부렸다.

멀리 바다에서 태양이 하얗게 빛났다. 그녀는 발코니 난간 너머로 꽁초를 던지고, 다시 안으로 들어가 손을 씻은 뒤 냄새를 맡아보았다. 살갗에서 담배 냄새가 느껴졌다. 그래서 뭐? 그것이 그녀의 향이었다. 조야는 이를 닦고 향수를 뿌린 뒤, 예전에 학교나 직장에 다닐 때처럼 공들여 메이크업을 했다. 파운데이션, 컨실러, 브론저, 눈썹연필……. 머리는 에센스를 바르고 노란 물고기 꼬리 모양이 되도록 하나로 땋았다. 가운의 깃 위로 드러난 얼굴이 신부처럼 아름다웠다.

11월까지만 해도, 조야는 이 단계 이후에 옷을 입고 공원 사무소로 가 생태교육부 동료들에게 인사를 한 뒤 하루를 시작했다. 감독관이 들러 밀렵꾼을 체포했다고 떠들곤 했다. 독일의 영화 제작사가 전화를 걸어와 보호 구역 내 촬영 허가를 문의하기도 했다. 공원 소장이 반대편 기지로 팀 방문이 있음을 공지하면 연구, 보호, 교육, 관광 부서 전체가 컴퓨터를 끄고 차로 달려가 공항으로 내달린 다음, 헬리콥터를 타고 온천 계곡이나 크로노츠코예 호수에 가기도 했다.

그러나 지금의 조야는, 그러는 대신 완벽한 얼굴로 부엌에 가서 싱크대를 닦았다. 그리고 현관에 벌여져 있는 구두를 정리했다. 사샤가 깨어나 눈앞에 보이는 세상에 또 놀라 울어대면 조야는 얼른 젖을 물렸다. "잘 잤니?" 그녀가 물었다. "무서운 꿈이라도 꿨어?" 사샤의 작은 입이 조야의 젖을 빨았다. 부엌 벽에 그려진 나뭇잎은 얼어붙은 열대의 것이었다.

11시에 조야는 남편에게 전화를 했다. 받지 않았다. 그녀는 2층의 타탸나 유리예브나에게 전화를 걸어 사샤를 봐줄 수 있는지 물었다. "금방 다녀올게요." 조야가 말했다. "한 시간이면 돼요." 장보러 간다고 조야는 설명했지만, 그건 중요하지 않았다. 타탸나 유리예브나는 아기를 좋아했다. 그 이웃은 숟가락과 노래와 계량컵으로 아이를 위한 게임을 만들어낼 줄 알았고, 일주일에 서너 번씩 아기를 자주 봐줄 때면 조야가 조금 오래 있다가 돌아와도 개의치 않았다.

하루가 시작되었다. 조야는 재빨리 차림새를 갖추고—새틴 블라우스, 매끈한 벨트, 블랙 진, 긴 부츠—문 앞에 서서 기다렸다. 바깥 공기를 마시려고 폐가 늘어난 기분이었다. 아기가 울기 시작했다. 조야는 부츠를 벗고 블라우스 단추를 연 다음 사샤를 안아 젖을 물렸다.

사샤의 머리가 조야의 새틴 소재 소매에 닿았다. 사샤의 눈은 조야와 똑같은, 빙하처럼 옅은 빛깔이었다. 마치 물에 빠진 소녀의 멍한 두 눈 같은. 조야는 그런 생각을 잊으려고 딸의 이마에 키스했다.

노크 소리가 들렸다. "우리 예쁜이." 조야가 문을 열자마자 타탸나 유리예브나가 아기를 얼러주었다.

"한 시간만 있다가 올게요." 조야가 약속했다. 부츠를 다시 신고 문을 나섰다.

이제 무엇이든, 무엇이든 할 수 있었다. 아파트 건물을 나서서 차가운 햇빛 속으로 들어섰다. 부츠가 종아리에 딱 맞았다. 기대감에 피부도 팽팽해졌다. 길 건너 건물 안에서 일하는 사람들이 보이지 않았다. 조야는 앞으로 걸어 나가 문 쪽으로 다가갔다. 그리고 걸음을 멈추고 담배를 꺼냈다. 나온 지 아직 1분밖에 되지 않았는데 손이 얼어 뻣뻣했다. 라이터를 켰지만 불이 붙지 않았다.

건물 안에서 기계가 웅웅 소리를 내며 돌아가고 있었다. 너무 일찍 나왔다. 실망감에 초조해진 조야는 담배를 도로 담뱃갑 속에 집어넣었다. 아직 휴식 시간이 아니었다.

그러니 식료품점에 가야 했다. 조야는 풀이 죽고 짜증이 난 채로 식료품점에 갔다. 돈을 지불한 뒤 시간을 확인하니 정오까지는 아직도 몇 분이나 남았다. 그래서 그녀는 가게에서 왼쪽으로 돌아 아파트로 되돌아가는 대신 그 블록의 끝으로 향했다. 대리석 계단을 올라 도시 성당의 안마당으로 들어섰다. 신권 지폐처럼 번쩍이는 금색 돔이 있는 곳이었다. 조야는 벤치를 골라 앉고 전화기를 꺼내 신년 파티에서 만난, 상트페테르부르크에 사는 여자의 SNS 프로필을 검색했다.

그때 파티가 있었던 집에서 진지하게, 심지어 오만하게 남자들을 거부하더니 작별 인사도 없이 아침에 떠난 그 여자를 두고 조야의 남편은 불쌍하다고 말했다. "날 못 만났으면 당신도 저렇게 노처녀가 됐겠지." 콜랴가 조야의 귓가에 대고 속삭였다. 그로부터 9일 뒤, 조야는 아기를 출산했다.

노처녀라도 신나게 돌아다녔겠지. 납작한 배로, 주황색 비키니를 입고서. 조야는 전화기 화면을 끄고 눈을 감았다.

다른 삶을 살 수도 있었다. 아직 늦지 않았다. 공원 사무소로 가는 버스를 타면, 지금 점심 식사 중일 동료들을 놀라게 할 수도 있었다. 건물에서는 언제나 그렇듯이 종이와 걸레와 표백제 냄새가 날 것이다. 생태교육부 여자들은 조야의 뺨에 키스할 것이고, 소장은 그녀에게 다가와 손을 잡아줄 것이다. 어쩌면 그들은 이렇게 말할 수도 있다. '조이카! 때맞춰서 잘 왔어. 오늘 출장에 당신 자리가 남아 있거든.' 클류쳅스카야 성층화산으로의, 남부 캄차카 보호 구역으로의 헬기 여행. 동료들은 조야가 학교를 갓 졸업하고 공원 방문 센터의 투어 가이드로 일하던 때와 똑같이 그녀를 대해줄 것이다. 젊고, 아무 거리낄 것 없었던 그때처럼.

하지만 오늘 오후에도, 다른 날에도, 사무실에 갔다가 돌아올 시간이 없었다. 그들은 아기 이야기를 해달라고, 사진을 보여달라고 할 것이다. 그러면 조야는 아기의 멍한 표정 말고 무엇을 보여주어야 할까? 거의 6개월 동안 집에서만 지냈다. 그런데 무슨 이야기를 할 수 있을까?

그래서 조야는, 혼자서 할 수 있는 일을 택했다. 시내로 가 만 옆의 노점에서 소시지를 산 뒤 바닷가에 앉아 먹는 것이었다. 파도는 잔잔했고, 그 너머로 보이는 산은 진청색과 연청색과 흰색으로 겹겹이 늘어서 있었다. 흡사 종이공예 같았다. 발밑에 돌이 밟혔다. 학창 시절 그녀는 종종 그곳에서 놀곤 했다. 그때 조야와 친구들은 늦도록 해변에서 술을 마시고, 해가 진 뒤 밤중에 배들이 흘러가는 것을 지켜보았다……. 하지만 남편이 차를 몰고 지나가다 그녀를 본다면?

그렇다면…… 어째서 타탸나 유리예브나에게 세 시간쯤 걸릴 거라고 말하지 않았을까? 한 시간으로는 부족했다. 하루도, 일주일도 부족했다. 조야도 상트페테르부르크에 갈 수 있었다. 여기서 벗어날 수 있었다. 떠날 수 있었다.

하지만 그러지 않을 것이다. 사실, 그럴 수 없었다. 젖이 흘러 가슴을 간지럽혔다. 그녀는 그럴 수 없었다.

조야는 안개를 들이마셨다. 지금 사는 아파트에 처음 이사 왔을 때, 성당 앞에 비계가 늘어서 있었다. 이 안마당에는 나무도 없었고 오로지 자갈뿐이었다. 당시 조야는 열아홉 살이었고, 어머니가 새로 사귄 남자가 조야를 위해 그 집을 사주었다. 조야 없이 어머니와 단둘이 지내려고. 조야가 콜랴와 만나기 전, 그러니까 둘이서 그 아파트를 고치기 전의 일이었다. 벽지는 더러웠고, 스토브 하나는 켜지지도 않았으며, 식기세척기는 너무 진동이 심해 작동 중에 플러그가 빠지곤 했다. 그리고 조야는 그게 좋았다. 가끔 그녀는 학교에 가기 전에 방을 한번 둘러보기도 했다. 그때는 모든 것이 가능할 것처럼 느껴졌다.

이제는 상황이 달라졌다. 조야는 전화기로 시간을 확인하고 장바구니를 들었다.

안마당 계단에 다다르자, 인부들이 보였다. 그들은 진흙 위에 깔아놓은 판자를 밟고 서서 김이 모락거리는 차를 마셨다. 아…… 조야의 배 속이 뒤틀렸다. 그들의 점심시간이었다. 조야는 천천히, 느릿느릿 발걸음 수를 세며 그들을 향해 걸어갔다. 그녀가 다가가자 그들은 대화를 멈췄다. 그녀를 보려고.

한 남자가 말했다. "안녕하세요, 아가씨." 항상 그러듯이 웅얼거리는 목소리였다. 억양 때문에 인사가 지저분하게 느껴졌다.

한 줄기 긴장이 조야의 눈에서부터 콧구멍과 목구멍 안쪽을 따라 흘러 몸통으로, 갈비뼈로, 그리고 그 남자들에게로 전달되었다. 너무나 가까웠다. 팽팽한 느낌이었다. 조야는 침을 삼켰다. "안녕하세요." 앞쪽 거리를 바라보며 그녀가 말했다. 이제 그들을 거의 지나쳤다. 남자들은 아무 대답도 없었다. 조야는 고개를 들고, 장바구니를 꼭 쥐고서 아파트 건물로 들어섰다.

복도는 춥고 어두웠다. 조야는 다시 혼자가 되었다. 얼마나 팽팽하게 긴장했던지, 그 순간 이웃 누군가가 그녀 옆을 스쳐 지나면 튕기는 소리라도 내버릴 것 같았다. 이주자 일꾼들은 단 두 마디를 던지는 것만으로 조야를 이렇게 만들었다.

무릎이 뻣뻣했다. 목이 경직되고 턱이 굳었다. 천 가지 할 말을 꾹 누르고 있었다. 벽에 등을 기댄 채 심장이 쿵쿵거리며 내뱉는 소리를 들었다. '당신을 원해.' 어둠 속에서 그것이 말했다. 들을 사람은 아무도 없었다.

계단을 오르면서, 조야는 판타지를 꾹꾹 누르고 스스로를 진정시켰다. 침착해. 타탸나 유리예브나가 아기를 품에 안고 문 앞에서 그녀를 반겼다. "엄마가 집에 오는 거 알았지? 그렇지, 사센카? 창문으로 봤어요."

조야는 부츠를 벗는 동안 고개를 들지 않았다. "그래요?" 그녀는 장바구니를 부엌으로 가지고 갔다. 타탸나 유리예브나도 아기를 안고 뒤따라왔다.

"그 남자들이 뭐라고 했어요?" 타탸나 유리예브나가 물었다.

그때 이미 조야는 식료품들을 정리하고 있었다. 그녀는 냉장고 문 뒤에 숨어서 이렇게 말했다. "누가요? 아뇨."

"이주자들이요. 위험해요. 아무도 그들한테 눈길을 주지 않아요." 타탸나 유리예브나가 말했다. "오늘 아침 뉴스에서 그러는데, 경찰이 만에서 시체를 찾았대요."

조야는 냉장고를 닫고 이웃을 보았다. "골로솝스카야 아이래요?" 불빛, 보트, 자갈에 부딪는 축 늘어진 아이의 팔다리.

"어른일 거라고 하던데요. 그래도 혹시 모르겠죠? 사실 나, 다른 데서도 정보를 얻고 있어요." 타탸나 유리예브나가 눈을 찡긋했다. 조야는 다시 장바구니로 돌아갔다. "콜랴는 뭐래요? 용의자가 있대요?"

"수색이 다시 시작된 것도 저는 몰랐어요." 조야가 말했다. "아무 말도 안 해주거든요."

"어린 천사 때문에 바쁘니까요." 타탸나 유리예브나가 사샤를 안아 흔들자 아이 목소리도 같이 오르락내리락했다. "내가 직접 물어볼게요. 저 밖에 남자들 말인데요, 혹시 저 사람들 중에서 누가 그 자매를 납치한 건 아닌지……. 당신은 젊어서 소련이 무너지기 전에는 어땠는지 모르겠죠. 캄차카가 외지인에게 문을 연 후에 범죄가 생기기 시작했어요."

"저 사람들은 건설 인부일 뿐이에요." 조야가 말했다. "아동 성범죄자가 아니라."

"저들이 누군지, 뭐 하는 사람인지 알 수가 있어야죠. 전에 살던 데서 달아날 이유가 없다면 뭐 하러 남의 나라에 오겠어요? 조심해요, 조이카. 저자들이 당신같이 젊은 여자한테 무슨 짓을 할지 누가 알아요?"

조야는 이웃에게 등을 돌린 채 채소를 씻었다. 그녀 역시 이주자들이 가진 힘을 믿었다. 아이를 유괴할 힘이 아니라, 여자를 데려가 변화시키는 힘, 점점 작아지던 여자를 어둡고 강한 존재로 바꾸는 힘 말이다.

그들이 다른 곳에서 왔다는 사실은 조야에게 더 큰 갈증만 안겨주었다. 인부들의 지저분함, 무지함, 말을 거의 하지 않는 그 태도. 학창 시절, 버스에 타면 거기 버티고 서서 조야를 내려다보던 그들의 태도. 이웃의 말이 옳았다. 이곳은 그들의 나라가 아니었다. 그들은 잃을 것이 없었다. 조야는 그 작은 판잣집에 들어가고 싶었다. 땀과 흙과 휘발유 냄새가 날 것이 분명한 그곳에. 아마도 벽에는 백인 여자의 사진이 붙어 있을 것이다. 조야는 그들 한가운데서 그 백인 여자가 되고 싶었다. 저 남자들이 자기와 같은 여자에게 무슨 짓을 할지 알고 싶었다. 간절히 알고 싶었다. 그녀의 손과 입이, 담배를 원하듯이 그것을 원했다.

타탸나 유리예브나는 계속해서 말했다. 조야는 냉장고에서 치즈와 오이, 토마토를 꺼내 얇게 썬 다음 접시에 담았다. 조야가 두 사람이 마실 차를 따르는 동안, 타탸나 유리예브나는 한 팔로 사샤를 안은 채 먹을 것을 집어 들었다. "그래도 우린 콜랴가 지켜줄 수 있으니까요. 조이카, 당신은 잘 모르겠지만 우리 건물에는 우리 같은 사람들만 살았어요. 진짜 러시아인들이요. 나라 전체가 그랬죠. 모르는 사람이 없었어요. 단지 '같다'는 것 이상으로 우리는 뭉쳤고, 위대한 사상을 믿었어요. 그때는 시대가 달랐잖아요. 더 좋은 시절이었어요." 나이 많은 타탸나 유리예브나는 그렇게 말하며 접시를 내려다보았다. 숱이 적은 눈썹, 늘어진 입술, 간조 때의 해변처럼 얼룩얼룩하게 늘어선 아랫니. 아기가 손가락을 빨았다. 타탸나 유리예브나는 배가 부를 때까지 음식을 먹으며 옛이야기를 하다가, 콜랴의 안부를 묻고 그가 하는 일을 칭찬한 뒤 아기 볼을 한 번 더 꼬집고는 자기 집으로 돌아갈 것이다. 일주일에 세 번 혹은 네 번. 이것이 조야의 삶이었다.

조야는 오이를 한 조각 집었다. 그걸 한 입 베어 물자 혀 위로 상큼함이 터졌다.

오후 늦게야 조야는 다시 혼자가 되었다. 사샤는 요람에 누워 있었다. 야자나무가 그려진 부엌에서 조야는 우설 두 개를 깨끗이 닦아 끓는 물에 넣었다. 마늘, 양파, 설탕, 셀러리도 넣었다. 냄비 뚜껑을 덮었다. 고기가 끓는 동안 당근을 다졌다. 창문에 김이 서렸다. 공원과 그곳의 무지개 같은 강들, 그리고 연기가 피어오르는 분기공이 마치 은하계 저편의 어딘가처럼 느껴졌다. 그들은 연어가 넘쳐나는 여름이면 저곳에 가곤 했다. 곰들이 연어 내장을 빼 먹고 빛나는 붉은 알을 땅에다 흩어놓았다. 그토록 치명적인 아름다움을 앞으로 몇 년간은 보지 못할 것이다.

조야는 이런저런 생각을 떠올렸다. 생각은 그녀를 아래층으로 이끌었다.

아기는 자고 있었다. 음식은 끓고 있었다. 실내 공기는 녹말 냄새로 텁텁했고, 벽에서는 물방울이 흘러내렸다. 밖으로 뛰쳐나가 보면, 조야는 층마다 비어 있는 것을 발견할 것이다. 손에 닿는 난간은 파란색과 회색과 노란색 페인트가 벗겨져서 감촉이 껄끄러울 것이다. 그녀는 버튼을 누르고, 건물 현관문을 열어 햇빛 속으로 걸어 나갈 것이다.

푸른 빛이 드리운 오후의 도시는, 막 피어나는 꽃봉오리 같다. 100미터 떨어진 곳, 성당 너머에서 자동차들이 내달리지만 그들이 사는 거리로는 차가 들어서지 않는다. 조야가 다가가는 사이 인부들은 고개를 들 것이다. 그들은 그녀를 판잣집으로 데려갈 것이다. 그들은 조야를 낡은 육체로부터 꺼내줄 것이다. 새롭게 만들어줄 것이다.

조야는 우설의 껍질을 벗기고, 야채를 소금에 절이고, 샐러드를 만들고, 빵을 잘랐다. 사샤가 깨어나자 부엌에서 젖을 물리고 전화기로 사진 피드를 살펴보았다. 콜랴는 5시 30분에 퇴근할 예정이었다. 예정 시각에서 15분이나 지났는데 아직도 남편의 모습은 보이지 않고, 딸은 울기 시작했다. 어깨에 아기를 걸머지고 조야는 아파트를 빙빙 돌았다. 오리 무늬 벽지를 바른 사샤의 방에서 나와 빛을 뿜는 텔레비전이 있는 안방으로, 그리고 욕실로, 다시 나와서 그렇게 10만 번은 돌았다.

남편이 7시 10분 전에 현관문을 열었다. 사람들을 데리고 왔다. 남자 두 명과 여자 비서 한 명이었다. 힘찬 발걸음과 신나는 대화 소리가 들렸다. "많이 컸네." 비서는 조야의 품에 안긴 아기를 보자마자 소리쳤다. 조야는 인사를 했다. 치욕스러웠다. 자신이 얼마나 비참해 보일까. 식탁은 차려져 있고, 고기는 익고 있고, 아기는 울고 있고…… 그녀의 하루가 조롱당하도록 전시되는 느낌이었다. 콜랴는 조야가 다른 할 일 없어 자기만을 기다리고 있다는 것을 보여주기 위해 세 명의 손님을 데려왔다. 조야는 오늘, 달아날 수도 있었다. 그들은 그걸 몰랐다. 그녀는 화산 위를 지나갈 수도 있었다. 상트페테르부르크로 떠날 수도 있었다.

콜랴는 외투를 벗었다. 비서가 손을 내밀자, 수치심에 눈물이 날 것 같은 조야가 아기를 넘겨주었다. 그리고 그녀는 부엌으로 들어가 저녁 식탁을 치웠다.

그들이 복도에 벗어놓은 부츠를 줄지어 세워놓기도 전에, 조야는 병 하나와 잔 다섯 개 그리고 오후 간식으로 먹던 음식 접시를 꺼내왔다. 그 광경을 본 남편이 "훌륭한 여주인이네!" 하고 말했다. 조야는 남편이 키스하도록 얼굴을 들었다. 이번에는 그에게서 진하고 달콤한

술 냄새가 났다. "한 잔씩 따라줘, 여왕님." 남편이 말했고, 조야는 그렇게 했다.

"여왕님." 남자 하나가 말했다. "오늘은 왕께서 무슨 일을 하신지 아세요?" 다른 남자가 키득거렸다. "징계를 받으셨답니다."

"이런, 페댜. 그런 식으로 여자 기분을 망치다니!" 비서가 말했다. "그런 건 말하지 말아요." 제복 차림의 여자 품에서 아기가 낑낑거렸다.

조야가 남편에게 물었다. "무슨 일 있었어?"

콜랴는 미소를 지었다. 그의 옷깃은 집을 나갈 때만큼 빳빳하지 않았다. "오늘 아침에 만에서 시체를 인양했어. 예브게니 파블로비치가 골로숍스카야 자매 중 하나를 찾아냈다고 치하하더라고. 내가 말했지. '서장님. 저렇게 커다란 시신을 찾은 것에 희망을 거시는 거라면, 기다리세요. 바다사자를 끌어낼 테니'라고."

비서는 허리를 세우더니 서장의 말투를 흉내 냈다. "'시신은 물속에서 부풀지 않나. 그거 몰랐나?'" 페댜와 다른 남자가 웃었다.

"그렇다고 하더군요. 키가 원래보다 1미터나 늘어난다고." 콜랴가 말했다. "열두 살짜리 아이가 중년의 어부로 부풀어 오른다고."

"상관한테 그렇게 말하면 안 되지." 조야가 말했다. "그 사람 말이 틀렸어도, 그 사람이랑 일하려면 예의를 갖추고……."

손님들은 이미 잔을 들고 있었다. "서장을 위해 건배." 비서가 한 손으로는 아기를 안고 한 손으로는 잔을 들고서 말했다. "그리고 당신을 위해서, 콜랴. 이 일을 하면서 이룬 여러 가지 업적을 위하여."

콜랴는 조야에게도 잔을 건넸다. "내 성공을 위하여." 콜랴가 조야에게 말했다. 거친 목소리였다. 모두가 술을 마셨다. 조야도 보드카가 목구멍을 타고 내려가는 것을 느꼈다.

"언젠가 말이야, 콜." 페댜가 말했다. "자네한테 추천장을 써줄게." 그는 식탁에서 잔을 모아 두 잔째 술을 따랐다. "자네 말이 옳아. 만을 수색하는 건 의미가 없어. 그 애들 시신은 지금쯤이면 피지까지 떠내려갔을걸."

"거기 건배하죠." 다른 경찰관이 말했다.

조야는 고개를 저었다. "그런 건배는 좋지 않아요."

콜랴는 어쨌든 잔을 들어 건배하고 술을 삼켰다. 그리고 입가를 훔쳤다. "무의미하긴 하지만, 애들이 물에 빠져 죽은 게 아니니까 그렇지. 그 애들은 납치되었어."

"그것도 건배할 일은 아니죠." 비서가 말했다. "방해하지 마"라고 다른 경찰관이 말하자, 비서가 외쳤다. "이런, 디마!"

"애들은 분명 납치된 거예요." 조야가 말했다. 남편도 고개를 끄덕였다. 아기가 칭얼거렸다. "목격자가 있잖아요."

페댜의 얼굴에 경멸의 표정이 떠올랐다. "그 여자를 '목격자'라고 부르는 거예요?"

"그 여자가 본 게 있으니까요." 조야가 말했다. 예전에 남편은 이 사건에 몹시 흥분해 있었고, 기운이 넘쳤었다. 조야는 분명히 기억했다. '아이 둘, 덩치 큰 남자, 번쩍이는 검은 차.' 콜랴는 목격자가 한 말을 그녀에게 들려주었다. 그리고 이 말도. '그 남자의 세차 비결을 알고 싶네요.'

"누군가 아이들을 캄차카반도에서 데리고 나갔어." 콜랴가 말했다. "그래서 아무 흔적도 찾지 못한 거야. 그 애들이 죽었는지 살았는지도. 애들은 차고에 갇혔거나 숲에 묻혔거나 만을 떠다니는 게 아니야. 떠난 거야. 벌써 몇 달째 서장한테 그렇게 말했다고."

페댜는 다시 병을 들어 잔을 채웠다. 보드카가 잔 속에서 꿀렁거렸다. "그렇다면, 애들이 본토 어딘가에서 죽었다면, 설령 그렇다 해도 무슨 상관인가? 익사한 시체를 그 애들 중 하나로 치라고 해. 부인 말을 들어. 상관이랑 말다툼하지 말라고. 안 그러면 가을에 그랬던 것처럼……."

"그만해요." 콜랴가 말했다. 비서가 식탁 끄트머리에서 키득거렸다.

"모스크바를 겨냥해봐야 당황스러운 일만 생길 뿐이야." 페댜가 말했다. "앞으로는 현명하게, 자네 생각은 머릿속에 넣어두기만 하라고."

"저 말 들었어?" 디마가 비서의 가느다란 허리를 꼬집으며 말했다. 그의 손이 사샤의 머리에 부딪자 아이가 소리를 질렀다.

콜랴의 기분이 어두워지고 있었다. 조야는 잔을 향해 손사래를 쳤다. "추천장에 그렇게 쓸 건가요?" 콜랴가 물었다. "내가 입을 잘 닥친다고?"

"그럼 뭐라고 써?" 페댜가 말했다. "상상 속의 유괴범을 못 잡은 거? 몇 년째 시내에서 과속 차량을 단속한 거?"

사샤는 이제 진짜로 울기 시작했다. 콜랴가 언성을 높였다. 조야는 마치 친한 사이라는 듯이 미소를 짓고 있는 비서에게서 아기를 받아 들고 방으로 갔다.

아기가 젖을 빨지 않으려 했다. 조야는 아기가 진정할 때까지 방안을 걸어 다녔다. 저런 이야기가 오가고 있으니, 침대의 콜랴 자리는 자정이 지나도록 비어 있을 게 분명했다. 조야는 사샤를 주황색 이불 위에 눕히고 자기도 그 옆에 누웠다. 아기는 엎드려 머리와 팔다리를 들고 버둥거렸지만, 움직이지는 못했다.

"그렇게 기는 거 아니야." 조야가 말했다. 사샤는 계속 버둥거렸다. 그녀는 통통한 팔다리가 움직이는 모습을 지켜보았다. 얼마 뒤 아기가 눈을 동그랗게 뜨고 엄마를 쳐다보았다. 조야는 딸의 등에 손을 올렸다. 쏙 들어간 등에 닿은 손바닥이 따뜻했다. "사샤." 조야가 말했다. "사셴카, 네가 말을 할 줄 알면 좋겠다."

자매는 납치되었다. 아이들의 시체는 어딘가 가까운 곳에 있을 수도 있었다. 아기가 태어나기 전에는 콜랴가 조야에게 일 이야기를 해주곤 했었다. 그러나 사샤가 태어난 뒤로 그녀는 호기심을, 아니 거의 모든 욕구를 잃어버린 것 같았다. 예전에는 남편에게 실종된 자매에 대한 자신의 가설을 들려주기도 했다. 아이들을 납치한 남자가 자매를 차에 태워 서쪽으로, 오호츠크해 바닷가의 어느 마을로 데리고 가서 지하실에 가뒀을 거라고. 그 남자는 인가에서 멀리 떨어져 살고 있어서 아무도 알아차리지 못할 거라고. 트렁크에 예비 연료를 싣고 있었기 때문에 그의 차가 주유소의 감시 카메라에 잡히지 않았던 거라고. 끝내 쓰이지 않은 그 가설들은 금세 흩어져버렸고, 아직까지 조야가 갖고 있는 것은 몇 개의 이미지뿐이었다. 번쩍이는 차, 동그란 얼굴, 물에 떠다니는 아이. 하지만 그런 것을 상상해보아도 아무런 위안이 되지 않았다.

위안이 되는 것은 오로지 쾌감을 상상하는 것뿐이었다. 이 손님들이 어서 술자리를 끝내고 돌아갔으면. 조야는 형사 콜랴와 이야기하는 것은 별로 좋아하지 않았지만, 손님이 다녀간 뒤의 콜랴는 늘 상냥했다. 얼근히 취한 그의 모습은 그녀로 하여금, 학교를 졸업하기 전의 몇 달 동안을 떠올리게 했다. 파티에 가고, 친구들과 노닥거리다가, 바로 이 시트 위에 그와 함께 누웠다. 조야는 사샤를 바로 눕히고 한 손으로 아기의 작은 얼굴을 쥐었다.

두 사람이 처음 만난 건 콜랴가 조야의 차를 멈춰 세웠을 때였다. 경위로 진급하기 전, 아직 '랴콥스키 경사'였던 그는 교통법규 위반 차량을 단속하던 중이었다. 조야는 콤소몰스카야를 너무 빠르게 달리고 있었다. 그때 그녀는 스무 살, 대학교 4학년이었다. 일을 마치고 아파트에 들렀다가 생일 파티에 참석하러 가던 길이었다. 콜랴는 스물네 살이었지만 실제보다 훨씬 더 나이 들어 보였다. 자갈이 깔린 도로에서 그는 선글라스를 쓰고 조야를 보고 있었다. 파운데이션을 바른 조야의 뺨이 뜨겁게 달아올랐다. 그는 키가 크고, 어깨가 넓고, 그리고 침착했다. 그는 한 손으로 차 문을 잡고 자기 팔 아래로 그녀를 내려다보았다. 조야는 약속 시각에 맞춰 가느라 그랬다고 말하려 했다. 콜랴의 등 뒤로 자동차들이 휙휙 지나갔다. 한참 만에 그가 입을 열었다. "그럼, 가세요." 벌금은 부과하지 않았다.

그다음 주, 집으로 가는 길에 또다시 백미러 속에서 경광등이 번쩍였다. 조야는 두근거리는 가슴으로 손에 땀을 쥐고 차를 세웠다. 이번

엔 과속도 하지 않았다. 적어도 그렇다고 생각했다. 초조한 5분이 흐르고, 조수석 문이 열리더니 그가 차에 올라탔다. 선글라스를 벗고서. 그가 미소를 지었다.

6개월 뒤, 콜랴는 조야의 아파트로 들어왔다. 두 사람은 조야의 졸업 시험이 있고 몇 주 뒤에 결혼했다. 그 무렵 조야는 공원에서 정규직으로 일하고 있었다. 결혼식을 마치고 출근한 날 동료들이 머그잔에 샴페인을 담아 가져왔고, 부장은 그것이 밀크 티인 양 모른 척해주었다. 조야와 남편은 한동안 행복하게 지냈다. 조야가 임신한 것을 안 콜랴는 그녀를 꼭 끌어안고 뺨에 키스를 했다. 조야는 울고 있었다. 콜랴는 이유를 묻지 않았다. 이제 콜랴는 조야의 차를 타고 경찰서에 출퇴근했고, 조야가 집에 있는 동안에는 앞으로도 한참은 더 그럴 것이다. 적어도 2년은 더 그럴 거라고, 콜랴가 말했다. 아기에게 필요하다면서. 세월이 흘러 조야는 그들이 두 번째 만났을 때의, 콜랴가 조수석에 올라탔을 때의 연애 감정은 이미 잊었다. 경찰 제복을 입고 있던 낯선 콜랴의 몸은 너무나 어른스럽게 느껴졌고, 그녀에게 어떤 확신을 주었다. 그가 바로 조야가 결혼할 상대였다.

자리에서 일어난 지 너무 오래되었다. 조야는 사샤를 데리고 어두운 복도를 지나 사람들 목소리가 들리는 쪽으로 갔다. 아직도 말다툼 중이었다. 그때 부엌에서 누군가 말했다. "불법 이주자들."

조야는 아기를 꼭 안았다. 작업 시간은 끝났다. 이주 노동자들은 이미 퇴근했다. 하지만 남편의 손님 하나가 발코니로 나가 그들이 떠나는 모습을 내려다본다면…… 그러다 조야가 남긴 담뱃재를 보고…….

조야는 부엌 앞으로 갔다. "시간 낭비야." 그녀의 남편이 말했다. "경찰에 신고해서 가보면 아무 말도 안 하잖아."

"그 사람들이 전화하는 게 아니지." 페댜가 말했다.

"그럼 누가 하는데요? 누가 하든 신경이나 쓰나? 아무것도 아닌 일에. 페인트랑 5,000루블어치 연료 정도 도둑맞았다고? 다들 멀뚱히 서서 날 쳐다보기만 하던데." 콜랴가 말했다. "그러면서 말을 걸면 생쥐처럼 달아나기나 하고."

탄탄하고 위험한 모습으로 콘크리트를 드는 모습, 반짝이는 검은 머리, 그리고 그들의 억양……. 조야는 그 한마디로도 몇 시간이나 상상할 수 있을 것 같았다. 어쩌면 하루 종일……. 어차피 종일 혼자 있어야 한다면 왜 그들과 함께, 길 건너 미완성의 건물에서, 추위 속에 있을 수 없는 걸까…….

사샤가 꼼지락거렸다. 조야는 눈앞에 손을 흔들어 아이를 조용히 시켰다. 그리고 억지로 입을 열어, 물었다. "무슨 이야기예요?"

"아무것도 아니야." 남편이 말했다.

"기물 파손이요." 비서가 말했다.

페댜가 고쳐주었다. "그냥 애들 장난이지. 공사장에 낙서를 하고, 병을 깨부수고, 연장을 훔쳐 간 거."

"그게 어디였어요?" 조야가 물었다.

"아무 데도 아니야." 남편이 빈 잔을 채우며 말했다. 그러고는 다시 말했다. "8킬로미터 떨어진 곳에." 도서관과 화산 연구소가 있는 곳. 여기서 먼 곳이었다.

조야는 그곳에 있을 인부들을 떠올려보았다. 건너편 인부들과 같지만 다른 사람들로. 시시한 범죄도 막지 못하는 칠칠치 못한 부류의 남자들. "그럼 무슨……." 조야가 묻는데, 디마가 말했다. "우리의……." 그가 잔을 내려놓고 입을 다물었다. 조야가 계속하라고 손짓했다. "우리의 긴 하루를 위하여." 디마가 말했다. "그리고 더 길고 즐거운 밤을 위해."

"사이가 좋은 거 같네." 다 같이 술을 마신 뒤 페다가 말했다.

"더럽게 무례해." 비서가 말했다.

"말조심해." 디마가 말했다. 그는 비서의 입술에 손가락을 얹었다. 그러고 나서 다른 사람들에게 설명했다. "안피사가 불쾌해하는 건, 밤에만 하는 게 아니라서 그래. 안피사는 낮에 하는 것도 좋아하거든."

"참 신사적이네요." 안피사가 그의 손가락에 입이 막힌 채 말했다. 페다가 잔을 또 채웠다. "참 영광이고요. 기사도 정신이 대단하네."

"그래서 어떻게 했어?" 조야가 남편에게 물었다. "기물 파손한 사람들."

"딱히 할 일이 없었어." 남편이 말했다.

"용감한 왕자님." 안피사가 디마에게 말했다. "나한테 계속 그렇게 상냥하게 말하면 어떻게 되는지 봐요. 우리 밤이 훨씬 짧아질 수 있으니까."

"점심시간을 활용할 수도 있지." 디마가 말했다. 페다는 콧방귀를 뀌었다. "우리 안피사는 24시간 쓸모 있는 여자야."

조야가 말했다. "하지만 물건을 가져가고 연장도 가져간다면, 범인을 잡아야 하지 않아요?"

"갑자기 웬 관심이야?" 남편이 물었다. 조야와 처음 만났을 때의 모습은 사라지고, 지친 기색이 역력했다. 당시의 그에게서, 차창 너머의 그에게서, 조수석에 앉은 그에게서…… 지금의 이런 모습을 그녀는 상상할 수 없었다. "내가 하는 일에 어째서 당신이 이래라저래라 하지? 내가 당신한테 그런 소릴 하나? '집에 가만히 있고, 살 좀 붙이고, 아기나 잘 봐'라고?"

"콜랴." 디마가 말했다.

"어이없군." 남편이 식탁에 대고 중얼거렸다.

이건 조야의 일이 아니었다. 그래서도 안 되었다. 그녀가 준비한 저녁 식사는 스토브 위에 그대로 놓여 있었다. 남편은 조야의 능력을 알지 못했다. 바깥의 공사장은 비어 있었다. 그곳은 눈이 녹아 바닥이 진창이었는데, 네 층 높은 곳에 있는 조야는 아이를 안은 채 낯선 사람들 속에서 입을 꾹 다물고 내일을 기다렸다.

나중에 침대에서, 콜랴의 손길은 부드러웠다. 그의 짧은 머리카락이 조야의 턱을 쓸었다. "날 용서해?" 콜랴가 물었다. 조야는 이도 저도 아닌 소리를 중얼거렸다. "그놈들이 날 애 취급해……. 경사라면서 이 사건에 합류시키고는 부하 취급한다고." 콜랴의 숨결이 목덜미에 닿았다. "차라리 그 자매 얘길 모르고 살았으면 좋겠어. 그냥 당신이랑 집에 있고 싶어."

조야는 어둠 속을 응시했다. "화내지 마." 콜랴가 중얼거렸다.

"상관없어." 조야가 말했다. 콜랴는 그녀를 더 세게 안았고, 그녀는 그의 이마에 키스했다.

'안녕하세요, 아가씨.' 인부가 말할 것이다.

그의 음성에, 조야의 입에 침이 고일 것이다. 그녀는 이렇게 대답할 것이다. '안녕하세요.' 그리고 보는 사람이 없는지 확인할 것이다. 판잣집을 가리킬 것이다. '저기로 데려가줘요.' 그녀는 말할 것이다.

안에 들어가면, 조야는 테이블에 부딪힐 때까지 뒷걸음질을 칠 것이다. 그리고 손을 뻗어 테이블 위를 잡고 몸을 들어 거기에 올라앉을 것이다. 그가 조야의 몸을 보면, 그녀의 눈꺼풀이 무거워질 것이다. 그의 동공은 확대될 것이다, 새카맣게. 근육질의 팔뚝과 단호한 모양의 턱을 가진 그가 조야에게 덤벼들 것이다. 얇은 벽 너머에서 다른 사람들의 소리가 들릴 것이다. 조야는 손을 벌릴 것이다.

조야는 늘 그들을 원했다. 원했지만, 손댄 적이 없었다. 이 인부들을 찾기 전에는 다른 사람들이 있었다. 시장에서 수레를 끄는 남자들, 어린 시절에 본 거리를 청소하던 남자들. 금발의 첫 남자 친구를 만나기 한참 전에, 조야는 이주민들을 보았다. 그리고 남편 바로 옆에 누운 지금도 여전히 그들을 원했다. 이건 집착 같은 것이 아니라고, 조야는 믿었다. 그 이상의 욕구였다. 그녀는 집에 앉아 아이를 키울 여자가 아니었다. 더 어둡고, 기이하고, 정상을 벗어난 것을 그녀는 갈구했다.

내일, 세 시간 동안 나가 있을 생각이었다. 병원 예약 같은 적당한 구실을 찾을 수만 있다면. 아무도 모를 것이다. 오후를 보내고, 조야는 집에 돌아와 타탸나 유리예브나에게 몸이 안 좋다고 말한 뒤 욕실에 들어가 인부들의 손자국을 비누로 지울 것이다. 그 자국이 남기를 바라면서, 천천히 씻을 것이다. 그다음에는 콜랴의 아내이자 사샤의 어머니로 살아갈 것이다. 죽은 아이들을 더 이상 생각하지 않으면서. 자신을 망치기를 바라지도 않으면서. 내일이 지나면, 앞으로 살아나갈 기력이 생길 것이다.

조야는 그 판타지 속으로 잠들었다. 온천 꿈을 꾸고, 물소리에 깨어났다. 남편은 이미 샤워 중이었다. 부엌에서 달걀을 꺼내 삶고, 빵을 썰고, 냉장고 맨 아래 서랍에서 화이트 치즈를 꺼냈다. 냄비 타는 냄새가 났다. 발코니 너머에서 눈부신 아침이 시작되고 있었다.

주전자에 든 물이 거의 끓고 있었다. 욕실 문이 열리더니, 침실 문이 닫혔다. 잿빛 바탕에 노란 줄이 그어진 하늘을 보고 있던 조야는 냉장고 위에서 담뱃갑과 라이터를 집어 들고, 발코니 문을 열고 밖으로 나갔다.

아침은 시원했다. 남자들이 와 있었다. 판잣집의 물결치는 지붕이, 그 작은 집이 있어야 할 땅바닥에 내려앉아 있었다. 인부들이 그 자리에 둥글게 모여 서 있었다. 한 명은 손에 외투를 들고 있었다.

그들은 새카맣게 탄 잿더미를 보며 서 있었다. 불에 그은 널빤지 두어 장과 식탁의 철제 뼈대처럼 보이는 것이 그녀가 알아볼 수 있는 전부였다. 조야는 그제야 이해할 수 있었다. 판잣집이 불에 타버린 것이다.

조야는 담배 한 개비를 꺼내 바짝 마른 그것을 입술에 물고 라이터를 켰다. 불꽃이 일지 않았다. 떨리는 손가락으로 라이터를 고쳐 쥐고 다시 시도했다. 불이 붙었다. 아직 해는 뜨지 않았다. 하늘의 노란 선은 거기, 쓰러진 판잣집과 검은 땅에서 피어오르고 남은 연기였다. 연기 속의 금속성 재가 만에서 비추는 빛을 죄다 반사시키는 것이었다.

뭐라도 해봐. 조야는 말없이 애원하고 있었다. 소리를 지르든, 무언가를 집어 던지든, 아니면 다시 짓든 간에 뭐라도. 조야는 다시금 그들과 함께하는 하루를 지어낼 것이고, 배경 상황을 적절히 바꿀 것이며, 반쯤 지은 어두운 건물 안으로 모두를 이끌고 들어갈 것이다. 그들이 '뭐라도' 한다면. 하지만 그들은 둥그렇게 모여서 그저 잿더미만 멍하니 보고 있었다.

기물 파손이라고, 어젯밤 경찰관들이 말했다. 훔친 연장, 시시한 범죄, 방화. 판잣집은 손쉬운 목표물이 되었다. 그리고 길 건너의 남자들, 외국인 노동자들, 그녀의 삶을 바꿔주리라 믿었던 이주민들에게는 아무런 힘도 없었다.

조야는 손을 들어 입에 문 담배를 잡았다. 그걸 놓칠 뻔했다. 남자들 중 하나가—누군지는 알 수 없었다—바지 뒷주머니에 손을 꽂았다. 그는 경찰차도 오지 않는 거리를 내려다보았다. 그리고 조야를 향해 돌아섰다.

조야는 그들 눈에 보이지 않도록 유리문 쪽으로 물러섰다.

물이 끓고 있을 것 같았다. 어서 아침 식사를 준비하지 않으면 콜랴가 지각하게 될 것이다. 조야는 팔을 벽에 붙이고 담배를 조심스레 발코니 너머로 던졌다. 그리고 한 손으로 다른 손을 꼭 잡았다. 마음을 진정하는 데는 몇 분밖에 걸리지 않았다. 준비가 되자, 조야는 문을 열고 안으로 들어갔다.

..MAY..

5월

옥사나는 문을 보는 순간 무언가 잘못되었음을 알았다. 방범용 문이 마치 탈구된 손가락처럼 복도로 삐져나와 있었다. 금속판 뒤에서 하얀 빛 한 줄기가 새어 나왔다. 아파트의 문 두개, 외부의 철문과 안쪽의 유리섬유로 된 문이 모두 활짝 열려 있었다.

옥사나는 반 층 아래로 내려간 층계참에 홀로 서서, 귀를 울리는 맥박 소리를 잠시 동안 듣고 있었다. 다른 집의 이중문은 꼭 닫혀 있었다. 그녀는 난간을 붙잡고 위를 올려다보며 개의 이름을 불러보았다. "말리시?" 대답이 없었다. "말리시?" 옥사나는 이제 계단을 올라가며 개를 부르고 있었다. 그러다가 달리면서 불렀다. 방범용 문을 활짝 연 뒤 안쪽 문을 밀고 들어갔다. 아파트는 고요하고, 깨끗하고, 두려웠다. 커피 테이블 위에 노트북이 그대로 놓여 있었다. 도둑이 든 것은 아니었다.

옥사나는 다시 개를 불렀다. 먼저 침실로 가서 개가 자고 있는지 보았다. "말리시! 이리 와!" 그리고 거실과 부엌, 욕실을 차례로 확인했다. 혹시 욕조 밑에 들어갔다가 잘못해서 몸이 끼지는 않았는지도 엎드려서 확인했다. 손바닥에 딱딱한 무언가가 느껴져서 손을 돌려보니, 이제껏 사용하지 않은 열쇠가 손가락에 걸려 있었다. 그녀는 열쇠를 주머니에 넣고 몸을 더 깊숙이 숙였다. 말리시는 거기에 없었다.

개가 밖으로 나갔다. 공동 현관문은 고장이 나 몇 달째, 겨우내 열려 있었다. 그 바람에 들이친 눈이 1층에 발목까지 쌓여 있었다. 말리시를 막을 것은 아무것도 없었다. 녀석은 어디라도 갈 수 있었다. 옥사나는 재빨리 밖으로 나가 계단을 뛰어 내려갔다. "말리시, 말리시." 옥사나가 외쳤다. 계단은 차가운 파란색이었고, 콘크리트 벽에는 봄볕이 들었다. 그녀는 5층 아파트 문을 개가 돌아올 수 있게 열어두었다. 옥사나는 이미 건물 공동 현관에 와 있었다. 그리고 벌써 세상 밖으로 달려 나간 뒤였다.

걸음을 멈추고 당혹감을 다스릴 겨를이 없었기에, 옥사나는 차라리 그 충격을 원동력 삼아 무섭게 질주하는 편을 택했다. 퇴적물 연구실에서 지난 10년간 해온 힘겨운 작업에 대한 그날의 스트레스는 두려움에 잊혔다. 옥사나는 아이처럼 빠르게 움직이고 있었다. 건물 밖으로 나간 그녀는 아래로, 놀이터로 내달렸다. 화산 연구소로 출근하기 전, 주위가 어둠에 휩싸여 텅 비어 있을 때, 말리시의 목줄을 풀어

주려고 아침마다 그곳에 데리고 갔기 때문이다. 제발. 옥사나는 달리면서 아파트 사이사이의 골목을 들여다보며 생각했다. 케이블, 쓰레기봉투, 일찍 돋은 풀……. 무엇을 발견하게 될지 모른다는 불길한 예감에 속이 메스꺼웠지만, 땅바닥도 살폈다. 놀이터 너머에는 상인들과 과일, 빵, 꽃 등을 파는 노점 가판대가 줄지어 있었고, 그래서 이 길로는 늘 차들이 오가고 있었다. 늘 트럭이 있었다. 옥사나의 신발이 보도 위를 날아다녔다. '말리시가 거기에 있기를.' 그녀는 생각했다.

어째서 점심시간에 막스에게 열쇠를 주었을까? 어째서 그에게 집에 들르라고 했을까? 두 개의 쟁반과 플라스틱 테이블을 사이에 두고 꼼꼼히 지시했고—"방범용 문은 열쇠를 세 번 돌려야 해요"라고 단단히 일렀다—오늘 오후에 그가 열쇠를 돌려주러 왔을 때도 똑똑히 확인했다. "아무 일도 없죠?" 그렇게 물었다. 아니, 비슷하게 말했다. 정확히 기억나지는 않았다. 지금은 세세히 떠올릴 수가 없었고, 숨이 너무 가빴다. "막스, 서류 찾았어요? 아무 문제 없죠?" 막스가 미소를 짓고 그렇다고 하더니, 황화광석에 대한 시시한 질문을 해온 것만 기억에 선명했다. 아파트 문을 둘 다 열어놓고 왔다는 말 같은 건 분명히 없었다. 그런데 지금, 말리시가 사라졌다.

심장, 그 신경 쓰이는 것이 가슴속에서 마구 날뛰었다. 막스가 허풍을 떨고 만사를 낙관하는 것이 재미있긴 했지만, 옥사나는 사실 그를 믿지 않았다. 어째서 그 사실을 오늘 오후에는 잊었던 것일까? 믿을 사람이 따로 있지. 세상에, 막스라니. 옥사나의 남편은 지난 가을에 막스 그리고 카탸와 함께 저녁 시간을 보내면서 수차례나 어이없다는 표정을 지었다. "스포츠클라이밍 연습장에서 카트만두 여행을 계획 중이에요." 막스가 그렇게 말한 적도 있었다. "우리랑 함께 가요. 히말라야 등반을 하고 싶었던 적 없어요?" 옆에 앉아 있던 카탸마저도 부끄러워하는 듯한 표정이었다. 더구나 연구소에서 일 이야기를 할 때면, 막스는 망상에 빠져 있는 것 같았다. 마치 자신이 연구 부책임자가 되고, 부서를 감독하고, 러시아 과학 아카데미를 이끌 거라는 듯이. "로마노비치가 그러는데, 몇 달만 더 기다리면 승진하게 될 거래요. '자네가 승진을 시작하면, 멈추지 않을 거야'라고 했어요."

옥사나의 남편은 막스의 의자를 빼주면서 말했다. "그럼 가서 승진을 하라고." 안톤이 한 말은 농담이 아니었다.

만약 누군가 옥사나에게 6개월 뒤면 안톤은 떠나지만 막스와 카탸는 여전히 함께일 거라고 말해주었다면, 그리고 두 사람이 그녀의 집에 저녁 식사를 하러 와서 서류를 두고 갈 거라고 말해주었다면, 카탸와의 오랜 우정을 생각해서 아파트 열쇠를 내줄 정도로 그녀가 그 얼간이를 믿고 말 거라고 말해주었다면, 그녀는 그날 밤 디저트로 낸 아이스크림에다 독이라도 탔을 것이다.

놀이터에는 아이 몇 명과 노파 두 명만 있을 뿐 말리시는 없었다. 옥사나는 멀리서 개가 없는 것을 확인했다. 개가 숨을 벽 같은 것도 없었다. 그곳에 있는 거라곤 봉과 밧줄, 고무 조각뿐이었다. 그녀는 작은 공원을 돌며 개를 찾았다. "말리시." 맥박 뛰는 소리가 너무 커서, 자기가 내는 음성이 작게 들렸다.

다시 놀이터로 돌아온 옥사나는 두 노파 중 통통한 사람을 골라 물었다. "아주머니, 혹시 개 보셨어요?" 다른 노파는 옥사나의 치마 아래로 드러난 무릎을 뚫어져라 보았다. "하얀 개예요." 옥사나가 두 손으로 말리시의 크기가 어느 정도 되는지를 보여주며 말했다. "사모예드예요. 크고 잘생긴, 썰매 끄는 개요. 아주 깨끗하고, 건강하고, 튼튼해요."

"아뇨." 여자가 말했다.

"우린 떠돌이 개를 돌보지 않아요." 다른 여자가 말했다.

"떠돌이 개 얘기가 아니에요." 옥사나가 말했다. 분노로 온몸의 피가 모였다가, 다시 혈관 속을 빠르게 도는 것 같았다. 두 발은 버티고서 있었지만, 손은 떨리고 있었다.

옥사나는 그 할망구를 쓰러뜨릴 수도 있었다. 떠돌이 개, 떠돌이 개라니. 그 할망구가 오늘 한순간이라도 눈을 제대로 뜨고 말리시를 봤다면 그런 식으로는 말하지 않았을 것이다.

옥사나 자신도 실종 사건을 목격한 적이 있었다. 그래서 경험상 어떤 것이 눈길을 끄는지 알고 있었다. 10개월 전, 그녀는 광택이 나는 차를 눈여겨보았었다. 요즘 길거리에서는, 미소 짓는 여자들이나 지나치게 애정 어린 커플들을 유심히 보았다. 옥사나가 주의력이 뛰어난 사람이 아니라는 건 하늘도 아는 사실이었지만, 사람이 많은 곳에서 예외적인 것을 볼 때면 그녀는 그쪽으로 고개를 돌리곤 했다.

옥사나는 팔짱을 끼고 돌아서서 외쳤다. "말리시!" 다 똑같이 생긴 아파트 구역이 그녀의 시야를 채웠다. 등 뒤에서 아이들이 키득거렸다. 옥사나는 왼편의 넓은 길로 가기로 마음먹고 달리기 시작했다.

진짜 주인 없는 개들이 돌아다니는 아카데미카코롤레바가街에서 말리시 같은 개들이 자꾸만 보이는 탓에, 옥사나는 활활 타오르고 있었다. 등줄기에서 땀이 흘러내려 허리띠에 고였다. 개는 아무 데도 없었다. 카탸에게 전화를 걸었다. 카탸가 받자마자 옥사나가 말했다. "막스랑 같이 있어? 말리시 데리고 있어?" 카탸의 음성이 전화기에서 멀어졌다. 옥사나가 외쳤다. "막스가 내 집 문을 열어놓고 갔어!"

막스가 전화를 받았다. "개? 하지만……."

"문을 두 개 다! 대체 무슨 생각인 거야? 멍청아! 문을 다 열어놓다니." 옥사나는 이렇게 말했고, 그녀는 울음을 터뜨릴 만큼 나약하지는 않았지만 목소리가 갈라지고 있었다. "말리시가 달아날 거란 걸 몰랐어? 어떻게?"

"옥사나, 잠깐만. 뭐라고 해야 할지 모르겠어요." 뒤에서 카탸가 말하는 소리가 들렸다. "난…… 열쇠를 어떻게 잠그는지 몰라서, 문을 꽉 닫아놓고 왔어요. 그러면 닫혀 있는 거 아닌가요? 다시 열릴 수가 있어요? 내가 나올 때는 말리시가 있었는데."

옥사나는 도로를 내려다보았다. "지금은 없다니까."

카탸가 멀리서 말했다. "지금 어딘지 물어봐."

"어디 있어요?" 막스가 물었다. "내가 어떻게 하면 될까요?"

옥사나는 대답하지 않았다. 그들은 이해하지 못했다. 안톤조차도 말리시와 옥사나의 관계를 제대로 이해하지 못했다. 옥사나는 이제는 전남편이 된 남자를 개가 두 살이 되던 해에 만났고, 안톤은 그 개가 일곱 살이 되던 해에 집을 나갔다. 몇 달 전 자정이 지난 후에 안톤이 걸어오기를 애타게 기다렸던 그 전화, 그가 자신의 새 연인이 자는 동안 걸어온 그 전화 통화 중에 그녀는 이렇게 말했다. "오늘 말리시가 여우를 잡을 뻔했어. 숲으로 달려갔다가 돌아왔는데, 입에 붉은 털을 물고 왔지 뭐야."

"그 개 입에 뭐가 들었는지는 관심 없어." 안톤이 말했다. 그러고는 목소리를 낮춰 옥사나의 귀에 울리도록 이렇게 말했다. "당신 입에 뭐가 들어갈지에 더 관심이 가는데."

세상 누구도 옥사나가 소중히 여기는 것에 관심을 갖지 않았지만, 오로지 안톤의 무관심만이 그녀에게는 자신을 향한 애정처럼 느껴졌다. 밤이면 그녀는 옆에 말리시를 재우고, 전남편이 그 누구보다 자신을 가장 원한다고 맹세하는 목소리를 전화로 들었다. 그가 밤을 함께 보내는 여자가 누구든지 간에, 안톤의 혀와 치아는 옥사나를 기다렸다. 그는 그 약속을 지키러 몇 주에 한 번씩 그녀를 찾아왔다. 말리시는 축하의 의미로 제 하얀 머리를 안톤의 무릎에 얹었다. 개는 그들 침실 문밖에서 기뻐했다.

옥사나는 정처 없이 돌아다니는 개들을 둘러보았다. 전화기 너머에서 부스럭거리는 소리가 나더니 친구의 목소리가 들렸다. "데리러 갈게." 카탸가 말했다. "함께 말리시를 찾아보자."

"그럴 거 없어." 옥사나가 말했다. 카탸는 한숨을 쉬었다. 친구의 입에서 냉정하다는 비난이 나오는 걸 미리 차단하려고 옥사나는 말했다. "따로 움직여야 더 넓은 범위를 확인할 수 있어."

"아냐, 우리가 데리러 갈게. 운전하면서는 개를 찾는 데 집중할 수 없을 거야."

"알았어." 옥사나가 마침내 말했다. 트럭 한 대가 지나가자 옥사나는 그 앞에서 눈을 감았다. "어쨌든, 이렇게 다니다가 금방 찾을 수도 있고."

"알았어." 카탸가 말했다. "그럴 거야."

막스의 무의미한 말소리가 뒤에서 들려왔다. 카탸는 전화를 끊었다.

8년 전, 동료 한 명이 북극곰처럼 폭신해 보이는 털에 작은 눈을 가진 강아지 네 마리가 나란히 찍힌 사진을 가지고 왔다. 옥사나는 그의 책상에 자꾸만 찾아가서 사진을 보았다. "한 마리 키우고 싶어요." 동료가 퇴근하려고 짐을 챙길 때가 되어서야 그녀는 말했다. 그날 밤 말리시를 집에 데려왔다.

옥사나는 강아지가 물어뜯는 바람에 가장 좋은 구두를 버려야 했고, 자꾸만 털이 묻어서 검은 옷은 절대 입지 않게 되었다. 그녀는 손으로 말리시의 얼굴을 잡고 "말썽쟁이"라고 부르긴 했지만, 그런 사소한 불편함이 오히려 좋았다. 그녀는 그것을 위해 살았다. 말리시와 함께라면 그녀는 혼자가 아니었다. 외동으로 자랐고, 여느 딸처럼 어머니와 한방에서 지내지 못한 데다, 친구에게 위협받고, 연인을 향한 믿음을 잃는가 하면, 청혼은 받지도 못하면서 아이를 낳기에는 나이가 너무 많다는 말이나 듣던 그녀였다. 그런데 항상 외로웠던 그녀가, 더 이상 혼자가 아니게 된 것이다.

그들은 놀이터에, 도심에, 집 주위 숲에, 그리고 그 너머 산에 함께 갔다. 둘의 다리 근육이 더불어 튼튼해졌다. 안톤이 그녀의 삶에 들어왔다가 떠난 뒤, 옥사나는 말리시가 어렸을 때 함께하던 생활로 돌아갔다. 그녀가 침대 한쪽에서 자면 말리시는 옆에서 잤다. 한밤중에 잠에서 깨면 옥사나는 말리시 쪽으로 돌아누워 개에게 위로를 받았다. 둘은 마치 괄호처럼 서로를 마주 보고 누웠다. 개가 담요 위로 발을 뻗고 옥사나가 그 발바닥에 난 보드라운 털을 만지면, 말리시는 발을 빼고 고개를 들어 주위를 돌아보며 킁킁거리다가 다시 그녀 쪽을 보고 누웠다.

누구보다 개를 가장 사랑하는 것은 쉬운 일이었다. 달리 또 누가 있을까?

하늘의 태양이 식어가는 동안, 옥사나는 과일 노점의 상인들에게 말리시를 보았는지 물었다. 주차된 자동차 뒤, 트럭 짐칸, 아무도 없는 로비를 살폈다. 다른 건물의 현관문도 옥사나의 아파트처럼 열려 있었다. 어쩌면 말리시가 혼동해서 그 안으로 들어갔을지도 몰랐다. 그런데 혹시 녀석이 다쳤다면……. 옥사나는 입이 바짝 마른 채로, 누군가 말리시를 버렸을지도 모르는 쓰레기통 안을 들여다보았다. 자기가 사는 동네에 거의 이르러 그녀는 숲길로 접어들었다. 길가에 나무가 무성했다. "말리시." 옥사나가 불렀다. 주위에서 들리는 거라곤 그녀의 발걸음 소리가 전부였다.

지난해에는 온갖 위기 때마다 말리시가 함께 있어주었다. 안톤이 배신했을 때, 집을 나갔을 때, 다시 전화를 했을 때, 말리시는 옥사나가 말을 걸면 귀를 기울여주었다. 루블화 붕괴로 연구소 예산이 동결되면서 칼크알칼리암에 관한 2년 예정의 연구를 중단해야 했을 때는,

옥사나는 개를 산책시킨다는 핑계로 직장에서 나와 자동차 운전대를 팔로 내리쳤다.

골로숍스카야 자매가 납치되던 날, 불운하게도 그 옆을 지났을 때. 그 애들 학교 사진이 그날 밤 텔레비전에 나왔을 때. 소파에 앉아서 "저 사람들 봤어"라고 말하고, 남편이 "뭐?"라고 되묻자 "저 사람들 봤다고"라고 외쳤을 때. 그때 옥사나의 마음속에서, 빽빽하고 빠르면서 무언가 엄청난 감정이 솟구쳤다. 그녀는 그 일을 막을 수 있었던 사람이었다. 혹은 도움을 줄 수 있는 사람이었다. 그녀는 경찰에 전화를 했고, 경찰관이 도착하기를 기다리는 동안 안톤은 아파트에서 그녀를 졸졸 따라다니며 옳은 일을 하는 거라고 말해주었다. 그는 희망이 있다고 말했다. 개는 입을 벌리고 그들을 쫓아다녔다.

경찰서에서 면담을 한 뒤에도, 실은 낯선 사람을 한번 흘낏 보고 했을 뿐인 진술 속 인상착의가 명백한 사실처럼 도시 전체에 퍼져 나갔을 때도, 그리고 지역 관리들이 자매를 찾아낼 거라고 맹세하는 모습을 봤을 때도, 마치 옥사나에게 아이들의 납치에 대한 책임이 있다는 양 동료들과 친구들이 그녀로부터 멀어졌을 때도, 그리고 정말 그런가 싶은 생각이 들었을 때도, 아니라고 스스로에게 다짐했을 때도, 말리시는 세상에 아무 일도 없다는 듯이 그녀 발치에 누워 있었다.

옥사나는 휴대전화를 만졌다. 순간 랴콥스키 경위에게 전화를 걸고 싶었다. 하지만 10개월 동안이나 두 아이를 찾아내지 못한 사람이라면, 오늘 밤 개 한 마리를 찾아낼 능력도 분명 없을 것이었다.

숲이 어두워졌다. 옥사나는 빛을 잃은 시내로 돌아왔다. 전화기가 울렸다. 카탸였다.

친구의 차가 서자, 옥사나는 뒷자리에 올라탔다. 막스는 조수석에 앉아 있었다. 막스는 미안함에 눈을 동그랗게 뜨고 있었다. "정말 미안해요, 옥사나. 정말. 어떻게 이런 일이 생겼는지 모르겠네요."

"모른다고요?" 옥사나가 말했다. "난 알아요. 당신이 말리시를 내보낸 거예요."

"그러니까, 몰랐다고요." 그들은 함께 울퉁불퉁한 길을 달렸다. 카탸의 손은 기어에, 막스의 손은 카탸의 허벅지에 올라가 있었다. 옥사나는 그게 마음에 들지 않았다. 알콩달콩한 한 쌍, 그런 그들이 그녀에게 가한 고통. 어째서 막스와 카탸를 부른 걸까? 옥사나는 자라면서 독립적이고, 강하고, 어머니처럼 남을 믿지 않는 사람이 되고자 했는데, 그럼에도 자신에게 상처를 준 그들을 기어이 불러들이고 말았다.

옥사나는 차창에 이마를 댔다. "어디로 갈까?" 카탸가 물었다.

"크로스컨트리 스키장. 올해 겨울에 거기 자주 갔어." 옥사나는 밖을 응시했다. "어두워져서 다행이네." 그리고 차에 대고 말했다. "흰색 털이 금방 눈에 띄겠어."

말리시가 집을 나간 건, 어쩌면 남편과 마찬가지로 막스와 함께 있는 게 싫었기 때문일지도 몰랐다. 막스의 허세, 카탸의 웃음소리, 옥사나의 집에 그들이 쳐들어온 것 모두. 그들은 스키장 주차장으로 들어가 눈 없는 스키장과 끝없이 펼쳐진 숲을 훑어보았다. 옥사나는 차창을 열고 말리시의 이름을 외쳤다. 나무 사이에서 움직이는 것은 보이지 않았다.

8월에 경찰서에서 랴콥스키와 면담하던 내내, 그는 옥사나가 자매를 납치한 사람의 인상착의를 설명하지 못하는 것에 어쩔 줄 몰라 했다. "다시 한번 생각해보세요." 그가 말했다. "천천히 생각해보세요. 이 애들이 낯선 사람 차에 타는 걸 보고 멈춰 서지도 않았다고요?"

"그 사람이 낯선 사람인지 제가 어떻게 알았겠어요?" 옥사나가 말했다. "제가 보기엔 아는 사람 같았어요."

랴콥스키가 눈을 가늘게 떴다. 옥사나의 눈에 그는 제복을 입고 경찰 놀이를 하는 아이 같았다. "제 상관들이 뭐라도 알아 오기를 바라고 있습니다." 그가 말했다. "기억나는 게 있을 거예요. 보다 자세한 거 말입니다. 특별히 눈에 띈 게 있었을 겁니다." 옥사나는 그를 빤히 보았다. "이 수사를 쓸모없게 만들 셈입니까?" 그가 물었다. "당신 여가 시간을 경찰 수사를 방해하는 데 쓸 작정이에요?"

"자연스럽게 떠오르겠죠." 옥사나가 말했다. 말하는 입이 썼다.

옥사나가 보지 못한 것들의 목록은 끝도 없이 길었다. 해보지 못한 것들도 많았다. 옥사나의 지시에 따라 카탸는 도로로 다시 나갔고, 로터리를 돌아 도심으로 향했다. 그사이 막스는 그날 오후에 본 말리시의 행동을 설명해주었다. 개는 평소와 같이, 심지어 상냥하게 다가와 막스의 빈손에 코를 대고 킁킁거리더니, 그가 전날 밤에 두고 간 서류를 챙기는 동안 방으로 돌아가 쉬었다. "말리시는 모험을 원하는 것뿐이에요." 막스가 말했다. "다 돌아보고 나면 집에 돌아올 거예요." 옥사나는 보도만 바라봤다. 잠시 침묵이 흐른 뒤에 막스가 다시 말을 꺼냈다. "오늘 오후에 로마노비치가……."

"부탁인데 나한테 말 걸지 말아요." 옥사나가 말했고, 막스는 그렇게 했다.

그들은 도서관과 금빛으로 장식한 성당, 그리고 교육대학을 지났다. 레닌그라드스카야와 포그라니치나야 모퉁이에 있는 실제 크기의 탱크 기념비 앞에서 차는 속도를 늦췄다. 탱크의 포가 땅거미 질 무렵의 하늘을 향해 있었다. 컴컴하고 차양이 늘어진 버스 정류장을 지날 때마다 옥사나는 말리시를 찾았다. 1년 동안 눈비를 맞아 찢어진 작년 여름의 실종자 포스터가 정류장 벽에 테이프로 붙어 있었다. 옥사나는 그때 처음으로, 골로솝스카야 자매의 어머니가 어떤 기분이었는지 알 것 같았다. 말리시가 버스 정류장에 없었으므로. 아무 데도 없었으므로.

열린 차창을 통해 옥사나는 말리시의 이름을 외쳐 불렀다. 이따금 10대 무리가 고함을 질러 답했다. 차는 줄줄이 늘어선 주택의 철제 차고와 컨테이너 터미널의 반짝이는 불빛을 지나 남쪽으로 향했다. 초승달 모양의 도시 한 곳에서 다른 곳으로 이동하는 데 한 시간이 넘게 걸렸다. 카탸와 막스는 앞 좌석에서 서로 뭐라고 중얼거렸다. 페트로파블롭스크 언덕이 검은 바다에 면한 절벽으로 이어지는 자보이코에 닿았을 때, 카탸는 차를 돌렸다.

옥사나는 말리시가 피투성이가 된 채 어딘가 흙 속에 쓰러져 있는 광경을 떠올렸다. 어쩔 수가 없었다. 그녀는 다른 차를 지나쳐 갈 때는 전조등 사이에 흰 털이 있는지 찾았고, 길에 그들의 차만 있을 때는 개가 짓이겨져 있을 만한 곳을 다 떠올려보았다.

안전하게 지낸다고 믿고 있었는데. 옥사나는 생각했다. 누구에게도 마음을 꼭 닫고서. 경찰에게도, 부모나 친구에게도 마음을 내비치지 않고 살면서. 졸업장을 받고 좋은 일자리를 얻고, 외화로 저축하면서 공과금은 제때 내고, 동료들이 결혼 생활은 어떠냐고 물으면 대답하지 않으면서. 더 열심히 일하고, 운동하고, 멋지게 차려입고, 애정의 날을 칼처럼 벼려 주위 사람들이 자신을 조심스레 다루도록 가르치면서. 그렇게 보호막을 세웠다고 생각했는데. 만나는 사람마다 죄다 위험한 인간들뿐이었음을 깨닫게 되다니.

심지어 옥사나와 결혼한 남자마저도 그녀를 위험에 처하게 만들었다. 지난 6월의 어느 끔찍한 일요일, 옥사나와 안톤은 시외의 작은 산자락에 차를 세우고 꼭대기 빈터까지 등산을 했다. 옥사나가 앉아서 숨을 돌리는데, 안톤이 말리시에게 나뭇가지를 던졌다. 개는 흥분해서 침을 흘렸다. 안톤의 목소리에서 장난기가 드러나는 것을 듣고 옥사나가 고개를 드는 순간, 남편이 절벽 너머로 나뭇가지를 던졌고 말리시가 그것을 쫓아 달렸다. 옥사나는 비명을 질렀다. 그 모습이 보였다. 개의 완벽한 몸통이 나뭇가지를 따라 호를 그리며 사라지는 것이. 옥사나는 막을 수 없었다. 개가 사라지는 것을 보고만 있었다. 개가 낸 소음이 그녀를 할퀴고 지나간 뒤였다. 그 순간 옥사나는 비극을 확신했기에, 말리시가 놀이를 포기하고 안톤에게 달려온 것을 믿을 수가 없었다. 그녀는 이미 땅에 엎드려 있었다. 입을 벌리고 울부짖고 있었다.

말리시는 기운이 팔팔한 채 남편을 보면서 또다시 나뭇가지를 던져주기를 기다렸다. 옥사나는 개의 목을 감싸 안았다. 개에게서 사람을 향한 노력과 야외 활동의 냄새가, 그리고 충성의 냄새가 났다. "대체 왜 그래?" 옥사나가 안톤을 향해 외쳤다.

"바보처럼 굴지 마." 남편이 말했다. "절벽으로 뛰어내릴 리 없잖아."

아직도 옥사나의 눈에는 개가 뛰어내리는 모습이 생생했다. "쟨 당신을 믿는다고."

"얘 조상은 늑대야, 그거 알아? 얘네 조상은 툰드라에서도 살아남았어. 당신이나 나보다 생존 본능이 백배는 강하다고." 옥사나는 말리시의 옆구리에 얼굴을 묻었다. "사나, 장난이었어." 안톤의 말에 옥사나가 고함을 쳤다. "재미없거든!"

그날 오후, 두 사람은 산책 때 자주 그랬듯이 옥사나가 10미터 앞서 가고 남편은 뒤로 물러나 걸으며 차로 돌아갔다. 개가 두 사람 사이를 뛰어다녔다. 그렇게 100번쯤 오갔을 때 옥사나가 개를 붙잡았다. "나랑 있어." 그녀가 명령했다. 그들은 안톤보다 한참 앞서 있어서 그의 발자국 소리를 들을 수 없었다. 말리시의 몸뚱이가 옥사나 손 밑에서 떨렸다. 녀석은 계속 떨면서 잠시 옥사나 옆에 붙어 있다가 기어이 안톤을 찾으러 달려갔고, 그들을 다시 하나로 몰았다.

옥사나의 인생에는 그날 오후보다 지독한 날도 있었다. 학생 때 옥사나가 후미진 곳에서 남자아이를 깨문 이후 석 달 동안 반 아이들이 그녀에게 말을 걸지 않았을 때, 어머니가 휴일마다 사진첩을 꺼내 옥사나에게 아프가니스탄에 주둔 중인 청년 아버지의 사진을 보게 했을 때, 대학교 3학년 때 장학금을 놓쳤을 때나 어머니가 본토로 떠난 뒤 침대에서 일어나지 못했을 때, 피임을 그만뒀는데도 임신하지 못했을 때, 안톤의 전화기에서 문자메시지들을 발견했을 때……. 그렇다. 그런 날들이 분명 더 지독했지만, 그래도 이보다 지독한 순간은 없었다. 다른 어떤 슬픔도 이번처럼 한순간에 농축되지는 않았으니까. 나뭇가지가 하늘로 날아가고 개가 뒤따르는 한순간에.

카탸는 모퉁이를 돌아 계속 차를 몰았다. 차창 밖으로 거리가 휙휙 지나갔다. 솟아오른 연석, 주차된 차들, 빈 교차로, 내려앉은 주택들, 서로 연결된 조립식 건물들. 10대 아이들이 흩어졌고, 술에 취한 노인들이 그 자리를 차지했다. 언덕 위 아파트의 전등이 꺼졌다.

말리시의 흔적을 찾던 옥사나는 캄차카의 실제 모습을 보았다. 납치되는 아이들 곁을 지나던 8월, 날씨는 따뜻했고 도심의 공기에서는 좋은 냄새가, 소금과 설탕과 기름과 이스트의 냄새가 풍겼다. 안톤은 그날 아침 무릎을 꿇고 다른 여자를 만난 것에 대해 용서를 빌었다. 그러면서 그는 한 명뿐이라고 맹세했다. 옥사나는 그를 용서했다. 퇴근해서 말리시를 차에 태우고 바닷가를 산책하러 도심으로 갔을 때는 가벼운 기분이었다. 희망에 차 있었다. 주차장에서 말리시에게 목줄을 채우고 차에서 내리게 했을 때만 해도 도시는 아름답게 보였다. 눈부시게 밝은 태양이 갓 세차한 듯한 차의 검은색 보닛을 비추고 있었다. 그 앞에서 요정 같은 아이 둘이 그 커다란 차의 가죽 시트에 오르고 있었다. 옥사나는 세상이 멋질 수 있다고 믿었다.

그 아이들은 사라졌다. 그리고 안톤도. 옥사나는 그들 모두를 놓쳐버렸다. 그녀가 지나쳤던 동그란 얼굴의 살인자가 이 순간 카탸의 차를 세운다 해도, 옥사나는 아마 그를 알아보지 못할 것이다. 그는 이 추한 곳에 사는 그 누구와도 비슷했다. 옥사나는 눈앞의 것을 제대로 보지 못하고 지나쳐버렸다.

랴콥스키와 마지막으로 이야기한 것은, 그가 수사를 종결하는 중이라고 전화로 알려왔을 때였다. "아" 하고 옥사나가 말했다. "왜죠? 확실한가요?" 그때만 해도 옥사나는 개의 따뜻한 털 속에 손가락을 묻고 있었다. 지금 다시, 그녀는 전화를 걸어볼까 생각했다. 경찰에게 도움을 구하기 위해서가 아니라 랴콥스키에게 당신을 이해한다고 말하기 위해서.

옥사나는 이해했다. 희망을 가질 이유가 없었다. 창밖에서 밤하늘을 배경으로 건물들이 희미하게 보였다.

그날 치 아드레날린이 바닥났다. 옥사나가 사는 동네의 로터리에 접어들자 카탸가 백미러를 보았다. "늦었어." 그녀가 말했다. "말리시가 어디 있든지, 자고 있을 거야. 우리도 그래야 할 시간 같아."

카탸는 옥사나가 사는 곳으로 들어가 속도를 낮춘 다음 움푹 팬 곳을 돌아갔다. 막스가 말했다. "집에 가면 말리시가 문 앞에 웅크리고 앉아 있을지도 몰라요."

빈 병, 타이어 휠 캡, 1층 창문에 비치는 하얀색이 모두 옥사나의 개처럼 보였지만, 아니었다.

"같이 있어줄까?" 카탸가 물었다.

"아니." 옥사나가 말했다.

"정말?"

옥사나의 건조한 얼굴은 움직이지 않았다. "응."

차가 내리막길을 달렸다. 옥사나의 무릎 위에서 휴대전화가 울리기 시작했다. 전화기를 뒤집어 화면을 보고 소리를 껐다. 막스가 자리에서 몸을 돌리더니 눈썹을 치켜세웠다. "안톤이에요? 아직도 전화해요?"

"나한테 그걸 물을 입장이 된다고 생각해요?" 옥사나가 말했다. "거리에서 내 개를 찾는 중에 나도 그쪽에 묻고 싶은 게 많았는데요."

"난 그냥……." 막스가 말했다.

"이 사람한테 그러지 마." 카탸가 멍청이 편을 들었다.

옥사나가 말했다. "그럼 어떻게 해야 하는데?"

"이 사람이 실수한 걸 이해해줘야지. 끔찍한 실수였어. 이 사람도 되돌리고 싶어 해."

옥사나는 카탸의 옆얼굴을 노려보았다. "아주 잘 이해해."

그들은 고장 난 현관문 때문에 이가 빠진 것처럼 보이는 아파트 앞에서 멈춰 섰다. 옥사나는 차에서 내려 문을 닫았다가, 다시 열었다. 자동차의 실내등 불빛이 카탸와 막스, 그 형편없는 손님들, 아니 배신자들을 비췄다. 그들은 옥사나가 결국은 자기들에게 올라와달라고 부탁할 거라 예상하는 것처럼 가만히 기다렸다.

"우리 사이가 뭔지 모르겠지만, 이제 끝이야." 옥사나가 말했다. "카탸, 메시지 보내지 마. 막스, 점심 같이 안 먹어요."

"잠깐만." 막스가 말했다. "내가 한 짓이에요. 내 잘못이라고요. 그러니까…… 카탸는 도와주러 온 거예요. 카탸가 잘못한 것처럼 그러지 말아요."

"내 말 못 들었어요?" 옥사나가 물었다. "이것보다 더 분명하게 말할 수가 있어요?"

막스가 입을 벌린 채 돌아보니, 카탸가 운전대를 꽉 쥐고 있었다. 그는 옥사나에게 말했다. "진심이에요? 나는 평일 점심시간을 잃는 것뿐이지만, 카탸는 15년 쌓은 우정을 잃는 거라고요."

"카탸가 아니었으면 당신이 내 집에 들어올 일도 없었어요. 내 인생에서 당신이 저지른 것 같은 실수는 더 이상 겪고 싶지 않아요."

"있잖아, 넌 정말 못된 년처럼 굴 때가 있어." 카탸가 말했다. 눈이 가려져 보이지 않았다. 옥사나는 코웃음을 쳤다. "정말이야." 카탸가 다시 말했다. "오늘 밤에 우린 널 도우러 나온 거야. 속상한 건 알겠지만, 너 자신만 생각하지 말아줄래? 그러면 우리도 애썼다는 걸 알 수 있을 거야."

"참 대단한 도움이네." 옥사나가 말했다. "네 남자 친구가 내 개를 죽인 걸 고마워해야 한다는 거야?"

카탸는 기어를 바꿨다. 엔진 소리가 더 커졌다. "말리시는 어쩌면 위층에 있을 거야. 하지만 혼자 있고 싶다니, 혼자 두고 갈게. 어쨌든 어떻게 이렇게 오랫동안 친구로 지냈는지 잘 모르겠네."

"혼자 있을래." 옥사나가 말했다. "너희 둘 덕분에 깨달았어. 네 말이 옳아. 고마워."

아파트 건물의 계단은 어두웠다. 층계참은 비어 있었다. 방범용 문이 밖으로 밀려 나와 있었다.

옥사나는 이중문 안으로 들어가며 불러보았다. "말리시?" 말리시는 나오지 않았다.

옥사나는 가슴에 댄 두 손을, 갈비뼈에 댄 전화기를 세게, 벌주듯이 눌렀다. 문 하나는 층계참 쪽으로 구부러져 있었고, 다른 하나는 집 안쪽으로 들어가 있었다. 그리고 그 바깥, 건물 전체는 잠들어 있었다. 거실에서 옥사나는 주먹으로 가슴을 누르며 자신을 탓했다. 실수. 그렇게 오랫동안 신중하게 살기 위해 노력했는데, 실수를 저지르고 말았다. 이것이 그 결과였다. 옥사나는 눈을 감아 주위 세상을 차단했다. 아이들을 죽인 살인범 옆을 즐겁게 지나치고, 결국엔 도망쳐버릴 동물에게 자신을 다 바치다니…….

말리시가 그날 절벽에서 뛰어내렸더라면. 옥사나는 자기 손으로 나뭇가지를 던져버려야 했다. 8월, 짧은 시간 동안 경찰 면담을 하던 중에 아이들의 어머니가 경찰서에 찾아와 옥사나와 만났다. 그 사람과 절망적인 대화를 나누고 몇 달이 지난 지금에야 옥사나는 그녀가 왜 찾아왔는지 알 수 있었다. 어리석은 짓을 저지르고 상심하는 것, 문을 잠그지 않고 두거나 아이들을 돌보지 않고 두거나 집에 돌아와 가장 소중히 여기던 것이 사라져버렸다는 사실을 깨닫는 것은 너무도 마음 아픈 일이기에. 그렇다. 차라리 스스로가 의도한 파멸이기를 바라게 된다. 목격자가 되기를 바라게 된다. 인생이 산산조각 나는 꼴을 지켜보기를 바라게 된다.

..JUNE..

6
월

산불이 나면 복구되는 데 70년이 걸린다. 차창 밖 언덕을 가로질러 그어진 검은 줄, 그것이 마리나에게 집으로부터 벗어나는 길을 안내해주고 있었다. 꺼멓게 그은 땅에 가지 없는 나무줄기가 서 있었다. 앞자리에서는 에바와 페타가 오스트레일리아산 공포 영화의 결말을 놓고 말다툼 중이었다. 좀 더 확신을 갖고 말하는 에바가 승기를 잡은 듯 보였다. 페타는 길의 팬 곳을 돌아가면서 자꾸만 입을 닫았다. 그러다 그가 기어를 저속으로 바꿨을 때, 에바가 뒷좌석을 향해 몸을 돌리고 마리나에게 물었다. "결말이 진짜 환상적이었어, 그렇지 않아?"

"난 그 영화 못 봤어." 마리나가 말했다.

에바는 입을 꼭 다물었다. "여태 우리 얘기 들었잖아. 환상적이지 않아?"

마리나는 고개를 저었다. "모르겠어." 익숙한 부담감이 가슴을 짓누르기 시작했다.

페탸는 자동차의 속도를 다시 올리면서 아내를 흘깃 보았다. "안 봤다고 하잖아, 그냥 둬." 에바는 한숨을 쉬더니 뭐라고 중얼거렸다. "괜찮아." 페탸가 말했다. 그리고 백미러를 한번 보았다. 마리나는 다시 창 쪽을 보았다. 드넓은 하늘에 구름이 떠다녔다. 죽어버린 삼림으로 길게 늘어뜨려진 길이 꼭 무덤에서 밀어낸 수천 개의 뼈처럼 보였다.

가슴이 답답했다. 마리나는 숨을 쉴 수 없었다. 그녀는 고개를 젖히고 무릎에 손을 얹은 뒤, 마음에서 공황 상태로 접어드려는 부분을 차단하는 데 집중했다. 공황 발작에 빠지기는 너무도 쉬웠다. 공포 영화, 타서 재가 된 숲, 뼈, 무덤, 살인자들.

한 손을 올려 흉골을 눌렀다. 심장이 아팠다. 왼쪽 가슴을 벗겨내고 갈비뼈를 떼어내서 심장을 잡아 진정시킬 수만 있다면, 마리나는 그렇게 했을 것이다. 지난 8월, 딸들이 사라진 이후로 이런 발작이 시작되었다. 의사는 불안을 진정시키는 약을 주었다. 도움이 되지 않았다. 어떤 처방도 딸들을 데려오지는 못했다.

마리나는 친구들의 차 뒷자리에서 죽어가고 있었다. 그녀는 코로 숨을 들이쉬며 무해한 지식에 집중했다. 완전한 복구에 70년. 그걸 어디서 배웠지? 어릴 때…… 아마 할아버지가 알려주었을 것이다. 어린 시절 마리나의 가족은 할아버지의 다차에서 주말을 보내곤 했다. 할아버지는 어린 그녀에게 노간주나무와 향나무의 차이를 알려주었고,

과수원에 석회를 뿌리는 법과 자작나무 진액을 받기에 가장 좋은 시기도 가르쳐주었다.

과다호흡으로 폐가 또다시 늘어나는 것 같았다. 차가 덜컹거리면서 달리는 동안, 마리나는 아는 사실을 열거했다. 나무에 대해서 또 뭘 알았지? 언덕의 형성에 대해서는? 지금은 필요에 의해 선전원 일을 하고 있지만, 그녀는 기자 일을 배웠고 늘 정보를 수집했다. 그들은 에소로 향하는 총 350킬로미터 길이 비포장도로의 250킬로미터 지점에 있었다. 한 시간 반쯤 뒤에 야영장에 도착할 예정이었다. 그들이 향하는 휴가지는 몇 백 명 정도만이 모일 수 있는 곳이었다. 주최측에서 이미 당 신문사에 보도 자료를 전송했으므로 현장 취재를 할 필요는 없었지만, 상냥하고 섬세한 편집장은 이 기회에 도시에서 벗어나볼 것을 그녀에게 권했다. 처음에 에바와 페탸가 자신을 초대했다고 마리나가 말하자마자, 편집장은 행사에 참석해서 취재하라고 지시했다. 그러다 지난 주말께 여행을 재고하고 있다고 말하자, 편집장은 마리나를 자기 사무실로 부르더니 문을 닫았다. "가야 하네." 그가 말했다. 그리고 다시, 좀 더 단호하게, 몸을 앞으로 내밀어 마리나의 눈을 보면서 말했다. "가야 해." 기사를 위해서가 아니라, 사무실 사람들이 마음 편히 지낼 수 있도록. 마리나는 알고 있었다. 그는 슬픔에 빠진 그녀가 그곳을 떠나 달라져서 돌아오기를 바랐다.

북부로 가는 길은 오래된 산불의 흔적 위에 덧새겨져 있었다. 어쩌면 자신의 조부모님이 그 화재에 관한 기사를 당시에 보았을지도 모른다고, 그녀는 생각했다. 또 하나의 사실이었다. 여전히 나무들은 시체처럼 보였다.

“거기 괜찮아?” 에바가 어깨 너머로 물었다. “배고프지 않아? 지루해?”

마리나는 몸을 앞으로 숙였다. 안전띠가 갈비뼈에 닿았다. “괜찮아.”

“음, 나는 내려야겠어.” 에바가 말했다. 옆에 대고 말한 것을 보면 마리나에게 한 말은 아닌 것 같았다. 페탸는 시계를 확인하더니 차를 길가에 세웠고, 에바는 차에서 내려 문을 쾅 닫고 자갈이 깔린 갓길을 따라 내려갔다. 에바가 바지 단추를 풀고 쪼그려 앉는 동안 그녀의 포니테일 머리가 흔들렸다. 마리나는 다른 쪽 차창 너머를 내다보았다. 그쪽 숲이 더 울창하고, 깊고, 촉촉해 보였다. 오래된 나무들이었다.

딸들을 산에 데려갔던 때가 떠올랐다. 어느 따뜻한 날, 페트로파블롭스크 남쪽 끄트머리의 아직 어린 숲에서였다. 그때 소피아는 너무 어려서 등산길 거의 내내 배낭에 넣어 메고 가야 했다. 등에 걸머진 아이의 무게가 기분 좋았다. 소피아의 손가락이 마리나 팔의 맨살을 스쳤고, 알료나는 수풀에서 나뭇잎을 땄다. 알료나는 다섯 살이었고, 당근에 한창 집착해 그것 말고는 아무것도 먹지 않던 때였다. 그래서 마리나는 딸의 도시락으로, 당근을 씻어 껍질을 벗기고 먹기 좋게 잘라 비닐봉지에 가득 넣어 갔다. 세 사람이 개울가를 따라 산을 오르는 동안 나무 사이로 햇살이 길게 들어왔다. 알료나가 당근을 씹는 소리, 신선한 물이 흐르는 소리, 귓가에 닿는 소피아의 숨소리가 지금도 귀에 들리는 듯했다.

마리나는 가슴을 손으로 눌렀다. 숨이 가빠졌다. 페탸는 친절하게도 모르는 척해주었다.

조수석 문이 열리자 차에서 땡, 하는 소리가 났다. "고마워, 자기야." 에바가 말했다. 그녀는 글러브 박스를 열어 항균 물티슈를 꺼내고 몸을 숙여 남편의 뺨에 키스했다. 차 안에 소독약 냄새가 퍼졌다.

그 후로 15킬로미터를 더 달리는데 비가 내리기 시작했다. 처음에는 조금씩 오더니, 나중에는 굵고 세찬 비로 바뀌었다. 앞자리에서 에바는 야영장에서 마리나가 만나면 좋겠다는 여자 이야기를 또 하고 있었다. 마리나는 전화기를 확인했다. 신호가 잡히지 않았다. 경찰이 부모님 전화번호를 알고 있으니 도시에서 무슨 일이 있으면 가족에게 연락을 취할 테지만……. 마리나는 통신이 잘되지 않는 곳에는 가고 싶지 않았다. 이렇게 전화가 끊기는 일이 너무 잦았다. 바다에서, 다차에서, 도시와 공항 사이의 길에서……. 딸들이 사라진 직후 몇 달 동안 마리나는 연락이 끊길 수 있는 곳은 아무 데도 가지 않았다. 집에서 직장으로, 직장에서 집으로 오가기만 했고, 운전을 할 때도 한 손에는 휴대전화를 쥔 채였다. 경찰서장에게 전화를 걸어 주말 동안 이 야영장에 다녀올 생각이라고 하자, 그 역시 반기는 반응이었다. "좀 쉬세요." 그가 말했다.

"일로 가는 거예요." 마리나가 말했다.

"음, 쉬는 시간을 따로 가지세요." 그가 목소리를 낮췄다. "마리나 알렉산드로브나, 수사는 더 이상 진행되지 않을 겁니다."

그 말을 들으며 그녀는 의자를 밀어 책상으로부터 떨어져서 무릎 위로 몸을 숙였다. "그건 이해해요. 하지만 만약……."

"새로운 정보가 들어오면 당장 연락하겠습니다. 물론 우리도 실마리를 찾기를 바라고 있어요." 마리나는 그때도 숨을 쉴 수가 없었다. "하지만 여행은 가세요. 인생을 살아야죠. 이제는 앞으로 나아갈 때입니다."

마리나가 몇 달 동안 도시에서 있었던 보도를 샅샅이 뒤지고, 여러 마을의 경찰서에 전화를 걸어 미해결 유괴 사건을 알아보고, 미성년자 성범죄로 판결을 받은 남자들의 수감 기록을 찾아보고, 당 상급자들에게 이 사건을 모스크바에 알려달라고 애걸한 뒤에야, 그가 감히 '실마리'라는 말을 입에 올렸다. 서장은 경찰이 단 1분이라도 그녀의 딸을 찾으려고 노력했는지 의심하게 만드는 말을 했다. 저런 사람이 서장 자리에 있으니 아이들이 돌아오지 못한 것도 놀라운 일은 아니라는 생각이 들자, 마리나는 그대로 숨이 막혀 죽어버리고 싶은 마음이었다.

"비가 개면 좋겠는데." 에바가 말했다. 그녀는 차창을 향해 고개를 들고 있었다. "안 그러면 텐트 치는 게 악몽 같아질 거야."

"비는 지나갈 거야." 페탸가 말했다. 마리나는 전화기를 다시 가방에 넣었다. 차창으로 빗방울이 떨어졌다. 마리나는 표면장력과 화합물을, 학교에서의 과학 실험을 생각했다. 다른 것은 생각하지 않으려 했다. 최근 기억은 특히.

야영장 주변 울타리 앞에 차를 세웠을 때는 비가 그친 뒤였다. 차 앞으로 젖어 반짝이는 풀밭에 빈 부스가 줄지어 서 있었다. 빈터 한가운데 무대에는 이런 현수막이 걸려 있었다. '**지역 문화 소수자를 기념하는 전통 축제에 오신 것을 환영합니다. 새해 복 많이 받으세요—누르게네크.**'

"새해 복 많이 받으세요." 마리나가 말했다. 6월인데 이상했다.

"파티는 내일이야." 에바가 말했다. 페탸는 문을 쾅 닫고 트렁크로 물건을 꺼내러 갔다.

그들은 식료품을 한가득 안고 흙길로 빈터를 가로질러 숲에 들어갔다. 사람들 말소리가 들리고, 고기 굽는 냄새가 났다. 산악용 사륜 오토바이 한 대가 그들 앞에 서 있었다. 그 옆을 지나가니, 바깥쪽 테이블에서 서른 명 정도 되는 사람들이 식사를 하고 있었다.

"저 사람이야." 에바가 마리나에게 속삭이고 앞으로 나섰다. "알라 이노켄테브나!" 사람들 한가운데 있던, 머리가 희끗희끗한 여자가 고개를 들었다. "다시 만나서 반가워요."

여자는 포크를 내려놓고 그들에게 손짓했다. 에바가 다가가자 그녀는 입술을 꼭 다물었다. "보통은 더 일찍 오지 않나요?"

"올해는 친구를 데려오느라고요." 에바는 마리나를 돌아보았다. "기자예요. 이 친구가 어제 일을 해야 해서 오늘 아침에 출발했죠."

마리나는 그들을 향해 고개를 끄덕였다. 알라 이노켄테브나는 웃고 있었다. "기자라……. 도시에서? 어느 신문사인가요?"

"유나이티드러시아 기자입니다." 마리나가 말했다.

"보도 자료는 보내드렸는데." 알라 이노켄테브나가 말했다.

마리나는 대답했다. "알아요." 그러자 에바가 끼어들었다. "여기서 보내는 휴가를 설명했더니, 직접 겪어보고 싶대서요. 북부는 몇 년 만이래요. 그리고 마리나는 당에서 일하기 전에는 온갖 일을 다 다뤘어요. 2003년에는 캄차카 지역 보도상도 받았죠."

페탸가 마리나를 흘긋 보았다. "2002년." 마리나가 입 모양으로 말했다. 페탸가 윙크했다.

"식사는 했어요?" 알라 이노켄테브나가 물었다. "안 했어요? 저기 큰 유르트 옆에 앉아요." 그녀는 나무들 쪽을 가리켰다. "이따가 접시를 줄게요." 다른 행사 주관자들과 무용단의 젊은 단원들은 자기들 대화로 돌아갔다.

에바는 웃으면서 돌아섰다. 파란 저녁 햇살에 얼굴이 빛났다. 그녀는 누군가의 새해를 축하할 준비가 된 것 같았다.

그들은 젖은 땅에 텐트를 쳤다. 에바와 페탸가 말뚝을 어디에 박을지를 놓고 말다툼하는 동안, 마리나는 텐트 연결선을 손에 쥔 채 바지가 무릎까지 젖어 드는 걸 견뎌야 했다. 테이블로 돌아오니 삶은 고기, 그리고 버터를 올린 밥 세 접시가 그들을 기다리고 있었다. 무용수 몇 명은 가고 없었지만, 알라 이노켄테브나는 자리에 앉아 있었다. 행사 주관자인 그녀는 마리나가 식사하기를 기다려 이야기를 시작했다. "신문에 축제 기사를 실을 건가요?"

마리나는 고개를 끄덕였다. 고기가 부드럽게 씹혔다. 몇 미터 떨어진 곳에서 10대 아이 둘이 세제가 든 물통을 놓고 접시를 닦고 있었다.

"저는 여기서 문화센터를 운영해요. 늦게 도착했군요." 알라 이노켄테브나가 말했다. "오후에 연주회가 있었는데."

마리나는 씹던 것을 삼켰다. "놓쳐서 아쉽네요."

"그래도 사람들 대부분이 내일 와요. 괜찮아요." 알라 이노켄테브나가 말했다. 하늘에 남은 약간의 빛 때문에, 그녀가 쓴 안경이 불투명해졌다. "보도상은 어떻게 받았어요?"

"밀렵에 대한 시리즈 기사로 받았어요. 남부 호수에서의 연어 밀렵."

알라 이노켄테브나가 턱을 들었다. 빛이 사라지자 안경이 다시 투명해졌다. "위험한 일을 했군요."

"네." 마리나가 말했다. 실제로 그랬다. 그 시절 밀렵은 조직범죄였다. 밀렵꾼들은 강에서 연어의 씨를 말리고 있었고, 캐비어가 탱크째 불법 시장에 나왔다. 반도 전체에서 곰과 독수리가 굶어 죽었다. 국제 환경 단체는 수십억 루블을 캄차카 경제에 투입해 암시장과 맞서 싸웠다. 마리나는 바로 그 강에 있었다. 밤이면 불빛도 없이, 아무 말도 없이 배를 타고 나갔다. 경비원들이 옆에서 총을 들고 있었고, 발치에는 비상용 무전기가 놓여 있었다. 마리나는 입이 마르고 심장이 두근거리는 걸 느꼈다. 노를 저으면 물결이 생겼다. 개구리들이 울어댔다. 밀렵꾼들이 있는 곳에 접근하면, 지느러미부터 항문까지 배가 갈린 물고기가 뒤집힌 채 달빛을 반사하며 둥둥 떠서 지나가는 걸 볼 수 있었다.

마리나는 출산 휴가를 갖기 위해 현장을 떠났다. 알료나가 걸음마를 시작할 무렵, 그녀는 더 이상 위험이 그립지 않았다. 야간 급습과 내장을 발라낸 동물과 무기를 가지고 다니는 남자들로부터 멀리 떨어져 살고 싶었다. 소피아가 태어나고 아이들 아버지가 그녀를 떠난 뒤에 마리나는 가족을 부양할 다른 길을 찾았다. 당을 위해 거짓말을 썼고, 덕분에 생활비를 벌었다. 한동안 그녀는 가족을 안전하고, 행복하고, 온전하게 지켰다.

마리나는 일어섰다. 설거지하는 아이들에게 접시를 주고 행군 머그잔을 하나 들고 와 차를 우렸다. 뜨거운 물은 석탄 위에 놓인 주전자에 들어 있었다. 기름이 굳고 있는 남은 고기가 땅에 놓인 냄비 속에 들어 있었다. 테이블로 돌아가자 에바가 알라 이노켄테브나에게 작년에 도시에서 있었던 일을 이야기하고 있었다. 마리나는 전화기를 다시 확인했다. 테이블의 대화가 잠잠해졌다. 고개를 드니 알라 이노켄테브나가 자신을 보고 있었다. 에바가 그녀에게 딸들이 사라진 이야기를 전했다는 걸 알 수 있었다.

에바는 계속해서 그녀를 도우려고 노력했다. 지난주에 여행 계획을 짜면서, 그리고 오늘 오후 차 안에서, 에바는 마리나에게 이곳의 책임자 아이도 실종된 상태라고 말해주었다. 에바는 마리나와 알라 이노켄테브나에게 공통점이라도 있다는 양 그렇게 말했지만, 알라 이노켄테브나의 딸은 에소에서 사라질 때 이미 고등학교를 졸업한 나이였다. 그 아이의 이름은 공식 기록에 등장한 적이 없었다. 그 애는 집에서 달아났다고, 에바가 말했다. 비교할 일이 아니라고.

마리나는 남은 차를 부어 버리고 머그잔을 설거지 더미에 올렸다. "고마워." 벌써 성인의 엉덩이를 가진 10대 아이들에게 그녀가 말했다. 마리나는 에바와 페탸에게 피곤하다고 말하려고 테이블로 돌아갔다. 그리고 자러 갔다.

"화장실은 저 길 아래 있어요. 강은 바로 뒤에 있고. 거기서 씻을 수 있어요." 알라 이노켄테브나가 말했다. 그녀의 음성은 변하지 않았지만—보통은 사실을 알고 나면 목소리가 바뀌었다—마리나를 향한 관심도가 바뀌어 있음이 눈에 보였다. 그녀는 마리나에게 온통 관심을 쏟았다. 최근 11개월 동안 사람들은 마리나를 지켜보고, 그녀에게서 더 자세한 이야기를 듣게 되기를 기대하고, 그녀에게 좀 더 들려달라고 사정했다. 그들은 마리나 가족의 문제가 무엇이었는지 알고 싶어 했다. 그리고 마침내 듣고 나서 동정심에 빠지는 것을 즐겼다.

마리나가 안으로 들어가 한쪽 벽 앞에 슬리핑 백을 펼치자 텐트가 부스럭거렸다. 머리 위에서 나무들도 바스락거렸다. 텐트의 회색 천장을 가로질러 나뭇가지들이 검은색 줄을 그어놓았다.

학교 무용단이 옆의 유르트에서 지내는 모양이었다. 젊은 목소리가 들려왔다. 누군가가 드럼을 쳤고, 또 누군가는 조금 크게 웃었다. 마리나의 두 딸 중 소피아는 무용을 좋아했다. 그 애의 가느다란 팔다리……. 아기 때도 소피아는 다리가 길었다. 집에서 텔레비전에 문화 채널이 켜져 있으면 소피아는 항상 발레리나들을 따라 했다. 팔꿈치가 뾰족한 두 팔을 들고, 한쪽 무릎을 구부렸다. 높이 난 눈썹과 얇고 순수한 입술을 가진 얼굴을 들어 올렸다.

마리나는 흉골 위를 꾹 눌렀다. 플라스틱 벽 쪽으로 고개를 돌렸다. 그녀는 아이들 생각을 멈출 수가 없었고, 아이들을 떠올리는 즉시 환상 깊숙한 곳으로 빠져들었다. 아이들이 둘 다 무사히, 겁에 질리긴 했지만 살아서 돌아오는 모습을 상상했다. 아이들의 머리는 마지막으로 봤을 때보다 조금 더 길어 있었다. 똑같은 옷을 입고 돌아오는 모습을 상상했다. 그러면 셋은 얼싸안을 것이고 마리나는 아이들의 등을, 아이들이 입은 낡은 셔츠를 쓰다듬을 것이다. 아이들 이마에 입을 맞출 것이다. 딸들은 영영 안전하게 그녀와 함께 살 것이다.

혹은, 상상은 반대편으로 흘러갔다. 아이들의 시체를 찾는 것으로.

앞으로 나아가라고, 서장이 말했다. 살아가라고. 이런 것들을 자꾸 떠올리면 그녀는 한 해도 더 살 수가 없었다. 맥박 소리에 귀가 먹먹했다. 이런 상상에 숨이 막혔다. 그녀는 목덜미 아래를 움켜쥔 채, 아이들의 작은 목과 몸뚱이를, 그 애들, 딸들을 만지는 낯선 사람의 손길을 생각하지 않았다. 생각하지 않을 셈이었다. 마리나는 눈을 감고서 진정하라고, 자신을 향해 소리 없는 비명을 질렀다.

진정해. 무언가 세어보면서 진정하라고.

몸을 감싼 슬리핑 백은 0도에서도 사용할 수 있는 것이었다. 텐트는 페탸와 에바의 것이었고, 네 명이 잘 수 있는 크기였다. 어린 시절 마리나는 그보다 못한 조건에서도 캠핑을 했다. 아버지의 군용 텐트는 캔버스 천과 밧줄로 만든 것이었다. 아버지는 할머니 집 뒷마당 한 구석에 그 텐트를 설치했다. 마리나는 그 여름밤에 맡았던 냄새들을 기억 속에 나열했다. 새싹, 흙, 토마토의 씁쓸한 이파리.

심장박동 소리 위로 북소리가 울려왔다. 나뭇잎이 바스락거렸다. 눈꺼풀 뒤 어둠 속에서 마리나는 평생 경험한 사소한 것들을 뒤졌다.

에바와 페탸의 발자국 소리가 들렸을 때, 마리나는 정상적으로 호흡하고 있었다. 텐트 입구의 지퍼가 내려갔다. 그들은 서툴게 서로 부딪으며 들어왔고, 짙은 술 냄새가 그 뒤를 따랐다. 에바는 조금 키득거렸다. 마리나는 그들이 슬리핑 백 위로 올라가 지퍼와 벨크로를 더듬거리는 소리를 들었다. 페탸가 뭐라고 속삭였다. "마리나가 자잖아." 에바가 말했다. 페탸는 입을 다물었다. 한 번, 두 번 키스하는 소리가 들리더니 그들도 자리에 누웠다.

아침에 마리나는 그들보다 먼저 텐트에서 나왔다. 떠오른 지 한 시간도 되지 않는 태양이 나무들 위에 깔린 옅은 안개를 노랗게 비추었다. 어제 내린 비가 땅에서 증발하고 있었다. 습기가 마리나의 살갗에 차갑게 닿았다. 강 아래에서 그녀는 치약 거품을 물속에 뱉고 그것이 흘러가는 것을 보았다. 4월에, 경찰이 만에서 건진 그 시체가 수면에 떠올랐다. 그들이 여러 차례 저지른 실수와, 신원 확인이 잘못되었다는 사실도 함께 떠올랐다. 그들은 아이의 시신이 아니라는 걸 알면서도 마리나를 시체 안치소로 불렀다. 그렇다. 그들도 알고 있었다. 그저 의무로부터 방면되기를, 그들은 바랄 뿐이었다. 발치의 거미줄에 물방울이 맺혀 있었다. 숲속 더 깊은 곳에서 새들이 지저귀는 소리가 들렸다.

화장실로 가는 길에 마리나는 다시 테이블을 지나쳤다. 아침 식사를 위한 종이 냅킨이 마련되어 있었다. 알라 이노켄테브나가 조리용 화덕 앞에 두 명의 여자와 함께 서 있었다. 그녀가 손을 흔들며 마리나를 불렀다. "이리 와요."

마리나는 칫솔이 담긴 비닐봉지를 더 단단히 쥐었다. "괜찮아요.

먹을 거 가져왔어요. 방해하고 싶지 않아요."

"방해하는 거 아니에요. 내가 초대하는 거죠."

결국 마리나는 가던 길에서 방향을 바꿨다. 알라 이노켄테브나는 고개를 끄덕이더니 다시 조리사들을 향해 돌아섰다.

마리나는 사람들에게로 다가가면서 나무 테이블을 쓰다듬었다. 습한 공기 속을 떠다니던 재 가루가 그녀 쪽으로 날아왔다. 조리사 한 명이 마리나를 향해 플라스틱 컵을 내밀었다. "받아요." 조리사가 말했고, 그녀는 발걸음을 재촉했다. 컵 안에는 이미 티백이 들어 있었다. "자요." 조리사가 불에 그은 주전자의 물을 따라주며 말했다. "잘 잤어요?"

이 조리사와 알라 이노켄테브나 둘 다 활기찬 북부 억양을 가졌다. "네." 마리나가 대답했다. 조리사는 다시 식사 준비—우유에 쌀을 넣고 끓이는 중이었다—로 돌아갔지만, 알라 이노켄테브나는 마리나를 응시했다. 곧 질문이 시작될 것 같았다.

"여기 참 좋네요." 마리나가 질문을 막으려고 선수를 쳤다.

"여기 자주 안 와요?"

"네, 그럴 수가 없어요. 일 때문에."

"다들 일이 있죠." 알라 이노켄테브나가 말했다. 그녀가 한 손을 휘젓자 재가 날아갔다. "어쨌든, 지금은 왔네요."

마리나는 부드러운 살갗이 화끈거릴 정도로 뜨거운 잔을 감싸 쥐었다. 그녀의 나머지 몸은 차갑고, 조심스러웠다. 조리사 한 명이 젓는 냄비 속 우유 위로 쌀이 둥둥 떠다녔다.

"내 아들과 딸 하나가 오늘 올 거예요." 알라 이노켄테브나가 말했다. 아이들 이야기. 마침내 그녀는 자신이 하고 싶은 이야기를 하고 있었다.

"안녕하세요." 에바가 등 뒤에서 외쳤다. 마리나가 돌아보니 친구가 손을 흔들고 있었다. 막 씻어서 깨끗한 얼굴이었다.

"잘 잤어요?" 알라 이노켄테브나도 인사했다.

에바가 다가왔다. 턱 끝에 물이 맺혀 있었다. "남편은 이제 일어났어요. 늦잠 자는 체질이거든요." 에바가 모두에게 말했다. "우리랑 달리." 그녀가 마리나를 쿡 찔렀다. 조리사들은 대화를 못 들은 체했다. 에바는 그날의 행사와 야영장에 새로 생긴 것들—알라 이노켄테브나가 땔감 넣는 스토브가 딸린 사우나를 설치했다—과 반도 주위에서 일어난 일들에 관해 이야기했다. 모두가 불평하는 문제들, 러시아 채권 신용 등급의 하락이나 우크라이나에의 개입 등도. 새로운 재앙은 끊이지 않았다.

마리나는 차를 마셨다. 쓴맛이었다. 티백을 너무 오래 담가놓은 탓이었다.

페탸가 왔다. 반쯤 찬 죽 그릇에 스푼을 담근 채 테이블 밑으로 무릎을 맞대고 있는 두 사람이 함께 식사하도록 놔두고, 마리나는 일어섰다. 상 받을 만한 기삿거리가 생길 경우에 대비해 재킷 주머니에는 항상 펜과 수첩이 들어 있었다. 첫 번째 빈터 너머 숲속에 놀랄 거리가 감추어져 있었다. 사우나, 통조림 식품이 가득 든 창고, 작은 유르트. 식사하는 곳에서 대화 소리가 흘러나왔다. 멀리서 음악이 연주되었다. 숲속 더 깊은 곳에서, 마리나는 기둥 위에 지어진 작은 집 한 채를 발견했다. 곡물 창고였다. 통나무를 엮어 땅과 창고 문을 잇는 사다리를 세워놓았다. 마리나는 거기로 올라갔다.

판자 바닥에 누운 마리나는 창고 지붕에 덮어놓은 마른 풀에서 먼지가 피어오르는 것을 보았다. 창고는 물소리가 들릴 정도로 강 가까이에 있었다. 여긴 어떤 곳일까? 식량을 저장하려는 의도는 알 수 있었지만…… 언제, 누구를 위해서? 언젠가 야영지 투어 같은 게 열린다면, 마리나는 참가할 생각이었다. 캄차카 북부에 대해서 아는 게 너무 없었다. 그녀가 어릴 때는 학교에서 원주민 문화를 가르치지 않았다. 요즘 학교 수업 과정에는 지역 역사에 관한 것이 조금은 들어 있는 듯하지만……. 알료나라면 아마 어느 정도는 알았을 것이다.

아이들은 이제 한 학년을 모두 놓쳤다. 아이들이 돌아온다면 새로운 학급에 들어가야 할 것이다.

왜 이럴까? 딸들에게 무슨 일이 생겼을까 생각하지 않고는 과거를 회상할 수 없는 걸까?

아이들은 돌아올 수도 있었다. 돌아오지 못할 수도 있었다.

마리나가 알기로는, 알료나와 소피아는 시내에 있었다. 개를 산책시키던 여자가 아이들이 걸어가는 것을 보았다. 그러나 그 뒤로 경찰은 아이들을 찾지 못했다. 수사관들은 처음에는 어떤 남자가 아이들을 납치했다고 하더니, 수색 팀은 용의자 같은 건 없다고 했다. 마리나는 아이들 이름을 외치며 온 시내를 돌아다녔다. 이웃집 문을 두드렸다. 도서관 사서들을 모아놓고 실종된 아이에 대한 언급이 있는 자료를 검색해달라고 요청했다. 4개월 동안 아무런 결실도 없었다. 그녀는 모스크바의 내무부 사무소에 전화를 걸어 하급 직원들에게 문의를 하고, 실마리가 되지 않는 이름이나 전화번호를 받아 적었다.

그리고 페트로파블롭스크 경찰이 마리나와 전남편을 심문했다. 알료나와 소피아가 내내 그들 아파트 어딘가에 갇혀 있기라도 했다는 듯이. 그러더니 경찰은 아이들이 익사했다고 말했다. 봄에 그들은 만에서 시신 수색 작업을 펼쳤다. 서장은 지난달에 그것을 핑계로 수사 규모를 축소했고, 그래서 조직적인 수색이나 지역 매체를 대상으로 한 발표는 더는 없을 예정이었다. 그 결정을 전해들은 마리나는 아이들의 수영복을 가지고 경찰서로 찾아갔다.

"이게 아직 우리 집에 있어요." 마리나가 나일론 수영복을 서장 책상에 올려놓으며 말했다. "알료나와 소피아가 옷을 입고 수영을 했다고 생각해요? 추운 여름에? 잔잔한 시내 앞바다에서, 그것도 관광 시즌에 아무도 모르게 물에 빠졌다고요?"

서장은 마리나에게 앉으라고 권했다. 그녀는 수영복을 무릎 위에 내려놓았다. "제 의견이 궁금합니까?" 서장이 말했다. "유괴범이 있다는 증거를 찾지 못했습니다. 육지에서 따님들을 못 찾았습니다. 하지만 사라졌을 때 바닷가에 있었다는 건 압니다. 그러니 근거 있는 결론입니다."

"그럼 목격자는요?" 마리나가 물었다.

서장은 고개를 저었다. "현재 시점에서는 목격자의 증언을 믿을 수 없습니다."

마리나는 그 자리에서 과다호흡을 일으켰다. 비서가 와서 그녀를 부축해주었다. 경찰은 목격자를 믿지 않았지만, 마리나는 믿었다. 그동안 거짓말쟁이들과 인터뷰를 숱하게 해봤기에, 마리나는 누가 진실을 말하는지 알 수 있었다. 개를 산책시키던 여자에게 별다른 정보는 없었지만, 그녀는 마리나와 만났을 때 그날 자기가 무엇을 보았는지 솔직하게 말해주었다. 검은색 차에 탄 남자와 여자아이 둘.

그렇다. 알료나와 소피아는 그날 익사한 것이 아니었다. 납치된 것이다.

이 사실이 마리나의 폐를 압박했다. 그녀는 그런 종류의 사건이 어떻게 진행되는지 알고 있었다. 지금 당 신문사에서 하는 일은 대체로 긍정적인 내용을 다루는 것이었지만(전기 사용 증가, 도로 재건, 기록적인 투표율 등), 예전에 했던 일과 최근의 조사를 통해 그녀는 그러한 뉴스들의 이면을 알고 있었다. 전 세계에서 일어나는 유괴, 경찰 부패, 성폭력, 학대, 아동 살해……. 알료나와 소피아의 학교 사진이 신문 1면에 나왔고—머리를 곱게 빗은 아이들 얼굴이 두 개의 물방울 모양에 각기 갇힌 채로 실려 있었다—그걸 볼 때면 마리나는 끔찍한 상황을 떠올렸다. 지금 저 앳된 머리가 어디에 있을까? 몸은 어디에 있을까? 어느 아이가 먼저 희생되었을까? 비명을 질렀을까?

"죽은 거야?" 아이들이 익사했을 거라는 가설이 나왔을 때, 마리나가 전남편에게 물었다. 아이들이 어릴 때 남편은 일 때문에 모스크바로 갔고, 시차 탓에 마리나가 취하는 연락은 항상 그에게 방해가 되었다. 그래도 그녀는 계속 전화했다. 함께 비난을 나눌 수 있었기에, 전

남편과 대화하면 마음이 편해졌다. 마리나의 잘못은 그날 아이들을 돌보지 않은 것이었고, 그의 잘못은 애초에 가족을 캄차카에 두고 떠난 것이었다. 마리나는 딸들에게, 위험한 남자들에게 다가가지 말라고 가르쳤어야 했다. 그는 믿을 수 있는 사람이 어떻게 생겼는지 가르쳤어야 했다. 유괴범 외에 마리나보다 더 큰 죄책감을 느껴야 할 사람이 있다면 그건 전남편이었다.

그는 말이 없었다. "모르겠어."

"그렇지, 아이들이 죽었는데 모를 리 없으니까. 최소한 뭔가 다르게 느껴지기라도 할 거야. 알 수 없는 허전한 느낌이 계속 든다거나."

"그럴지도 모르지."

"그렇게 생각 안 해?" 마리나는 그가 동의하건 부정하건 간에 무슨 말이든 해주기를 원했다. 앞으로 어떻게 해야 할지 말해주기를 바랐다.

"모르겠어." 그가 다시 말했다. "그게 사실이라고…… 믿고 싶어." 전남편은 조심스럽게 말했다. 압박이 심할 때면 그는 그렇게 말했다. 말다툼할 때 그는 신중해졌다. 그녀를 조종하려고 했다. 그도 마음 아파했지만, 마리나만큼은 아니었다. 마리나의 고통이 더 컸다. 따지고 보면 잘못을 저지른 건 그녀였으니까. 비난은 마리나의 몫이었다.

전남편이 말했다. "어쩌면 정말로 세상을 떠났을지도 모르지." 그리고 마리나는 아이들 대신 그가 죽기를 바랐다.

마리나 주위 사람들은 적어도 그보다는 더 노력했다. 그녀에게 밖에 나오라고 불러주고, 상냥하게 대해주었다. 마리나가 도시에서 나온 것이 처음은 아니었다. 1월 1일에는 부모님과 함께 얼음으로 뒤덮인 다차에 갔다. 정원의 기둥이 말라 죽은 덩굴로 새까맣게 덮여 있었다. 마리나는 자정에 공황 발작에 시달렸고, 어머니는 약을 가져다주고 따뜻한 보드카에 꿀을 섞어 그녀에게 마시게 했다. 3월에 있었던 알료나의 생일에 그들은 다시, 초조한 마음으로 모였다. 마리나의 어머니는 손녀들 생각에 엉엉 울었다. 마리나는 흐느낌 속에서 케이크를 잘랐다. 소피아의 생일이 다가오고 있었다.

스스로 생각하기에, 마리나는 어떻게든 살아가고 있었다. 출근해서 기사를 작성해 넘기고 동료들의 잡담에 대답도 곧잘 했다. 친구들이 부르면 찾아갔다. 새로운 소식이 있는지 경찰서에 정기적으로 연락도 했다. 하지만 그 정도가 한계였고, 가끔은 그조차도 힘겨웠다. 예전에는 그녀에게 추진력이 되었던 모든 것이 이제는 사라졌다. 과거의 마리나는 이야기꾼이었고 유머 감각도 있었고 어머니였는데, 지금은…… 아무것도 아니었다. 알라 이노켄테브나는 아이를 잃은 후 축제 조직 위원회 일을 맡았지만, 마리나에게는 아무런 삶의 목적도 없었다.

누군가 숲에서 마리나의 이름을 불렀다. 마리나는 가슴에 손을 얹고 있었다. 뒤통수에 닿는 판자의 감촉이 단단하고, 거칠고, 무자비했다. 소피아와의 마지막 날 아침에 먹었던 음식이 기억났다. 우유에 탄 귀리와 냉동 건조한 나무딸기, 그리고 껍질을 벗긴 오렌지. 식탁 위로 몸을 숙인 아이의 어깨가 도자기 찻잔처럼 여리게 보였다.

"마리나." 페탸가 외쳤다. 아까보다 더 가까이서 들려왔다. 마리나는 숨을 들이쉬고, 가만히 있다가, 깨달았다. 그가 이유가 있어서 자기를 찾는 것일지도 모른다고. 경찰서에서 연락이 왔을지도 모른다고. 아니, 그럴 리 없었다. 그래도 그녀는 일어나 앉았다.

"여기 있어." 마리나가 외쳤다.

통나무 사다리가 흔들렸다. 곡물 창고 문으로 페탸의 머리가 불쑥 올라왔다. "거기 있었군." 페탸가 말했다. 금세 눈썹이 올라가며 얼굴에 상냥한 표정이 떠올랐다.

표정을 보니 급한 소식이 있는 건 아닌 게 분명했지만, 그래도 마리나는 물었다. "왜 그래? 무슨 일 있어?"

"아니." 페탸가 말했다. "미안." 이제 이마에 주름이 잡혔다. 그는 마저 올라와 안으로 들어왔다. "아늑한 둥지를 찾았네."

"까옥, 까옥." 마리나가 말했다.

페탸는 돌아서서 강을 보았다. 지붕 아래로 들어가려면 허리를 굽혀야 했다. 마리나 눈에 널찍한 그의 등판이 들어왔다. 그녀는 다시 누웠다.

"에바가 찾아보라고 해서 왔어. 곧 시작할 거래."

"알겠어. 금방 갈게."

"에바가 사람들이랑 이야기를 좀 나눠보래." 마리나는 대답하지 않았다. 결국, 페탸가 말했다. "오늘 좋은 시간이 될 거야."

"그럴 거야." 마리나가 말했다. "확실히." 그렇게 생각하지 않았다.

주위 세상이 끊임없이 윙윙거렸다. 강물 소리가 그들의 숨소리보다도 컸다. 페탸는 몸을 조금 움직였다. 목재가 삐걱거렸다.

"여기 있기엔 내가 너무 무거운 것 같아." 페탸가 말했다. "아래서 봐." 그가 내려가는 동안 마리나는 지붕만 응시했다.

빈터에 사람들이 가득 찼다. 어제는 비어 있던 진열대가 잡동사니와 포스터로 그득했다. 눈이 가느다란 마을 사람들, 형광색 후드 티셔츠를 입은 10대들, 빨갛게 코가 부어 오른 러시아인들, 유명 브랜드 등산복을 입은 시티 투어 안내원들이 소리를 질러대고 있었다. 아침에는 바지와 터틀넥을 입고 있던 알라 이노켄테브나가 지금은 구슬 장식이 있는 순록 가죽 튜닉을 입고 무대 위에서 마이크로 연설하고 있었다.

"문화부의 지원에 감사드립니다." 사람들 중 무대를 보고 있던 일부가 박수를 쳤다. 알라 이노켄테브나의 치아가 검은 마이크 뒤에서 하얗게 빛났다. "그리고 우리 에벤족 신년 축제, 누르게네크에 와주신 친애하는 방문객 여러분께 감사드립니다." 무대 양쪽에 설치된 스피커에서 그 말이 울려 퍼졌다. "오늘, 6월의 마지막 날에 하지를 기념하기 위해 찾아주신 원주민, 러시아인, 외국인 여러분 모두 환영합니다."

에바와 폐탸는 무대 가까이에 있었다. 에바의 노란 포니테일 머리가 검은 머리의 현지인들 사이에서 눈에 띄었다. 마리나는 사람들을 비집고 에바 곁으로 가 윈드브레이커를 입은 그녀의 가녀린 팔을 잡았다.

"새로운 태양이 얼굴을 좀 더 비춰주면 좋을 텐데 말이죠." 알라 이노켄테브나가 사람들에게 말했다. 발밑의 땅이 질척였다. 마리나의 다른 쪽 옆에 선 여자가 키득거렸다. "오늘은 러시아 전역에서 와주신 원주민 예술가들이 함께해주고 계십니다." 알라 이노켄테브나는 연설을 계속했다. "그분들을 만나봅시다." 스피커에서 음악이 울려 퍼졌다. 아침 식사 뒤에 숲에서 들은 것과 같은 곡이었다. 신시사이저 반주에 맞춰 여자가 가냘픈 목소리로 노래를 불렀다. 무용수들이 한 명씩, 현수막 뒤에서 무대로 나오더니 합판 위에서 몸을 흔들고 발을 굴렀다.

에바의 귀에 대고 마리나가 물었다. "무슨 행사인지 알려주는 팸플릿 같은 게 있어?"

에바는 무용수들에게서 고개를 돌리지 않은 채 손으로 왼쪽을 가리켰다. "음식 가판대에 가봐."

마리나는 사람들에게서 벗어나, 밟힌 풀밭을 가로질러 또 다른 사람들 무리 속으로 들어갔다. 무리 앞으로 헤치고 나가 보니, 아침에 본 조리사들이 사람들에게 돈을 받고 수프를 퍼주고 있었다. 마리나는 손을 흔들어 한 사람의 시선을 끌었다. 조리사는 마리나의 얼굴을 알아보지 못하는 것 같았다. "오늘 행사 일정표 있어요?" 마리나가 주문하는 사람들 틈바구니에서 물었다. 숫자와 이름 같은, 작고 중립적인 세부 사항을 집중해 들여다보고 있으면 정신을 차리는 데 도움이 되었다. 조리사는 카운터 끄트머리, 플라스틱 그릇과 스푼 더미 뒤쪽으로 고갯짓을 했고, 거기에 '누르게네크'라는 제목이 적힌 팸플릿이 흩어져 있었다. 마리나는 팸플릿을 들고 그곳을 빠져나왔다.

가판대를 지나며 그것을 읽었다. 야영장은 전통적인 에벤족 정착지를 재구성한 것이었다. 그렇다면 곡물 창고도 에벤족의 것일 터였다. 이곳의 역사 고증을 찬양하는 내용이 긴 문단 안에 담겨 있었다. 팸플릿의 한 페이지가 통째로, 관광객을 주로 모으는 무용단의 사진에 할애돼 있었다. 그 사진 속 하늘은 파랗게 빛났지만, 마리나가 지금 보는 하늘은 금방이라도 비를 쏟을 것 같았다.

"진짜 표범 가죽 모자 사세요." 마리나가 지나칠 때 상인 하나가 모자 안쪽을 뒤집어 무늬를 보여주며 말했다. 팸플릿 뒷면에는 행사 식순이 적혀 있었다. 이 다음에는 전통악기 연주회가 있었고, 그다음에는 원주민 장인의 한 시간짜리 가죽 공예 시연이 있었다. "실례합니다, 아가씨?" 뒤에서 어떤 남자가 말했다.

마리나가 돌아보니 카메라의 납작한 검은 눈이 그녀를 보고 있었다. 그 옆에 폴로셔츠를 입은 중년 남자가 녹음기를 들고 서 있었다. "네?" 마리나가 말했다. 가슴이 답답했다.

"이 축제에 처음 오신 건가요?" 마리나는 다음 질문을 기다리며 고개를 끄덕였다. 그는 마리나를 알아본 눈치였다. "지금까지 인상이 어떠셨어요?" 마리나는 그를 빤히 보았다. "한 말씀 부탁드립니다. 어디서 오셨나요?"

기자 옆에서 사진사의 카메라 셔터가 찰칵거렸다. "사진 찍지 마세요." 마리나가 말했다. 사람들이 뒤에서, 옆에서 밀었지만, 마리나는 녹음기와 약간의 거리를 유지하려고 했다. 어떻게 이런 일이 가능할까? 이 반도는 너무 좁아서 가는 곳마다 기자와 마주치는데, 그런데도 너무 넓어서 딸을 둘이나 잃어버릴 수 있다는 말인가?

기자가 밀어붙였다. "좋은 시간 보내고 계십니까?"

대답 대신 마리나는 무대 쪽을 가리키고 아무도 없는 곳을 향해 손을 흔든 뒤, "친구들이에요"라고 입 모양만으로 말했다. 목이 막혔다. 유괴에 대해 알지도 못하면서, 기자는 마리나로 하여금 그 일을 기억하게 만들었다. 벗어나야 했다.

이 발작이 일어날 때마다 그녀는 죽을 것만 같았다. 딸들의 죽음을 생각하면 그것이 시작되었다. 그러면 죽음으로, 폐가 차단되고 입이 마르고 결국 앞이 보이지 않는 곳으로 그녀는 몰리고 말았다. 하지만 전에도 이런 느낌을 겪었고, 살았다. 여러 차례, 매번. 기자가 자신을 보고 있는 듯한 느낌이 들었다. 마리나는 사람들 틈으로 좀 더 깊숙이 들어갔다.

에바 옆에 도착했을 때도 마리나의 가슴은 쿵쾅거리기를 멈추지 않았다. 에바가 내려다보더니 겁에 질린 표정을 지었다. "왜 그래?"

마리나는 고개를 저었다. 페탸가 그들을 보았고, 마리나는 엄지를 치켜들었다. 두 사람은 마리나가 다시 말할 수 있을 때까지 그녀를 지켜보았다. "모두 정상이야." 마리나가 말했다.

가죽 공예 장인들이 벌써 무대에 자리를 잡고 있었다. 연장 띠를 허리에 두르고 헐렁한 노란색 부츠를 신은 노인들이었다. "무슨 일 있었지." 에바가 말했다.

"기자가 불러 세웠어." 에바가 그 자리에서 홱 돌아서서 살폈다.

"아무것도 아니었어. 축제가 어떤지 물었어." 마리나가 말했다. 팸플릿을 들어 보였다. "이거 찾아 왔지."

실종 당일. 수색이 이루어진 주. 모여든 카메라와 한마디 해달라는 요청. 친구들이 팸플릿을 뒤적이는 동안, 마리나는 코 아래 마이크의 시큼한 냄새를 떠올렸다. 그 악취를 들이마시며, 수색에 참가한 자원봉사자들이 긴 장화를 신고 지나갈 때마다 딸들의 인상착의를 설명했다. 경찰 보트가 만에서 그물을 끌어 올렸다. 딸들의 얼굴, 키와 몸무게, 생년월일 등이 실린 전단지가 공사장 주위 판자벽에 나붙었다. 몇 달 동안, 눈이 내리고 경찰이 수사 팀을 개편할 때까지, 이전 동료들은 끝없이 정보를 캐물었고 마리나는 필사적인 심정으로 그들에게 무엇이든 다 내주려 했다. 사건에 돌파구를 마련하려고, 저녁 뉴스에 나와 애원하고 흐느꼈다. 그녀는 보도를 위해 배가 갈라진 물고기였다. 피에 젖은 내장이 흘러나왔다. 얼마 뒤에는 약물 때문에 말도 제대로 할 수 없었다. 부모님이 그녀 대신 나섰다. 마리나는 입을 열지도, 이해하지도, 움직이지도, 숨을 쉬지도 못했다.

장인들이, 축제에 모인 사람들 가운데 소년 하나를 무대로 불러 시연에 참여하게 했다. 그들은 아이 무릎을 가죽으로 덮고, 아이와 사람들에게 나무 활에 박아 넣은 돌을 보여주었다. 아이가 활을 가죽에 한 번 문지르자 돌이 마룻바닥에 떨어졌다. 사람들이 웃음을 터뜨렸다.

장인 하나가 자기 자리에 소년을 앉히고 도구를 길게 문지르도록 일러주었다. 마리나의 가슴은 어느 정도 진정되었다. 기자는 보이지 않았지만, 거기 어딘가에 있었다. 여기서 또 누구와 마주치게 될까? 사방에 시커먼 카메라가 보였다. 또 기자들? 몇 달 전 시의 텔레비전 방송에서 본 마리나의 얼굴을 알아보는 사람들? 바로 이런 이유 때문에 마리나는 북적이는 곳을 피해야 했다. 페트로파블롭스크에 돌아가면 그녀는 편집장에게 말해야 했다. 공공 행사는 가지 않겠노라고. 이제 그녀가 어디로 가든지, 사람들은 의식적으로든 아니든 그녀의 비극에 모여들었다. 그들은 마리나가 여전히 보내고 있는 신호에 반응했다. 그들은 그녀에게 다가가야만 한다고 느꼈다.

해가 구름 뒤로 숨어들었다. 주위 공기가 답답했다. 에바가 마리나의 어깨를 건드리더니 무대 오른쪽 통나무 벤치를 가리켰다. 세 사람은 그리로 걸어가 앉았다.

알라 이노켄테브나가 사람들 무리에서 게임에 참여할 자원자를 찾았다. 그녀는 앞으로 나온 러시아인 여자에게 채찍을 건넸다. 무대 위의 무용수는 순록 해골을 붙인 장대에 기대서 있었다. 신호를 받은 무용수가 장대를 흔들어 매끈한 해골이 빙빙 돌게 만들었다. 해골이 행성 주위를 도는 달처럼 장대 주위를 돌았다. 게임의 목표는 움직이는 해골을 낚아채는 것이었다. 백인 여자는 밧줄을 서툴게 잡고서 해골을 겨냥했고, 마리나는 숲을 바라보았다.

음악이 머릿속을 울렸다. 마리나는 사람들이 내는 소리를 듣고 여자가 해골을 자꾸만 놓친다는 걸 알 수 있었다. "세 분, 즐거운 시간 보내고 있나요?" 누군가 말했다.

마리나가 고개를 들었다. 알라 이노켄테브나가 축제용 튜닉 차림으로 그들을 내려다보고 있었다. 다른 축제 조직 위원들이 무대에 올라가 두 번째 자원자를 찾고 있었다. 가까이서 보니 알라 이노켄테브나의 옷에서 전통 공예의 흔적이 보였다. 가죽을 돌로 문지른 자국이 있었다. "네." 마리나가 말했다.

"날씨가 이런데도 올해 사람들이 참 많이 왔네요." 에바가 말했다.

"날씨는 상관없어요. 일광욕하러 모인 게 아니라 우리 역사를 기념하러 모인 거니까."

마리나는 등을 폈다. "일을 참 잘하시네요. 다들 즐거워하는 거 같아요."

"즐거워요?" 알라 이노켄테브나가 말했다.

"좀 피곤하네요." 마리나가 말했다. 사람들이 또 해골을 놓친 사람을 보고 놀리며 웃어댔다.

"아직 점심을 못 먹었어요." 에바가 말했다. 페탸가 일어났다.

"먹으러 가는 건가요?" 알라 이노켄테브나가 물었다. "무대 뒤로 가세요. 거긴 사람이 적어요." 그녀는 페탸가 비운 자리에 앉았다.

벤치가 낮아서 그들은 무릎을 세우고 앉아야 했다. 마리나는 정강이를 두 팔로 감았다. 무용수가 빙빙 도는 해골의 속도를 낮춰 그것의 방향을 바꾸는 데 성공하고 박수갈채를 받는 모습을 세 여자는 지켜보았다.

마리나는 알라 이노켄테브나의 전통 복장을 더 잘 보려고 약간 물러나 앉았다. 진지한 얼굴에 부스스한 회색 머리, 그리고 그 아래 은빛으로 빛나는 귀고리가 보였다. 이 야영장은 에벤족 정착지를 본떠서 만든 것이니, 그것을 운영하는 알라 이노켄테브나도 에벤족일 거라고 그녀는 판단했다. 비록 북부 사람들을 구별할 줄 몰랐지만 말이다. 에벤인지, 추크치인지, 아니면 코랴크인지, 혹은 알레우트인지. 조부모님은 종종 그리워하며 이야기하곤 했었다. 원주민들을 통합하여 다시 소련에 병합시키고 그들의 땅은 국유화해서, 어른들은 노동 공동체에 편입시키고 아이들은 국립 기숙학교에서 마르크스·레닌주의 이념을 배우게 했던 그 시절을.

알라 이노켄테브나가 무대로 향해 있던 시선을 돌려 마리나를 보았다. 마리나는 그 눈길을 외면했다.

"딸들 이야기를 들었어요." 알라 이노켄테브나가 말했다. "에바가 이야기해줬어요. 큰딸도 몇 달 전에 얘기해줬고요. 그 애는 도시에 살아요. 그 애가 처음에는 그 뉴스를 열심히 봤죠."

그녀의 목소리는 낮았다. 마리나는 자신의 호흡에 집중했다.

"경찰이 어떻게 대하던가요?" 알라 이노켄테브나가 물었다. 마리나는 어깨를 으쓱했다. "괜찮았어요? 한동안은 계속 찾았나요?"

에바가 수사가 중지됐다는 말은 하지 않은 모양이었다. "계속 찾고 있죠." 마리나가 말했다.

알라 이노켄테브나가 얼굴을 찡그렸다. "참 잘하지."

사람들의 함성이 들려왔다.

"에바가 내 아이도 실종됐다고 말했죠?"

"네." 마리나가 말했다. "10대 딸이요."

알라 이노켄테브나는 마리나의 머리 위쪽에 시선을 두었다. 침울한 얼굴이었다. "이젠 10대도 아니죠. 릴리아는 실종됐을 때 열여덟 살이었는데, 그게 벌써 4년 전 일이거든요."

"에바 말로는 달아난 거라던데요."

"마을 경찰도 그렇게 말했어요." 알라 이노켄테브나는 마리나와 다시 눈을 마주쳤다. "경찰은 여러 가지 말을 하잖아요. 시민들이 성가시게 굴지 못하게."

마리나는 이 이야기가 내키지 않았다. 마치 두 사람이 경찰관과 똑같은 대화라도 나눈 것처럼 그녀가 말하는 게 마음에 들지 않았다.

"물어보고 싶은 게 있어요." 알라 이노켄테브나가 말했다. "페트로파블롭스크 당국에 대해서요. 굉장히 적극적이었다고 하던데요. 몇 달이나 수색했다고요. 여러 가지 가설을 내놓고, 조직적으로 수색을 하고, 사람들을 면담했다고요. 그런가요?"

"여러 가지 가설. 맞아요, 내놓았죠. 네."

"만족하세요?"

"아." 주위에서 환호성과 폭소가 터져 나왔다. 마리나는 말했다. "굉장히 행복해요."

잠시 후, 알라 이노켄테브나가 미소를 지었다. 눈가에 주름은 생기지 않았다. "두 번째 질문이 있어요, 부탁이에요."

마리나가 어디를 가든지 사람들은 이런 식으로 그녀의 기운을 빼놓았다.

알라 이노켄테브나는 숨을 한 번 들이쉬더니 귀고리를 달랑거리며 고개를 숙였다. "말해주세요. 무슨 수로 경찰이 그렇게 하게 만든 거죠? 돈을 줬나요?"

"아뇨." 마리나가 말했다.

"돈을 줬을 거예요." 알라 이노켄테브나가 말했다. "아니면 무슨 이유로 경찰이 수사를 계속했겠어요? 저는 이해하니까, 믿어줘요. 누구랑 접촉했나요? 얼마나 줬어요?"

모두가 끔찍한 질문을 던졌다. 끔찍한 가정을 했다. 지난 한 해 동안 마리나가 한 대화는 전부 길고, 견디기 어려웠으며, 마치 구멍에 흙을 퍼 넣듯이 꾸준한 박자에 맞춰 이어졌다.

"페트로파블롭스크 행정부에 전화를 했어요." 알라 이노켄테브나가 말했다. "그 일이 있은 뒤에 직접 시경 사무소에 찾아갔어요. 내 말을 들어주지 않더군요. 하지만 당신 말은 들어줬으니까요, 그렇지 않아요?"

마리나는 가슴을 눌렀다. 만약 실종자를 찾는 데 가격이 있다면, 8월에 그 값의 열 배라도 기꺼이 당국에 냈을 것이다. "당신 생각은 틀렸어요." 마리나가 말했다. "경찰은 내가 뭐라고 안 해도 할 일을 해요."

"어머니로서 묻는 거예요."

"뭘요? 알라 이노켄테브나, 전 도움을 드릴 수 없어요."

"어떻게 했는지 알려줘요." 알라 이노켄테브나가 가까이 다가왔다. 샴푸, 로션, 아침 화덕의 재 냄새가 났다. 숨이 막혔다. "그리고 원하면 나도 당신을 도울 수 있어요. 예를 들면, 여기에 기삿거리가 될 만한 밀렵꾼이 있어요. 독점 기삿거리가 있어요."

마리나는 고개를 저었다. "이젠 그런 기사는 쓰지 않아요."

"그래요? 그럼 뭐든지 물어봐요."

에바는 양손을 입가에 대고 무대를 향해 응원의 환호를 보냈다. 장대에 매단 해골은 끝없이 돌고 있었다. '뭐든지.' 그녀는 그렇게 말했다. 알라 이노켄테브나가 무슨 대답을 갖고 있을까? 마리나는 아이가 열세 살, 열다섯 살이 되고 고등학교를 졸업하는 모습을 보는 게 어떤 기분인지 물어볼 수 있었다. 자신이 더 좋은 부모 노릇을 하고 더 주의했다면, 더 책임감을 가졌더라면 아이가 사라지지 않았을 거라는 사실을 추측만 하는 게 아니라 확신했을 때 어떤 기분인지에 대해서도 그녀는 물어볼 수 있었다. 그리고 어떻게 살아가야 하는지도.

'무엇'이라도? 마리나는 편집 주간이 예술면에 넣을 헛소리 기사나 써 갈 생각이었다. 그녀는 손으로 누른 쇄골의 따뜻한 부분에 집중했다. "알려주세요." 마리나가 말했다. "어디서 영감을 받아 문화센터를 세우셨는지."

알라 이노켄테브나는 물러났다. 안경 뒤의 눈꺼풀이 내려왔다. "내 민족을 향한 애정이죠." 그녀가 말했다. "기사에 그렇게 말했다고 써 줘요. 도시 사람들한테는 그런 게 없죠? 없을 거예요." 그러고 나서 그녀는 무대에서 벌어지는 채찍 게임을 향해 다시 몸을 돌렸고, 마리나 역시 앞을 보았다.

페탸가 쟁반에 연어 수프 세 그릇을 받쳐 들고 돌아왔다. 알라 이노켄테브나가 꼼짝도 하지 않아서 페탸는 서서 먹어야 했고, 마리나와 에바는 대화 없이 자기 몫을 먹었다. 원주민 소년이 운을 시험하려고 무대에 올랐다. 그 애는 채찍을 들고 발뒤꿈치를 구르더니, 기다렸다. 순록 해골이 빙빙 돌았다. 마리나는 수프를 먹는 동안, 그리고 그릇과 스푼을 땅에 내려놓는 동안에도, 누군가 가슴을 발로 밟는 것처럼 알라 이노켄테브나의 존재가 자신을 짓누르는 느낌을 받았다. 그녀는 알료나와 소피아의 실종을 이용하려고 했다. 처음에는 실패했지만, 다시 시도하려는 것 같았다.

마리나는 고개를 숙였다. 등산용 부츠에 흙이 묻어 있었다. 사람들이 박수하며 환호하는 것을 듣고 소년이 마침내 성공했음을 알 수 있었다.

알라 이노켄테브나가 다음 행사—한 시간짜리 어린이 댄스 마라톤—를 소개하려고 일어난 뒤에야 페탸는 자기 자리를 되찾았다. 에바가 마리나에게 물었다. "좀 어때? 성인 댄스 때 춤출래?"

"한 시간이나?" 마리나가 말했다. "아니." 무대에서 아이들이 이전 무대의 무용단 댄스를 서투르게 흉내 내고 있었다. 어린 소녀 하나는 작은 가죽 튜닉에 어울리는 가죽 끈을 머리에 두르고 있었다. 아이가 두 팔을 하늘로 뻗고 몸을 흔들었다.

"세 시간이야." 에바가 말했다. "성인 댄스는 더 길어. 페탸랑 나는 참가할 거야. 그렇지, 자기야?" 페탸가 그렇다고 했다. "작년에도 내내 춤췄어. 재미있어. 생각해봐."

"그럴게." 마리나는 그렇게 대답했지만, 머릿속으로는 할머니의 수프 레시피와 어릴 때 아버지가 가르쳐준 장작 패기를 생각하고 있었다. 딸들을 위해 무엇을 할 수 있었을까, 하는 생각을 떨쳐버리기 위해서라면 무엇이든 좋았다. 마리나는 또 다른 생각을 하기 위해 그 땅을 훑어보았다. 아이들이 보였다. 부모에게 손을 흔들고, 무대에서 웃고, 발레리나처럼 팔을 움직이는 여자아이들.

마리나는 벤치에서 일어났다. "곧 돌아올게." 친구들에게 이렇게 말하고 그녀는 숲으로 걸어갔다.

수풀이 고음을 막아주어 베이스 음만이 들려왔다. 마리나는 텐트를 찾았다. 오후 시간이 흘러갔다. 마리나는 전화기를 확인하고—신호가 잡히지 않았다—어쨌든 재킷 주머니에 그것을 넣었다. 그리고 슬리핑 백 속으로 기어들었다.

텐트 천장으로 부슬비가 떨어졌다. 부드럽게 바스락거리는 소리였다. 멀리서 들리는 음악은 그 소리에 간섭하지 않았다. 알료나와 소피아가 혼자 자지 않으려고 할 때면, 마리나는 아이들과 함께 침대에서 자곤 했다. 딸들은 누워서 늦도록 이야기했다. 아이들의 높고 또렷한 음성이 양쪽에서 들려왔다. 소피아의 머리가 마리나의 팔을 눌렀다. 양치한 알료나의 입에서 스피어민트 향이 났다.

표면장력. 마리나는 생각했다. 물을 통과하는 빛의 반사와 굴절. 이런 날씨가 계속된다면, 마리나가 가진 비에 관한 상식은 곧 바닥나고 말 것이다. 빗방울은 천 개의 입술이 떨어지는 소리를 냈다.

어린이 댄스 마라톤이 끝날 때가 됐는지 시간을 확인했다. 마리나는 모자를 바로 쓰며 텐트를 기어 나간 뒤 입구의 지퍼를 채웠다.

길을 따라 빈터로 돌아갔다. 이제 성인 커플들이 무대에 올라가 있었고, 그 뒤에서 북소리가 울려 퍼졌다. 에바가 고개를 젖히고, 페탸가 발을 구르는 모습이 보였다. 무대의 사운드 시스템에서 합창 소리와 사전에 녹음한 듯한 갈매기 울음소리가 나왔다. 마리나가 무대 뒤쪽으로 돌아가는 사이, 알라 이노켄테브나의 음성이 스피커에서 흘러나왔다. "대단하지 않아요? 환호 한번 들려주세요." 현수막 반대편에서 고함 소리가 들렸다. "얼마나 오랫동안 버틸 수 있을까요?" 알라 이노켄테브나가 사람들에게 물었다. 아무도 대답하지 않았다.

마리나가 음식 부스 옆에서 나타났다. 조리사 하나가 그녀를 보더니 저녁 식사 주문을 기다렸다. "뭐가 있어요?" 마리나가 물었다.

"수프요."

"수프밖에 없어요? 생선 수프인가요?"

"생선 수프랑 순록 피 수프요." 조리사가 말했다. 마리나는 벌써 주머니에서 지폐를 꺼내고 있었다. "피 수프요." 조리사에게 100루블을 건넸다.

마리나는 양손으로 뜨거운 플라스틱 그릇을 들고 무대에서 20미터 떨어진 곳, 비교적 사람들이 없는 자리로 비집고 들어갔다. 저녁 공기에서 연기 냄새가 났다. 강한 알코올과 그을린 고기 냄새. 수프는 맑은 갈색이었는데, 마치 호수 바닥의 돌 더미처럼 더 짙은 빛깔의 고체 방울이 그릇 바닥에 숱하게 떠다니고 있었다. 마리나는 수프를 먹으면서 춤추는 사람들을 구경했다. 무대에서 그녀를 본 에바가 양손을 높이 들어 흔들었고, 마리나는 스푼을 들어 올려 응답했다.

이윽고 건더기만 남자, 마리나는 그릇을 입에 대고 수프를 입안으로 흘려보냈다. 파 조각이 목구멍을 타고 내려가는 게 느껴졌다. 그릇을 내려놓았다. 한마디 해달라던 기자가 앞에 서 있었다. "마리나 알렉산드로브나."

마리나의 몸이 즉각 스스로를 차단하기 시작했다. "네."

"친구분이 당신 상황을 알려줬어요." 그 뒤에서 갓 10대를 벗어난 것같이 보이는 사진사가 카메라를 들고 있었다. 기자가 말했다. "상심이 크시겠어요."

"어느 친구요?" 마리나는 알라 이노켄테브나가 이 급습의 배후에 있음을 확신했다. 그녀가 직접 하루 종일 뒤쫓는 것으로도 모자라 마을 사람들까지 동원해 자기의 비극을 들쑤시는 거라고.

하지만 기자의 말은 달랐다. "친구분이요, 저 분……." 그가 무대 쪽을 가리켰다.

"알겠어요." 마리나가 말했다. 에바였다.

"무슨 일이 있었는지 이야기해줘어요. 저는 에소의 〈노바야지즌〉지 에디터입니다. 구독자는 450명이고, 다음 호에 기사를 내서 마을 사람들에게 알릴 수 있어요. 따님들 사진을 갖고 계신가요?"

마리나의 귀에서 맥박이 울렸다. 배 속에서 피가 솟구치는 게 느껴졌다. 끊임없이, 계속되는 이 작은 고통. 모두가, 자신이 도와주면, 그녀의 세상이 바뀔 것처럼 굴었다. "전화기에 있어요." 마리나가 말했다. "그런데 텐트에 두고 왔네요." 마리나는 스푼이 담긴 그릇을 바닥에 내려놓았다. 그런 다음 주머니에 손을 넣었다. "아, 아니에요." 손끝에 전화기 화면이 닿자 그녀가 말했다. "지금 있네요, 여기요." 천천히 움직인다면, 폐에 남은 산소를 좀 더 오래 쓸 수 있을 것 같았다.

기자가 말했다. "말씀해주시면 녹음할게요. 사진은요?" 마리나는 주머니에서 전화기를 꺼냈다. "좋아요. 잘됐네요." 그가 사진사에게 손짓했고, 사진사는 앳돼 보이는 얼굴 앞으로 카메라를 들었다.

기자의 녹음기가 마리나 입 앞으로 다가왔다. 그들 주위에서 음악이 쿵쿵거렸다. "준비되시면 시작할게요." 그가 말했다.

마리나는 전화기를 옷깃 앞으로 올렸다. 유리와 금속이 쇄골 위에 닿아서, 전화기를 다시 내렸다. 그리고 카메라의 검고 낯선 눈을 들여다보았다. 숨이 막힐 거라고 생각하면서, 그녀는 말했다.

"제 딸 알료나 골로숍스카야와 소피아 골로숍스카야를 찾도록 도와주십시오. 작년 8월 페테로파블롭스크캄차츠키 시내에서 실종된 아이들입니다. 8월 4일이었습니다. 알료나는 지금 열두 살입니다. 실종 당시 가슴에 줄무늬가 있는 노란색 티셔츠와 청바지를 입고 있었습니다. 소피아는 여덟 살이고, 자주색 셔츠와 카키색 바지를 입고 있었습니다. 체격이 큰 남자가 크고 새것 같은 검정색 혹은 감색 차에 아이들을 태웠습니다. 어떤 내용이든 알려주실 것이 있으면 예브게니 파블로비치 쿨리크 서장에게 227-48-06번으로 전화하시거나 지역 경찰서에 신고해주십시오." 마리나는 처음부터 인상착의와 전화번호를 외우고 있었다. 동그란 카메라 렌즈에 담긴 그녀의 얼굴이 꼭 우물에 갇힌 사람 같았다.

"보여주시겠어요?"

마리나는 전화기를 켜고 큰딸이 학교에서 찍은 사진을 들어 보였다. "알료나예요." 셔터가 찰칵였다. 마리나가 화면을 넘겼다. "소피아예요." 두 아이는 환한 곳에서 웃고 있었다. "보상금을 드리겠습니다. 어떤 정보라도 좋으니, 경찰에 제보해주십시오."

카메라는 아직 마리나를 향하고 있었다. 또다시 셔터가 찰칵 소리를 냈다. 기자가 물었다. "따님들에게 보내고 싶은 메시지가 있나요?"

그는 나중에 기사 작성이 용이하도록 명료하게 말하고 있었다. 이것, 이 작은 특집 기사는 그가 마리나에게 주는 도움이었다. 한 단의 기사와 그녀의 인생을 바꾸는 거래. "무슨 말씀을 하고 싶으세요?"

"사랑한다고 말하고 싶어요." 마리나가 말했다. 그리고 그것이 시작되었다. 가슴이 죄어오고, 압박이 느껴졌다. "저는 아이들을 위해 목숨을 걸었어요. 세상 그 무엇보다 아이들을 사랑합니다."

"좋아요, 됐습니다." 기자가 말했다. "끔찍한 사건이에요. 도와드리게 되어 정말 기쁩니다."

마리나는 그를 피해 물러나 입을 다물고 코로 숨을 들이쉬었다. 하지만 공기는 가슴 깊숙이 닿지 않았다.

사진사가 말했다. "검은 차를 타는 덩치 큰 남자요?" 마리나가 끄덕였다. 코로 숨을 쉬어야 했기 때문에 그것밖에 할 수 없었다. 그가 말했다. "토요타인가요?"

"그냥 검은 큰 차." 기자가 말했다. "검정이나 감색. 그렇죠, 마리나 알렉산드로브나?"

사진사는 마리나를 빤히 보았다. 사람들은 '알고 나면' 그렇게 달라졌다. 날것의 호기심을 드러냈다. "알라 이노켄테브나와 얘기 좀 해보셔야겠어요."

마리나가 말했다. "이미 이야기했어요."

"뭐라고 하던가요?"

"그러니까……." 마리나는 더 이상 말할 수가 없었다.

"릴리아 이야길 하던가요? 자기 딸?"

기자가 끼어들어 젊은 사진사를 막았다. "벌써 얘기 나누셨다잖아."

한 해가 이런 식으로 흘러갔다. 동료들이 마리나의 책상으로 오거나, 옛 동창들이 이메일을 보내오거나, 부모님 친구들이 식료품점에서 옆으로 다가와 딸을 찾을 방법을 알아냈다고 했다. 그사이 형사들은 마리나에게 아무것도 알아내지 못했고 기대할 것도 없다고 말했다. '당신 가설은 도움이 안 돼요.' 그녀는 그렇게 말하고 싶었지만, 숨을 쉴 수가 없었다.

"다음 주 토요일에 인쇄할 겁니다." 기자가 마리나에게 말했다. "모를 일이죠. 어쩌면 북부로 데려왔을지도. 혹시 큰 진전이 있을지도 모를 일이고요." 마리나의 고개가 뒤로 젖혀졌다. "괜찮아요?" 기자가 물었다. "마리나 알렉산드로브나?"

마리나는 자신의 맥박 소리가 너무 크게 들린다고 느꼈다. 그러다가 그 현상을 경험했다. 지난가을, 극심한 공포에 도달했을 때 겪었던 증상. 시야 가장자리가 검게 좁아졌다. 세상이 어두워졌다. 마리나는 뭔가를, 무엇이라도 생각하려고 애썼다. 대학 시절 사용하던 자물쇠의 번호, 예전에 에바와 함께 썼던 로커의 잠금장치 번호, 야생 마늘을 따기 가장 좋은 때……. 아이들이 태어나기 전에 있었던 어떤 일이라도 좋았다. 이 순간 아이들을 잊게 해줄 것이라면 그 어떤 일이라도.

어둠이 물러갔다. 그제야 마리나는 고개를 바로 하고 춤추는 사람들을 보았다. 기자의 손이 마리나의 재킷 소매 바로 앞까지 다가와 있었다.

마리나는 돌아서서 나아갔다. 빈터를 가로질러 숲에 닿았다.

음악이 뒤따라왔다. 사람들이 여기저기서 소리치고 있었다. 그들은 점점 더 취해갔다. 마리나는 숨을 들이쉬려고 입을 벌렸다. 다시 시야가 좁아졌다. 나무 사이의 빛은 풀밭에서보다 흐릿했다.

사실을 생각했다. 딸들이 이 시점에서 발견될 통계적 확률은 '0'에 가까웠다. 아이들이 어디로 갔든, 수색 팀을 몇 개를 꾸리든, 신문 1면에 무엇을 내든, 이제 그 애들은 돌아오지 못할 것이다. 마리나는 무지하지 않았다. 실종된 아이가 살아 돌아올 경우, 사라진 지 한 시간 내에 돌아올 확률이 가장 크다. 그 뒤로 한 시간이 지날 때마다 생존의 가능성은 줄어든다. 24시간이 지나면 실종 아동은 사망한 것이 거의 확실하다. 딸들이 실종된 지 사흘째 되던 날, 시경은 아이의 구조가 아니라 시체 수습을 이야기하기 시작했다. 그리고 그때부터도 숱한 시간, 숱한 날이 지났다.

마리나는 아이들을 영영 잃었다. 딸들을 다시는 되찾지 못할 것이다.

텐트로 돌아온 그녀는 허리를 숙여 입구의 지퍼를 열고 전화기를 안에 던져 넣었다. 휴대전화가 슬리핑 백 위로 굴렀다. 그녀는 다시 일어나려 했지만, 그럴 수가 없었다. 도저히.

아이들은 죽었다. 죽은 지 몇 달이나 지났다. 아이들을 구하기 위한 그 무엇도 할 수 없었다.

북소리가 쿵쿵 울렸다. 가슴이 무너져 내리고 있었다. "마리나." 페탸가 뒤에서 불렀다. 그의 손이 등에 닿았다. "마리나. 숨 쉬어, 숨." 그는 마리나를 최대한 곧게 일으켜 세웠다. 이제 그는 양손을 다 마리나의 어깨에 얹고 있었다. "진정해." 낯익은 그의 얼굴. 마리나는 그럴 수 없었지만, 그는 강했다. "마리나, 숨을 쉬어. 나를 봐." 마리나는 그의 말에 따랐다. 페탸는 입술을 동그랗게 말고 천천히 숨을 들이쉬었다. 입에 힘을 뺐다. 공기가 나가도록 했다. "나랑 같이해." 가슴이 따갑고 목이 찢어지는 것 같았다. 그녀도 입술로 'O'를 만들고 산소를 들이마셨다가 내뱉었다. "천천히." 페탸가 말했다. "나처럼." 그가 빈터부터 따라온 것이 분명했다. 그는 마리나 때문에 댄스 마라톤에서 졌다. 마리나는 그의 입 모양에 집중했다.

"그렇지." 마리나가 숨을 제대로 쉬게 되자 페탸가 말했다. 그는 마리나를 끌어안았다. 그의 가슴에 코가 파묻혀서, 그녀는 좀 더 편하게 숨을 쉬려고 고개를 옆으로 돌렸다. 손이 두 사람 몸 사이에 꼈다. 그가 알려준 대로 마리나는 입술을 움직였다.

한참 뒤 페탸가 물었다. "좀 어때?" 마리나는 고개를 끄덕였다. "앉을 수 있겠어?" 다시 고개를 끄덕인 마리나는 무릎을 구부렸고, 페탸는 그녀가 텐트에 앉아 두 다리를 문 쪽으로 뻗게끔 도와주었다. 그도 옆에 쪼그리고 앉았다. 마리나는 그의 몸이 살짝 닿을 때 느껴지는 무게감이 반가웠다. 소피아의 머리가 어깨에 닿을 때의 느낌이 기억났다. 딸들이 태어나 품에 안았을 때의 느낌이 기억났다. 그 따스함이. 지난 11개월 동안 너무나 외로운 나머지 그녀는 미칠 것 같았다.

페탸가 일어났다. 마리나는 숲을 멍하니 바라봤고, 페탸는 그녀의 어깨를 두드렸다. 귀 뒤의 부드러운 피부를 건드렸다. "저기." 페탸가 말했다. 마리나가 고개를 들었다. 그는 다시 입술로 'O'를 만들었다.

마리나는 다시 그를 따라 했다. "계속해." 페탸가 말했다. "에바가 걱정할 거야. 곧 돌아올게."

차가운 공기가 치아 사이로 지나가는 것을 느끼며, 마리나는 페탸가 걸어가는 모습을 보았다. 에바와 결혼할 때 파란색 정장을 입었던 페탸. 이제 그는 몸집도 더 커지고 머리도 희끗희끗해졌다. 그 세월 동안 그는 점잖고 훌륭한 사람이 되어주었다. 주위의 위험을 살피고, 돌봐주는 사람. 마리나도 자신이 그랬다고 말할 수 있다면 얼마나 좋을까. 그녀는 나무들로 시선을 돌렸다. 입술이 움직였다. 오른쪽 어딘가에서 강물이 흘러갔다.

마리나는 누군가 텐트로 다가오는 소리에 몸을 돌렸다. 목에 카메라를 건 사진사였다.

"가주세요." 마리나가 말했다. 그녀는 입술로 'O'를 만들며 고개를 숙였다.

사진사가 옆의 젖은 나뭇잎 사이에 쪼그리고 앉았다. "죄송해요." 그가 말했다. "성가시게 하려는 건 아니에요. 그런데 아까 '새것처럼 보이는 차를 타는 남자'라고 하셨죠? 혹시 검정색 토요타 서프는 아니었을까요?"

마리나가 말한 사람과 비슷한 사람 하나가 에소 근처에 산다고, 사진사가 말했다. "이상한 녀석이에요." 그가 나지막이, 그러나 빠르게 말했다. 목소리에 북부 어투가 있었다. "이름은 예고르 구사코프고, 혼자 살아요. 가끔 하룻밤씩 도시에서 자고 오는데, 차를 보기 좋게 잘 관리하죠.”

“차를 아끼고 가끔 도시에 가는 사람.” 마리나가 말했다.

“검정색 토요타 서프에요. SUV요.”

마리나는 잠시 그가 한 말들에 대해 생각했다. “‘이상한 사람’이라는 게 무슨 뜻이에요?”

사진사는 쭈그린 자세 그대로 발을 바꿔 앉았다. “학교 다닐 때 같은 학년이었는데, 그 녀석은 늘 혼자여서 사람들이 딱하게 생각했죠. 녀석은 그걸 이용했어요.”

마리나는 계속 눈을 내리깔고 있었다. 사진사의 부츠는 밑창 위쪽까지 빗물에 젖어 거무스름했다.

그는 계속해서 이야기했다. 알라 이노켄테브나의 딸이 사라지기 전, 예고르가 그 애에게 관심을 가지고 있었다는 이야기였다. “그건 짝사랑 이상이었어요. 거의 집착에 가까웠죠. 어렸을 때 릴리아가 그 이야기를 해줬어요.”

마리나가 눈을 들어 사진사를 쳐다봤다. 그는 어떤 반응을 기대하며, 마리나를 보고 있었다.

“릴리아는 가출했잖아요.” 그녀가 말했다. “아닌가요?”

“그렇게 말하는 사람들도 있죠. 어떤 사람들은 아니고.”

“당신은 아니군요.” 마리나가 말했다.

사진사는 잠시 이야기를 멈추고 다음 할 말을 골랐다. “저기, 알라 이노켄테브나가 릴리아가 어떻게 생겼는지 말해줬어요?” 마리나는 고개를 저었다. “릴리아는 따님들보다 나이는 더 많았지만…….” 그는 이어서 말했다. "키도 작고 몸집도 작았어요. 열여덟 살이었지만 더 어려 보였죠. 저는, 누군가 릴리아를 해쳤을지도 모른다는 생각이 들어요. 가출을 할 수는 있었겠지만 이런 식으로, 이렇게 오랫동안 떠나 있지는 않을 겁니다."

마리나는 입안의 근육을 움직였다. 텐트 비닐이 체중에 눌려 바스락거렸다.

"그 사람이…… 무슨 짓을 했다고 생각하시는 건가요?" 그녀가 물었다.

"그랬을 수 있죠. 그랬을지도 몰라요."

"경찰에 신고했어요?"

"경찰은 릴리아에게는 전혀 신경도 안 썼어요. 어쨌거나 신고할 거리가 전혀 없잖아요. 그저 의심뿐이니까요. 오싹한 녀석이에요. 하지만……."

"전 제 딸들 이야기를 한 거예요." 그녀가 말했다. "그 차요."

"전 그저…… 아뇨." 그가 이마를 찡그렸다. "차 같은 건 전혀 몰랐거든요."

마리나는 눈을 가느다랗게 뜨고 그를 쳐다봤다. 그의 불안한 얼굴과 구부정한 무릎을 보았다. "방금 말씀하셨……."

"보여주신 그 사진들, 그건 전에 본 적 있어요. 그 얼굴들이 담긴 전단들이 여기 있었거든요. 하지만 따님들과 릴리아를 연결시켜본 적은 없었어요. 아뇨, 유괴범 같은 소리는 들어본 적도 없어요."

그녀는 입을 다물었다. 그러더니 다시 말했다. "무슨 뜻이에요? 들어본 적이 없다니?"

"전단지에는 도시에서 러시아인 소녀 둘이 실종됐다고 적혀 있었어요. 그 말밖에 없었어요."

유괴범을 잡으라는 말이 반도에 퍼지지 않았단 말인가? 지금까지 경찰은 뭘 했단 말인가? 마리나가 알기로는, 겨울 즈음에는 당국에서도 이미 양육권 다툼이나 익사 사고, 캄차카반도 외부로의 인신매매 쪽으로 가능성을 두고 있었다. 하지만 그 전에는? 서장이 언제 처음으로 그쪽 증인을 무시했지? 수사 처음 몇 주 사이에 그랬었나? 처음 며칠 만이었나?

"검정색 차로 여자애들을 납치해 가는 남자 이야기는 들은 적이 없어요." 사진사가 말했다.

"검정색 아니면 감색이에요." 마리나가 말했다. 그리고 다시 고개를 숙였다.

음악이 나무들 사이로 흘러들었다. 강물 소리도 들렸다. "그 녀석을 보여드릴 수 있어요." 사진사가 말했다. "예고르의 집이 여기서 20분 거리에 있어요. 차로 가면 됩니다."

"저 혼자 당신과 차를 타고 가자는 거군요."

사진사는 얼굴을 붉히더니 다시 쭈그리고 앉았다. "아뇨, 그게 아니라…… 이해합니다. 따님들 생각을 하고 있는 거죠? 저도 그래요. 당신을 혼자 차에 태우려는 게 아니에요." 그는 머리가 짧고, 다부지고, 아주 젊었다. "친구들을 데려와요. 당신만 하고 싶다면, 우린 뭐든 할 수 있어요."

사람들이 댄스 마라톤을 보며 올리는 환호성이 들렸다. 마리나는 사진사를 재어보았다. 그는 열심이었고, 진심 같았다. 진실한 사람 같았다. 분명했다.

딸들이 익사했다고 말하던 서장에게서는 그런 확신이 보이지 않았다. "좋아요." 마리나가 말했다. 사진사가 일어나더니 그녀를 일으켜 주려고 손을 내밀었다. 마리나는 뒤로 손을 뻗어 전화기를 집어 들고 주머니에 찔러 넣은 다음 그를 따라갔다.

에바와 페탸가 빈터 가장자리에서 그들과 만났다. 페탸가 에바의 어깨를 감싸 안고 있었다. "무슨 일이야?" 에바가 말했다. "페탸한테 에소의 기자 때문에 기분 상했다는 이야기 들었어. 미안하다고 해야 하니?"

부슬비가 다시 내리기 시작했다. 지는 해가 있어야 할 하늘 가장자리에 희끄무레한 반점만이 매달려 있었다. 마리나가 그들을 소개시켜 주자 사진사가 말했다. "전 세르게이 아두카노프입니다. 체가라고 불러요. 제가 여러분 친구분께 한 이야기는……."

"체가는 여기 살아." 마리나가 말했다. "커다란 검은색 차를 가진 남자를 알고 있어."

에바의 얼굴이 희미한 빛 속에서 또렷해졌다. 근육이 팽팽하게 당겨지면서 뼈가 불거지고, 눈이 커다래졌다. 에바가 공포 영화를 본 이야기, 축제에 갔던 이야기를 하는 걸 들으면서 마리나는 그녀 또한 자기 딸들을 사랑했다는 사실을 어느새 잊고 말았다. 지금 에바에게 이런 가짜 희망을 주는 것에 대해 마리나는 사과라도 하고 싶은 심정이었다.

사진사가 그들에게 예고르 구사코프에 대해 알려주었다. 그가 알라 이노켄테브나의 딸 이야기를 하자 페탸가 곁눈질을 했다. "잠깐만요. 이게 알료나, 소피아랑 관련이 있다고 생각하는 거예요?"

"릴리아는 나이보다 어려 보였어요." 체가가 설명했다. "이 녀석이 어쩌면……."

"이 사건에 대해 방금 알아낸 건가요?" 페탸가 물었다. "왜냐하면 처음 이야기를 들으면 성급히 결론을 내리기가 굉장히 쉽거든요. 하지만 실제로 관련된 사람들을 알고, 또 수사 과정을 보게 되면, 그렇게 쉽게 해결될 일이 아니라는 걸 알게 될 거예요."

사진사가 뺨 안쪽을 잘근잘근 씹는 게 보였다. "이해합니다. 하지만 제가 아무것도 모르는 얼간이는 아니에요."

페탸는 마리나에게 말했다. "자기 안전을 좀 생각해. 이건 마을 사람들 사이에 떠도는 소문 같은 거잖아."

"어쩌면." 마리나가 말했다. "그래서 알라 이노켄테브나에게 진실을 묻고 싶어." 무대 위에서는 사람들이 쌍을 이뤄 여전히 춤을 추고 있었다. 그들의 팔이 박자에 맞춰 허공에서 흔들거렸다. 일행들과 함께 공터를 가로질러 걸어가면서 마리나는 에소와 페트로파블롭스크 사이의 거리, 그리고 토요타 SUV의 좌석 수를 헤아려보았다. 누군가가 도시에서부터 여기까지 남의 눈에 띄지 않고 차를 몰고 오는 게 가능할까? 도시 경계 바깥의 도로들은 텅 비어 있었다. 그건 어제 직접 보았다. 그 남자는 늦은 오후 여자아이들을 납치한 다음 눈에 띄지 않게 야밤에 차를 몰았을 것이다. 트렁크에 여분의 연료통을 싣고 갔다면 주유소에 들르지 않고, 내내 누구와도 말을 섞지 않고 갈 수 있었을 것이다.

하지만 경찰은 분명 그 마을을 찾아봤을 것이다. 그들은 마리나에게 사방을 샅샅이 뒤졌다고 말했었다.

하지만 체가는 경찰과 이야기해본 일이 전혀 없다고 했다. 유괴범의 인상착의에 대해 들어본 일도 없다고 했다. 당국은 아이들을 찾겠다며 알료나와 소피아의 사진과 함께 생년월일이 적힌 전단지만 보냈을 뿐이다. 알라 이노켄테브나는 이런 일이 있을 거라고 마리나에게 경고했다. '우릴 포기하게 하려고 경찰은 온갖 소릴 다 하죠.'

하지만 페트로파블롭스크 본부에서 나온 정보가 거짓이라 해도 그다지 상관없었을지 모른다. 마리나는 지난 8월에 에소 경찰서로 직접 전화를 걸은 적이 있었다. 그녀는 반도의 모든 지서에 전화를 다 해봤다. 그때 그들은 유괴 아동이나 실종 아동에 대한 기록은 전혀 가지고 있지 않다고 대답했었다.

하지만 마리나는 가출로 추정되는 열여덟 살짜리 여자아이에 대해서는 물어보지 않았다.

무대 뒤 축축한 어둠 속에서, 그들은 젊은 여자와 이야기하고 있는 알라 이노켄테브나를 발견했다. "알라 이노켄테브나." 체가가 불렀다. "방해해서 미안해요."

그녀가 눈살을 찌푸리며 그와 에바, 그리고 마리나를 차례로 쳐다보았다. "말씀하세요."

몇 시간 전, 알라 이노켄테브나는 어떤 질문이라도 받겠다고 말했다. 그녀는 마리나를 도와주는 대신 도움을 요청하며 다가왔었다. 무엇을 물어야 하는지를 이해하는 데 마리나는 이 끔찍한 한 해의 꼬박 하루를 보냈다. 마침내 그녀는 물었다. "당신 딸한테 무슨 일이 있었는지 말해주겠어요? 릴리아한테요."

알라 이노켄테브나 옆에 선 젊은 여자가 움찔하는 게 보였다. 그녀는 안경을 쓰지 않았고 얼굴에 주름도 없었지만, 옆의 여자와 생김새가 비슷했다. 똑같이 입술이 도톰하고 턱 선도 동그랬다. 알라 이노켄테브나가 여자의 팔을 잡고 말했다. "그러지 마, 타샤."

"경찰은 릴리아가 달아났다고 했어요, 맞죠?" 마리나가 말했다. "경찰은 제 딸들이 수영하다 죽은 게 틀림없다고 했어요. 그런데 어떤 사람이, 그날 그 애들이 어떤 남자와 차에 타는 걸 봤대요. 크고 번쩍이는 검정색 차요."

"당신이 그 골로솝스카야 자매의 엄마로군요." 젊은 여자가 말했다.

"알라 이노켄테브나, 예고르 구사코프가 몇 년 전 겨울에 좋은 차를 샀다는 사실을 알고 있어요? 커다란 검정색 차요." 체가가 물었다.

젊은 여자가 말했다. "누가요? 어느 예고르요?"

알라 이노켄테브나의 눈썹이 높이 치켜 올라갔다. 그녀는 젊은 여자의 팔꿈치를 꼭 잡고 있었다. "너는 그 사람 모를 거야. 데니스나 릴리아랑 학교를 같이 다니진 않았으니까. 아납가이 쪽에 살고. …… 농담이죠?" 알라 이노켄테브나가 마리나에게 말했다. "당신이 바란 도움이 이건가요? 이 사람을 쫓는 거?"

"전 정보를 얻으러 온 거예요."

"정보라."

"이 남자에 대해서요. 이 남자가 저질렀을 수도 있는 일에 대해서요."

알라 이노켄테브나가 사진사를 돌아봤다. "네 어머니는 지금 마을에 있니, 아니면 가축을 몰고 나가 있니? 네가 누군가를 이렇게 선동하고 있는 모습을 보면 뭐라고 생각하시겠어?"

체가는 축축하게 젖은 땅 위에서 몸을 이쪽저쪽으로 흔들었다. 바싹 자른 머리카락에 빗방울이 매달려 대롱거렸다. 마리나가 말했다. "이 예고르라는 사람이 밤새 페트로파블롭스크에 다녀오곤 했다고 들었어요. 사실인가요?" 알라 이노켄테브나가 한숨을 내쉬었다. "그러니까 그 사람일 수도 있겠네요. 가능해요."

알라 이노켄테브나는 고개를 저었다.

"에소에서는……!" 젊은 여자가 말했다. "…… 아네요. 제가 뭐라고 한들 안 믿겠죠."

알라 이노켄테브나가 그녀에게 다른 언어로 이야기했다. 마리나가 듣기에는 에벤어 같았다. 알라 이노켄테브나가 마리나에게 말했다. "예고르 구사코프가 어떻게 생겼는지 설명해준 사람 있어요?"

옆에서 체가가 뭐라 항의하는 듯한 말을 했다. 마리나가 그보다 더 큰 소리로 말했다. "이상한 사람이라는 말은 들었어요."

"물론 그랬겠죠. 그게 다른 행동을 보이는 사람을 두고들 하는 말이니까." 알라 이노켄테브나가 말했다. "사람들은 우리 아들에 대해서도 그렇게 말해요. 이상하다고 말하면서 위험한 짓을 할까 봐 걱정하죠." 젊은 여자가 에벤어로 뭐라 말했지만 알라 이노켄테브나는 계속해서 말했다. "사람들이 잘못 안 거예요. 예고르는 누군가에게 해를 끼칠 사람이 아니에요. 그럴 만큼 똑똑하지도 않고요. 범죄를 주도할 사람이 아니라고요. 무슨 말인지 알겠어요? 그냥 늘 친구를 원하는 가엾은 사람일 뿐이라고요."

체가가 말했다. "죄송하지만, 전 그렇게 생각하지 않습니다." 알라 이노켄테브나가 양손을 들었다. "우리가 어렸을 때 예고르는 늘 릴리아를 지켜보고 있었어요. 자기만 소유하고 싶어 했을지도 몰라요."

마리나는 텔레비전에 나와 간청하는 자신의 모습이나 지역 라디오에서 울컥해 말하는 자신의 갈라진 목소리를 차마 보거나 들을 수 없었다. 그런 순간을 겪은 뒤에는, 다시는 그때를 돌이키고 싶지 않았다. 하지만 이곳, 시골 축제가 다 끝나갈 무렵의 댄스 대회 준비로 북적거리는 무대 뒤에서, 그녀는 자신의 모습이 어땠는지 처음으로 볼 수 있었다. 알라 이노켄테브나의 표정은, 지난 4년 동안 겪어온 상실의 경험을 흡사 쪼개진 과일처럼 드러내고 있었다. 입술이 벌어지고, 콧구멍이 벌름거렸다. 그녀의 눈은 한순간 축제를 보고 있지 않았지만 다음 순간 초점을 되찾았고, 그러더니 이를 앙다물며 빗장을 걸어 잠갔다.

"알겠어요." 마리나가 말했다.

알라 이노켄테브나가 마리나를 똑바로 쳐다보았다. "릴리아가 도망갔는지 알고 싶다고요?" 마리나는 고개를 끄덕였다. "아뇨, 분명히 아니에요. 여기서 무슨 일을 당한 거예요. 몇 년 동안 고초를 겪고 있는 거고요. 누군가 그 애를 해친 거라고요."

"엄마." 젊은 여자가 말했다.

"아무도, 신경도 안 써요." 알라 이노켄테브나가 말했다. "당국에 말했어요. 그런데 아무도 들어주지 않았어요."

"제가 듣고 있어요." 마리나는 알라 이노켄테브나에게서 자신이 알고 있는 부모의 모습을 찾으며 말했다.

알라 이노켄테브나가 말했다. "아뇨, 당신은 우리 서장처럼 동화 같은 이야기를 믿으라고 설득하려 하네요. 릴리아는 남학생들의 집적거림 때문에 사라진 게 아니에요. 그보다 더한 일에 말려든 거예요."

무대 위의 누군가가 안내 방송을 해서, 스피커가 웅웅 소리를 내며 울렸다. "체가가 우리를 그 남자에게 데려갈 거예요." 마리나가 말했다.

"그럼 가서 봐요."

"같이 가요. 우리가 뭔가를, 그러니까 당신이 릴리아와 관련 있는 뭔가를 본다면, 내가 그 사람 이름과 인상착의, 차량 번호를 시경에 줄게요. 같이 가요……."

알라 이노켄테브나가 그 이름을 내뱉었다. "예고르 구사코프는 절대로 그 애를 죽일 사람이 아니에요."

"아무도 릴리아를 안 죽였어요!" 그녀 딸이 외쳤다. "엄마, 이 사람들이 말하는 건 예고르란 사람이 그 유괴범 인상착의와 맞아떨어진다는 거예요. 어쩌면 릴리아가 떠나기 전에 그 사람 때문에 겁을 먹었을지도 모른다는 거잖아요."

"누군가 그 애를 죽였어요." 알라 이노켄테브나가 말했다. 그리고 마리나에게 이렇게 말했다. "누군가 당신 딸들을 죽인 것처럼요. 당신은 자신을 속여가며 다른 가능성을 믿고 있는 거고요. 미친 듯이 다른 대답을 원하겠지만, 그런 일은 없을 거예요."

누군가 마리나의 허리를 살짝 건드렸다. 에바였다. 현수막 너머에서 환호성이 터져 나오고 있었다. 알라 이노켄테브나의 말이 맞아야 했다. 그녀는 지난여름 마리나가 갑자기 처하게 된 것과 같은 입장에 몇 년 동안이나 서 있었다. 그녀는 구경하고, 수군거리고, 질문을 해대지만 결코 잃어버린 것을 되찾아주지는 못하는 사람들에게 둘러싸여 있었다. 지금부터 두세 해 뒤의 여름이면, 어쩌면 마리나도 그녀와 같은 식으로 말하고 있을지도 모른다. 딸들은 죽었고, 그 시신은 절대 발견되지 않을 테고, 남은 유일한 방법은 경찰에게 뇌물을 줘서 자기 마음을 위로해줄 이론을 만들어내게 하는 것뿐이라는 사실을 끝내는 받아들이게 될지도 모를 일이었다.

하지만 아직은 아니었다. "그래서, 가지 않겠단 말이죠?" 마리나가 말했다.

알라 이노켄테브나가 에벤어로 딸에게 뭐라 말했다. 딸이 고개를 저었다. "안 가시겠대요." 딸이 말했다. 타샤, 나타샤였다. "하지만 정말로 이게 릴리아와 관련이 있다고 생각하신다면, 제가 갈게요. 제가 같이 가겠어요."

페탸는 운전석에, 에바는 조수석에, 마리나와 체가 그리고 알라 이노켄테브나의 딸 나타샤는 뒷좌석에 앉았다. 사진사는 방향을 알려주기 위해 앞으로 몸을 숙이고 있었다. 그의 말이 끊어지자 나타샤가 물었다. "그 사람이 릴리아에게 무슨 무서운 짓을 한 거죠? 걘 그 사람 이야기를 한 적이 없었어요. 그런 이름은 기억에 없어요."

"아." 체가가 말했다. "선물을 남겨뒀댔어요. 이런……. 그 녀석이 집 바깥에다 선물을 두고 갔다고 릴리아가 말하곤 했어요." 그는 야영장에서 술술 이야기할 때처럼 확신하는 표정은 아니었다. 알라 이노켄테브나가 모두를 제압한 탓이었다.

"선물이라니." 나타샤가 나지막하게 되풀이했다. "기억에 없어요." 그러고는 말했다. "다시 말해줄래요? 그 사람이 어떻게 생겼다고요?"

"백인이에요. 하지만 체격은 나랑 비슷해요." 체가가 말했다.

하늘이 푸르스름한 회색에서 완연한 회색으로 변하면서, 차창 밖 풍광도 부슬비가 내리는 황혼에서 밤으로 바뀌었다. 강이 그들의 왼쪽으로 굽이치며 멀어져갔다. 마리나는 멀어지는 강을 바라보며 작년에 일어난 일을 마음에 새겼다. 딸들은 납치됐다. 집은 텅 비었다. 가족들을 돌보기 위해 선택한 단순한 직업은 이제 무의미해졌고, 책상 맨 위 서랍 속에는 진정제가 수북했다. 가끔은 밤에 딸들 꿈을 꾸고 흐느끼면서 깨어났고, 그때의 아픔은 그 애들이 사라진 후 여섯 시간 동안 느꼈던 아픔만큼이나 생생하고 날카롭고 새로웠으며, 자신의 자궁 속에 박힌 칼날만치나 끔찍했다. 이제 그녀는 또 다른 환상을 좇고 있었다. 그녀는 그 칼을 다시금 자신에게 꽂기를 택했다.

"우린 뭘 기대하고 있는 거지?" 페탸가 물었다. "그 남자를 만나는 거? 애들에 대해 묻는 거?”

“그 사람한테 릴리아에 대해 물어볼 수 있잖아요.” 나타샤가 말했다.

“그 사람을 만나는 거, 맞아.” 마리나가 말했다. “그 사람 차를 보고, 우리 목격자가 그 사람을 알아보는지 확인하게 사진을 찍는 거야.”

“에소 경찰서로 가야 하는 거 아니야?” 에바가 물었다. 나타샤가 혀를 찼다.

“그 사람들은 시경의 부속물일 뿐이야.” 마리나가 말했다. 그녀의 입에서 나오는 목소리는 안정적인 언론인의 어조였다. 과거의 흔적이었다. “진짜 범죄 사건이 일어나면 에소 경찰관들은 무조건 페트로파블롭스크에 의존해. 시에서만 수색 팀과 구조 팀을 꾸릴 수 있어.”

앞에서 페탸가 말했다. “마리나, 넌 뭘 기대하는 거야?”

“아무것도.” 마리나가 말했다. 거의 전적으로 사실이었다.

페탸가 아내의 포니테일 머리를 손가락으로 꼬았다. 나타샤가 몸을 앞으로 기울여 마리나를 쳐다보며 말했다. “엄마 때문에 마음 상하지 않으셨으면 해요.”

“솔직하게 말씀하신 거잖아요.” 마리나가 말했다. “전 감사해요.”

“제 생각엔,” 나타샤가 말했다. 깊어가는 밤 속에서 그림자가, 그리고 푸른색과 청동색의 환한 빛이 그녀를 감쌌다. “엄마 인생은 힘들었어요. 릴리아가 떠난 후뿐만 아니라 그 전에도요. 엄마는 굉장히 강한 사람이에요.”

“그래도 알라 이노켄테브나의 말이 틀렸다고 생각하는군요.” 체가가 말했다. 나타샤의 눈 위를 덮고 있던 그림자가 자리를 옮겼다. “이

일에 대해서 말이에요. 당신은 릴리아가 도망쳤다고 생각하죠?"

"전 걔가 도망쳤다는 걸 알아요." 나타샤가 말했다. "마을에서 사는 건 대부분의 열여덟 살 소녀들이 바라는 게 아니니까요. 릴리아가 떠날 이유는 수도 없이 많았어요." 그녀는 잠시 침묵하다 말했다. "예고르가 또 하나를 더했을 수도 있고."

"그럴 수도 있죠." 체가가 말했다.

"릴리아는 그 사람에게서 다른 사람들이 보지 못하는 걸 봤을지도 몰라요." 나타샤가 말했다. "뭔가 불길한 거요."

차 안은 고요했다. 에바가 돌아앉아 마리나를 보았다.

"1년 내내 당신 사건을 지켜봤어요." 나타샤가 말했다. "저도 애가 둘이에요, 나이도 비슷하고. 두 사건 사이에 뭔가 연관성이 있다고 생각했다면 당장 당신한테 연락했을 거예요. 내 동생을 마을에서 떠나게 만든 사람이 당신 딸들을 해쳤을지도 모른다고요. 하지만 전 몰랐어요. 릴리아는 아무 말도 하지 않았거든요. 게다가 에소는 당신 딸들한테 일어난 일과는 완전히 동떨어진 곳 같았고요. 전 정말이지 생각도……."

마리나가 말했다. "저도 못 했어요. 누구도 생각 못 했을 거예요."

도로가 차 아래에서 덜컹거렸다. 차 양편으로 나무들이 휙휙 지나갔다. 새까만 나무들과 여름 잎사귀들. 마리나는 차창에 이마를 기댄 채 딸들의 모습을 떠올렸다. 여름날 알료나의 팔에 있던 주근깨들, 그리고 바다사자 번식지에 데려갔을 때 소피아가 바다사자의 울음소리를 흉내 내던 모습도. 차창 위로 빗방울이 줄줄 흘러내렸다. "다음에

좌회전이에요." 체가가 말했다. "준비됐어?" 에바가 물었다. 마리나는 딸들의 추억을 날숨으로 토해냈다.

그들은 다리를 건너고 흙길을 내려가, 에소 중심가까지 10킬로미터가 남았다고 적힌 금속 표지판을 지났다. 체가가 차창 앞을 가리켰다. 페탸가 굳은 땅 위에 차를 세웠다. 지금까지 달려온 길은 텅 비어 있었지만 그래도 다른 차가 오면 지나갈 수 있도록 그는 옆쪽으로 차를 댔다. 길 건너편 자작나무들 사이로, 손질된 땅이 보였다. 판자를 놓아 만든 좁은 길이 목조 이층집 문으로 이어져 있었다.

흰색으로 칠해진 집은 15미터 떨어진 곳에 있었다. 창문은 덧창들로 닫혀 있었고, 불은 꺼져 있었다. 마당의 조그만 정원에는 어린 식물들이 자라고 있었다. 포장되지 않은 진입로에 주차된 검은색 SUV 한 대가 석탄처럼 어스레한 구름 아래서 빛나고 있었다.

"어, 저건가요?" 체가가 물었다.

페탸가 말했다. "우린 모르죠."

마리나 옆에서 체가가 카메라를 들어 사진을 찍고는 다시 무릎 위에 내려놓았다. 다른 사람은 아무도 움직이지 않았다. "그 사람, 집에 있어요?" 에바가 침묵을 깨려고 말했다.

"집이 깜깜해요." 나타샤가 말했다.

앞에서 페탸가 말했다. "마리나, 차 안에 있어. 상황을 좀 더 알게 될 때까지는."

체가가 입술 사이로 휙 소리를 냈다. 그는 목에 걸고 있던 카메라를 페탸에게 넘겨줬다. 그러고는 나타샤를 팔꿈치로 슬쩍 찔렀다. "제가 나갈게요." 그가 말했다. "누가 있는지 알아보죠."

"같이 갈게요." 나타샤가 말했다.

체가가 고개를 저었다. "그냥 기다려요. 그 녀석이 저기 있다면, 우린 동급생이었고 서로 아는 사이니까 뭐든 이야깃거리를 생각해볼게요. 그동안 여러분은 녀석이 어떻게 생겼는지 볼 수 있을 거고요."

차 문이 열리고 두 사람 모두 나갔다가, 나타샤가 돌아오고 문이 도로 닫혔다. 체가가 길을 건너가고 있었다. 그는 판자 깔린 길을 걸어 집으로 다가갔다. 페탸는 카메라 뷰파인더에 눈을 갖다 대고 있었다. 에바가 "어떻게 하는지 알아?" 하고 중얼대자 그가 쉬잇, 하고 그녀를 조용히 시켰다. 현관 앞에서 체가가 초인종을 누르고 문을 두드렸다. 이 사람이 그자라면, 마리나는 생각했다. 이게 그자라면. 숨을 쉬려고 오랫동안 애쓴 끝에 그녀는 생각했다. 진실을 알고 나면, 어떻게 살아갈 수 있을까?

체가가 다시 문을 두드렸다. 차 안의 누구도 말하지 않았다. 체가가 기다리면서 고개를 갸웃하고 집을 바라봤다. 마침내 그가 돌아서서 그들을 향해 어깨를 으쓱하더니 다시 걸어오기 시작했다.

마리나가 차 밖으로 다리를 휙 내밀었다. "조심해." 에바가 말했다. 하지만 다음 순간 그녀와 페탸, 나타샤도 차에서 내려 마리나의 뒤를 따랐다. 네 사람은 함께 길을 건넜다. 주위의 나무와 들판은 초록색과 갈색과 검정색을 띠고 있었다. 다른 건물은 보이지 않았다. 저 멀리서 개 짖는 소리가 들려왔다.

공기 속에서 연기와 디젤유, 잡초와 진흙 냄새가 났다. 체가가 판자 깔린 길이 도로와 만나는 사유지 경계선에서 그들과 합류해 카메라를 다시 받아 들었다. 빈손이 된 페탸가 말했다. "이제 어떻게 하죠?"

나타샤가 이마를 찡그리며 집을 올려다보았다. 그녀는 삐걱거리는 판자 길 위로 몇 미터 걸어가다가, 멈춰 섰다. 에바가 재킷 주머니에 손을 넣고 그 뒤를 따랐다. 덧창이 닫힌 2층 창문 여섯 개가 질끈 감은 눈처럼 보였다. 체가가 건물과 주차된 차, 그리고 주위의 나무들을 카메라로 찍었다.

마리나는 젖은 녹색 마당 안으로 발을 디뎠다. 나머지 사람들이 자신을 지켜보고 있는 게 느껴졌다. 일행에게 동의를 구하기 위해 돌아보지 않고, 그녀는 잔디밭을 가로질러 검정색 차를 향해 걸어갔다. 뒤에서 페탸의 발이 풀을 휙휙 스치는 소리가 들렸다.

차는 컸다. 정말로 번쩍거렸다. 가까이 가자 트렁크 문 아래쪽에 진흙이 튀어 묻은 자국과 타이어의 접지 면에 두껍게 엉겨 붙은 흙덩어리가 보였지만, 전체적으로 관리가 잘된 상태 같았다. 그녀는 여기 사는 남자가 이 차를 세차하는 광경을 머릿속에 그려보려 애썼다. 백인이라고, 체가는 말했다. 마리나는 거기까지, 피부색까지는 상상했지만 그 이상은 하지 못했다. 마음속에서 그 남자의 얼굴은 흐릿한 얼룩, 하얗게 표백된 자국이었다. 그녀는 휴대전화 카메라로 차 번호판 사진을 찍고, 뒤로 물러나서 차 전체—뒤쪽, 옆쪽, 앞쪽—를 찍었다. 긁힌 자국 하나가 한쪽 펜더에서부터 10센티미터가량 이어져 있었다. 마리나는 한 손으로 긁힌 자국을 따라가며 만져보았다. 그녀는 계속해서 살폈다.

마리나가 안전벨트와 좌석 아래 발밑 공간을 살피는 동안 페탸는 차 뒤에 뭐가 실려 있는지 확인하려고 트렁크 안을 들여다보았다. 좌석 시트는 가죽으로 된 것이었다. 글러브 박스에 붙여놓은 성상은 윤곽을 황금색으로 칠한 성모상이었다. 대시보드 통풍구와 전면 유리 사이에는 담뱃갑을 포장했던 비닐이 돌돌 말려 있었다. 예비 전선 하나가 센터 콘솔 위에 늘어진 채 놓여 있었다.

그녀는 마치 유리를 뚫을 것처럼, 뚫고 들어가려는 것처럼 갑자기 한쪽 손을 차창에 딱 붙이고 마구 두드려댔다. "저거 우리 애 거야." 그녀가 말했다.

"뭐가?" 페탸가 말했다.

"애 전화기에 있던 거라고." 마리나가 유리창을 두드렸다. "저기, 저거. 알료나 거야." 어둠 속에서 길쭉하게만 보이는 백미러에, 알료나가 전화기에 붙이고 다녔던 노르스름한 작은 새 모양의 장식이 매달려 있었다. 하지만 아니었다. 그럴 리가 없었다. 마리나는 양손 손바닥을 다 창문에 갖다 붙이려 했지만 오른손에 쥔 휴대전화가 걸리적거렸다. 그녀는 뒤로 물러나 허둥지둥 단축 번호를 뒤져 딸 전화번호를 찾은 뒤 올해만 100만 번은 건 것 같은 그 번호를 눌렀지만, 전화기에서는 아무 소리도 들리지 않았다. 분명 이곳은 젠장맞을 서비스 지역이 아니었고, 그렇다 하더라도 애초에 신호가 갈 리도 없었다. 알료나의 전화번호로는 당장 그날부터 연결이 되지 않았다. 마리나의 눈이 뜨끈하게 달아올랐다. 창문을 어찌나 세게 쳤는지 우두둑 부서지는 소리가 날 정도였다. 그 소리의 출처가 전화기인지, 손인지, 창문인지, 심장인지 알 수 없었다. 이게 사실일까? 하지만 그랬다. 페탸는 지금 그녀 바로 뒤에 서 있었고, 마리나는 다시 한번 창문을 내리쳤다. 깨야 할까? 돌멩이로? 사진을 찍어야 하나? 알료나의 휴대전화 장식, 저 장식물, 검정색 끈에 매달린 상아조각 까마귀가 저기 있으니까. 바로 저기 있으니까.

"어디?" 페탸가 물었다. 그가 바짝 다가와 붙었다. 마리나가 그걸 가리켰다. "백미러에." 그녀가 말했다. "저기."

그가 안을 들여다보았다. 야영장에서 떠난 뒤 날이 캄캄해져서 잘 보이지가 않았다. 왜 좀 더 일찍 오지 않았을까? 그래도 저 장식은 보였다. 알료나가 날렵한 디자인의 검정색 전화기 한쪽에 걸고 다녔던, 저 상아 새. 손가락으로 끈고리를 끼울 때 집중하느라 알료나의 입이 벌어지던 장면이 떠올랐다.

"저 금색 물건?" 페탸가 말했다. "저게 걔 거라고?"

"백미러에 매달려 있는 거." 마리나가 말했다. 목소리가 컸다. 그녀는 자기가 지나치게 큰 소리로 말하고 있다는 걸 알아차리지도 못했다.

마리나는 다른 사람들이 마당을 가로질러 오는 것을 눈치채지 못했지만, 이제 모두 차 옆에 와 있었다. 에바는 페탸 옆에서 몸을 뒤틀며 안을 들여다보려 하고 있었다. 체가도 손에 카메라를 든 채 직접 보려고 애를 쓰면서 나타샤에게 말했다. "릴리아 물건 있어요? 뭐가 보여요?"

나타샤의 이마는 창문에 딱 달라붙어 있었다. 체가도 앞으로 몸을 내밀었다. 그녀가 조용히 말했다. "뭘 찾아야 할지 모르겠어요."

마리나는 주먹을 꽉 쥐고 있었다. 더 가까이 가야 했다. 그녀는 손가락을 펴서 보닛 위로 몸을 끌어 올렸다. 아래에서 차체가 흔들렸다. 다리를 끌어 올리고는—페탸가 불안해하며 손으로 밀어 올려주었다—보닛 위에 무릎을 꿇고 앉아 앞쪽 차창을 통해 차 안을 들여다보았다. 백미러의 목 부분에 금으로 만든 가느다란 사슬이 감겨 있었다. 몸통에는 별것 아닌 길쭉한 장식물이, 아무런 가치도 없어 보이는 관광 기념품이 매달려 있었다. 알료나의 것이었다. "걔 거야." 마리나가 너무나 잘 아는 물건이었다.

그걸 산 날을 기억했다. 지난봄, 알료나가 다 똑같은 동물 조각상들이 늘어놓여 있던 테이블에서 그걸 집었다. 시내에서 6킬로미터 떨어진 시장에서였다. 그날 세 사람은 소피아의 새 운동화를 사려고 그곳에 간 참이었는데, 소피아는 발을 질질 끌면서 노점들 앞을 지났다. 그 아이도 휴대전화를 가지고 싶었고, 또 거기에 매달 장식도 사고 싶었던 것이다. "저거요, 엄마, 제발요!" 좀 더 크면, 하고 마리나는 둘째 딸에게 말했다. 네 맘대로 꾸밀 수 있는 전화기를 사줄게, 하지만 지금은 언니 걸 같이 써야 해. 8월 이후, 그때의 말다툼이 마리나를 무너뜨렸다. 그녀는 자기가 한 말을 경찰에게 차마 할 수가 없었다. 그때 했던 생각은 말할 것도 없다. 그녀는 두 아이에게 전화기 한 대만을 주었다. 가짜 상아조각 외에 자기를 방어할 것이라고는 아무것도 없는, 쉽게 부서지는 그 물건을.

체가의 카메라가 찰칵거렸다. 차 안은 캄캄했다. 공기도 없는 것처럼, 장식은 흔들리지 않았다.

"그 남자는 저걸 왜 전화기에서 뗐을까?" 마리나가 말했다. "우리 애 전화기는 어디 있지?"

에바는 눈을 커다랗게 뜨고 있었다. 나타샤는 계속 창문에 얼굴을 붙이고 있었다.

알료나의 전화기가 아이들이 사라진 그날 오후 이후로 계속 꺼져 있었다는 건 마리나도 아는 사실이었다. 하지만 딸들에게 전화를 걸고 싶은 마음이 홍수처럼 밀어닥쳤다. "어디 있는 거야?" 마리나가 말했다. 너무 큰 목소리로. "어디 있는 거야?"

무릎 아래 보닛은 단단했다. "잠깐만, 마리나." 페탸가 말했다. "다시 한번 봐. 이런 기념품은 관광 철이면 길거리에서 하루에 1,000개는 팔려. 이게 걔 물건 맞아? 확실해?"

"확실해." 그녀가 말했다. 말을 하면서도 그녀는 생각했다. 그런가? 확신하는 건가? 이런 물건은 흔해. 하지만 난 알아. 그런데 그 사람은 왜 이걸 간직하고 있는 걸까? 왜 보란 듯이 걸어놓은 걸까? 이게 사실이라면, 이게 정말로 현실이라면, 알료나는 어디 있는 거야? 걔 전화기는 망가졌어. 소피아는 어디 있지? 그 남자랑? 예고르? 어떤 사람이지? 그 사람은 어디 있는 거야? 애들이 이 집에 들어간 걸까? 이 정원에 묻혀 있는 걸까? 숲속에? 여기와 페트로파블롭스크 사이 길가 어딘가에 있는 걸까? 그 사람이 그랬을지도 몰라. 어떻게 내가 아직도 숨을 쉬고 있는 거지? 어떻게? 이 장식은…….

에소 중심가의 새로 깐 도로 주위로 페인트칠한 단독주택들이 늘어서 있었고, 페탸가 체가의 안내를 받아 그 길을 운전해 갔다. 마리나의 휴대전화에 서비스 신호 막대가 한 칸 뜨자마자 페탸가 차를 길가에 댔고, 그녀는 서장에게 전화를 걸었다. 신호만 가고 받지 않자 마리나는 전화를 끊고 다시 경찰서에 전화했다. 여자가 전화를 받아 마리나에게 이름을 물은 다음, 전화를 돌려줄 테니 끊지 말고 기다리라고 말했다. 이윽고 젊은 남자 목소리가 들렸다.

"마리나 알렉산드로브나? 랴콥스키 경위입니다."

"예브게니 파블로비치 서장님과 이야기하고 싶어요."

랴콥스키가 잠시 말을 멈췄다. "서장님은 사건 조사차 자리를 비우셨습니다."

"굉장히 급한 일이에요. 당장 그분을 찾아줘요."

형사가 한숨을 쉬더니 목소리를 낮췄다. "솔직하게 말씀드려도 되겠습니까? 지금은 토요일 밤이에요. 서장님께서는 몇 시간 전에 퇴근하셨고요. 지금 서장님께 전화를 하는 건 좋지 않아요. 선생님께 도움이 될 정도로 정신이 말짱하지 않으실 겁니다."

에바가 자기가 말하려고 전화기 쪽으로 손을 뻗었다. 마리나는 손을 들어 그녀를 막았다. 그녀는 경위에게 검정색 차에 대해 말했다. 백미러, 알료나의 휴대전화 장식, 예고르 구사코프, 그가 혼자 도시에 가곤 했다는 사실과 덧문이 닫힌 집에 대해서도. 마리나의 입이 언론인의 어조로 이야기하고 있었다. 그녀는 사실을 나열했다.

"릴리아 이야기도 해요." 체가가 속삭였다.

그리고 릴리아, 마리나가 반복했다. 릴리아. 마리나는 체가의 어깨 너머로 까만 윤곽만 보이는 나타샤를 바라보았다. "솔로디코바요." 나타샤가 말했다. "릴리아 콘스탄티노브나."

솔로디코바, 릴리아 콘스탄티노브나, 마리나가 말했다. 4년째 실종이에요. 그리고 예고르 구사코프, 알료나, 소피아, 토요타 차, 마리나는 말했다. 차의 색깔, 크기, SUV.

"이 차를 직접 봤습니까?" 경위가 날카로운 목소리로 말했다. 그녀는 그렇다고 대답했다. "예고르 구사코프가 거기 있었나요? 그 사람을 봤습니까? 그 사람은 당신을 봤어요?"

불 꺼진 창문들, 진입로의 차. 결국 그는 집에 있었던 걸까? 사람들을 지켜보면서? 하지만……. 아뇨, 그녀는 말했다. 그녀는 그렇게 생각하지 않았다. 아뇨.

"어디 계십니까? 지금 말입니다."

머리 위에서 마을 가로등이 깜박이고 있었다. 에소예요, 마리나가 말했다.

"혼자요?"

그녀와 에바의 눈이 마주쳤다. 친구들과 있어요, 마리나가 말했다.

"몇 명이나요?" 네 사람이요. "그 사람들도 압니까? 다른 사람에게는 말한 적 없어요?"

알아요. 아뇨.

"좋습니다, 말하지 말아요." 경위가 말을 멈췄다. "마리나 알렉산드로브나." 그가 마침내 다시 말했다. "이걸 다 확신하는 거죠?"

그녀는 고개를 끄덕였다. 그는 계속 대답을 기다리고 있었다. 네,

그녀가 큰 소리로 말했다.

"두 시간 뒤에 다시 전화드리죠." 그가 말했다. "어쩌면 세 시간 뒤에요. 제가…… 우리가 서장님이 어디 계신지 찾아보겠습니다. 헬리콥터로 북쪽에 팀을 보낼게요. 거기 계셨을 때 이 남자가 집에 없었다고 하셨죠?" 없었어요, 그녀가 말했다. "우리가 간다는 걸 그 사람이 몰라야 해요." 마리나가 숨을 들이쉬었다. "이 번호로 전화드리면 되죠? 그러니까 지금은…… 제 말 아시겠죠? 지금은 그 사람 근처에 있지 마십시오. 그 집에서 떨어져 계세요. 거기 가지 말아요. 친구분들께도 똑같이 전해주시고요. 안전한 곳에서 우리 연락을 기다리십시오."

두 시간 뒤에?

"먼저 서장님부터 찾아야 합니다. 그동안 헬기를 준비할게요. 그리고 에소로……." 그가 계산하는 동안 수화기 너머가 조용해졌다. 그가 말했다. "세 시간 뒤에."

그래도 오는 거죠.

"우리가 갈게요."

기다릴게요, 그녀가 말했다. 그녀는 늘 기다리고 있었다. 에바가 다시 전화기를 향해 손을 뻗자, 마리나는 친구들이 직접 형사의 음성을 통해 계획을 들을 수 있게끔 전화기를 넘겨주었다. 마리나 옆자리의 체가는 새로이 그들을 밝혀주는 노란 불빛 아래서 카메라 속 사진들을 훑어보았다. 나타샤는 기절이라도 한 것처럼 멍하니 앞만 바라보고 있었다.

그들은 결정했다. 먼저 야영장으로 가서 물건들을 챙긴 다음, 휴대전화가 연결되는 에소로 돌아와 랴쿱스키의 전화를 기다리기로 했다. 체가는 마리나와 에바, 페탸에게 자기 집으로 가서 자기 아내, 딸과 함께 있으라고 했다. 에바와 페탸가 그러겠다고 하는 소리가 들렸다. 체가는 큰 도움이 되었지만, 그 또한 올해 만난 모든 사람들과 똑같은 모습을 보였다. 이 이야기 속에 자신을 집어넣고 싶어 했던 것이다. 마치 본능이 그렇게 시키기라도 한 것처럼, 나타샤가 정신을 차리더니 말했다. "안 돼요." 그녀가 일행에게 말했다. "우리 집으로 와요."

"어느 쪽이 예고르의 집에서 더 가깝죠?" 페탸가 물었다.

체가가 나타샤를 흘깃 봤다. "마찬가지예요. 사실, 마을이 크지 않거든요. 겨우 길 두 개 차이에요."

"하지만 당신 어머니가 싫어하시지 않을까요?" 에바가 나타샤에게 말했다.

"축제 기간 중에는 야영장에서 지내세요." 에바가 고개를 끄덕였다. "엄마 말고 우리 집 식구들도 만나보세요." 나타샤가 말했다.

에소를 벗어나자 집들이 더 드문드문해졌고, 타이어 아래 땅은 점점 더 험해졌다. 사라졌던 강이 다시 나타나 길가를 따라 흐르고 있었다. 마리나는 어두컴컴해진 숲을 보았다. 두세 시간 뒤, 자정을 넘길 무렵이면 헬리콥터 소리가 들릴 것이다.

야영장 울타리 옆에 줄지어 주차한 차들 사이로 차를 몰고 들어오자, 그 너머 빈터에서 요즘 유행하는 전자음악이 들려왔다. "우리랑 같이 짐 챙기러 갈래? 아니면 차에 있고 싶어?" 에바가 물었다.

아무것도 느껴지지 않았다. 폐도, 목구멍도, 가슴의 맥박도, 의자에 닿은 등도, 차창을 두들겼던 손도. 아무 고통도 느껴지지 않았다. 새로운, 나쁘지 않은 존재 방식이었다. "여기 있을게." 마리나가 말했다.

페탸가 운전석과 문 사이로 팔을 뻗어 마리나의 정강이를 두드렸다. 에바가 말했다. "최대한 빨리 올게."

체가가 차에서 내릴 수 있도록 나타샤도 내렸다. 체가는 떠나기 전에 마리나를 안아주었다. 마리나는 그에게 안긴 바깥으로 시선을 빼내어, 자신을 안아주는 체가의 모습을 바라보았다. 그러고 나서 나타샤가 다시 차에 올라탔다. 그녀는 차 문을 열어두었다.

이건 현실이 아니야, 마리나는 생각했다. 이게 자기 인생일 리가 없었다.

밤은 서늘하고 음악 소리는 컸다. 마리나는 전화기로 시간을 확인한 다음, 다시 머리를 등받이에 기대고 무감각한 입술로 'O'를 만드는 연습을 했다. 나타샤는 빈터 쪽을 향해 몸을 돌리고 있었다. 그녀가 뭐라고 말했다.

"뭐라고요?" 마리나가 말했다.

나타샤가 헛기침을 해서 목소리를 가다듬었다. "폐막식 할 때가 됐다고요."

드럼 소리가 스피커를 통해 나왔다. 오랜 조사로 마리나가 알게 된 사실이 하나 더 있다. 매장 후 시신이 부패하는 데는 10년이 걸린다는 것. 알료나와 소피아는 그 남자의 정원에 묻혀 있어, 그녀는 생각했다. 한 시간 전 그녀는 그곳 근처에, 그 위에 서 있었다. 정보를 모으며 몇 달 동안 끔찍한 시간을 보내고 난 지금, 그 생각은 괴롭지도 않았고 위안이 되지도 않았다. 물 위에 뜬 나뭇조각처럼 마음속에 떠올랐을 뿐이다. 10년. 그 생각이 둥둥 떠내려갔다.

"저는, 늘 원했어요. 오늘 밤 당신이 얻은 바로 그걸 말이에요." 나타샤가 공터 쪽을 향해 말했다. "대답을요."

마리나는 다시 전화기를 보았다. 그는 두 시간 뒤에 다시 전화하겠다고 했었다.

"어떤 대답이든." 나타샤가 말했다. "다행이에요." 그녀의 목소리는 단조로웠고, 저 멀리서 들려오는 것 같았다.

그 말이 마리나의 의식 속으로 걸러져 들어왔다. 그녀는 말했다. "고마워요."

두 사람은 주차된 차 안에 앉아 있었다. 캠프장에서 음악이 쿵쿵거리며 들려왔다.

"우리 엄마 생각은…… 그게 맞아요." 나타샤가 말했다. "누군가 릴리아를 죽였다는 거예요." 어둠 속에서 그녀가 마리나를 돌아보았다. "그렇지 않을까요?"

"모르겠어요." 마리나가 말했다. 나타샤는 기다렸다. "당신 생각대로일 수도 있어요. 예고르가 당신 동생을 불안하게 만들었고, 그래서 동생이 떠난 거죠."

"하지만 개라면 전화를 했을 거예요." 나타샤가 말했다. "어느 시점에서는, 전화를 했을 거라고요."

마리나는 대답하지 않았다. 할 말이 없었다. 나타샤는 자신의 대답을 찾았으니까.

마리나도 다행이라고 생각해야 할까? 마침내 뭔가를, 그것이 무엇이든, 알게 됐으니까? 그런 의문이 드는 까닭은 마리나가 그와 같은 감정을 느끼지 못했기 때문이다. 기쁨이나 좌절, 또는 나타샤가 옆에 있어준 데 대한 고마움, 혹은 두 사람이 함께 느낄 절망감이 있어야 할 자리에 존재하는 것은, 잔인한 공허뿐이었다. 마리나는 손깍지를 끼고 조그만 세 개의 시신을 머릿속에 그려보았다. 온몸이 식물의 뿌리로 휘감겨서 입안에는 흙이 가득 찬 채 짙은 색의 비트와 당근들 사이에 누워 있는, 릴리아와 알료나 그리고 소피아를.

음악이 사라지고 정숙을 요청하는 목소리가 스피커를 통해 흘러나왔다. "미안해요." 나타샤가 말했다. "전 여기 못 앉아 있겠어요. 폐막식이 시작되고 있어요. 같이 가볼래요? 아니면……." 그녀는 머뭇거렸다. "여기 있고 싶으시면 저 혼자 갈게요. 끝나면 돌아와서 저희 집으로 가요. 저는 저기 가봐야……."

두 시간. 혹은 세 시간. 랴콥스키는 경찰이 이곳에 올 거라고 말했다. 그렇게 말하지 않았던가? 경찰이 예고르를 쫓을 것이다. 그들이 땅에 묻힌 아이들을 찾아낼 것이다. 두세 시간, 그 후의 영원과도 같은 시간.

그리고 마리나는 그 모든 시간을 이렇게 보낼 것이다. 홀로 앉아서. 부패에 대해 생각하면서. 알라 이노켄테브나가 그랬듯이, 다시는 오지 않을 행복을 계속 기다리면서.

"좋아요." 마리나가 말했다. 그녀는 멀리서, 자신이 말하는 모습을 듣고 자신이 일어서는 모습을 지켜보았다. "가요."

그들이 울타리로 에워싸인 빈터에 들어갔을 때, 알라 이노켄테브나가 마이크를 잡고 말했다. "6월 마지막 날의 누르게네크를 축하합시다." 그녀가 외치고 있었다. "하지의 태양을 경배하며 원을 만들어요."

나타샤가 마리나의 손을 잡았다. 반대쪽에서도 모르는 사람 하나가 그녀를 향해 손을 내밀었다. 아무렇게나 무리 지어 있던 사람들이 대형을 이루기 시작했다. 마리나는 에바와 페탸를 찾아봤지만, 너무 어두워서 멀리 있는 사람을 발견하기란 불가능했다. 나중에 두 사람이 마리나를 찾으려면 원형 대열을 뒤져봐야 할 것 같았다. 괜찮았다.

드럼 소리가 커졌다. "긴 여름날 동안," 알라 이노켄테브나가 말했다. "옛 태양이 죽고 새로운 태양이 탄생합니다. 영혼 세상의 문이 열립니다. 지금은 죽은 자들이 우리 사이에서 걷는 시간입니다. 살아 있는 사람들이 새로 태어날 것입니다."

무용수들이 풀밭 위를 가로질러 왔다. 축 늘어진 의상이 뒤에서 질질 끌려 따라오며 그들의 실루엣을 왜곡시켰다. 그들은 원을 가르고 들어와 관광객과 주민, 아이들의 손을 잡으면서 새로운 대열을 만들었다.

나타샤가 마리나의 팔을 잡아당겼다. 그들이 만든 원이 축축하게 젖은 풀밭을 둘러싸고 돌기 시작했다. "저를 따라 말해보세요." 알라 이노켄테브나가 사람들에게 설명했다. "누르게네크……." 마리나는 에벤어를 흘려들었다. 그 음절들, 부드러운 모음이 잇달아 이어지는 소리를 흉내 낼 수가 없었다. 주위의 다른 러시아인들은 그 소리를 내려고 시도하다가 실패했다. 한 남자가 뭐라 소리를 질렀다. 몇몇 사람이 웃음을 터뜨렸다.

그들은 점점 더 빨리 돌았다. 풀밭은 미끄러웠다. "한쪽 이웃에게 '새해 복 많이 받으세요'라고 인사하세요." 알라 이노켄테브나가 말했다. "반대쪽 이웃에게도 평화를 기원하는 인사를 하세요." 마리나는 예고르 구사코프의 집 창문마다 달려 있던 칠이 벗겨져가는 덧문들을, 백미러에 달려 있던 알료나의 휴대전화 장식을 생각했다.

드럼 소리를 뚫고 알라 이노켄테브나의 목소리가 들렸다. "우리는 한 해에서 다음 해로 넘어갑니다. 여러분께 노간주나무 가지와 천 조각을 하나씩 드릴 겁니다. 가지는 과거의 걱정들을, 천 조각은 미래의 소원을 나타냅니다. 첫 번째 불에 다다르면 걱정을 담은 가지를 불 속에 던져 넣고 그것을 뛰어넘으세요." 증폭된 목소리에서는 어떤 모순도 느껴지지 않았다. "그다음 불로 가면서 소원을 꼭 붙드세요. 다른 세계들 사이를 거닐게 될 겁니다."

마리나는 예고르 집 정원의 파헤쳐진 흙을 생각하지 않으려고 그 말에 귀를 기울였다. 그 밤이 끝날 때까지 자신의 숨이 붙어 있을 것 같지 않다는 생각이나, 헬리콥터 소리를 들을 때까지 기다리지 못할 것 같다는 생각도 하지 않을 것이다. 희망이 역사를 바꿀 수도 있다는 거짓말에 대해서도 생각하지 않을 것이다. 조그맣고 따뜻한 아이들의 손…… 지금 이 순간 그 손들을 잡으면 어떤 느낌일지도, 알료나와 소피아가 조수의 변화에 맞춰 반쯤 뛰다시피 걷던 모습도 생각하지 않을 것이다. 아이들을 되찾을 수만 있다면, 그러면 자신의 인생은 얼마나 완벽해질까. 그런 생각을 해서는 안 될 것이다.

"지금은 강력한 시간입니다." 알라 이노켄테브나가 말했다. "꿈이 실현됩니다. 여러분은 두 번째 불을 뛰어넘어 새해로 들어가는 겁니다. 반대편에 천 조각을 묶으면 여러분의 소원이 이루어질 겁니다."

마리나는 더 이상 원형으로 끌려다니지 않고, 그 대신 숲이 시작되는 빈터 가장자리를 향해 곧장 이끌려 갔다. 두 개의 불에 의해 나무 밑둥치들이 오렌지색으로 빛났다. 녹음된 합창이 울려 퍼졌다.

마리나 앞에 줄지어 선 사람들이 타오르는 빛을 향해 나아갔다. 빈터 저쪽 가장자리에서는 뒤얽혀 있는 연기와 나무들 사이로, 사람들이 줄지어 풀밭을 향해 되돌아오고 있었다. 첫 번째 불이 보였다. 무릎 정도 높이밖에 되지 않는 모닥불이었다. 사람들은 점점 가까이 그것에 다가가고 있었다. 구슬로 장식한 가죽옷을 입은 10대 아이 하나가 노간주나무와 천 조각을 나눠주었다.

공기가 매콤했다. 새로 꺾은 가지들. 어린 시절의 여름, 할아버지가 준 교훈, 몇 년 전 아이들과 함께 건넜던 여러 강의 냄새가 났다. 나타샤가 그녀를 잡았던 손을 놓고 의식을 위한 두 가지 물건을 받아 들었다. 그리고 마리나도 얇고 흐느적이는 천 조각과 손바닥을 긁는 노간주나무 가지를 움켜쥐었다.

흔한 노간주나무. "여러분의 걱정과 여러분의 소원입니다." 10대 아이가 시끄러운 소음을 뚫고 소리 높여 외쳤다.

그녀의 걱정, 그녀의 소원은 단순했다. 알료나, 소피아. 한순간 끔찍하게도, 그녀는 그걸 믿어버렸다. 자신과 나타샤와 체가와 친구들이 아이들을 집에 돌아오게 할 수 있을 거라고, 서장과 형사들이 마침내 성공할 거라고, 가족이 회복될 거라고. 릴리아의 가족이 자기 딸의, 자기 동생의 소재를 알게 될 거라고, 그들도 치유될 거라고. 불을 뛰어넘고, 천 조각을 묶고, 새로운 한 해의 삶을 만들어갈 자신의 능력을 믿으면 되는 거라고. 하지만 아니었다. 알료나와 소피아, 릴리아는 살해당했다. 아무리 수없는 의식을 치른다 해도, 어떤 처방이나 중재가 이루어진다 해도, 그 어떤 커다란 검정색 차가 나타난다 해도 그 사실을 바꿀 수는 없었다. 마리나는 스스로 되새겼다. 실종된 아이들은 돌아오지 않는다고.

마리나는 첫 번째 모닥불로 다가갔다. 그녀는 거짓 믿음을 두 주먹에 쥐고 있었다. 고통을 뒤로 하고 나아갈 수 있다는 노간주나무, 딸들이 돌아오게 될 거라고 말하는 천 조각을.

그녀는 무엇을 향해 걷고 있는 것일까? 다음 해도 지난해와 똑같을 것이다. 그다음 해도, 그다음 해도, 그다음 해도…… 달라질 가능성은 전혀 없었다. 휴대전화 장식은 사실 알료나의 것이 아닐지도 모른다. 아니면, 형사들이 예고르를 놓칠지도 모른다. 딸들은 구조되지 못할 것이다. 릴리아는 몇 년 전에 죽었다. 마리나는 낯선 이들의 말을 듣지 않는 법을 배우고, 다시 신문을 읽고, 진정제로 마음을 안정시키고, 계속해서 살아갈 것이다. 하지만 선택할 수만 있다면, 그중 그 어떤 것도 하지 않을 것이다. 그러는 대신 그녀는 과거로 되돌아갈 것이다. 아이들에게로, 최고의 직장으로, 어린 시절의 행복했던 현실로. 온 세상이 그녀에게 발견되기를 기다리던 그 시절로. 모두가 그녀에게 무언가 가르쳐줄 거리가 있었고, 누구도 실종되지 않았던 그 시절로.

마리나는 방향을 바꿔 돌아섰다. 뒤에 선 여자가 외쳤다. "뛰어넘어요."

더 이상 말할 수 없었다. 그건 마리나를 향한 공격이었다.

10대 아이가 그녀에게 다가와 모닥불을 가리켰다. "뛰어넘으세요. 지난해의 불이에요."

양손이 물건으로 가득 차 있어서 마리나는 가슴을 누를 수가 없었다. 가슴을 누르고 싶은 마음이 간절했다. 그렇게 자신을 위로해주지 않으면 금세 숨이 막힐 것 같았다. 이게 다 무슨 소용인가? 그녀는 대열 밖으로 나가려 했지만, 사람들이 계속해서 몰려왔다. 에바와 페탸는 그녀 없이 숲속에 있었다. 나타샤는 가고 없었다. 10대 아이가 소리 높여 설명해주고 있었다. 알라 이노켄테브나의 목소리가 확성기를 통해 윙윙대며 사방에서 들려왔다. 사람들이 그녀에게 계속 움직이라고 말하고 있었다.

마리나 주위의 그 누구도 이해하지 못했다. 아이들 없이 그녀에게 남은 것이라곤 이 숨 막히는 느낌뿐이었다. 끔찍했지만—정말로, 정말로 그랬다—그건 어머니로서 그녀에게 남겨진 유일한 것이었다. 그녀는 펄쩍 뛰어올랐다.

. . J U L Y . .

7
월

울지 마. 들어봐. 황금색 슬리퍼를 신은 여자애 이야기 또 듣고 싶니? 아니면 똑같이 생긴 두 개의 성 이야기? 남쪽에 늑대 무리가 기른 고아가 있다는 이야기, 내가 해줬어? 맞아, 그랬대. 정말이야! 10대 때 발견됐는데, 사람 말을 하나도 못 했대. 나중에는 결국 결혼하고 도시에 살면서 가족도 이뤘지만, 평생 날고기밖에 못 먹었대.

예전에 뉴스에서 봤어. 100살까지 살았대.

울지 마.

소피아, 나 좀 봐. 무슨 이야기를 해주면 다시 잘래? 파도에 휩쓸려 간 마을 사람들 이야기 어때?

응? 그거 다시 듣고 싶어?

네가 이야기하고 싶어? 아니면 내가 할까? 좋아.

자아.

파도가 모든 사람을 땅에서 퍼 갔어. 사람들과 그 사람들 집과 차를 몽땅 벼랑 너머로 휩쓸어 갔지. 물이 사방에서 마을 사람들을 꽁꽁 에워싸고 있지 않았다면 다들 다쳤겠지만, 다들 물에 둘러싸여 있어서 다치지 않았어. 마치 얼음 속 공기 방울처럼 제자리에 갇혀 있었던 거야. 사람들은 파도 한가운데서 숨을 꾹 참고 있었어. 눈을 크게 뜨고 팔다리는 옆으로 뻗은 채로.

이렇게. 뺨을 부풀려봐. 그렇지, 바로 그렇게.

이 파도는 마을이 있던 곳에서 500킬로미터 떨어진 곳으로 사람들을 데려갔어. 그곳에선 어디를 봐도 파란색뿐이었어. 파도에 휩쓸린 지 1분밖에 지나지 않았는데, 벌써 알래스카까지 반이나 와 있었어. 파도가 서서히 느려지더니 완전히 멈췄고, 그러고는, 철썩 부서졌어. 사방에서 다. 사람들은 놀라서 얼어붙었지만 이제는 자유로워졌어.

음, 맞아. 여전히 바다에 있기는 하지. 하지만 이리저리 헤엄은 칠 수 있잖아.

사람들은 헤엄을 치고 기침을 하고 머리를 뒤로 쓸어 넘겼어. 함께 휩쓸려 온 무거운 것들—집, 보도, 모든 나무들—은 다 가라앉아버렸어. 하지만 가벼운 것들은 다 둥둥 떠 있었어. 식료품, 장난감, 리모컨…… 또 뭐가 있지? 베개, 담요, 책. 사람들은 믿을 수가 없었어. 심지어 아기들이 누워 있는 요람들도 떠다니고 있었거든.

첫날에는 낮이고 밤이고 내내 물건들을 모았어. 힘이 없는 사람들—노인들이랑 진짜 조그만 아이들—은 물 위를 걸으면서, 물건을 주우러 헤엄치는 사람들에게 방향을 알려줬어. 이런 식으로 말이야. "저기 내 모자가 있어요! 내가 제일 좋아하는 모자!" 또는 "내 하키 스틱 잊지 말아요!" 또는…….

바로 그거야. "저쪽에 오렌지 주스 두 팩이요! 오른쪽에!"

모두 친절했어. 아무도 다치지 않았어. 아니야, 소피아. 그렇지 않아. 거기서는 그런 일은 있을 수 없어. 사람들이 서로를 돌봐줬거든. 쉴 수 있도록 매트리스도 함께 잡아당겼어. 심지어 낚싯대도 몇 개 찾았어. 그때는 여름, 따뜻하고 청명한 여름이야. 물은 그다지 차갑지 않아. 딱 좋은 온도야. 이렇게 먼 곳의 바다는 너무나 깨끗해서 발밑을 지나가는 고래까지 보였어.

저 소리 들었어?

잠깐 조용히 있어봐. 아냐. 들려?

너 괜찮지? 그러니까 잠깐만 가만히 있어. 딱 1초만. 가만있어.

그 아저씨는……. 그 아저씨 소리 같지 않아. 안 그래? 벌써 돌아오는 걸까? 아냐. 미안해, 쉿. 미안해. 그 아저씨가 아니야. 들어봐.

그 여자도 아니야. 분명해. 아래층에서 들렸어. 난…… 여자가 다시 두드릴 때까지 잠깐만 조용히 있어.

가만있어봐.

이쪽으로 와. 이쪽으로 와봐. 맞아, 지금은 그 여자야. 왜 저렇게 두드리고 있는지 모르겠어. 우리한테 그러는 건 아니야. 이 방 벽은 아니야. 제발 울지 마. 침대 밑으로 들어가자, 어때? 아무 이유도 없이 소리 지르는 거야. 우린 그냥 침대 밑에 들어가서 들어보자.

쉿. 잘했어. 알아. 깜깜해.

잘하고 있어, 소프.

저 소리 들려? 저 여자가 소리를 지르면서 두드리고 있는데, 뭔가 다른 소리도 들려. 아래층에서.

사람들 같은데. 사람들이 많이 온 것 같아. 아니, 강도 같지는 않아. 그 아저씨가 데려왔을지도……. 넌 그냥 아주, 아주 조용히 있어. 발 침대 밑으로 넣었지?

난 네 옆에 있어. 걱정하지 마. 저 여자는 전처럼 혼이 나겠지만, 우리는 문제없을 거야. 우리가 시끄럽게 군 게 아니잖아.

가까이 와. 내가 소리 죽여 이야기해줄게. 알겠지? 다른 건 아무것도 신경 쓰지 마.

저 멀리 그곳에서는 물이 따뜻해. 고래와 돌고래와 상냥한 문어들이 있어. 사람들은 누군가 자기들을 구해주기를 기다리고, 기다리고, 또 기다려. 그때 어떤 사람이 말하는 거야. "헤엄칠 때야." 하지만 다들 겁에 질렸어. 왜 아니겠어? 당연히 겁이 나지. 처음 그 파도가 들이닥치는 걸 본 이후로 그 어느 때보다 겁이 났을 거야.

누군가 그러는 거야. "우리 먹을 거랑 장난감이랑 베개는 어떡하고?"

또 누군가는 이랬어. "바깥이 위험하면 어떡해?"

하지만 사람들은 해보기로 결심했어. 물속에서 영원히 기다릴 수는 없었거든.

저 여자는 곧 멈출 거야. 늘 그렇듯이 소리 지르고 있지만, 곧 멈출 거야. 내 손 잡아.

알아. 나도 들려. 겁먹지 않으려고 노력해봐.

내 말 듣고 있어? 우리, 문이 열리면 용감하게 행동하는 거야. 혹시 강도거나 그 남자 친구들 같은 다른 사람들이더라도 우린 씩씩하게 행동하는 거야.

알겠지? 이 이야기 결말 기억나? 마을 사람들이 뭐라고 했는지? 아무도 그들을 도와주지 않았지만, 그 사람들은 서로를 도왔어. 마을은 사라졌고 사방에 보이는 것이라곤 물밖에 없었지만, 그 사람들은 육지를 향해 헤엄쳤어. 우린 할 수 있어, 그렇게 말하면서. 내내 서로 도와주는 거야.

기억해? 우리한텐 서로가 있어. 누가 문을 열든 간에 말이야. 엄마가 저 밖에 있다는 걸 기억해. 엄마는 여전히 우릴 사랑해. 사람들이 가고 나면, 우린 릴리아한테 벽을 두드려서 신호하고 릴리아도 벽을 두드려서 답할 거야. 릴리아는 벽 저쪽에 있어. 그래, 난 여기 있어. 약속할게. 우린 같이 있을 거야. 우리에겐 서로가 있어. 우린 혼자가 아니야.

감사의 말

캄차카 여러분들의 환대와 도움, 그리고 안내가 없었다면 이 책은 존재할 수 없었을 것이다. 캄차카에 데려가준 타탸나 오보르스카야에게 특별히 감사드리고, 나를 돌봐준 데니스 피컬린과 내 친구가 되어준 아나스타샤 스트렐초바에게도 고마움을 전한다. 2011년에서 2012년에 걸친 연구 활동을 지원해준 미국 풀브라이트 장학 프로그램과 캄차카 대학교에 감사드린다. 그 기간 동안 방문한 베린기아 및 크로노츠키 보호 구역의 여러 공동체는 내게 큰 도움이 되었을 뿐만 아니라 깊은 통찰의 기회를 주었다. 2015년의 여행은 엘레나 레포, 아이바 라스, 릴리아 바나카노바, 마사 매드슨, 비스트린스키 자연공원, OOO올레네보트, 에소의 허드4 덕분에 가능했다. 이분들을 만나고, 이곳들을 방문한 뒤로 내 인생이 변했다.

《사라지는 대지》는 러시아에서 영감을 받고 미국에서 집필한 작품이다. 이 소설의 가능성을 믿어준 앨리자 살라리오, 클레어 더닝턴, 부 트런들, 브리태니 K. 앨런, 리 스타인, 앨리슨 B. 하트, 마이라 제이컵과 레지스턴스, 제니 베어드, 미카 야마모토, 리나 치키놉스카에게 감사의 말을 전한다. 이 책을 집필하는 데 필요한 공간과 자원은 브루클린의 파우더케그워크스페이스, 차이넬로옥패런타, 틴하우스서머워크숍, 크리스틴 슈트와 시워니 작가 컨퍼런스, 디온 브랜드와 밴프센터, VCCA(버지니아 예술 창작 센터), 햄비지, 랙데일, 야도로부터 지원받았다.

내 수호천사가 되어준 진 쿼에게 고마움을 전한다. 내 인생에서 가장 행복한 순간을 경험하게 해준 수잰 글룩, 트레이시 피셔, 앤드리아 블랫, 그리고 WME 팀 모두에게 감사드린다. 영국 스크리브너 출판사의 로언 코프와 조 디킨슨은 대서양 건너편에서 이 책의 완성을 도왔다. 진심으로 감사드린다. 크노프 출판사의 애니 비샤이, 리디아 뷰클러, 페이 로이 콰이, 조시 캘스, 캐시 저커먼, 새라 이글, 레이철 퍼슐리서, 폴 보가즈, 니컬러스 래티머, 크리스 길레스피는 출판 과정 내내 나를 이끌어주었고, 내 꿈을 이루게 해주었다. 또한 출중하고, 친절하며, 늘 인내해주는 편집자 로빈 데서에게도 무한한 감사를 드린다. 그녀가 이 책과 내게 어떤 의미인지 표현할 말은 영어에도, 러시아어에도 없다.

많은 분들이《사라지는 대지》의 탄생에 도움을 주었다. 아무리 애써도 모든 분들께 이 고마움을 충분히 표현할 수 없을 것 같다. 그러니 이 글의 마지막 줄은 가장 중요한 분에게 바치도록 하겠다. 앨릭스 엘레프세러키스에게. 제게 애정과 신뢰를 보여준 것에, 10년 전 캄차카 방문을 제안해준 것에 감사드립니다.

줄리아 필립스

옮긴이의 말

사라진 소녀들, 발견된 이야기들

범죄소설과 범죄 다큐멘터리의 꾸준한 인기와 함께, 소녀들이 납치되어 살해당하는 이야기는 끊임없이 반복되어왔다. 기발한 범죄와 기이한 살인마의 이야기가 탄생할 때마다 그 뒤에는 여성의 시신이 쌓여가면서, 이 흔한 구조의 문제점이 지적되었다. 여성 피해자가 남성 범죄자의 비범함과 심리를 설명하는 데, 주로 남성이 맡는 형사(혹은 아버지나 연인) 역할의 능력과 권위를 확인하는 데 이용된다는 것이다. 이야기 속에서 고통당하고 서사 구조 내에서 도구로 전락하는 소녀들은 실제로 겹겹의 수난을 겪는 셈이다.

줄리아 필립스의 데뷔작《사라지는 대지》는 이와 같은 범죄 스릴러의 구조를 흔드는 신선하고 강렬한 소설이다. 어린 자매의 실종과 함께 이야기가 시작하지만, 소설을 처음 읽는 독자라면 의아할 정도로 작품은 범인이나 형사의 행적에 무관심하다. 그 대신 캄차카반도라는 독특한 공간 안에서, 두 자매의 실종 사건이 다양한 여성들의 삶에 어떠한 영향을 미치는지를 섬세하게 그려나간다. 친구를 잃게 된 10대 소녀 올랴부터 시작하여, 자매가 납치되는 장면을 우연히 목격한 옥사나, 그리고 육아휴직 중에 사건 담당 형사인 남편으로부터 지지부진한 수사 과정의 단편들을 전해 듣는 조야까지, 각 장의 주인공으로 등장하는 여성 모두가 이 사건을 통해 삶 속에 잠재되어 있던 문제와 대면하게 된다.

《사라지는 대지》는 한 명의 영웅을 내세우는 범죄소설이 아니다. 러시아를 배경으로 하고 있고 납치된 자매의 이야기를 중심으로 한 범죄소설이라는 점 때문인지, 줄리아 필립스는 도스토옙스키의《죄와 벌》에서 영향을 받았느냐는 질문을 자주 받았다고 한다. 이에 대한 작가의 부정은, 19세기의 거장과 범죄소설의 고전으로부터 탈피하겠다는 의지의 표명일 것이다.《사라지는 대지》는 각 장에 할애된 이야기의 주인공인 여성들이 서로 연결되고, 동질감을 느끼는 과정에 집중한다. 출장 탓에 자주 집을 비우는 어머니를 둔 올랴가 자신의 딸과 어울리는 것이 못마땅해 결국 아이들의 우정을 갈라놓는 발렌티나 니콜라예브나는 분명 이 폐쇄된 작은 도시의 지배층에 속하는 것 같지만, 이내 소설은 계층을 분리하는 안전장치란 여성에 대해 얼마나 견고한 것인가를 우리로 하여금 질문하게 만든다.

이들 여성의 입지는 아름답지만 위협적인 자연으로 에워싸인 캄차카 땅과 닮아 있다. 납치되기 직전에 알료나가 들려주는 이야기 속의,

1952년의 대지진 가운데 사라진 캄차카반도의 어느 마을은 곧 실종될 자매의 운명과 유사하다. 그뿐만이 아니다. 세계에서 가장 많은 화산이 밀집된 지역이라는 캄차카 땅, 구소련 시대에는 군사기지로 폐쇄되어 있었고 현재도 육로로는 접근할 수 없을 만큼 외딴 그곳이 가진 소외와 멸실滅失의 이미지는, 소녀들로부터 시작되어 소설에 등장하는 모든 여성 인물들의 불안과 좌절로 연결된다.

사라지는 땅에는 사라지는 민족이 있다. 에벤족과 코랴크족으로 대표되는 캄차카반도의 소수민족은 도시의 러시아인들에게는 아웃사이더 취급을 받는, 새로운 계층을 형성한다. 에벤족인 릴리아가 사라진 지 몇 년이나 되었지만 수사는 제대로 이루어지지도 않은 채 가출과 실종 사이에서 근거 없는 소문만 남아 떠돌고 있다는 설정이 이러한 현실을 잘 보여준다. 그러나 실종된 백인 자매의 어머니 마리나와 에벤족 릴리아의 어머니 알라 이노켄테브나가 만나고 결말에 다다르는 과정에서, 마침내 연대와 공감이라는 범죄소설의 새로운 가능성이 나타난다. 그들이 만난 곳이 에벤족 문화를 보존하고 기념하는 축제라는 것은 우연이 아닐 것이다. 사라지기 쉬운 것들을 찾아내고, 연결하고, 살리고자 하는 욕망이 어쩌면 이 소설의 핵심일지도 모르기 때문이다.

줄리아 필립스는 2012년 여름, 풀브라이트 장학 프로그램의 지원을 받아 진행한 캄차카 지역 연구를 마치면서 언젠가는 꼭 다시 돌아오겠다는 글을 남긴 바 있다. 《사라지는 대지》는 그때의 포부를 글로써 실현한 것인지도 모른다. 그만큼 소설 속 캄차카의 풍경은 선연하고, 그곳 사람들의 모습은 생생하며, 그 밖의 여러 디테일이 풍부하다. 소녀들의 운명과 그들을 에워싼 등장인물들의 관계를 추리하는 범죄 소설로서의 재미에 더해, 작가가 공들여 소개하는 캄차카반도의 매력 역시 독자들에게 잘 전달되었으면 하는 바람이다.

이나경

사라지는 대지

지은이 줄리아 필립스
옮긴이 이나경
펴낸이 정규도
펴낸곳 황금시간

초판 1쇄 발행 2021년 2월 15일
편집총괄 권명희
편집 최장욱
디자인 정은경디자인

황금시간 Golden Time
주소 경기도 파주시 문발로 211
전화 (02)736-2031(내선 360)
팩스 (02)738-1713
인스타그램 @goldentimebook

출판등록 제406-2007-00002호
공급처 (주)다락원
구입 문의 전화 (02)736-2031(내선 250~252)
팩스 (02)732-2037

한국 내 Copyright ⓒ 2021, 황금시간

저자 및 출판사의 허락 없이 이 책의 일부 또는 전부를 무단 복제·전재·발췌할 수 없습니다.
구입 후 철회는 회사 내규에 부합하는 경우에 가능하므로 구입문의처에 문의하시기 바랍니다.
분실·파손 등에 따른 소비자 피해에 대해서는 공정거래위원회에서 고시한 소비자 분쟁 해결 기준에 따라 보상 가능합니다. 잘못된 책은 바꿔 드립니다.

값 14,500원
ISBN 979-11-87100-98-0 03840